李 可 [著]

生活家 my treasure

刘敏涛 饰 邱晓霞

文淇 饰 邱冬娜

目 录 Contents

楔 子		001
第一章	入职囧事	003
第二章	遭遇设计	015
第三章	重逢顾飞	026
第四章	非凡与能一	043
第五章	新人考核	055
第六章	鸿门宴	064
第七章	四人会面	076
第八章	打架的距离	087
第九章	审计小区	100
第十章	真心相告	110
第十一章	还是搞定了	121
第十二章	大错	129

第十三章	认清	137
第十四章	身份暴露	145
第十五章	两地相思	157
第十六章	启动资金	168
第十七章	力挽狂澜	184
第十八章	年会出丑	193
第十九章	共迎考验	205
第二十章	波折横生	221
第二十一章	捐献骨髓	250
第二十二章	一吻定情	277
第二十三章	动荡拆伙	298
第二十四章	合力突围	321
尾声		350

楔　子

　　六月的上海，还没进入最热的时候，时不时来临的一场阵雨把路面冲刷得一尘不染，宽阔的马路在阳光下闪闪发光，道路两旁的梧桐树都招展出一年中最恰到好处的绿色。

　　上海这座城市在无数人的心里闪耀着金光，一提起上海，总会想到那些撑着遮阳伞步履匆匆的白领、外滩整条街的霓虹闪烁，抑或是曾经画报上身姿婀娜的女郎……但人们不知道的是，在城市高楼大厦未曾到达的角落里，上海还有着她隐秘的另一面，那里的一切不是由金钱堆砌起来的，而是由用心生活着的人们一点一滴打造而成，最终在平凡的日子里，开出一树繁花。

　　二十二岁的邱冬娜就是一个在城市角落里长大的上海土著，但和大部分上海本地女孩不一样，她从小就没下过馆子，也没去过理发店，更没去过迪士尼乐园，她的这些所有需求，都被她的妈妈邱晓霞一手包办了。邱晓霞既是厨师，又是理发师，逼急了甚至能在垃圾场给她造出一个游乐园来。总之，邱冬娜的家里，除了爹，什么都有。有人说生命是一场旅行，重要的是看沿途的风景；但对于邱晓霞和邱冬娜母女俩来说，生活的每一天都是一场挑战，她们关注的不是风景，而是今天吃什么、今晚住哪里。

　　邱晓霞有句名言：穷不是不体面的借口。邱晓霞很怕邱冬娜因为穷，而长成一个什么都不懂、一百块就跟人走的傻姑娘。所以她用牛腩充牛排，用花椒水拌蔬菜充当沙拉，把家庭大扫除变成一场春游……就算不能亲历，她也要费尽心思为邱冬娜演示这个世界的运转方式，最后活生生地，被逼成一个生活家。

生活家，是邱冬娜给邱晓霞的封号，也是她自己的理想。

这个理想有些冷门和难以理解，一方面它不像科学家、艺术家这样，一听就有很高的准入壁垒；另一方面也缺乏现成的模范人物可以参考。邱冬娜的小学语文老师就没有理解，所以给她的《我的理想》这篇作文打了个及格分，评语是"理想不够远大，全是鸡毛蒜皮"，这就惹恼了真正的生活家邱晓霞。邱晓霞拎着她，气势汹汹地闯进办公室找到语文老师一通理论，从自己的老公死后她是怎么一把屎一把尿地把邱冬娜喂大的，讲到上海各大菜市场的打折处理时间，把正襟危坐的语文老师讲得一愣一愣的，最后心服口服地给邱冬娜的作文改了分。

本来嘛，世上有几个人能做出一番惊天泣地的事业，其他大多数人都只不过在努力生存着，好一点的，才算是在生活着。而像邱晓霞和邱冬娜母女这样，把平凡的日子过出花儿来，本身就是一桩了不起的壮举。

第一章 入职囧事

天还没亮,邱冬娜在床上翻了个身,大腿顺带架到了邱晓霞身上,母女俩四仰八叉地挤在 1.5 米的床上,争分夺秒地享受着睡眠。两个人都很瘦,但体型上还是有差别,邱冬娜的少女身躯健康苗条,邱晓霞则因为多年操劳而有些消瘦,眼角也有些细微的纹路。

她们住的是一间一居室,东西都很陈旧,但收拾得很干净,布置也花了不少心思。家里还有不少邱晓霞之前上当留下的"遗迹"——卖小吃的推车舍不得丢被当成电视柜用;卖剩的三无保健产品文化衫被拆好缝成了窗帘;椅子、桌子、沙发都是各处淘来的,风格迥异凑不成套,但都被罩上了手工制作的套子……整个家有种拼凑起来的热闹感。

四点半闹钟准时响起,邱冬娜和邱晓霞母女俩同时从床上坐起来。邱冬娜迷迷糊糊地抓着自己睡炸开来的鸡窝头,邱晓霞却已经敏捷地套好衣服、跳下床,顺手猛地推了一把邱冬娜:"醒醒!你今天面试!"

邱冬娜瞬间清醒,今天是她面试德瑞会计师事务所的重要日子。邱冬娜正值大四毕业的当口,财大毕业的她希望将来能够成为一名注册会计师,这样一来,她虽然没钱却能管钱,还能用专业主持公义。

邱冬娜赶紧跳下床开始洗漱,五点不到,她已经在进行出门前最后的准备,她把简历、西装外套、高跟鞋、小喷壶、干方巾一一塞进手提包,再把身上穿的衬衣下摆整齐地塞进套裙里,最后穿上运动裤、套上运动服。

邱晓霞在一旁满意地打量着自己女儿:"来,再复盘一遍。"

邱冬娜边看表边胸有成竹地模拟流程，五点出发，骑20分钟电瓶车到公交站，正好赶上第一班进市区的公交，中间换乘一次，8点钟到陆家嘴；地铁出口有一间快餐店，可以借用洗手间换好职业装，八点半完美开始最后一轮面试。

邱晓霞满意地点点头。今天母女俩各有各的任务，邱冬娜要拿下德瑞的offer，而邱晓霞要签下女儿看中的新房，房子就在陆家嘴，离冬娜的目标单位很近。但邱晓霞还在犹豫，毕竟冬娜的工作还没确定，早租一天房就要贵100多块钱。

邱冬娜理解晓霞的顾虑，对于穷人来说，一想到每天光住房就多花一百块，睡在床上都会翻来覆去地睡不着。但自己相中的房子着实便宜，现在不下手，其他的房子至少每个月要贵一两千。今天是冬娜在德瑞的最后一轮合伙人面试，她有七成把握，就算德瑞过不了，其他几个事务所也都在陆家嘴。邱冬娜早就合计好了，今天通过面试，明天搬家，这是最经济高效的安排。邱冬娜苦口婆心做了半天思想工作，邱晓霞终于下定决心："成，那咱们就分头行动！"母女俩击了个掌，邱冬娜昂首挺胸、大步流星地迈出家门，骑上自己心爱的小电驴出发了。

邱冬娜戴着头盔，一只脚撑在地上，拽拽地等着红绿灯，虽然骑的是电瓶车，也不能阻止她沉迷于自己"机车少女"的形象。邱冬娜完全没注意到在自己身后，一辆小货车疾驰而来，更要命的是，司机似乎睡着了。邱冬娜来不及反应，被直接带倒了，还好她及时逃开，只是电动车被卷入小货车车底。小货车司机这才惊醒。

邱冬娜惊魂未定，她的运动服蹭破了，里面的白衬衣也脏了。司机下了车后东张西望，邱冬娜以为他要负责，不料他确认路口没有摄像头后，转身就逃。邱冬娜急忙一把抓住司机："唉！你别跑！大家都看着呢！"

司机和邱冬娜同时左右看,然而路边一个人都没有,两人面面相觑了三秒钟,空气中仿佛有乌鸦飞过。司机反应过来,猛地甩开邱冬娜的手,跳上了车。邱冬娜眼看自己这是遇上流氓了,她决定以流氓治流氓。

邱冬娜追上去抓住驾驶室的门,十分诚恳地说:"爷叔!你不能就这么走,我把你车剐了,我要赔的!你就这么走了,我心不安啊,说得迷信一点,我今天面试,不破这个财,灾要报应在我工作上的。您快下来看看,定定损。"

司机怔住了,上下打量邱冬娜,心说这小姑娘,长得挺不错,脑筋不好使。

他笑着下车去查看,用吐沫蹭了蹭剐蹭的地方,漆面都没坏。邱冬娜在他身后,趁机拔掉了货车钥匙。邱冬娜把钥匙装进兜里,心里有了底,她蹲下身费劲地把自己的电动车扶起来检查,车已经完全不能发动了。

这时司机已经决定好了他的讹诈数目,他摆出一副大度的样子,对邱冬娜说:"你倒是蛮老实的,给200吧,下次骑车小心点。"

邱冬娜拍了拍电动车:"200少了点,我这车是彻底让你毁了,我今天还有一个重要面试,也让你耽误了,我摔那下都不跟你算了,送我去面试地点,不然我打电话让交警来处理。"

司机这才反应过来她在耍滑头,说着就要跑,然而站在他对面的邱冬娜晃了晃手里的钥匙,对他露出灿烂的笑容。

很快,邱冬娜和她的破烂电瓶车都如愿坐上了小货车,司机不情不愿地开着车。邱冬娜一边用小喷壶、方巾擦衬衣上的污渍,一边跟司机打商量。她掏出自己在二手网站的电动车购买记录,1200买的,折旧后让大叔给她赔800。邱冬娜在心里算了算,觉得这个折旧率还算合理,甚至下意识脑补出了这一笔折旧费该怎么记。

邱冬娜说了半天,司机却毫无反应,她转头一看,发现司机居然一副要睡着的样子,邱冬娜急了,猛拍司机:"爷叔,你怎么又困了!"

司机被惊醒,下意识直接踩了刹车,车急停在路边。邱冬娜惊魂未定地看着路上一辆辆车飞驰过去,任何一辆刚刚都可能会把自己连人带车给撞飞。邱冬娜用愤怒的眼神扫射司机,司机赶紧检查了一下仪表盘,解释道:"不是我的问题,我这车好像出了点状况,你跟我下车看看。"

邱冬娜提防着司机,自然不肯,但她不下去司机就不开车,两人就这么僵了半天,邱冬娜只好跟他一起下车。司机装模作样地检查完,指挥邱冬娜扶住车后面,说自己去拿个扳手。邱冬娜对车一头雾水,只能按他说的扶住了车尾巴,结果她还在钻研发力点呢,司机已经迅速跳上驾驶位开车窜逃。邱冬娜突然没了支点,被闪了个趔趄,差点跌倒,她追着车边跑边喊,跑了几步眼看追不上了,赶紧掏出手机拍下了车牌号。邱冬娜一看时间,已经7:20了,幸好这时一辆公交车正在进站,她急忙飞奔过去,改坐公交进城。

邱冬娜奔波在面试途中时,邱晓霞也没有闲着。她出门先听了会儿楼上住户买房子当墓地用的八卦,再到打工的超市辞了职,肆无忌惮地开始试吃。

培根推销员看着邱晓霞一副要把超市吃空的架势,赶紧提醒她:"快点吃,等会儿经理来了,你今天怎么胆子这么大?"

邱晓霞吃了半天,等的就是这么一问,她懒洋洋地靠着,一副不情愿的样子向推销员解释:"我把工辞了,现在是客人,他还能不让客人试吃?唉,都怪我女儿,非要跑到什么陆家嘴工作,就最高那个楼,我真不乐意去,又贵又不方便,但就这么一个孩子,不跟她去也不行啊。"邱晓霞享受够了推销员羡慕的眼神，从兜里掏出自己的超市工牌，放在桌上，心满意足地离开。

邱晓霞决定最后再占一次老东家的便宜，于是挤在客人们中间，登上超市接送客人的班车，前往市中心签合同。整趟班车上，只有邱晓霞一个人两手空空，面对前后左右拎着大包小包的顾客对她投来的鄙夷目光，邱晓霞岿然不动，还自顾自地拿出手机给中介打电话。

"我在路上呢，能，能准时过去签约。你们中介费要收我一个月房租，也太贵了吧，能不能便宜点……别跟姐说不赚钱的鬼话，无利不起早，真不赚钱你们就不做了……不能便宜啊？"邱晓霞满脸失望地挂断电话。

邱晓霞下车后，本应该直奔已经联系好的中介机构去签合同，却被一间写着"居间佣金全市最低"的不正规中介吸引。邱晓霞抱着侥幸心理走进去，跟一个小中介打听情况。小中介是个老油条了，一听开头就明白了邱晓霞的意思，不就是想省钱嘛。他眉开眼笑地保证，无论邱晓霞看中哪套房，他都能帮着抢到手。

小中介故作神秘地往里面办公室看了看，凑到邱晓霞面前，压低声音说自己可以私下给她做居间合同，不从店里走。邱晓霞以为自己捡到了大便宜，高高兴兴地带着小中介出门了。

俩人按照邱冬娜给的地址来到门口，隔着防盗门跟房东交涉。中介油嘴滑舌说了半天，想劝服房东换个中介也一样，无奈房东是个有原则的人，坚持自己这是独家委托的房子，让他们死心。

邱晓霞见房东就要关门送客，赶紧恳求对方，哭穷卖惨说中介费太贵了。房东一听这话更不放心了，连中介费都交不起的租客怎么可能正常交租？眼看生意就要谈黄，邱晓霞一狠心，咬咬牙说："省下的中介费，我分你一半！"

真金白银面前，房东终于有点动心，犹豫了，这时他们身后传来一个讽刺的声音，原来是邱冬娜找的正规中介赶到了。

"我说打你电话一直不接，现在是要飞了我省下中介费？我体谅你女儿刚毕业，小姑娘不容易，这房子一出来，我都没往店里挂，直接就推给她了，房租是最低的。既然这样，就别怪我不客气了。"正规中介走到房东面前，"阿姨，这房子一个月加1500，我这个月就给你租出去。"

房东一听一年能多挣一万八，眉开眼笑地答应了。小中介见势不妙，趁邱晓霞不注意，偷偷摸摸溜走了。邱晓霞急了眼，本想省四千，现在要多花两万，她急忙拉着正规中介想要用原来的价钱租房，对方却懒得理她。中介做成一单生意也是要做小伏低跑断腿的，因此最恨翘单的人，现在就算邱晓霞加价，他也不肯租给她了。

邱晓霞回头一看，小中介早就跑了，她气急败坏地追到刚才的中介机构，要对方给自己一个说法。小中介似乎对这种情况见怪不怪了，他大剌剌地把电脑屏幕一转，给邱晓霞看了一套户型差不多的房子。邱晓霞一看，环境也还不错，但再一看，房租要6000每月！邱晓霞当场就要爆炸，她插着腰威胁道："不行，4000一个月，刚才那个房子，你必须给我找回来！"

中介双手一摊："你这样就是不讲道理了，听过强买强卖，没听过强租的。风险和回报是挂钩的，你想少交中介费，就要冒风险，我也没办法啊。"

中介说完起身要出去看房，邱晓霞拦不住他，干脆往大门口一坐，一副破罐子破摔的架势。中介无奈地看了她一眼，估摸着她也坐不了多久，于是转身走了。不过这个小中介可就看错了人，他眼前这位看似平平无奇的阿姨，不达目的是绝不会走的。

另一边,邱冬娜从超载的公交车上艰难地挤下来,满身满脸的狼狈。她急忙跑进便利店买了一支修正带,涂盖衬衣上的脏污,又钻进厕所换好了职业套装。随后,她步履匆匆地跑到屈臣氏店里,强行压下脸上的慌乱,请导购小姐帮她试了个口红。邱冬娜看着镜子里一身职业装、唇色鲜艳的自己,深吸了一口气,强迫自己忘掉路上发生的所有小意外,什么也不能阻拦她通过这次面试!

邱冬娜紧赶慢赶,终于来到德瑞事务所的面试等待区坐下,等候区已经坐满了跟她一样西装革履、一脸忐忑的年轻人。她刚松了一口气,对面却传来一个熟悉的声音。

"邱冬娜,到处都有你,真是阴魂不散。"李楚宁脸上露出讥讽的笑容。

邱冬娜一愣,她没想到李楚宁这种富家小姐也会跟自己抢一个工作机会。邱冬娜对她露出一个礼貌的微笑,对方却不屑地转开脸,邱冬娜无奈地耸了耸肩。

这些小插曲都没能干扰邱冬娜的面试状态,她稳定发挥,有理有据地回答了合伙人面试中的所有专业问题。面试结束,她心里的大石头落地了,她想这次应该是稳了。

邱冬娜表面不动声色地离开了德瑞,其实心里已经按捺不住地想立刻冲到邱晓霞面前向她报喜。邱冬娜在公交站又遇上了李楚宁,她虽然没多喜欢李楚宁,但心里很清楚,李楚宁的优秀不输自己,如果这次面试有两个录用名额,有自己肯定就有她。邱冬娜想着两人以后说不定就是同事了,于是主动跟李楚宁打招呼,却遭受了对方一如既往的鄙视,李楚宁撂下一句"不用跟我假客气,我们是什么关系,彼此都心知肚明",随后坐上自己的高级轿车离开了。邱冬娜摇摇头,懒得管什么李楚宁,但李楚宁的轿车尾气让她猛然想起自己那不知去向的电瓶车,邱冬娜的开心瞬间打了个折。

夜里,母女俩都一身疲惫地回到家,在客厅默契地沉默着各自打包行李,同时见缝插针地偷窥对方的表情。其实两人都表现得非常异常,平时如果有一个人这样,另一个肯定早就上来询问情况,只不过今天她们各怀鬼胎,注意力全都集中在怎么交代自己的破事上了,完全没察觉到对方也不对劲。邱冬娜咳了一声,率先打破沉默:

"我今天,嗯,面试得挺好的,德瑞实习试用期工资都挺高的,我还碰见了李楚宁,她家那么有钱都来德瑞了,可见错不了。就是……为了这条狼,舍了个孩子,电动车让人给拉走了。"

邱晓霞一下子肉痛起来,邱冬娜赶在她发出一连串逼问之前,赶紧解释说自己已经拍下车牌号了,一定能挽回损失。邱冬娜说完,紧张地观察邱晓霞的表情,没想到晓霞不但不生气,反而一副如释重负的样子。邱冬娜一下子忐忑起来,以她对晓霞的了解,她那边绝对有更坏的事要汇报。

果然,邱晓霞叹口气说:"咱俩啊,半斤八两,我也坦白了,今天那房没租到。怨我,我本来想省点中介费,就找了个小中介。眼看就要谈成了,谁知道你找的那个中介杀出来,给房东加价了,我就……"

邱冬娜急了,那个房子是她能找到的最便宜的,同户型每月至少要再加1500,一年就要多花一万八!邱晓霞看着邱冬娜着急上火的样子,更加心虚了,开口辩护道:"你就别说我了,你那个车1200买的呢,今天不也丢了。而且那个小中介给咱们找了个差不多的新房子,每月6000,押一付三,中介费2100……"

邱冬娜顿时感到天旋地转,心里的小算盘飞速拨了起来,按照这样算,今天一天就付出去了两万六千一!那是她省出来搬家的钱和这个季度的伙食费!邱冬娜忍不住埋怨起来,自己明明什么都谈好了,只是让邱晓霞去签个合同，这么简单的事都能办砸！

邱晓霞也一肚子气，她今天在门口吹了一下午的冷风、磨破了嘴皮子才从小中介那里拿下这个条件很好的二居室，邱冬娜什么也不问，就知道埋怨自己。邱晓霞一咬牙，放了狠话："搬家的钱我想办法省出来，就算用公交车，也得给它搬了，你别管！"

母女俩带着气继续打包东西，一晚上都再没跟对方说话。

第二天一早，邱晓霞为了自己放过的话，只能硬着头皮出门找人帮忙，用公交车搬家那纯粹是气话，还得找有车的人借才行。邱晓霞边想边在小区里瞎晃悠，正好看到社区主任焦头烂额地打着电话从自己面前路过：

"我知道大家都有意见，但确实没有相关法律法规规定，人家自己买的房子不能放骨灰盒。人家答应尽快搬走，墓地也在我们社区协调下定了，现在已经是最好的结果了，屋子里的其他东西，我指挥腾退，今天还得给他送到墓园去呢。但骨灰盒，人家得选个黄道吉日迁走，这也能理解。小区里还有一堆事，我简直是一个人拆成三个用，送完我还得赶紧回来……"

主任说着说着，走到了小区门口停着的面包车旁边，准备上车。晓霞一看，这简直是天上掉下来的，她赶紧叫住了他："哎，主任！您这么忙，这种小事就让我代劳吧！"

社区主任迟疑："你？"

邱晓霞满脸不在乎："这又不是什么大事儿，您帮我多少忙啊，看您这个娘家人忙成这样，我替您跑一趟，钥匙给我，来来来。"

社区主任想了想，把钥匙塞给邱晓霞，道谢后赶紧离开了。

邱晓霞拿着面包车钥匙，恭送主任离开后，立马回家拍醒了邱冬娜："快，现在，搬家，我找着车了！你开！"

邱冬娜从睡梦中惊醒,开始干苦力。母女俩自力更生地扛起一个一个箱子、编织袋往楼下搬。邱晓霞看到邱冬娜的手蹭红了,忙从旁边找出自己早就准备好的破旧厚棉衣和口罩手套递给她,邱冬娜接过来,母女俩默契地消弭了前一天晚上的小摩擦,上了路。

邱冬娜开着面包车,邱晓霞坐在副驾驶上,后座里两人的家当和花圈、纸人马满满当当地塞在一起,让画面十分诡异。邱冬娜和大多数人一样,拿到驾照后从来没摸过车,没想到上路就载着自己全部的身家性命,她已经紧张到极点。

突然,邱冬娜看到前方有一辆熟悉的小货车——正是昨天撞她的那一辆!邱冬娜下意识一脚油门追上去,逼近小货车。邱晓霞的脑袋因为突然加速而猛地撞到了后座上,被吓了一跳,她刚想骂邱冬娜开稳一点,邱冬娜却激动地喊着前方就是昨天撞她的小货车。邱晓霞的斗志瞬间被点燃,她一只手长按方向盘的喇叭鸣笛,一边对着窗外大喊:"你给我停下!赔钱!"

小货车依然没有减速。邱晓霞从身旁的搬家纸箱里掏出大部头的《税法》朝小货车砸了过去,没砸准,又继续从箱子里掏出各种CPA教材砸向前车。

邱冬娜慌了:"妈,你扔我吧,别扔我书啊!很贵的!"

邱晓霞不理她,继续砸。此时,前车已经改变了之前笔直的方向,有了向路基侧倾斜的趋势。邱冬娜决定冒险,她紧贴着小货车超车,把它向路基侧逼停。小货车摩擦路基,车速放缓,最终,撞上了邱冬娜的面包车。巨响之后,两辆车霹雳带闪电地停在了路边,小面包车里的纸钱翻飞,花圈以及各种衣物、锅碗瓢盆撒了一路。

交警很快就赶到了,母女俩接受了一通教育,邱冬娜觉得自己真是倒霉到了极点,这时交警却突然说,司机的老婆刚才来电话说要谢谢你们。邱冬娜和邱晓霞迷茫地对了个眼神,都以为自己听错了。

"他最近常常犯困,刚照了个核磁,医生怀疑是脑瘤。"交警指着邱冬娜说,"他昨天撞了你,也算是因祸得福了,瘤子发现得早,捡回一条命。"

邱晓霞忍不住嘟囔:"福的是他,祸的是我们,电瓶车没拿回来,面包车也撞坏了,我可怎么在主任面前做人啊。"

交警再三保证司机会赔偿损失,邱晓霞这才放下心来,感谢交警同志主持公道。邱冬娜原以为这桩事到这儿就结束了,然而她还是低估了自己的老母亲。

只见邱晓霞话锋一转:"交警同志,您看这车也坏了,天又这么晚了,我和我女儿搬家这事儿……"

很快,在邱东娜目瞪口呆的凝视中,邱晓霞张罗着交警同志们,把散落一地的行李一件件倒腾上了警车后备厢,享受了一次警车搬家服务。邱晓霞一路上热情地跟交警拉家常,邱冬娜则羞愧地全程没抬脸。交警送佛送到西,不仅送她们到小区,还帮忙把行李搬上了楼,这才离开。

邱晓霞心满意足地往沙发上一摊,邱冬娜冲她竖起了大拇指:"你行,你真行,我就没见过出完车祸让交警帮忙搬家的。"

邱冬娜环顾四周,房子不算新,但干净整洁,比原先的房子条件改善了不少,更重要的是,邱冬娜长这么大,第一次拥有了自己的卧室!她的坏心情瞬间消散,兴奋了起来。邱晓霞看到女儿的样子,忍不住嘚瑟了一番自己今天和黑中介斗智斗勇的光辉事迹。

这时,邱冬娜的手机响了,她打开一看,是德瑞事务所的录用通知。邱冬娜激动地从沙发上弹了起来,邱晓霞也喜笑颜开。虽然这两天出了种种小问题,导致跟最初的计划有些许偏差,但最后的结果还是好的:

拿到了 offer，也搬好了家。母女俩已经十分满足了。

然而兴奋的心情并没有维持多久，两人很快就计算起距离邱冬娜发工资的日期还有多久，结论是手头的钱好像撑不到那个时候了。邱冬娜垂头苦脸，邱晓霞却稳如泰山，原来她早就在附近超市踩好了点，一早一晚都能带着邱冬娜四处试吃，把饭钱给省下来；她还计划好了找个日结的工作，这样就能早点拿到钱了。

邱冬娜再一次折服于自己老妈的生活智慧，或者说是死乞白赖地生活着的智慧。看着邱晓霞底气十足的样子，邱冬娜也来了信心，她相信晓霞能带着自己撑到发工资的时候，车到山前必有路嘛，其实就算没有路，邱冬娜也毫不怀疑晓霞能生生劈出一条路来。

邱晓霞摸着邱冬娜的头发，突然感叹了起来，"妈对不住你，如果不是我当初为了嫁你那个死鬼爸爸，背井离乡把你生在这儿……"

邱冬娜假装不耐烦地打断邱晓霞，接着她已经说过一万遍的话说下去："我的死鬼老爹还不争气，撒手人寰什么都没给咱母女留下，我姥姥家的情况也不好，我们注定没有老家可以回。"

这套对话，邱冬娜从小到大已经听了无数次，她爸妈从笔友奔现结了婚，晓霞为了他一个人跑到南方来，在他死后伤心到一张照片都没留。邱冬娜知道晓霞表面大大咧咧，但其实始终为这件事而伤心。她赶紧岔开话题，开始收拾东西，邱晓霞也起身和她一起完成搬家这场恶战的最后一役。

两人收拾完已经是深夜，邱晓霞在自己房间睡着了，邱冬娜躺在床上，身体疲惫到极点，精神却兴奋得不行，新房子、新工作，崭新的生活在她面前展开了，她已经做好准备，迎接这一切。

第二章　遭遇设计

自从在租房的事情上被亲妈坑了一把之后，邱冬娜眼里的世界都带上了标价，母女俩在超市试吃早饭，零元每天；公交，来回四元每天；还有电费、水费……这些一个个跳跃着增长的数字把邱冬娜的脑袋越压越低，沉沉地埋在了德瑞事务所的格子间里。

邱冬娜正式参与的第一个项目是"沪佳机械制造有限公司"，她每天穿着 OL 套装、踩着高跟鞋在厂房奔跑，看起来像个打扮过于精致的工厂女工。女工邱冬娜拎着几盒外卖，正边打电话边狂奔，突然一辆大卡车迎面驶来，她吓得呆呆立在原地，还好大卡车一个急刹车停住了。卡车司机看着邱冬娜的样子，嘲笑了几句"搞审计的果然是书呆子"之后就嫌弃地离开了。

邱冬娜回想着卡车司机的脸，陷入沉思，这人怎么这么眼熟？直到耳机里同事催饭的暴躁声音响起，邱冬娜才从沉思中惊醒过来，她这才发现手里的盒饭撒了一地。邱冬娜不急不慢地蹲下来，从随身的包里掏出纸巾擦拭餐盒，清理洒出的汤、饭，把剩下几份餐食迅速分成看起来平均、好看的等份，如同什么都没发生过一样，只是少了一份而已。

邱冬娜把盒饭送回办公室，会计师们已经嗷嗷待哺。邱冬娜发完饭，自己默默坐在一边，捂着咕咕叫的肚子，嘴上却说不饿。邱冬娜还在回想刚才路上的卡车印，这时只听一位高级审计师伸了个懒腰意味深长地说："这账面，怎么看都太完美了。"她话里有话，大家都听懂了。另一位高级审计师 Sammy 不以为然地接嘴："我们是审计师，就是查账的，账面上没问题，一切合规就没问题。"

众人不置可否，邱冬娜咽下一口水，犹豫了一下，还是开口了：

"库存倒是没问题，但，我怎么总感觉进进出出的卡车像是在演……演给我们看的？我刚才取餐的时候遇到了一个面熟的卡车司机，从昨天到今天，我至少见过他三次。也就是说，一辆荷载50吨替厂里送货的重型卡车，2小时内至少进进出出三次了，这很不符合常理，运输成本这么高的重型卡车，现在在当短途运货车使用，司机是同一个，车是同一辆车。"

刚才那个怀疑账面的高级审计师一下子就听懂了："你是怀疑同一批货物被拉来拉去，反复出库入库，被作为……"

邱冬娜陷入了思考，拿出纸笔，没意识到自己打断了对方的话，只顾着继续分析："但也不能排除他运送的货物就是大宗、短途。好，最简单的计算，2个小时往返3次，那就是20分钟车程内，有需要沪佳机械大宗货物的客户、库房等等。这附近道路限速80公里，我算他0秒加速到80好了，这个距离的最大半径是不到27公里。全是农田，货送到哪里去了？"

邱冬娜把手机上的地图递给其他人看，大家的表情从意外变为赞许。

高级审计师点了点头，指着堆在手边的各种资料，不容置疑地说："这些都是答案，查。"

众人结束了短暂的休息时间，又开始埋头工作。时间不知不觉地流逝，沪佳机械的项目顺利结束，邱冬娜回到德瑞继续工作。虽然她这次在卡车的事情上立了大功，但还是不敢有一丝懈怠，毕竟实习期还没结束，而且听说同批的好几个实习生已经被辞退了。其他人离职了大不了再找，她要是离职了，她和邱晓霞隔天就得上街喝西北风。

邱冬娜累得靠在座椅上睡着了，电脑上突然弹出一封邮件，把她吓醒，邮件上写着"10:00，201会议室，主管经理谈话"。邱冬娜以为自己要去接受表扬了，于是喜笑颜开地跑到了主管经理办公室。然而一推开门，却是她没想到的香艳场景：主管经理正和Sammy衣衫不整地拥抱在一起。一瞬间，空气都安静了，三个人面面相觑。

邱冬娜与主管经理同时开腔。

邱冬娜："您找我？"

主管经理："谁让你进来的！"

邱冬娜下意识翻找手机，发现收件箱并没有刚收到的邮件，却新弹出一条来自"李楚宁"的微信：sorry，刚才错发了一封邮件给你，已经撤回了。邱冬娜一下子明白自己被黑了，电光石火之间，她反应过来，迅速举着手机对着衣衫不整的两人作出拍照姿势。

Sammy理好衣服，仓皇离开了，临走前狠狠瞪了邱冬娜一眼。办公室里只剩下邱冬娜和经理两个人，经理已经从刚才的慌张中平静下来，他看了一眼邱冬娜的手机，缓缓开口：

"公司全球战略调整你也听说了吧？实习生留用名额有限，我一直在你和李楚宁之间犹豫，都是财大毕业的，有上进心，聪明。但你有一点李楚宁不具备的，我跟我的老朋友顾飞打听过你，你胆子大，什么都敢干。"

邱冬娜听到"顾飞"的名字，表情不自然了起来。主管经理看邱冬娜的表情，估计她是害怕了，心中有些得意，继续说道："我直说吧，照片你当着我的面删了，以后大家就是同事，今天的事儿就当没发生过。"

邱冬娜下意识擦了擦手机，问道："我们两个留下谁，应该是工作能力决定的，不应该是靠着各种小手段实现的吧？"

主管经理迭声附和:"对对对!看能力,不看小手段。"

邱冬娜露出一个舒心的笑容:"那就成,我只对工作感兴趣,照片我没有,要没别的事儿,我先出去工作了。"

主管经理一愣,他没想到邱冬娜一个刚毕业的小姑娘这么不好拿捏,于是他改换策略,语气缓和下来:"你是担心现在删了照片,我忽悠你。行!等你签了正式合同后第一时间到我办公室来,咱们把这个事儿解决。"邱冬娜不置可否地离开,表面平静,心里却翻江倒海。她回到工位上,还刚好撞上了李楚宁不怀好意的笑脸,邱冬娜恨不得把她的脸塞进咖啡机里。

苦恼的邱冬娜来到邱晓霞打工的便利店,路线娴熟地从货架上拿到蟹棒、泡面、袋装小番茄、牛奶到晓霞跟前结账。晓霞泡好泡面之后给她端来,邱冬娜倒了一部分牛奶在泡面里,又迅速放入蟹棒,手挤碎的番茄也加进去。邱晓霞献宝似的给她添上了一颗带包装的高级溏心蛋:"还有两个小时过期处理,给你吃。"邱冬娜边吃边抱怨:"抠门,那边冷柜的三文鱼怎么从不过期?"

邱晓霞不听邱冬娜的抱怨,而是汇报起自己的新情报:"你们主管经理跟你们项目组那个女的搞在一起了。男的用女的会员卡来买过套,你有点眼力见儿,别触了什么霉头。"

邱冬娜一听快要晕倒了,晓霞刚来这个便利店干一个礼拜就看出来的事,自己居然这么久都没看出来!白白被李楚宁摆了一道!她一股脑儿地把今天发生的事全告诉了晓霞,说到自己拍照的时候,晓霞居然十分激动地要看照片。

"我没拍照片。"邱冬娜无语地摊手,"这种事能干吗?我就是吓唬吓唬他,自保而已。"

邱晓霞听了这话,脸上竟然有些失望。正在这时,Sammy 却和主管经理拉拉扯扯着向便利店方向走来。邱晓霞连忙把邱冬娜塞进冰柜房间，假装继续打扫卫生。经理走进便利店，假装无事发生地在货架边逡巡着，小声对 Sammy 说话，语气却焦急又凶狠："你疯了！我说了我会解决的，一个小实习生而已。"

Sammy 针锋相对："你知道我要的不是那种解决！你还说了三年内你会离婚的！你总有借口，让我等你儿子上小学，可是上完小学还有初中，你是不是压根不想离婚！你要是再这样，我就去找邱冬娜要照片，大不了公开让大家都知道你的嘴脸！"

Sammy 转身要走，主管经理一把拉住她，拽到冰柜旁，隔着一排饮料，冰柜后面是邱冬娜躲无可躲的脸，邱冬娜忙装作理货，把大瓶饮料摆在自己面前，挡住自己。而邱晓霞则特意擦地擦到两人身边，留心听着。

主管生怕 Sammy 一怒之下真做出损害自己名声的事，赶忙哄着再三发誓说今晚回去就离婚，Sammy 这才暂时消了气，离开。邱冬娜看着这对"狗男女"，忍着嗓子方没有发出讥讽的笑声，然而这时她突然瞥见主管经理盯着 Sammy 的眼神中，流露出一丝阴狠，邱冬娜疑惑不解。

第二天，邱冬娜带着好奇来到德瑞，她也想看看主管经理到底会不会为 Sammy 离婚，然而还没听到八卦，一瓶绿茶却突然被递到了她面前。邱冬娜抬头一看，李楚宁一脸鄙夷地站在她面前，说道："Sammy 走了，我估计也要走了，你满意了？绿茶配你，真合适。"

邱冬娜疑惑中还不忘回嘴："你走是应该的，Sammy 为什么？"

邱冬娜欲接绿茶，李楚宁压根没打算给她，而是自己拧开瓶盖喝了一口："经理昨天去找合伙人辞职了，听说是 Sammy 勾引了他。反正，最后就是经理留下了，Sammy 要被调到江城所去，她辞职了。"

李楚宁示意邱冬娜看向合伙人办公室的方向，主管经理擦着虚汗正从里面走出来。邱冬娜愣了一下，追了过去，却刚好听到经理在意气风发地打电话跟自己老婆献殷勤，邱冬娜胸口泛起一阵恶心。

恶心归恶心，邱冬娜还是顺利通过实习期留在了德瑞，她是同批留下来的唯一一个女生。她留下，李楚宁离职了。邱冬娜才不信李楚宁会安安静静地走，果然，很快传来消息，李楚宁替同期的所有实习生争取到了最高的遣散金，这才是她认识的李楚宁，永远高傲体面。

李楚宁从德瑞的电梯里下来时，已经在发简历给猎头。说来也巧，她的简历被推到了"非凡会计师事务所"，而这家事务所的合伙人之一，正是主管经理跟邱冬娜提过的"好友"顾飞。

顾飞这人，人如其名，办事从来不按规矩来，比如此时，面对着堆成山的简历，他直接大手一抛，落在桌子上的通知面试，落到地上的就再见了。应聘者要是知道自己是这样被选拔的，估计得气死。顾飞长得很英俊，这是非凡事务所所有人公认的，但他的英俊不仅在脸上，更在于周身那种落拓不羁的气质，就连一身最简单的西装套在他身上，都多了几分洒脱随性的味道，在会计师事务所成群的一板一眼的男人中，顾飞显得格外不同。

顾飞实在没心思管新人招聘这种小事，他一心都是自己的项目——梵妍服饰的尽调。为了"深入内部"，他扮成司机在台球厅里套话、跟人连着泡了三天的澡，可谓能猫能狗。顾飞每天就这么不着调地在外面跑着，引起了他的合伙人、没有感情的工作AI程帆扬的不满。幸好顾飞看似没谱，实际上颇有收获。原来他之所以这样查，就是因为梵妍服饰的账面数据实在毫无瑕疵，但顾飞就是直觉不对。终于，一番旁门左道之后，顾飞发现梵妍服饰的可疑之处：梵妍服饰的分销商似乎就是他们的子公司。客户就是下属，这样一来，利润率自然随他们操控。

程帆扬得知这个线索后,也不再纠结顾飞的行踪了。顾飞趁机诉苦,跟程帆扬要人手帮忙,他嘴上七拐八拐地说了一堆要求,其实心里早已有了合适的人选——邱冬娜。程帆扬也知道他说的是谁,于是斩钉截铁地答了一句"那个人不行"。顾飞苦笑,没有再提,他知道程帆扬心里对邱冬娜的偏见一直都在。捞不到想要的人,顾飞只能苦哈哈地继续埋头苦干。他面前是一张白板,上面密密麻麻地贴着各种服装服饰、商贸公司的工商信息页,各种高管股东的名字被罗列出来,用带着问号的虚线联系成人物关系图。顾飞和他的手下们要从这纷繁复杂的关系网中,弄清楚梵妍服饰的60多家分销商里,到底有多少是所谓的"子公司"。

另一边,邱冬娜的家里倒是一片温馨。邱晓霞兴致勃勃地给邱冬娜端上"邱式牛排",是一大块切成片的牛腩,卤汁丰富,而邱晓霞自己那盘则是切好的边角料。邱晓霞掏出一个邱冬娜小学时用的作文本放在邱冬娜面前,高兴地说:"为了庆祝我们娜娜实现儿时理想,妈妈答应你的牛排大餐。"

"我的儿时理想是什么?拯救世界吗?"邱冬娜好奇地拿过本子边翻边念,"我要找一份可以有很多钱的工作,让我的生活家妈妈好好生活。嗯……确实是实现了,可惜看的都是别人的钱。"

邱晓霞才不管是别人的钱还是自己的钱,总之有钱就行,就值得庆祝。邱冬娜看着邱晓霞兴高采烈的样子,心中因为之前Sammy事件留下的阴霾一扫而尽,她姿势优雅地切下一块牛排,尝了一口,诚心称赞好吃。邱晓霞这才松口气,自己动筷,理直气壮地说:"肉嘛,还不都是一个味,西餐卖得那叫一个贵,还弄个半生不熟,妈妈做的这个绝对干净,而且,熟了!"

晓霞的声音和邱冬娜脑海中的一个遥远的声音重叠起来，那是白石初温柔的语调，他说："不一样，当然不一样，阿尔卑斯的雪，巴黎的牛角包，布鲁克林的涂鸦，你不去，你不在当地，就是感受不到。"邱冬娜赶紧甩甩头，把白石初的身影甩了出去，故意大声说："对！都一个味儿！"也不知道是在肯定晓霞，还是在否定些什么。

母女俩大快朵颐，但邱冬娜心里其实还是没底，一想起主管经理的恶心嘴脸，邱冬娜总感觉自己这份工作或许不会太长久。于是她看似不经意地跟晓霞提起搬回自己家住，这把晓霞给问蒙了，毕竟俩人折腾了这么好半天才搬的家，原先的房子也租出去了，现在搬回去算什么事儿？邱冬娜生怕晓霞起疑心，赶紧把这篇揭了过去，没再提起。

夜里的上海，有办公室灯火通明，有人家里烛光温馨，也有人结束了一天的工作后，还要回家面对新的挑战。顾飞的合伙人程帆扬此时正跟丈夫白友新一起坐在餐桌前。白友新一看就是个成功人士，从头到脚一丝不苟，也没有中年男人身上常见的大腹便便，但他的心思却完全不在眼前的美食和美人上。白友新和一个法国企业竞争非洲朗加家族手中一个矿的特许经营权，已经焦头烂额好几天了。

程帆扬一言不发，将一叠打印资料递给对方。白友新接过来，翻了几页，脸上的表情就亮了，原来程帆扬从朗加家族所有关联公司最近三年的财报和各种公开的信息中，敏锐地发现朗加家族已经出现了资金问题，这种时候，谁能最快地帮他们解决问题，谁就能拿下矿山。程帆扬用白友新的手机直接与朗加先生的秘书对话，很快得到了肯定的答复。白友新兴奋地匆匆亲吻程帆扬后，离开餐桌去工作了。

程帆扬看着白友新的背影，眼中有遮不住的落寞。非洲的矿山，对她来说并没有那么重要，她自己有足够的钱和社会地位，并不打算从白友新那里分一杯羹，她眼下最迫切想要的，就是一个自己的孩子。然而白友新嘴上说想要孩子，却一直在拖着，总说时机不对，连孕前检查都只有程帆扬一个人去了。白友新有自己的孩子——白石初，是他和前妻生的，白友新因为离婚的事，一直觉得亏欠了这个孩子，却没想到他也亏欠了为他流产过一次，至今没能有亲生孩子的程帆扬……

邱冬娜吃了晓霞的庆功牛排，下定决心要在德瑞好好地干下去，但很多事不是她想要怎么样就能做到的。这天，主管经理带着邱冬娜和其他几个会计师出发去审计现场，然而车上座位不够，刚好多出一个邱冬娜。邱冬娜只好乖巧地下了车，一手骑共享单车一手拉着行李箱，十分狼狈地奋力赶路。骑到一半，主管经理又突然指派她回公司取重要快递文件，邱冬娜二话不说，只能掉头回去。

等邱冬娜气喘吁吁地赶回公司时，快递员已经等得有点不耐烦了，正在不停催促前台。邱冬娜拉着行李从外面跑进来，一边道歉一边要拆封核对。快递员却把笔往她怀里一塞，让她快点签字，说自己已经等了20分钟了。邱冬娜只得在指定位置匆忙签字，快递员几乎不等邱冬娜签好，就拽过签字单，跑着离开。

邱冬娜跟前台笑笑算打过招呼，拉着行李箱回工位。经理的电话正好在此时打来，让她查看快递文件，邱冬娜一口气都没喘，赶紧依照他的命令打开快件，却发现里面空空如也！经理听了之后暴跳如雷，一直说这是他昨天亲手放进去的，邱冬娜急得眼泪快要掉下来了，只能重复地说着"对不起对不起"，同时冲到电梯里要去找快递员核对。

邱冬娜在事务所焦虑地来回踱步，打电话，试图跟快递员沟通，然而对方硬得像石头，不承认自己的任何过失，更要命的是，快递员的同事告诉邱冬娜，这个快递是自寄件，他当时从快递柜里拿到的就是一个空信封。邱冬娜很快就想明白了，平静又绝望地挂掉了电话。

跟快递员没有关系，她一开始，就被人给整了！车上为什么平白无故少一个座位，走到一半为什么让她回去拿快递，好好的文件袋为什么是空的……只有一个答案。邱冬娜稳步朝主管经理办公室走去。

主管经理大声斥责邱冬娜："我在德瑞待了这么多年，就没见过你这么蠢的人！这么重要的文件，到你手里半天都不到！丢了！弄丢了！"

邱冬娜深吸一口气："是因为照片吧？"

主管经理被戳破，恼羞成怒："凡事多从自己身上找找原因……"

邱冬娜打断他，冷静地说："从头到尾，你都没说里面是什么，只说是重要文件，我不该不核查就签收，但我想，这可能只是你对我的第一个提醒，后面还会有第二个，第三个，直到我被迫走人。其实，上次你找我在这间办公室谈话的时候，就想好了对吧？根本就没打算留下我，让我转正是为了找正当理由开除我，还能替所里省下赔偿。以后说起来，我是被解雇的，想必其他所也会忌讳我这样的人。"

主管经理不回答，邱冬娜自嘲地笑笑："我确实该在自己身上找原因，一个连自己爱过的女人都可以分分钟牺牲的人，怎么会受我威胁。"

主管经理见她什么都明白，干脆不再否认。邱冬娜见状，往外走，想了想又转回来抬起头告诉他："另外，我想顾飞应该没有你这样的朋友。你可能觉得我什么都没有，是个说捏死就捏死的小蚂蚁，但我告诉你，我大部分时候嘴甜，识趣，但并不代表我什么都能忍，万事无底线。为了生存我很能忍，同样，我也豁得出去。你这样的人，我不伺候了！"

邱冬娜大步走出办公室，但眼睛却忍不住有点酸。毕业后的第一份工作啊！承载了多少年轻人对未来的期待，就这样尴尬又不体面地在阴谋设计中结束了,早知道这样,还不如当初和李楚宁她们一起走。

邱冬娜把自己的胸牌交还给人事,默默收拾好东西离开了。没有任何一个同事来道别或者送她,邱冬娜在心里自嘲,原来自己的人际关系这么差,随后头也不回地离开了。

邱晓霞如常下班了,今天发工资,她还特地买了一份邱冬娜馋了很久的三文鱼,然而一出超市门却看到明显神色不正常的邱冬娜。邱晓霞满脸狐疑地问她今天怎么不加班,邱冬娜正犹豫怎么回答,这时她看到了晓霞手里的三文鱼,眼前一亮,赶紧岔开话题。邱晓霞看邱冬娜馋嘴的样子,喜滋滋地说:"来来来,堵上你的嘴,别真为一口吃的,等我老了以后在医院拔我氧气管。"

邱冬娜假装不经意地说:"我的实习工资也到账了,加上你这个月工资,不会刚好够付这个月的房租吧?"

邱晓霞听出不对劲,德瑞是月初发工资,不过年不过节的今天发什么发?邱冬娜见晓霞疑惑,干脆也不瞒了,直接边鼓掌边说:"恭喜您!又获得了我一个月的抚养权!"

邱晓霞一听就明白了,闺女这是被这对狗男女绊了个跟头啊!她转身就往德瑞的方向走,要去闹个清楚。邱冬娜赶紧拦住,她怕晓霞去闹事,干脆背了这个黑锅,说是自己让人揪住了错误,违反了公司规定,连补偿都没有。邱晓霞气得直敲邱冬娜脑袋,下个月生活费上哪凑去啊!早知道那顿牛排大餐炖一锅土豆牛肉多好,连汤带菜,至少一个礼拜饭钱有了。

邱冬娜赶紧说出了自己的解决办法,那就是告诉自家那套房子的租客,提前交下半年的房租,可以打9折,弄到一笔钱度劫再说。邱晓霞一听就皱眉,目光躲闪游移,说那个房子不好租,找这么个房客不容易。邱冬娜发现晓霞的异常,但她以为老妈是在担心生活费，她赶紧连捂带拽地把晓霞弄回了家，跟她保证自己一定到找到新工作。

虽然嘴上保证得信誓旦旦，但邱冬娜心里也没底，各大事务所和公司的秋招早已经结束，现在还能剩下什么好岗位呢？果然，邱冬娜投了无数封简历，都石沉大海，同学朋友那里也没有好工作推荐，邱冬娜躺在床上，天花板上仿佛浮现起一个个斗大的数字，房租、交通、吃饭……不断叠加，最后减掉存款，月余额还有负 4380。

邱冬娜翻了个身，并不想再去看那些数字。绝望地邱冬娜掏出手机打开通讯录，找到"顾飞"的名字，迟疑一会儿。这个电话打出去，顾飞一定会帮忙，但他身边还有程帆扬，程帆扬怎么可能同意自己入职非凡，邱冬娜摇了摇头，把手机收了回去。

第三章 重逢顾飞

邱冬娜估计自己一时半会儿是找不到工作了，眼下维持生活的最好办法就是提前收房租。虽然提前收租的主意被晓霞否定了，但邱冬娜还是偷偷跑到了自己老家门口。原本邱冬娜想着好声好气地跟人家商量，不料租客态度很不好，邱冬娜刚一开口，对方就叫嚷起来：

"你们是不是无赖，说好的三个月付一次，非说这房子卖了，现在的房东没收到房租，天天来我这骚扰，干吗啊！"

邱冬娜还没反应过来，租客却已经"嘭"的一声关上了门。她正要再问，楼道里却上来两个带着折凳、拎着方便面和保温瓶的小伙子。两人大大咧咧地把凳子放在了租客房门口，门神一样一左一右地守着，其中一个人拍门大声冲门里喊：

"你们不交房，就要交租，这房子，法律上已经是我们公司的了！有种你们别出门，我们就住你们门口了，看你能忍到什么时候！"

邱冬娜警惕地问："这是我家，你们什么人？"

守门的小伙仿佛捡到宝了，一把抓住邱冬娜的手臂："你家？正好，你家抵押这房子从我们公司贷了50万，现在你妈电话也不接，钱也不还，你今天也别走了，要么给钱，要么这房子我们收了，必须要一个说法！"

邱冬娜一下子被对方说蒙了，心里升起了很不祥的预感。两个小伙子一路尾随着邱冬娜来到晓霞工作的便利店里，邱晓霞一看到他们三个走过来，立马心虚了。邱冬娜看到晓霞的样子，就知道小伙子说的是真的。邱冬娜抱着最后一点希望，打电话给自己学法律的师姐咨询，但对方的判断是这件事只能以合同纠纷处理，不算诈骗。邱冬娜的最后一丝希望被掐灭，她挂掉电话，绝望地看着晓霞。

晓霞还在不死心地跟两个小伙子理论："你胡说，我们签合同的时候，你们说是以房养老的理财！怎么就变成贷款了？"

邱冬娜扶额，她把贷款合同拿到邱晓霞面前，有些不耐烦地说："这不是以房养老的理财，这就是一份贷款合同，房子是抵押物，你签的时候没看吗？"

邱晓霞支支吾吾地解释："他们说，标准合同就是这样，让我放心签。而且，后来确实给我钱了。除了50万，每个月也都给钱了，跟之前说的以房养老条件一样，我就没深想。"

邱冬娜追问："那钱呢？"

邱晓霞理直气壮了起来："还了，你上大学借亲戚的钱，不得还人家啊！说好的你毕业那天还，晚一天都算我说话不算数。"

邱冬娜急了："那也不能50万全还了！"

"利息不算吗！我邱晓霞一辈子不欠人情，当初承诺的多少就是多少，全还了。剩下的，租房子不得花钱啊，还有超市的陈叔，儿子住院，我借了他一笔……"

邱冬娜很了解邱晓霞，知道她还有事隐瞒，于是盯着她，等她继续说完。

邱晓霞干咽一口口水，艰涩开口："还了钱，还剩 20 来万，我听陈叔的，投资了，然后，赔了。我不也是想给你多攒点钱，我……"

邱冬娜恨不得把邱晓霞脑子里的水晃出来，陈叔是什么人，自己儿子住院都没钱，怎么可能懂什么投资！邱冬娜颓丧地趴在了合同上，这下晓霞可彻底把她们坑惨了。原本就算再穷，母女俩好歹还有个安身立命的地方，邱冬娜一直把这套小房子当作自己最后的退路，没想到她的退路早已被晓霞给斩断了。

两个讨债的小伙子这下彻底盯上了邱晓霞母女，天天蹲她们门口刷手机、吃泡面。邱晓霞蹑手蹑脚趴在猫眼上往外看，邱冬娜则对着一台老旧的笔记本电脑，查询合同上的种种细节。

邱冬娜无语道："别看了，不还钱，他是不会走的。"

邱晓霞急了，要报警，邱冬娜无语，这时候有法律意识了？当初拿着身份证复印件签合同的时候怎么不想想法律？不想就算了，连个电话都不给自己打，悄无声息地就把这么大的事给办了。邱冬娜想到这儿就生气，懒得再理邱晓霞。

邱晓霞看出邱冬娜的态度，忍不住委屈地喊了起来："我还不是想着那个破房子反正你也不会回去住了，我赚这点钱还不够自己生活的，有一笔养老金，以后省得拖累你。你妈我没文化，如今骗子太多了，傻子都不够用，就我这种特别傻的，揪着一个还不往死里坑啊。"

邱晓霞说着就开始抚着胸口要假哭，邱冬娜被说得没脾气了，她拿起桌上自己算过的纸,缓缓开口说:"现在就是把房子给人家,债务一笔勾销最合算。"

邱晓霞不愿意放弃房子,但又不敢再反驳,只能默默走回房间。邱冬娜以为晓霞放弃挣扎,于是也带着怒气睡了过去。没想到第二天一早,邱冬娜被楼下的争吵声闹醒了,邱冬娜直觉就是晓霞又出幺蛾子了。

果然,邱冬娜一下楼就看到以邱晓霞为首的几个穿保安、保洁制服的人把那两个收债的小伙子团团围住。晓霞的手下充当黑社会,揪着小伙子要把他们送去公安局,邱晓霞自己则扮起了和事佬,让小伙子快走。

收债小伙据理力争,他指着自己的头大喊:"你们才是骗子,抢钱啊!借钱的时候求爷爷告奶奶让我们借,现在该还钱了想赖账,门儿都没有!你揍,你往这揍,给我弄一个伤害,你下辈子坐牢去吧你!"

几人推搡起来,邱晓霞拉偏架,小伙子急了,真要动手,邱晓霞心一横,直接往地上一躺,撕心裂肺地大喊:"杀人啦!放高利贷的杀人啦!"场面顿时无比混乱,邱冬娜看着眼前的一切,感到头痛欲裂,终于她怒喝一声:

"别闹了!房子给你们!"

邱晓霞还想阻止,邱冬娜却头也不回地跟着两个收债小伙子往小利金融公司走去。问题很快解决了,房子归公司,邱晓霞欠的债务一笔勾销。母女俩从办公室出来,邱晓霞不停地揉着胸口,大约是堵得慌。邱冬娜吸了吸鼻子,努力没让眼泪掉下来。邱晓霞看着邱冬娜沮丧的样子,忍不住把她搂到自己怀里,轻声道歉:

"是妈妈不对。我闺女厉害,这么快就解决了,要是没有你啊,别说这套房了,我估计俩肾都得搭进去还不够。"

邱冬娜破涕为笑:"你的肾没那么值钱。"

邱晓霞努力提起一个笑脸："不哭了，矫情，就是个亏，我吃的我得认。什么大风大浪没见过，你妈我就是踏浪的哪吒，这钱，肯定能赚回来！就当给坏蛋买棺材了。"说完晓霞牵着邱冬娜的手走下楼梯。

邱冬娜突然觉得她们两个人有些荒诞又好笑，忍不住问："妈，咱俩这样对吗？正常人被坑了这么大一笔钱，不应该这样吧？怎么也该象征性地寻死觅活一下吧？"

邱晓霞满不在乎地回答："寻啊，寻完死不还得觅活吗？按顺序，总归还是要觅活的，只要活着，就有机会翻身。有那时间还不如想想以后怎么办。"

邱冬娜得到鼓励，用力点了点头，母女俩相互搀扶着离开了金融公司。

房子没了，邱冬娜最后的备用方案宣告失败，她终于鼓起勇气，给自己写了一封中英文推荐信，在信里把自己夸得天花乱坠，然后拿起手机鼓起勇气，拨通了顾飞的号码。死到临头了，还要什么脸。

邱冬娜满脸堆笑地对着电话开口："老大好……可不嘛，我真是邱冬娜……哪能啊，一日为师终身为父，我能把父亲拉黑吗？您的电话号码，我倒背如流，这不是，怕您忙，不敢打扰您吗？"

电话另一边，顾飞眯起眼睛，笑了："呵，小犟长本事了，用我教你的办法对付我？有事儿说事，收起你那套扮猪吃老虎的假殷勤。"

邱冬娜不理他的嘲讽，继续谄媚："别总小犟小犟的，多难听啊。您能帮我一个小小的忙吗？给您同学写一封我的工作推荐信，绝对不麻烦，我都写好了，您看一下没问题只要签上大名就行了。"

顾飞听着邱冬娜终于曲折委婉地提出自己的要求，忍不住笑了笑。"小犟"这个名字可不是白取的，顾飞回想起当年邱冬娜实习的时候，别人都是老板要求实习生24小时在线，邱冬娜可倒好，直接把充电宝递到了他手上，要求他这个老板 24 小时在线。顾飞随口找了个借口说自己记不住她的号码，没想到邱冬娜认认真真地回答："你的生日、你的门牌号、你的鞋码，拼起来恰好是我电话号码后四位。"顾飞被她说愣了，半开玩笑地答道："你呀，怎么那么犟，工作恋爱生活，没一个你不犟的，我看你干脆改名叫'小犟'得了。"小犟这个名字就这么叫了下来。

顾飞听闻邱冬娜被德瑞解雇了，忍不住有些幸灾乐祸，这时邱冬娜已经把推荐信邮件给他发来了。顾飞并未点开，而是笑着答道："推荐信不算个事儿，但我从来不免费帮忙，明天过来帮我做个调查。"说完顾飞就挂了电话。邱冬娜摇摇头，她就知道顾飞没那么容易答应。

邱冬娜起了个大早，根据顾飞发的地址，来到梵妍服饰旁边的咖啡厅和顾飞见面。邱冬娜难得地有些紧张，而顾飞还是一如既往，一副优雅又玩世不恭的样子看着她。

邱冬娜讪讪地问道："老大，咱们在这工作，不符合审计准则吧。"

顾飞一本正经地回答："行啊，程帆扬今天在所里，你要乐意去见见她，我没意见。"

邱冬娜慌忙摆手："别别别，这儿就挺好。您刚才给我看的资料怎么就一张照片啊，人物关系图也看不清楚，我怎么展开工作？"

顾飞盯着咖啡馆里不时进出的挂着梵妍服饰工牌的顾客，表情放空地说："能看的我都看了，暂时没发现什么，我需要一个提出新问题的人，或者你就陪我坐会儿，换换脑子。"

邱冬娜无奈耸肩，打开手机微信，把自己的头像换成一个网红脸头像，对着顾飞发过来的图片，逐个用电话号码搜索图片中的经销商微信，申请添加好友。

顾飞好奇道："你不会打算加了这些人的微信直接问吧？"

邱冬娜警惕地看了看四周,没有开口说话,而是发微信给顾飞说:"询证函该问的你们肯定都问了。网上能搜到的信息,就算你们没翻过,新来的实习生肯定也会按这个思路做,但这些人的朋友圈,就没那么容易看到了。现在又没有其他突破口,只能这么试试了。"邱冬娜话音刚落,她的微信响起了第一个通过好友验证的通知显示。顾飞满意地点点头。

而另一边,非凡会计师事务所的工作氛围却大不一样。李楚宁、鲁一鸣、季子萱等一批新来的实习生,正对着一箱箱梵妍服饰的资料犯愁。不过其他实习生都在翻看纸箱里的资料,或者在电脑上噼里啪啦地打字,李楚宁却另辟蹊径。她对照白板上的人名,在搜索栏输入"广州新新服装服饰有限公司 陈庭 陈总",并选择"新闻"选项,开始逐条观看,很快看到某商场招商新闻里贴了一张会议图片,陈庭作为参会人,坐在角落标有自己名牌的座位。李楚宁把陈庭不太清楚的照片截下来,开始以图搜图,搜出来的结果并不尽如人意,她平静地开始搜索下一个人名。

邱冬娜添加了一大堆好友,一个个地点开翻看朋友圈,手指翻飞跟不同的人聊天。顾飞忍不住发微信嘲笑她:"问到了吗?他们是发朋友圈还是用语音跟你承认操控财务状况报告的。"

邱冬娜揉了揉脖子回复:"用不着讽刺我吧,要让我跟这些人聊上一个月,肯定包您满意。"

顾飞回复:"没问题啊,那我下个月再给你推荐信。"

邱冬娜失望地把手机放在一边,望着店里发呆。突然,一个员工脖子上"梵妍服饰"的胸牌引起了邱冬娜的注意,她突然拿起手机,快速给顾飞发微信,问道:"梵妍服饰营业费里的材料、印刷费都支付给谁了?他们在哪印名片?"顾飞猛地抬头,刚好撞上了邱冬娜亮晶晶的眼睛。

顾飞很快问到了印刷厂地址,两人来到印刷厂门口。顾飞问了句:"老规矩?"邱冬娜自信地点头答道:"打配合,从现在开始你是我的主任,我是你脑子不太好使的手下。"

两人来到印刷厂办公室,邱冬娜一副楚楚可怜的样子,假装自己是没带U盘而被老板嫌弃的无脑员工,求印刷厂工作人员借电脑给自己登录邮箱找要打印的东西。工作人员指了台电脑给她,随后就忙自己的去了。邱冬娜如获至宝,赶紧在电脑上全局搜索"梵妍",果然出现了几个以日期命名的文件夹。邱冬娜快速整合文件,全部复制进一个新建文件夹。

顾飞坐在车里,看到邱冬娜抱着一个大纸箱,从印刷厂里兴高采烈地出来。

"顾主任,咱们厂的工牌做好啦!"邱冬娜将一把工牌和几盒名片扔给顾飞,"你罗列的那些人,我在两年前梵妍服饰印名片的文件夹里发现了同名同姓的15人,职务都在经理以上。"

顾飞惊讶:"他们就这么直接让你印了?"

邱冬娜答道:"他们以为我打印的是咱们厂的名片啊。印刷车间里没人核对的,这一版人名,大部分是我随手写的,为了防止他们发现,我把我编的和梵妍服饰你需要的证据穿插着打印的。"

顾飞核对手里的工牌,前几个名字都是认识的人,"邱冬娜""顾飞""程帆扬",接着是梵妍服饰的"陈玲玲""范书潮"等。顾飞满意地点头:"真是名师出高徒啊。我教你的时间还是短,半路师傅稍加点拨你就出息成这样,我不当大学老师,真是学界一大损失。"

两人正在因为取得突破而感到一阵轻松,顾飞却突然愣住了,邱冬娜顺着他的目光看过去,工牌上赫然出现"白石初"的名字,邱冬娜也有些尴尬。工牌上用来打掩护的名字，都是邱冬娜第一反应想到的名字，她现在处于工作场合，想到顾飞和程帆扬都很正常，但想到白石初这个前男友就有点……

两人尴尬地沉默了一会儿，顾飞先开口说："我是非常想留下你的。"

邱冬娜摇摇头："算了，我不想让工作关系变得复杂。"

顾飞看着道路前方，回忆与现实交叠。他仿佛看到当年道路两边稀稀拉拉地给马拉松选手加油的人群。

当年白石初和邱冬娜一起参加马拉松，顾飞受程帆扬之托来看白石初，只见白石初姿态轻松，一身专业装备，倒退着跑在前面，给邱冬娜领跑。而邱冬娜穿着非专业运动鞋和衣服，膝盖破了，形容狼狈，跑得十分吃力，几乎是在走。等邱冬娜跑完的时候，比赛早就已经结束了，顾飞亲手帮她拉起终点线，让邱冬娜冲线。邱冬娜终于过线，累得躺在了地上，白石初伸出手要拉邱冬娜。邱冬娜上气不接下气地摆摆手，说自己太累了。这时顾飞却跟邱冬娜并排躺下了，两人一起看向无垠的天空。

白石初和邱冬娜的恋情从头到尾都在顾飞的注视下，包括那场看似浪漫实际上很嘈杂的表白。那天白石初在高级夜店的最大包厢用气球、鲜花、蜡烛布置了声势浩大的求爱现场，邱冬娜被蒙着眼睛带进来，白石初站在最中间准备表白，他旁边都是穿着体面的朋友们。邱冬娜穿得运动休闲，跟其他人格格不入。

邱冬娜声音有些紧张地问："到底什么惊喜啊？"

脸上的布条被松开，音乐响起，邱冬娜一睁开眼，就看到投影屏幕上开始播放白石初与邱冬娜认识后的各种照片：马拉松比赛结束后邱冬娜和白石初的合影；财大图书馆邱冬娜在看书，白石初凑到镜头前自拍下两人合影；某演讲厅后台，邱冬娜用订书机把白石初掉了的扣子固定回西装袖口；便利店，邱冬娜递给白石初一碗泡面；泡面特写，汤上飘着海苔，海苔拼出了"生快"两个字。

随着照片的播放，白石初深情告白："娜娜，我第一次见到你是一场马拉松比赛，你受伤了也要坚持完赛。我以为执拗就是你的全部了，但你不停给我新的惊喜。我马上要上台的重要比赛，你用订书机帮我订了袖口的扣子。我没人记得的生日，你请我吃了不一样的长寿面。你有趣，会生活，你总让我想到家，做我女朋友吧，让我陪你跑完人生路。"

邱冬娜全程保持着尴尬的微笑，她想后退，但她身后的人却把她往投影幕布前面推。邱冬娜想开口拒绝，然而周围却都在大喊"太浪漫了""答应他"，邱冬娜的声音被淹没在起哄声中。

白石初拿出项链，附在她耳边说："这项链上刻了你的名字，你不要，我只能扔了。"邱冬娜身体僵硬，任由他把项链戴在了自己脖子上。

顾飞的声音把邱冬娜从回忆中唤醒："我啊，直到现在也不很认同当众求婚啊表白啊这种形式，对方能答应就是惊喜，对方万一还在犹豫，那就是绑架啊。"

邱冬娜没想到他会这样说，于是问："如果换作是你被当众表白，会怎么做？"

"这种事情一般都是小白这样的热血男孩干的。我早知道你不会跟他出国，差距太大了，按你的脾气，不可能接受他的……施舍。"顾飞想了想又继续说，"不过你的分手方式也太不体面了，合着之前哄着骗着，就等送走了这尊瘟神，你就急匆匆发个短信分了？有点趁人病要人命的味道。"

顾飞没继续说的是，正是因为邱冬娜这么个不靠谱的分手方式，导致程帆扬一直对她没有好印象，不然顾飞早把她拉进自己的事务所了。

邱冬娜闷声回应:"嗯,我知道,我那时只想躲他,没想到他会为了我,放弃大学的 offer。所以非凡我都不敢想了,程老师烦透了我。老大,算我求你了,帮我写推荐信吧。我真的有点活不下去了……"顾飞甚少看到邱冬娜这样彻底低头求人的样子,一时有些不适应,回答道:"你今儿帮了我大忙,推荐的事,包在我身上。"

另一半,非凡会计师事务所里,其他人都已经走了,只剩李楚宁还在电脑前,时不时向门口张望。另一个实习生鲁一鸣叫她一起走,李楚宁佯装看手机,说自己叫的车走错了,等到鲁一鸣离开,李楚宁这才从电脑底下拿出一直压在那的几页打印稿,走到顾飞的办公室。

顾飞正聚精会神地写尽调报告,李楚宁敲门进来,自报家门说自己在财大上过他的客座课,然后把自己做好的材料递给顾飞。顾飞接来一看,上面是一些有参与人照片的"梵妍服饰"前几年的新闻,李楚宁以图搜图的分销商照片被作为参照贴在旁边,全部都是同一人分别以梵妍高管、分销商身份参加不同活动。

顾飞一目了然,夸赞道:"你做得很好。"李楚宁刚要谦虚几句,没想到顾飞接着说:"正好可以作为辅助补充材料,和这些工牌、名片一起用,不错。"

李楚宁这才注意到顾飞桌上的各种名牌,赶紧奉承道:"这是你今天查到的?太厉害了。"

顾飞语气有点惋惜地说:"称手的刀不好找啊。"

深夜,顾飞从办公室里出来准备离开,发现李楚宁还在位置上。顾飞在事务所也混了十多年了,新人这点小心思,他一清二楚,不过就是故意加班到现在给自己看罢了。顾飞也不是怜香惜玉的人,直接来了句:"我倒不知道我给助手布置那点活儿至于加班到现在。"

李楚宁被揭穿后有点尴尬,借口说自己怕堵车。顾飞看了一眼自己腕上的卡西欧破表，便说要送李楚宁回家。李楚宁说自己打车就好，顾飞却有点不耐烦，拿起自己的东西不容拒绝地往外走，李楚宁慌忙跟了上去。车内气氛有点奇怪，顾飞明明一副赶时间不耐烦的样子，但还是在李楚宁的指导下缓慢开着车找李楚宁家的高档小区的入口。

李楚宁有点紧张地说："我在这下就行了。"

顾飞却坚持问："这是离你家最近的一个门吗？"

李楚宁点点头，顾飞停车让她下了车，还叮嘱李楚宁到家后发短信。李楚宁道谢后离开，走出好远，却发现顾飞的车还停在那里，车灯照亮她前进的方向。李楚宁因为这一份稍微有些越线的关心，而感到小小的得意，毕竟顾飞是事务所里有目共睹的青年才俊。

顾飞看着李楚宁的背影，下意识摸索着腕上的手表。他对李楚宁根本没别的心思，更不是闲着没事干送人玩儿，而是多年前，他爱过的女孩因为他的疏忽而受到了不可挽回的伤害，从那之后顾飞就养成了强迫症，晚上一定要把自己视线范围内的女性安全送到家。

顾飞正沉溺在痛苦的回忆中，手机却突然响起，他赶紧接起来，养老院护工在电话那头焦急地大喊："顾飞，快来，你爸不行了！"

顾飞立刻掉头驶向养老院。

顾飞见到的是躺在床上蒙白被单的父亲。顾飞静静垂手立在床边，看似在哀思，实际上，他在亮度调得很低快没电的手机通讯录里，翻找一个叫"王事成"的人，打了过去，随后疲惫地搓搓脸，坐在那里发呆。很快王事成带着胖丁、癫痫两个兄弟，抱着寿衣等东西进来了。

王事成显得比顾飞还沉痛，安慰他："兄弟，节哀顺变，哥一接到电话就来，下半夜的衣服不好找，让老爷子凑合凑合，过两天买着合适的再给他烧。"

顾飞点点头，王事成和两个兄弟麻溜地给顾飞爸爸把衣服给换了，又找一块垫子放在床边,示意顾飞过来磕头,但顾飞转身出去了。房内三人看到顾飞出去了,都愣了愣。

胖丁有点困惑地小声问:"王哥,小飞对他老子意见挺大啊。"

王事成回道:"别瞎说,他爸瘫了快十年,在瘫之前因为贪污被抓了,跳楼没死成,才弄成这样的。小飞也是因为他爸的事,才被迫从北京来了上海。"胖丁和癞痢听了这话,都唏嘘不已。这时王事成收到一条信息,是顾飞发来的红包和感谢的话。王事成叹了口气,他知道顾飞一定又躲起来了。

与此同时,邱冬娜正在和顾飞介绍的某所合伙人 Eddie 碰面。Eddie 对邱冬娜很满意,但这主要是出于对顾飞眼光的信任。他给邱冬娜提供的职位和工资都比德瑞高,但事务所在北京。

邱冬娜犹豫了起来,因为晓霞在上海。虽然她很心动,但还是拒绝了。Eddie 有些意外,邱冬娜只能不好意思地笑笑。Eddie 离开酒店,打电话告诉顾飞,邱冬娜拒绝了自己,顾飞倒是毫不意外,他了解邱冬娜家里的情况,估摸着她是不会离开上海的。

顾飞从养老院回来之后,就再也没在事务所出现过,整个非凡都靠程帆扬在盯着。程帆扬忍无可忍,走到办公区里,问:

"顾飞在哪?"

李楚宁环顾左右,见没人敢回答,于是开口答道:"早晨给他打过电话,他没接。"程帆扬把手里的资料塞给李楚宁,拉着行李箱,一边给顾飞打电话一边离开。顾飞的电话怎么都打不通,程帆扬直接让助理改签了机票,走到顾飞家门口,不断按着门铃,始终无人应答。

程帆扬再次拨打顾飞的电话,铃声隐约从门里传来。程帆扬凑到门口,温声细语地说:"顾飞,我知道你在,你要是出事儿了不能接电话,我报警破门了。"

门终于被从里面打开了,睡眼惺忪的顾飞出现,将程帆扬让进房间。

顾飞的家布置简单到不像有人居住,客厅里摆着电视,茶几上放着外卖餐盒,电视开着,正在播放介绍黑足猫的动物纪录片。从客厅能看到里面的卧室有床,但只有一个床架,光秃秃的,连床垫都没有。

顾飞回到沙发上想继续睡觉,他懒洋洋地问:"你现在不应该在飞机上吗?"

程帆扬已经快按不住火了,反问道:"你现在不该在工作吗?"

顾飞揉着太阳穴:"我太困了,我得睡觉。"

程帆扬打开手机找外卖APP:"我帮你叫咖啡,你不能像在银鑫一样,自己想干什么就干什么。作为你的合伙人,我要对所有人负责。"

顾飞垂头坐在沙发上,平静地说:"我爸死了。"

程帆扬愣住了,看着顾飞不知该做何反应。顾飞看着她的样子,忍不住有些好笑:"不用搜肠刮肚地想词儿安慰我了,连我自己都不知道我该是个什么感受。说实话,他死了,我居然有松了一口气的感觉,是不是特浑蛋。"

程帆扬不接茬,而是拿出手机,语气平静地说:"你需要助理。另外,梵妍的尽调,小杨可以暂时顶上吗?还是你觉得陈劲锋更适合?我可以暂时上海成都两头跑……"

顾飞在她毫无感情的机械的话语安慰下,竟然渐渐放松下来。他忍不住感叹程帆扬真的是个机器人。程帆扬见目的达到了,起身抚平衣服上不存在的褶皱,优雅地离开。

邱冬娜拒绝了顾飞介绍的事务所后,退而求其次面试了一家企业的财务部门,对方对她很满意。邱冬娜从公司面试出来,并没有很高兴,毕竟这和她的职业规划相差甚远,但也只能先将就着挣钱了。

这时,邱冬娜突然接到了养老院的电话,通知她把顾鹏的费用结

039

一下。顾鹏就是顾飞的父亲，邱冬娜解释道自己只是在给顾飞当助理的时候留了这个手机号，但现在已经不负责这个了，她话还没说完，却从对方那里听懂了顾鹏的死讯。邱冬娜愣住了。

顾飞处理完丧事，从殡仪馆回来，正掏钥匙准备开门，却听到一声"老大"。顾飞转头一看，邱冬娜站在黑暗里，一副已经等了很久的样子。邱冬娜按亮了手机电筒，帮顾飞照亮锁孔。顾飞把邱冬娜让进来，开了灯之后自己直接瘫在了沙发上，按开了电视，屏幕上依旧是动物纪录片。

邱冬娜环顾四周，摇着头说："你这房子怎么还跟刚搬进来一样。"

顾飞在兜里摸了半天，只找到一块揉到变形的口香糖，丢进嘴里嚼了起来，含糊不清地说："懒得收拾。"

邱冬娜自己找个地方坐下，有些忐忑地说："我接到了护理院的电话，知道了你爸爸的事儿……"

顾飞知道她要说什么，直接叫停："不用节哀顺变了，我爸在我心里，十年前就没了。"

邱冬娜从兜里掏出一张非常破旧的100元钞票，递到了顾飞面前："我不是来让你节哀顺变的，我是觉得，还是应该把这个给你。"

顾飞看着那张钱，一时没想起来，直到邱冬娜提醒他这是面钱，他才想了起来。当年邱冬娜还是顾飞手下的实习生的时候，帮他处理各种杂事，包括帮他跟养老院联系。当时顾飞不愿意跟顾鹏联系，顾飞生日那天，顾鹏给了邱冬娜一百块，托她给顾飞买一碗长寿面。然而顾飞一听到这是顾鹏安排的，立马撂下两百块钱，转身就走，邱冬娜这才意识到自己惹了祸。

顾飞看着眼前的邱冬娜和她手里皱巴巴的一百块钱，脸上带着揶揄的笑："钱上也没记号，你留了两年？"

邱冬娜一语双关："钱的事，我从不出错。"

顾飞整个人向后一瘫："哎呀，真行，1.2亿的巨贪拿100块钱买碗寿面，就敢搏别人不计前嫌了，奇才啊。你说这人都怎么想的啊？你说给人做爹是不是天底下最容易的事儿？生孩子就出一个细胞，然后也不用管他，等他长到20多岁一脚给他从天上踹到地下，自己一死了之，死还死不成，一屁股烂账得儿子还。最后呢，出100块钱买碗寿面。"

邱冬娜耸耸肩："我没给人做过爹，我爸去得也早，在这个领域我没有什么发言权。"

顾飞拿过100块钱在灯下照水印，仿佛在认真思考："不能是假的吧。这事儿他绝对干得出来。怎么会有那样的父亲，挪用了那么多钱，烂摊子扛不了想一死了之，最后让儿子背锅。"

邱冬娜摇摇头："如果不是某些做儿子的积极主动表示要扛下责任，帮忙赔偿，这位儿子也不会很多年过得那么潦倒，是吗？你也可以选择不替他背这个锅的，甚至，你来上海的时候可以把他留在北京的，你也带他来了。"

顾飞答道："怎么办呢，他不是个负责的人，如果我也不负责，别人只会说顾鹏的儿子顾飞跟他老子一个德行，我已经因为他犯罪这事儿寸步难行了。我对他吧，恨也谈不上，毕竟当时我不知情，跟着他过了不少年奢侈的好日子，我那时很崇拜他，觉得我的爸爸是个顶天立地的男子汉，甚至在大学专业选择上，也受了他的影响，进入了一个自以为能帮上忙的领域。我，也算，某种意义的共犯了吧。"

邱冬娜无奈了，这人还真爱往自己身上揽责任，她站了起来，问顾飞要不要吃碗面，顾飞下意识地点点头。顾飞以为她要给自己下厨，没想到她把自己领到了便利店。

邱冬娜和顾飞在便利店面对面坐着，邱冬娜面前放着两只空的便利店咖啡纸杯，她熟练地分好冰，用冬瓜茶、廉价威士忌、袋装柠檬像模像样地调好了酒，一杯给自己，一杯递给顾飞。邱冬娜举杯，说祝酒词："干了这杯忘情水，刘德华包你不后悔。"

顾飞被邱冬娜逗笑了，不再说话，埋头吃面，热气熏在他脸上，他眼眶红了。邱冬娜看见了，但假装没看见，自顾自地找话说，跟顾飞汇报自己这几天的面试情况，还有准备要进企业的决定。顾飞很快叫停了她："你不用没话找话了，我没事了。"

邱冬娜还是不看顾飞，胳膊肘却把纸巾轻轻往顾飞面前推了推。

顾飞掏出纸巾大力擤了鼻涕，质问她："进企业？当初谁信誓旦旦要进事务所做执业会计师，两年会计师事务所工作经验才能申请执业会计师，你是清楚的。理想呢？合着当初跟我说的那些，都是大话糊弄鬼呢？"

邱冬娜耸耸肩："边工作边找机会吧，毕竟还得生活。"

顾飞不解："你家里就这么缺钱吗？你是不是出什么事儿了？"

邱冬娜不想多提自家的事，糊弄地答道："能有什么事儿啊，就是破窗效应呗，窗子破了一个洞，大家就都想砸，我家差不多也这样吧。"

顾飞突然认真了起来："那你更得坚定不移地按计划走了，不然永远在烂泥里挣扎。你不想办法证明自己，谁能有那个好心，给你搭好舞台，看你表演。欲戴皇冠必承其重，通俗点说，没有金箍棒就别穿小裙子，我为了不被人揪这十分的误差，头三年几乎就没见着家里的床。"

邱冬娜悄悄插嘴："现在你家也没正经床……"

顾飞拍拍邱冬娜："反正你不能这样下去了，就冲你今天这顿酒，我得帮你想想辙，我去跟程帆扬说，你来非凡！"

邱冬娜连忙摆手："可别，我算是领教了，强扭的瓜不甜，我进了德瑞也被让看我不顺眼的大腿给蹬出来了,何况是程总……我可不想职业生涯第一年,就被辞退两次。"

顾飞对邱冬娜笑笑,不置可否。

第四章 非凡与能一

邱冬娜安慰完就从顾飞家离开了,她知道这种情绪只能让顾飞自己消化,多说什么也没用。邱冬娜走后,顾飞宿醉睡得昏天黑地,做着混乱的梦,梦中他回到了当年北京的那个楼顶,年轻的他看着父亲静静地站在楼沿的背影,害怕极了。他颤抖着说:"爸!你别冲动!警察一定会还你清白的,你怎么会挪用公款呢,我们家不至于。"然而顾鹏头也没回,直直跳了下去。

顾飞从梦中惊醒,揉着发痛的脑袋,念叨了句"刘德华也不灵啊",这时他接到了程帆扬的电话。程帆扬一如既往冷静的声音传来:"关于你昨天说的事,我仍旧认为她不适合非凡。"

顾飞一脸蒙,他对着电话苦苦思索了很久,才明白她在说什么。原来昨天晚上和邱冬娜喝激动了,自己直接把电话打到程帆扬那里,扯着嗓子告诉她,一定要让邱冬娜进非凡,因为她和别人不一样……顾飞捏了捏鼻梁,让自己冷静下来。

程帆扬没有理会顾飞的失神,继续说:"经过小白的事儿,我很清楚她不适合非凡,你到底为什么这么看重她?"

顾飞语气严肃:"因为她是风格最像我的。"

程帆扬没有继续争论,或许是不愿意再为一个小实习生的事费神,于是答道:"行,但试用期三个月她得在我们审计部,我亲自约束她。"

顾飞终于解决了邱冬娜的就业问题,心一下子安了下来,于是倒头又睡了过去。

另一边,邱冬娜的电脑上弹出了名为"江莱科技有限责任公司入职通知"的邮件。她收到邮件,语气并没有多开心地跟邱晓霞报喜。邱冬娜正要回复确认邮件,却突然接到了非凡会计师事务所的电话,通知她入职,并且点名说是顾总交代的。邱冬娜愣了一下,脑海中浮现起程帆扬那张冰冷的脸,忍不住打了个寒战,赶紧说:

"我这边已经找好工作了,就不麻烦顾总了……"

邱晓霞一听急了,赶紧跟邱冬娜比画,用口型说让她去非凡,邱冬娜视若无睹。邱晓霞一把抢过邱冬娜的电脑,不甚熟练地在邮箱回信中用食指敲出"我不去"三个字,直接按了发送键。

邱冬娜急忙凑过去,然而已经来不及挽回了。邱冬娜瞪着晓霞,晓霞对她得意地比"耶"。邱冬娜只能改口对着电话里说,自己刚才太紧张口误了,自己是要去非凡的,明天就报道。

邱冬娜挂了电话,大喊:"妈,你干吗啊!"

晓霞不以为然:"去事务所不是你一直以来的梦想吗?现在落在嘴边为什么不要?"晓霞并不全然了解邱冬娜和程帆扬之间因为白石初而起的恩怨,邱冬娜不想解释,事已至此,只能硬着脸皮去非凡了。

早上,李楚宁照常来到非凡上班,却突然看到"非凡大群"的微信群里,"敏丽 HR"邀请"邱冬娜"加入了群聊。李楚宁一下子给气笑了,这人还真是阴魂不散!这时,一颗喉糖被放在了她桌上,李楚宁抬头,"阴魂不散"的邱冬娜正站在她面前。

"是我,上海这么大,还是又见面了,你吃颗喉糖润润嗓子再做唾弃我的准备吧。"邱冬娜把刚领来的电脑等办公用品放进她旁边的位置,"你别是高兴傻了吧?"

李楚宁鄙夷地看着她:"你怎么跟狗皮膏药似的。"

邱冬娜大度地笑笑:"放心吧,我是来工作的,不是来联谊的,你要是不想跟我说话,非工作需要,咱们迎面走过都可以装不认识。但我先说好啊,你不许坑我,不然我就跟所有人宣布,咱俩是闺蜜,大学同进同出四年,以后所有项目能在一起绝不分开,上厕所都得手拉手。"

李楚宁越听越气:"年纪轻轻,老面皮。"说完便埋头干自己的工作去了,把邱冬娜当空气。

挨过漫长又枯燥的入职培训后,邱冬娜和李楚宁这一批新人就正式开始实习了。邱冬娜一直刻意躲避着程帆扬,幸好程帆扬对她也缺乏兴趣。顾飞也一直不知道在忙些什么,一直到入职培训结束才在事务所出现,一出现就带着她们几个实习生直接真刀真枪地加入梵妍服饰的审计中。

会议室里坐着顾飞、邱冬娜、李楚宁等几个实习生,还有杨芸芸等助理。

白板挂着上海及周边地图,在周边偏远地区已经用红圈圈出了四个地点。顾飞对着地图分配任务:"我们要监盘的这批存货,梵妍放在五个仓库,公司所有的车都在这里,明早五台车从公司出发,谁能开?"

所有人都举起了手。顾飞对局面很满意,拿出自己的车钥匙递给邱冬娜:"你开我车去最近的金山仓库,看着就行,等……"

邱冬娜打断顾飞:"我不会开车,我举手是想提问。为什么要五个仓库同时监盘,我们人手不太够,时间也太紧。"

顾飞并不打算回答,随手挑出一把车钥匙递给李楚宁:"明天,你开这台车和旭东去奉贤仓库,我们监盘完去跟你汇合。"

杨芸芸笑了笑,想跟冬娜讲解,却被顾飞阻止:"让她自己回家想想。"说完他就领着众人出门了,邱冬娜在顾飞身后偷偷做了个鬼脸。

众人一同开车到了梵妍金山服装仓库。邱冬娜表情有点憔悴，跟顾飞走在放满货架的仓库里直打哈欠，两人前面是梵妍负责盘点的工作人员。邱冬娜迷迷糊糊继续往前走向仓库通道，卸货的叉车开过来，邱冬娜差点撞上去。顾飞眼疾手快，一把将邱冬娜拉回来，邱冬娜撞在顾飞身上，两人的姿态像顾飞从后面抱住了邱冬娜。邱冬娜僵住了，顾飞也有点尴尬，后退了一点，拉开距离。

邱冬娜佯装镇定，转移话题说："快告诉我为什么这么监盘。"

顾飞正要回答，有梵妍服装的工作人员走了过来，离两人很近。顾飞不想自己的谈话被梵妍的人听到，于是低下头靠近了邱冬娜的耳朵，小声说话："金山仓库开车到奉贤仓库，一个小时，我们上午盘点完金山仓库，奉贤放在第二天，工人走路扛麻包都能把金山的货转移到奉贤去，还查什么盘亏啊？五个仓库同一批货来回运我们什么也看不出来，懂了吗？"

说的都是正经话，但两人姿势暧昧，路过的员工都以为这是一对情侣在密语。邱冬娜耳朵被他吹得痒痒，有些害羞，她忙不迭地点头，下意识摸着自己那只耳朵，再次跟顾飞拉远距离。顾飞撩完就跑，留下邱冬娜一整天失魂落魄，连李楚宁都好奇起来，问邱冬娜是不是跟顾飞睡了，邱冬娜差点一口老血吐出来。

盘存结束后，大家回到事务所加了会儿班，就陆陆续续地走了。邱冬娜还在磨蹭，为了表达对顾飞帮自己找到工作的感激，她给顾飞准备了一块卡西欧手表当礼物，因为她注意到顾飞手上那块手表已经碎了。李楚宁准备离开了，绕过邱冬娜的座位时，停下来揶揄："唉，面上一套心里一套，算盘珠子打得不要太响，隔着你的肚皮都能听见，当初谁说凭本事来着？不是不屑装忙、卖好、假表现吗？"

邱冬娜装作恍然大悟的样子："下班了？你要回家了？一起呗，

一起坐电梯下楼,你往哪边走?捎我一段。"李楚宁躲瘟神一样走了。

邱冬娜终于熬到办公室空了,她敲开顾飞办公室的门,看到顾飞正在艰难地舒展筋骨,立马以手做刀一巴掌稳准狠地劈在顾飞的斜方肌上。

"我的天,你这是要送走我啊!"顾飞吓得一跳,但晃了晃脖子,觉得疼痛有所缓解,连忙把脖子往邱冬娜跟前送,"哎,好点儿,再来几下。"

邱冬娜教了顾飞几招伸展动作,把顾飞给哄高兴了,随后掏出手表说:"送你一个小礼物。"

顾飞看到这块表之后,突然神色大变,满脸的微笑一下子凝固了,问道:"什么意思?"邱冬娜蒙了,忙解释说自己只是想感谢他。没想到顾飞听完之后脸色直接变了,生气地说:"感谢我就好好工作,别弄这些有的没的,我看你是讨好服务型人格癌晚期了,用力过猛。拿走,别让我再看见这玩意儿。"

邱冬娜赶紧带着东西出去了,不知道自己触了哪门子霉头,沮丧地收拾东西要回家。这时顾飞却突然从办公室出来,要送她回家。邱冬娜紧张不已,赶紧说自己回去就可以了,但顾飞直接从她手上拎起包走了,邱冬娜忐忑地跟着他上了车。

车内气氛凝固在冰点,顾飞皱着眉,一言不发开车,开得飞快。邱冬娜紧紧贴在座位上,下意识拽着安全带。邱冬娜赔着笑脸:"我跟您道个歉吧,我认为这是小小心意,但是原则面前,哪怕是一分一毫的越界,都是不行的。差一分账面做不平,差一毫火箭上不了天。"

顾飞听着她扯东扯西的声音,心里越来越焦躁。他脑海中全都是当初自己送女朋友手表的场景。那块手表刚刚戴上她的手腕的时候,是那么的崭新、光洁，似乎一切美好的事情将要发生。然而后来，那条手臂垂在路边，沾满了血污。

邱冬娜见顾飞的脸色越来越差，以为他低血糖，开始在包里翻找，边找边问："你吃糖吗？吃完糖心情会变好一点……"

顾飞大吼："你能不能安静一会儿！"

顾飞狠狠踩了一脚油门，邱冬娜瞬间被推回座位。邱冬娜吓得大叫停车。顾飞回过神来，把车停在路边，让她从明天开始跟着程帆扬。

邱冬娜有点委屈，顾飞明知道程帆扬对自己的态度，早说要跟着程总，她就去企业上班了，何苦又把她招来折腾一趟。顾飞不理会邱冬娜的抱怨，再次发动了车子，沉默地把邱冬娜送到了家门外，邱冬娜一言不发地上楼了。

邱冬娜带着气，把手表送给了邱晓霞。晓霞乐开了花："养儿千日，终于见着回头钱了。"

邱冬娜换上家居服，满脸怨气地在邱晓霞对面梳头，愤愤不平地念叨着："好东西就要配好人，那些个白眼狼，根本不配这么好的礼物！"邱晓霞光顾着对自己的手表臭美，忙着找几十个角度拍照发朋友圈，顾不上关注邱冬娜的言外之意。

邱晓霞突然在朋友圈翻到一条招聘消息，念了出来："能一酒店管理有限公司急招保洁洗衣工，月薪5000~7000元，身体健康能上夜班，有意咨询……"

自从冬娜被德瑞开除之后，邱晓霞就记恨上了那个油腻恶心的项目经理。终于有一天，那个项目经理又带着另一个女人来晓霞的便利店里买套，晓霞当场来了句："哟，上次买的大盒那么快就用完了啊？"说完那女人就跟项目经理闹了起来。邱晓霞看得过瘾，不过代价是她也被开除了。随后邱晓霞就开始四处打零工挣小钱，现在看到这个工资这么高的保洁工作,忍不住有些动心。邱冬娜表示支持,因为能一酒店就在非凡事务所旁边,所里有客人一般都安排住这里,要是晓霞在能一上班,母女俩工作的时候还能有个照应。

邱冬娜梳洗完,在心里对顾飞骂骂咧咧着睡了。而另一边,被骂得打了个喷嚏的顾飞正跟王事成一起坐在马路边抽烟。王事成从北京一路陪着顾飞到上海,一看他这副样子,就知道又有什么事触到他当初的伤疤了。王事成没问,等着顾飞自己开口。

一盒烟都快抽完,顾飞终于下定决心,艰难开口:"她最近联系过你吗?她还好吗?"

王事成拿出手机递给顾飞,让他自己问,见顾飞低头不说话,王事成叹了口气说:"她挺好的,你也该往前看了,把你那个狗窝收拾收拾,活得像个人一样。"一样的话,王事成每年都要说好几遍,一点用都没有,白费口舌。顾飞这个人表面上什么都不在意,实际上习惯于把所有事往自己身上揽,谁说都不听,只能等他自己有一天想通了,把身上的包袱放下。王事成看着顾飞形单影只的背影,忍不住怀疑,那一天真的会来吗?

王事成想着顾飞的事,一晚上都没怎么睡安稳,脑袋昏昏沉沉地就起床了,骑着电瓶车去能一酒店上班,他在这里干了好久的保安了。与此同时,邱晓霞和邱冬娜搭上班车,也朝着能一出发了。

邱晓霞一身应聘保洁的朴实得体装扮,邱冬娜则穿着职业套装,还化了淡妆。车里坐了不少打扮质朴的中年妇女,邱晓霞一眼就看出这些人大概都是自己今天的竞争对手,于是一直留心着仔细听她们说话。

前排的大姐表情兴奋:"小王带着艳艳她们昨天去面试了,说待遇不要太好,工资加饭补,做一休六,一天8小时,差不多这个数呀!"

049

邱晓霞偷偷一瞥，只见她用手比了个四。另一人接茬："不止吧，艳艳说有5000多。"大姐答道："那是组长，要求工作经验的。艳艳在希尔顿做过，都不行。"

邱晓霞一听当组长每个月能多拿一千，心里顿时有了主意。邱晓霞和冬娜下车后，本应该朝两个方向各自去上班和应聘，邱晓霞却拽着她走向了非凡会计师事务所的方向。

邱冬娜疑惑："妈，你不去……"

邱晓霞怕她再说下去会被周围的竞争者们听到，赶紧打断她："妈送送你，不放心。"

邱晓霞拽着邱冬娜拐进了其他应聘妇女看不到的街道，掏出冬娜的化妆包，当街补起妆来。她对着店铺玻璃的反光，给自己涂起了口红，边涂还边说："要想运气好，脸上就得挂点彩。"涂了大红唇之后，邱晓霞又蘸了一点口红，给自己涂了腮红。画完之后，邱晓霞自信地转过身来，问邱冬娜怎么样。

此时，骑电瓶车经过的王事成刚好看到了这一幕，邱晓霞的一举一动落在他眼里都那么迷人，王事成的头脑瞬间清醒了。

邱冬娜疑惑地打量晓霞："像样，但你应聘个保洁，也不至于吧。"

邱晓霞鄙夷地答道："你懂什么，衣服脱了，借我。"说完不由分说，把自己的外套脱了，再扒下邱冬娜的西装外套和鞋给自己穿上，大小刚刚好。邱晓霞转身又看看玻璃倒影里焕然一新的自己，满意地向能一酒店的方向走过去。穿着一身朴素中年妇女外套和鞋子的邱冬娜站在原地，朝晓霞远去的背影哀号着。

邱冬娜一路拽着别别扭扭的衣服往事务所走。远远地看到顾飞，邱冬娜只想找个地方藏起来，但还是被顾飞看见了。邱冬娜别别扭扭地打了招呼。顾飞似乎没有注意到邱冬娜的异常，两人并排往事务所走，顾飞在想事情,邱冬娜则还在拽衣服。

邱冬娜终于忍不住开口解释:"我不是故意穿得这么不职业来上班的,我……"

顾飞这才反应过来,打量了一下邱冬娜的穿着,有些好笑地说:"这个不叫那什么,古着吗?我以为是种流行穿法。咱们这儿没那么多讲究,见客户有特殊着装要求会先提醒的。"

邱冬娜看着顾飞认真的脸,脑海中突然浮现起白石初的话,白石初无辜地问:

"我希望你能穿得更得体一点,所以我才送衣服给你,这样你也会更自信啊,难道这我也错了吗?我是为你好啊!"

顾飞被邱冬娜盯得有点蒙,邱冬娜回过神来,把白石初的身影甩出脑子。不过虽然顾飞不在乎,这身衣服肯定还是会被其他人嘲笑,于是她悄悄走进事务所的洗手间,对着镜子改造起来,她把袖子交替系在胸前,变成抹胸型外套;扣子叠加错扣,作出层次感;又往平底鞋里塞进了纸巾做的坡跟鞋垫,营造出小小的坡度。邱冬娜对着镜子自信一笑,走出洗手间,整个人的气场焕然一新。

邱晓霞从外面踏着趾高气扬的自信步伐走进能一酒店大堂,路过一众准备应聘保洁的妇女。门童给邱晓霞开门,她微笑点头示意,走向酒店电梯。她礼貌从容地跟着其他住客上了六楼,在安静的走廊上四下张望,她寻找到了清洁推车所在的房间门口,于是走了过去。

邱晓霞径自推门进了客房洗手间,保洁员徐姐正在客房里清洁,见到有人走进来,徐姐意外地抬起头。

邱晓霞假装回房间找东西的住户,坦然地走进门,一边在房间里假模假样地四处翻找,一边装作不经意和徐姐搭话:"你们这么早就开始打扫了?这层楼就你一个人啊?"

徐姐毫无戒备地答道："嗯，之前是两个人干一层，后来提高了绩效工资，我就一个人干一层。累点，但钱多。"

徐姐收拾床铺，从里面找出一双穿过的男袜，她疑惑地看着邱晓霞。邱晓霞硬着头皮解释道："这是……我儿子的，带着辟邪。对，辟邪，出门带一双穿过的袜子，百邪不侵。"徐姐点点头，把袜子递给邱晓霞，邱晓霞胡乱塞进包里。

邱晓霞又问："客人丢失物品你们都是怎么处理的？"

徐姐以为邱晓霞怀疑自己，急忙解释说她们如果捡到客人的东西，一定会交客房部的，绝对不会自己拿走。邱晓霞这时作势把自己刚卸下来的手表重新戴回手腕上，假装是刚刚找到的。徐姐这才松了口气。

邱晓霞夸徐姐："我看你打扫得很麻利，你们打扫一个房间有没有时间要求？"

徐姐手上工作丝毫不停，头都不抬地答道："没要求，但干慢了赚不到钱，每个房间36道工序，组长经理要抽查的，一间做不好，一层白干。"邱晓霞一边点头，一边扳着手指头默记，这些可都是她一会儿能派上用场的关键信息。

邱晓霞在客房胡侃时，王事成已经换上了能一酒店的保安制服——一身帅气的黑西装，又在胸口端端正正地戴上了"保安 陈伟明"的名牌。客房经理在对讲机里喊他，说6012退房了，让他上去看一下。王事成应了一声，上楼了。他从更衣室出来，一路都有各种同事跟他打招呼，叫他"明哥"或者"老陈"，这是王事成最享受的时刻，这些亲切的招呼声让他感觉到安全、被接纳和被尊敬。

王事成来到6012门口，邱晓霞还倚着淋浴房的门在跟徐姐攀谈，差不多把整个保洁组的工作安排都套出来了。王事成敲门进来，看到邱晓霞，很是意外。邱晓霞却大刺刺地用一副领导的口吻说："查吧，好好查查。"

王事成用特殊工具打开窗子,检查保险,但注意力全部都在洗手间两个女人的对话上。邱晓霞打探完工作安排,又开始打听自己最关心的事情——组长。徐姐跟她感慨起来,说自己也想当组长,可惜没那个命。

王事成越听越糊涂,忍不住问:"这房间没退房吗?"

"我回来等车。"邱晓霞察觉到王事成已经起疑,于是咳了一声,朝门外走,"行了,我车到了,先走了,你们好好干。"

邱晓霞步伐镇定地离开,王事成目不转睛地看着她的背影,然后又掉头修窗子。然而修了一会儿之后,王事成越想越不对,追了出去。

王事成追出来,并未看到邱晓霞,有点遗憾地回到酒店,要去向客房经理汇报刚才查看客房窗户的结果。没想到他刚一推门进来,却看到邱晓霞正和经理相谈甚欢,晓霞正胡扯自己对自动化办公的掌握。

王事成有点意外,经理以为两人认识,忙解释道:"见过了?这是邱晓霞,霞姐,之前在苏州香格里拉做保洁组长的,今天来应聘咱们这里的保洁组长,屈才了。"

王事成看着邱晓霞,一下子明白了,笑着说:"见过,见过,刚才还见过。苏州香格里拉,那老田你该认识吧。"

邱晓霞被问蒙了:"老田?"

王事成继续忽悠:"对,他们保安经理,我微信好友啊。"

邱晓霞含糊应答:"是啊,老田嘛,认识……"

王事成忽然又像想起什么了一样,皱眉说道:"哎?不对,我记串行了,老田是杭州香格里拉的,嗨,我怎么给记苏州去了。苏州也有老田啊?这可太巧了。"

客房经理已经听出了端倪,眉头紧锁,拿起桌上的电话要打给苏州香格里拉,邱晓霞和王事成异口同声地喊:"别打!"

经理没有拨通电话,审视地看着邱晓霞。王事成在一旁煽风点火:"这还用您打电话问吗,我们保安组干吗的。这人说不准是竞争对手派来的!"

邱晓霞翻了王事成一个大大的白眼,转头面向经理却是一副讨好笑脸:"我错啦,真的知道错啦。我啊,是太爱打扫卫生了,这辈子肯定就是个吸尘器投胎的。你们36条打扫流程上,还缺一条。办公室内的出风口滤网至少两个月得清理一次,不光是干净卫生,还能省电呢。"

邱晓霞见经理不为所动,搬了个凳子就去拆出风口滤网。王事成和经理正要拦,邱晓霞已经快手快脚把滤网拆出来了,果然一层灰。邱晓霞把滤网放在一旁,又从兜里掏出一个保鲜袋,直奔经理笨重的办公家具地面缝隙,她用手揉塑料袋,再把塑料袋塞进死角,吸灰尘和头发。

晓霞拿塑料袋给经理看:"你们酒店都是这种家具,富贵耐看,但死角可不少,这要没点打扫技巧,就算每天吸三遍尘,不出一钟头就得有灰。"

经理的表情变得缓和了,坐回办公桌前。

邱晓霞把脏塑料袋故意塞给王事成,又看向经理,一脸委屈地说:"我坦白了,大宾馆的干部,我是没当过,但是这一身本事比谁差了,我能吃苦。买个水果都能尝尝呢,要不我把这房间给您打扫了,您试用看看。"

经理摆摆手:"不用了,今天上班,保洁底薪加提成饭补。"

邱晓霞喜笑颜开:"识货!您雇我试试就知道了,保甜。"

经理走了,王事成也要离开,却被邱晓霞拦住,晓霞上上下下地打量他:"陈伟明,我记住你了,你欠我每月1000块钱,一年一万二。"

王事成莫名其妙:"什么我就欠你钱。你是不是自己不够数,看谁都像缺珠的算盘,我不揭露你,经理自己也得打电话跟你那个什么前东家核实,到时候你吃不了兜着走。"

邱晓霞被王事成说服了,气势矮了但嘴上依旧不服:"哦,合着我还得感谢你呗,我不管,断人财路犹如杀人父母,你不还钱,今天咱俩就是杀父之仇了。你给我等着。"

邱晓霞一边离开,一边还时不时回头眼神警告王事成。王事成感觉好笑,王事成心情不错地哼起小调,继续工作。

第五章 新人考核

非凡事务所里,邱冬娜紧张不已,顾飞让她从今天开始跟着程帆扬,与其让程帆扬找自己麻烦,不如先发制人。她站起来,深呼吸,抚了抚胸口,镇定后走向程帆扬的办公室,敲门进去。

邱冬娜忐忑地说:"帆扬总,我被分到审计部实习了。"

程帆扬头都不抬地答道:"找钱泽西,钱经理。"

邱冬娜鼓起勇气继续说:"在此之前,我想,有些事还是先说明白比较好,关于小白的事情。"

"跟工作有关?"程帆扬问。

邱冬娜忙解释:"没有关系,我希望这件事跟工作没有关系,但由于我之前的不懂事、草率、逃避,造成了一些不是很愉快的后果,我还是想让你知道,我想留下,这份工作对我非常重要……"

程帆扬打断她:"我不想让你来非凡,确实因小白的事情而起,但我把你在跟小白关系处理中的不成熟与逃避,看成是一种个人性格的展示。因此，我对你的不喜欢，你可以理解为程序员对bug的讨厌。"

邱冬娜仍不明白，但程帆扬低头工作去了，显然是不想多解释，邱冬娜只能颓丧地推开门离去。邱冬娜忐忑地回到座位上，她不仅害怕被分到程帆扬手下，更怕以后正式入职后还得一直在她手底下，那真是噩梦无穷了⋯⋯

这时，邱冬娜看到敏丽抱着半箱瓶装水去会议室布置，于是主动去帮忙，顺带打听以后的工作分配。幸好敏丽告诉她，实习生入职后会被分派到不同的项目组，邱冬娜这才放下心来。

然而她还没高兴多久，突然收到晴天霹雳：今年实习生考核的KPI是拉客户，谁能拉到新客户，谁就留下。程帆扬公布消息的时候，大家都愣住了，谁会指望实习生去拉客户呢？这么没谱的主意，一听就是顾飞出的，程帆扬居然也没有反对。

几个实习生一脸沮丧，李楚宁却淡定地拿起了电话，其他人都竖起耳朵听她说话。李楚宁打给了自己叔叔，熟稔地寒暄了几句，直接开口说自己有事找他帮忙，谈笑风生之间就把问题给解决了，邱冬娜、季子萱、鲁一鸣几人越听越绝望。李楚宁挂了电话，一脸轻松地开始查看微信上叔叔给她推过来的名片。

邱冬娜还坐在原来的位置，一头雾水，不知道该怎么办。她的旁边，鲁一鸣已经从网页上查出了一份企业通讯录，直接拿起电话，用传销员一样的热情口吻一个个地打过去，不过每个都是没说几句就被挂断，他有些沮丧地在电脑上继续查询。

邱冬娜无可奈何地打开电脑，搜索"会计师事务所怎么拉业务"。而李楚宁已经跟自己叔叔介绍的人搭上线，要去跟程帆扬汇报了。李楚宁经过邱冬娜的工位，居高临下地看着她，问道："怎么样，学校里那套不管用了吧？"

邱冬娜答道:"嗯,不管用,但是我会用我的方法完成的。"

两人目光交汇,邱冬娜仿佛回到了财大教室里。

那天全班同学都在,邱冬娜一脸蒙地被同学按在第一排落座,而李楚宁站在讲台前面,一脸不屑地看着邱冬娜。气氛十分紧张。

讲台边的老师问:"李楚宁各项条件符合奖学金要求,系里按规定上报,学校批准了,没有任何问题。"

同学们议论纷纷,东一句西一句,左不过是质疑为什么要给原本就那么有钱的李楚宁奖学金,为什么奖学金不给邱冬娜给李楚宁,甚至有人质疑李楚宁到底是靠自己考进来还是靠的家里捐款……

邱冬娜听着这些话,如坐针毡,她站起来就要走:"如果是弹劾李楚宁的班会,我不参加。"

"你别走,都在第一排坐了这么长时间了,现在走算什么。"李楚宁一脸不屑地看着班上同学,"我为什么不能拿奖学金,一定要穷成邱冬娜这样,才有优秀的资格吗?谢谢各位老师。奖学金对我是个巨大的鼓励,我不会放弃荣誉,但钱就留作班费吧,可能大家吃一顿,就不这么难受了。"

从那之后,李楚宁和邱冬娜就结下了不解之仇,虽然这个仇是李楚宁单方面结下的,但邱冬娜也没有做任何解释,反正本来就是两个世界的人。李楚宁不屑地从邱冬娜身上挪开视线,走进程帆扬的办公室。

已经入职的邱晓霞正臊眉耷眼地跟在徐姐后面学习打扫。徐姐带着气用力刷一个杯子,她还在气邱晓霞骗她的事。邱晓霞费力讨好半天,干脆抢过徐姐手里的活计,让她歇着指导自己。

徐姐干脆坐在马桶上:"洗完了拿那个专用大毛巾擦一下,不能有水渍。之前有酒店卫生不好,被拍下来发网上了,经理组长抓得可严了,一不留神就扣钱。"

邱晓霞借着话头叹息:"我算看明白了,咱这活儿最苦最累,最不讨好,客人、经理、组长三座大山还不够,连保安都防贼一样防着咱们。"

徐姐疑惑:"保安?"

邱晓霞激动地点头:"可不,那个陈伟明,我去面试,他跑去瞎掺和,跟经理说我这不行那不行,经理差点没录用我。"

徐姐不相信:"老陈?他不能啊,这里面肯定有误会。他人可好了,今年让他当队长,他让了,说自己还做保安工作,领导岗位让给年轻人。不但不当领导,公司组织旅游什么的,人家也不去,说在家休息给公司省钱。"

邱晓霞意外,现在哪还有这样高觉悟的人?做人总得图点什么吧。邱晓霞心里存下了疑影。

到了午饭时间,邱冬娜提着两人的午餐急匆匆跑来,狼吞虎咽地开吃。邱冬娜没头没脑地问:"你说,咱家有没有那种碰巧在开公司的亲戚,需要审计啊,管理咨询啊什么的?"

邱晓霞不解,邱冬娜叹了口气,告诉晓霞自己的KPI。冬娜说了半天,发现晓霞根本没在听,奇怪地问道:"你不是已经入职了吗,还不高兴?"

"我恨不得把他吃了,本来,你妈我能捞着一个组长的工作,全让这浑蛋给搅和了。"邱晓霞恨恨地嚼着嘴里的东西,"他要是个女的,来抢我工作也就算了,他是个保安,就为了在经理面前献殷勤,看把他给能的,差点害我没选上。"

邱冬娜感慨地摇摇头,真是行行都有职场斗争。不过她也没空多听,她扒拉完最后一口饭,急匆匆地跑了。邱冬娜刚回事务所,正碰到鲁一鸣和季子萱从里面出来,强行拉着她去买奶茶,原来李楚宁已经完成KPI,进了陈经理的项目了,两人心里不平,要去吸奶茶消愁。

三人来到奶茶店，鲁一鸣和季子萱惊讶地看着邱冬娜从一个迷你相册里，准确翻出了两张奶茶买一赠一券。邱冬娜凑到一个正在看菜单的顾客面前，找他拼单，那人爽快地答应了，鲁一鸣忍不住感叹邱冬娜会省钱。

三人捧着奶茶往事务所走，季子萱扑哧一声笑了，亲热地揽起邱冬娜的手，把头靠在她肩膀上，撒娇地说："仙女，我好喜欢你啊。"邱冬娜对对方突然的亲热感觉不适，下意识地就要把手往外抽。季子萱却率先恢复正常，正色道："我们进公司之前把奶茶喝完吧，别显得像孤立楚宁一样。"

鲁一鸣面色不平地笑了笑："是人家孤立咱仨吧，我们以后得小心点，别得罪了客户的亲戚。拉客户倒没什么，大家同一起跑线就好了，她等于直接站终点，这不显得咱仨跑得慢啊。唉，她何必来跟我们竞争呢，第一天就完成了KPI，她家那么有钱，还上什么班呢。"

"找个事儿干吧，打发打发无聊。"季子萱说着忽然转向邱冬娜，"你跟她是大学同学吧，看着她对你好像态度也不怎么样，她那人，是不是有点那个？"

邱冬娜怔了一下，笑着答道："有吗？没有吧，我大学时候光忙着打工赚钱了，班里事情参与得少。挺羡慕楚宁的，好的家庭背景跟好的学历、外貌、修养一样，都是加分项，给谁谁都不能拒绝啊。唉，只能让我妈这辈子努力，下辈子争取把我生成二代。"季子萱有些失望地撇撇嘴。

邱冬娜打起精神，回到事务所准备打一场硬仗。她给能查到的所有公司都发送了业务推荐邮件，但对方不是毫无回应，就是直接退订。李楚宁看着其他三个实习生焦头烂额的样子，惬意地笑了笑，端起水杯到茶水间，碰上了刚倒好咖啡准备离开的程帆扬。

程帆扬看到她，单刀直入地问："你能干多久？"

李楚宁意外："干多久？我能进来非常荣幸，能干多久取决于这里能让我……"

程帆扬打断她："外面三个人，我都有信心他们可以跟非凡一同成长，但你对于我是个不确定数，我直白地说，我不明白以你的背景为什么会选择非凡，就算德瑞耽误了你，你也有其他更好的选择。"

李楚宁笑了笑："程总这么坦诚，我也没什么好隐瞒的，我来这里，就因为这里是小而美的事务所。大所当然很好，但大所有些无聊，我作为所里的小朋友就是流水线上的工人，肯定没有办法接触到所有科目，这是我在德瑞得出的经验。我不是为了钱在工作，而是为了有趣、挑战甚至是每天能拎一只新买的包出门而工作。"

程帆扬满意地点点头，离开。

邱冬娜一整天都在座位上发邮件、打电话，厕所都没上几个。入了夜，众人都离开了，顾飞从外面刚回办公室，看到邱冬娜的办公桌上还开着灯，包也还在，显然还没下班。顾飞摇摇头，这才哪到哪，就这么拼，不知道能坚持多久。

顾飞回到自己办公室，一边工作一边留意着外面的情况，然而直到晚上十点半，邱冬娜还是没回来，顾飞皱眉拨通了邱冬娜的电话。

邱冬娜在空无一人的写字楼走廊接到了顾飞的电话，此时她正在挨家挨户地把广告往人家公司里塞，邱冬娜费力地对着电话说："老大，我不加班完不成KPI啊……可是您亲手把我交到程总手里的，我怎么敢不努力……在公司附近呢，放心吧，你回去吧，我能有什么事。"这时远处电梯响了，邱冬娜警觉地挂了电话，匆匆进了一旁的女厕所。

保安怀疑地走到厕所门口，喊道："谁在那？出来！"

邱冬娜把外套脱下来，和广告单一起随手塞进某个厕格，关上门，随后理一下衣服，用水龙头湿湿手，甩着水珠气定神闲地走出去，一脸镇定地说自己是这层里加班的，然而保安告诉她这层全下班了，邱冬娜急急忙忙改口说自己是楼下一层来借用厕所的。

保安上前一把抓住邱冬娜："楼下是防火层！空的，什么也没有！"保安揪着邱冬娜，把她扭送出了写字楼。接到她电话的顾飞正坐在楼下的车里，一脸坏笑地看着她狼狈的样子。邱冬娜沮丧地走向顾飞的方向。

"完了，我们所的名声在这一片，方方面面的，是彻底被你拉到保健会所、海景商住房一个水平了。"顾飞揶揄地笑了，示意邱冬娜上车，"走吧，送你回去。"

邱冬娜却拒绝了，她今天的任务还没完成。邱冬娜绕过了顾飞的车，向旁边办公园区走去，顾飞只好追过去，跟着她来到了停车场。邱冬娜一手抱着广告，一手用淘宝搜索每个车标对应的车价。邱冬娜搜到面前这台价格是"50万~100万"，立马往雨刷上塞了广告。她又搜到下一辆，价格显示"20万~36万"，邱冬娜上前可惜地拍拍车身："你的身价估计还用不到我们。"

顾飞抱着一箱子冰棍走过来，把箱子往旁边一放，找个地方坐下，拿出一根冰棍开始吃，问道："不走？"邱冬娜不回答，她已经开始看向第三辆车。顾飞指着邱冬娜错过的一辆车，嘲笑道："你怎么连这车都不认识，那个标跟粽子一样的，迈巴赫，数它贵。"邱冬娜依照顾飞的指示，塞进广告。

顾飞摇摇头："服了你了，怎么这么轴。"

邱冬娜头都不抬："拜您所赐。"

"行，我就等着你。"顾飞拍拍自己旁边的箱子，"可惜这箱冰棍了，再不回家该化了。"

邱冬娜有种不能糟蹋东西的强迫症，此时她看着这箱无辜的冰棍，心里着急，催顾飞快走。顾飞却吃准了邱冬娜这一点，懒洋洋地说："没事，不着急，不就一箱冰棍嘛，大不了扔了，我等你。"邱冬娜哀怨地看看冰棍，终于妥协，跟顾飞走了。

"老大，您是不是信了什么送人回家得永生的教？"邱冬娜在车里吃着冰棍问。顾飞抽空抬起一只手，敲了敲她的脑袋，说："吃还堵不上你的嘴，你们这些刚从大学里出来的，是不知道外面多乱，出点什么事儿有你哭的。"

邱冬娜嘀咕："现在这样，每天活着出不出事也没什么区别。没准出事了，赔一大笔钱，我这辈子就妥了。"

顾飞疑惑："你怎么那么财迷？"

邱冬娜理直气壮地答道："我是真缺钱啊，您看您布置的这个KPI，简直就是把人往绝路上逼，我但凡能拉来一个客户，我当初就不考虑进企业了。您和帆扬总，真是何不食肉糜。"

"何不食肉糜？我们离开银鑫的时候，是砸了金字招牌，自己创业，就等于从零开始。事务所第一个新客户，你以为是怎么来的？我过年前开车去拜访客户，1400公里自己跑，红牛加咖啡就这么顶了一路，进了河北境内快顶不住了，就看着远处广告牌的光，强行醒神，结果让我发现，这一路差不多都是一个公司的广告。我想，能做得起这种广告的当地公司肯定有钱吧。我就直接下了服务区，第二天去了那个公司，就这么来的。"

邱冬娜佩服不已，顾飞却自嘲地笑笑，继续说："另外，你说我们所为什么这么多尽调业务？"

邱冬娜拍马屁："因为专业。"

"专业是保持审计独立性，是不要做经济警察。但我，就是所里的一块污渍招牌，这些老板们都是怎么评价顾飞的呢？调查起来像嗅到血腥气的狼一样，"顾飞学老板们的语气，继续说，"可以理解，他爸那档子事儿，他对造假、谎言肯定比别人得上点心。"

邱冬娜听得有点难过，安慰道："别人说的话，不要放在心上，不然，日子就没法过了。"

顾飞满不在乎答道："干吗不放在心上，这块污渍招牌好用，就用呗。我现在都主动告诉客户，我爸因为这个出的事儿，我在北京抬不起头来，才大学一毕业就来了上海打拼。我这样的经历，工作过程中，很难不掺杂个人情绪，我眼里容不得沙子。反而有一些老板会爱用我们这样的狼。这世上未必有绝对的坏事。"

顾飞把车停在邱冬娜家小区门口，邱冬娜道谢之后正要下车，顾飞却瞥见她嘴角有巧克力。"你怎么吃满嘴啊，太邋遢了。"顾飞说着从兜里掏出一包纸巾，却带出了一条女士丁字裤，邱冬娜和顾飞一起石化在原地。

邱冬娜实在受不了这尴尬的场面，拔腿就跑，顾飞急忙下车叫住她，高举那条丁字裤，急煎煎地解释道："这个，梵妍服饰尽调。他们今年从意大利进了一批布料，材料成本高得异常，我不太托底，买了一件用这个布料做的衣服，拿去给专家看。结果你猜怎么着，真的是贵价货，新型布料。"

邱冬娜看着顾飞那副样子十分无语："您真敬业。那我……走了？"她说完要走，却又被顾飞叫住，只见顾飞下车从后备厢抱出那箱冰棍，塞给她，让她拿回去吃。邱冬娜只想赶快走，于是也没推让，抱起冰棍离开了。

邱冬娜到家后，晓霞看到她脚后跟的水疱，心疼不已，一边用针和碘酊帮她处理，一边埋怨地问道："你到底是坐办公室的还是送快递去了，怎么把脚弄成这样。"

邱冬娜揉着酸涩的脖子说："这叫职业女性的徽章，哪个脱下高跟鞋脚不这样。"

晓霞叮嘱邱冬娜，没事别总蹭领导的车，时间长了招人烦。邱冬娜一听都要冤死了，是她想蹭的吗？她趁机跟晓霞抱怨起顾飞爱送人的"怪癖"，晓霞听着却想起了另一个怪人——陈伟明。她今天一天打听下来，全宾馆没有一个说他不是的，她直觉认为有问题。

邱冬娜笑笑，她觉得晓霞就是记恨上人家了，所以才看他哪哪儿都不对，邱冬娜说：

"自家船还漏水呢，还管得着别人会不会游泳。我这KPI完不成，咱俩就彻底狗刨了。上哪找那么多人傻钱多的企业啊，我总不能挨个前台问人家，哎，你们工资按时发吗，月初发，月中发，还是月末发啊？"

邱晓霞疑惑："什么时候发有讲究？"

"好公司月初，一般公司中旬，月末发的不是鸡贼就是烂。"

"你书本上东西懂不少，这论起生活怎么就擀面杖吹火一窍不通了。"晓霞说，"打个比方说相亲吧，你想知道对方家底儿，也不能直接问，但你可以转圈问，车每个月多少油钱，小区物业多少钱，或者跟七大姑八大姨打听嘛。你直愣愣地问，当然把人吓跑了。"

邱冬娜听着听着，心里有了主意。

第六章　鸿门宴

第二天一早，邱冬娜化了个很成熟的妆，来到写字楼的物业，假装自己公司的老板正在找新办公室，对这边的房子感兴趣。她先虚晃一招，打听了半天停车场和酒店、餐饮等周边业务，这才切入正题，问有哪些企业入驻了。

物业答道:"别看我们竣工时间短,但是我们这里管理好,空置率非常低,好公司很多的,欧丹日化、沪西科技、爱买票电影网、六菱汽车什么的。"

邱冬娜摇摇头:"我都不是很了解,你们这里可不便宜啊,你说的这些知名公司,都租的什么平方米数。"

物业:"小姐,给你看的这个办公室,370平方米,是我们最小的一个区域了,其他公司都是整层整层地租。"

物业有些不耐烦了,刚好这时邱冬娜点的奶茶到了,她出门接过奶茶,分给了物业一杯:"边喝边聊,你也够辛苦的,说了半天口干了吧。实话跟你说,我们老板不缺钱,但是在公司选址上,特别挑剔,我们是个企业服务公司,老板肯定是希望租在资本雄厚企业的聚居地,足不出户,这不就有客户了?"

物业听得云里雾里,但还是喝着奶茶点了点头。

邱冬娜根据探听来的消息,一家一家地上那些规模比较大的企业敲门,推介非凡事务所。不管能不能成,对方能听她把话讲完就已经是很大的进步了。邱冬娜忍不住佩服起晓霞来,要是没有她的指点,自己还不知道要埋头苦干到什么时候。

但此时,充满生活智慧的晓霞却惹上了麻烦,一个男客投诉她房间打扫不干净,晓霞忙小跑着去客房查看。晓霞好言好语解释一通,对方却坚持要全额退款。

男客随手乱指地毯:"哪哪都不干净,你看这污渍。还有枕头上、被子里、浴袍口袋里都有头发。"

在走廊里巡查的王事成经过,听到声音走过来,问要不要给换一间房。但邱晓霞已经生气了,把东西一撂:"不可能!布草都是我亲手换的,根本没有头发,头发在哪呢?"

"那么恶心我还留着?早冲马桶了,要证据是吧?你们自己去掏管道。"男客转头对王事成嚷嚷,"换什么换,我恶心就恶心够了,全额退我房钱,这房,我不能住了。"

王事成满脸歉意地要送他下楼办手续,邱晓霞却愤愤不平地喊着冤枉人,男客正要骂人,被王事成拦住:"她是新来的,还没培训好,别生气。"

邱晓霞直接挡在门口:"今天这事儿你不说清楚没法过!房间怎么不干净了,头发在哪呢!陈伟明,你哪边的啊,凭什么不说清楚就让他退房,你就是故意针对我!"

徐姐闻讯赶到,拉住邱晓霞,劝她别吵,再闹下去对她没好处,王事成生硬地拨开邱晓霞,一路护送男客上了电梯。邱晓霞看着紧闭的电梯门委屈极了:"凭什么啊,客人说什么就是什么啊?陈伟明还向着他。"

"以后这种人你得忍,各种怪客人多了去的,心情不好就拿你撒气,你可别犯傻。"徐姐劝完就继续工作去了,邱晓霞气不过,扭身回了房间。

晓霞在客房里检查,边查边骂咧咧:"这哪脏啊?脏也是你弄脏的,凭什么你不想住了,就把屎盆子扣我头上。头发,哪来的头发啊?我看就是你自己掉的!"

这时她的目光被电视机吸引了,机顶盒上多出来了一个小孔,别的房间都没有。邱晓霞意识到不对,赶紧叫来了王事成。

王事成把机顶盒掏出来,从兜里掏出螺丝刀拆开,找到了里面隐藏的摄像头。邱晓霞一下子明白了,一定是刚才那个浑蛋装的!

"我就说他不是好人!他要退房退钱你还向着他,非说我新来的不懂事儿!现在看看!怎么样!这就是证据。你不是新来的,你也没做好安全工作,你该扣钱,这个月工资都不该给你!要不是我,下一个客人就被偷拍了,你吃不了兜着走!"

王事成有些懊恼,但嘴上不肯认输,他拔掉摄像头,说:"客房部得增加一个安全培训,专门讲讲摄像头!"随后郁闷地转身离开。晓霞看着他吃瘪的背影,心里一下子畅快了,刚才被冤枉的不愉快消了一大半,她哼起小曲,继续工作。

另一边,冬娜回到办公室,给刚才联系上的几个公司发邮件,终于算是有了重大进展。邱冬娜心情颇好地打开了自己的短视频账号,发现多了一个新粉丝"一片红霞",头像是日落晚霞图,一看就知道是晓霞。

邱冬娜点进去,发现"一片红霞"还发布了一个新的短视频。视频上是晓霞一个人在自言自语,她把这儿当成跟冬娜的视频通话了,还在视频上念叨王事成不是个好人,没想到被王事成当场抓包。

邱冬娜无奈地笑笑,小声给邱晓霞发语音:"妈妈,你这叫疑人偷斧你懂吗?你也不用给人家找破绽了,那么不爽干脆套麻袋揍一顿。还有,你快把视频删了吧,这可不是视频留言只有我一个人能看到,这是全网都能看到的。"

王事成吃一堑长一智,给全体员工做起了防偷拍培训,晓霞却十分不给面子,向大家宣传了一番早上王事成是怎么放走坏人、冤枉自己这个好人的,幸好自己深明大义,发现了摄像头。众人交头接耳,王事成十分尴尬,匆匆结束了。

王事成来到花园里巡视,园丁却不怀好意地打趣道:"听说,新来那个美女,对你有意思?"王事成疑惑:"新来那么多美女,你说哪个?"

园丁手里捧着刚修剪下来的花,靠过来:"晓霞,最好看那个,听说老公死了。啧啧,不得了了,四处跟人打听你,逮谁问谁,打听你有没有老婆、家里几口人,以及你的工作表现,啧啧啧,真是艳福不浅啊。"王事成尴尬地立在原地,园丁却把剪下来的花塞给王事成:"这个给你,女的都喜欢,保活。"王事成赶紧跑了。

王事成下午在酒店碰到晓霞时,都不敢和她对视,低着头就绕开了。晓霞还以为他怕了自己,心里美得不行。

晚上,郁闷的王事成找来胖丁和癫痫到自己家喝闷酒,肉是他自己亲手烤的,油滋滋的,香飘十里。胖丁和癫痫吃得满嘴流油,转头一看王事成都没怎么动,两人都有些疑惑。

王事成叹了口气:"哪还有心思吃肉,你哥我这回是捅了大呲花了,让人炸个漫天星斗,让个小娘们儿弄得很被动啊。"

癫痫坏笑:"我咋听着,这么不正经呢。"

王事成把杯子往桌上重重一放:"真是好看的女人都带刺儿,我就逗她一回,她可倒好,不把我老底扒出来不罢休。"

胖子表情紧张了起来,眼神变得凶狠:"咱都背井离乡躲到南方来了,怎么还不放过我们。这可不成。王哥,你得狠啊。"

"怎么狠,要是个男的,拎出去揍一顿,喝顿酒,这事儿了了,偏偏是个女的,打不得骂不得,总不能,真的每月给她上1000块供吧,那我成什么了。"王事成郁闷地扶着自己额头。

胖丁想了想说:"哥儿几个也不是吃闲饭的,王哥,咱弄她一回,让她知道你的身份。咱们王哥,最怜香惜玉不过,咱们得给他发扬光大,咱俩光膀子把皮衣一穿,给那小娘儿们一堵,吓唬一顿,王哥一出场,给她救了就完了呗,绝对的本色出演!"

三人对了个眼神,王事成还有些犹豫,但一想到自己的身份万一被掀出来,会有多少问题,他狠了狠心,点点头。

下班路上的晓霞还不知道危险正在逼近,她边走边给邱冬娜发微信让她别来接,这时胖丁和癞痢从巷子角落出现,一前一后跟了上来。邱晓霞第一时间发现了异常,扭头看向身后两个男子。两人一个装作找烟,一个装作系鞋带,不看她。邱晓霞继续往前走,然后猛地一回头,发现俩人还跟在后面。

邱晓霞没好气站定,大刺刺地说:"你们先走,路这么窄。"

胖丁和癞痢没料到邱晓霞会先开头,于是有点被动地一左一右走到邱晓霞前面,堵住了她的去路。晓霞大喊:"干吗!抢劫啊?告诉你,我可没钱,你把我伤了,还得赔钱,我老公是警察!"

胖丁笑了:"得了吧,还警察呢,你老公不早死了吗。"

癞痢威胁道:"你得罪了不该得罪的人,哥俩一不要钱,二不劫色,今天得让你长个教训。"

邱晓霞有些意外,思索一番后问道:"你们是德瑞那个流氓派来的?"

癞痢愣了愣,还以为王事成的化名叫德瑞,胖丁却先反应过来:"哟,仇家不止一个啊。我……"

胖丁话音未落,邱晓霞已经扔了包,直接抠了癞痢眼睛,伸腿就踹了胖丁的裤裆正中。两人毫无防备,蹲下各自捂着伤处嘶号。邱晓霞仍不放心,上去补了几脚,边踢边说:"出门也不看看皇历,欺负到我头上来了!我是没有警察老公,但不碍着我今天就带你们见识见识派出所!"

王事成骑着电动车出现在巷口,停下电动车,看不清巷子里的情况,按预备好的台词,有点不太熟练地向里面大叫:"干什么呢!光天化日之下,居然欺负妇女!咦?是邱晓霞吗?哦,好家伙!敢欺负我们酒店的邱晓霞,得先问问我陈伟明!"

王事成走近了才看到,邱晓霞一手揪一个的头发、耳朵,把两人已经拽了起来。邱晓霞头发都没乱,指挥王事成:"你报警,把这两人送派出所去。"

王事成一时间慌乱,假意在身上四处摸,嘴里念叨着:"报警,我,我手机呢?"邱晓霞怒其不争,懒得理他,直接把人推给王事成,自己从地上捡起包找手机。王事成冲两个兄弟使着眼色,两人连忙逃跑。

王事成装作吃惊地大叫:"啊呀!没抓住,你怎么不等我接就松手!"

邱晓霞顾不上掏手机,跨上巷口王事成的电动车就要走,王事成却故意拖延时间说:"不行不行,我来开,我这车你不会开。"王事成骑着电瓶车带着晓霞慢悠悠地追那俩人,故意开错了路口,电瓶车还十分配合地没电了。

那俩人早就跑没影了,王事成笑着抱怨道:"唉,再给一格电,人就追到了。" 晓霞气得要命,要不是他横插一脚,自己这会儿都在派出所喝上茶了!看来这人不但坏,而且成事不足败事有余!王事成为表歉意,两腿蹬着把晓霞给送到了公交车站。

邱晓霞一身怒气地回到家,告诉冬娜自己今天被德瑞那个狗领导找来的人给堵了,邱冬娜一听他找到了晓霞身上,当即就要找他算账去,被晓霞给拦了下来。

邱晓霞喝了口水,心情平复下来,分析道:"他们还真没说自己是德瑞的,就说我得罪了人,还知道我老公死了。今天陈伟明安排的安全演习,然后,陈伟明就出现了,出现的时机刚刚好,骑着电动车,那附近好多电动车禁行道路,他怎么就走了那呢?"邱晓霞越琢磨越不对,"最后那俩人也是给陈伟明放跑了,好啊,都是成精的仙怪,我还能让你个黄鼠狼子给骗了,陈伟明肯定认识那俩人!"

邱晓霞在心里打定主意,让冬娜给自己取来纸笔,低头写写画画起来。

晓霞跟徐姐打听酒店里请客的规矩，徐姐告诉她大家平时有个什么事儿，一般就在更衣室聚了。晓霞又要来这几天的排班表，看到陈伟明是明天白班，于是告诉徐姐自己明天晚上请客。

邱晓霞的请客可不是一般的请，用她自己的话说，她请一百人，花销也超不过50。她先叮嘱徐姐明天带点她腌的酱菜，自己请客肉多油大，得来点小菜清清口；又让邱冬娜给自己找附近超市的打折信息，瞄准了打折棒骨；接着，晓霞又邀请厨师长来吃饭，顺带拍马屁，激着厨师长帮自己用棒骨弄个汤菜，再多添点厨房里现成的配菜，厨师长满脸笑容地答应了。

邱晓霞从员工通道出来，一边打着电话约其他同事，一边找王事成。

"啥都有，你啥也别带。"晓霞假装刚刚想起来，"你提醒我了，忘了买鱼了，你带条鱼吧……"晓霞挂断电话，心满意足，东一条鱼，西一只鸡的，这餐饭不就有了嘛！

这时，鸿门宴的主角——王事成——出现在晓霞视线中。晓霞换一副笑模样，邀请王事成参加明天晚上在更衣室的聚餐。王事成感觉这人不怀好心，有些犹豫，晓霞立马使出激将法："你别是不敢来吧。"

王事成有点心虚，嘴上却说："那有什么不敢来，我又没做亏心事。"

邱晓霞拍拍他的肩："那成，你带酒，不醉不归！"她笑眯眯审视王事成，王事成被她盯得移开视线。

非凡事务所里，李楚宁拖着行李箱从邱冬娜旁边经过，回到位置上。邱冬娜、季子萱、鲁一鸣都下意识停了手中的工作，看着李楚宁。李楚宁却直接看向邱冬娜。

"看我干吗？"她装作恍然大悟地指指手里的行李箱，"哦，这叫行李箱，你天天家里蹲没项目不用出差，是不是已经忘了它叫什么了呀？"

邱冬娜并不生气："你就去了两天宝山，都要带这么大箱子，再远点，是不是得买房了。"

李楚宁懒得回答邱冬娜，而是招呼其他两人："一鸣、子萱。你们有眉目了吗？"另外两人都摇头。

李楚宁拿起手机，翻找微信通讯录："那我推送你们几个名片，你们加一下吧，我朋友和长辈的公司，我问了一些有财务需求的。你们就说是我的同事就可以了。"

季子萱和鲁一鸣大喜过望，围着李楚宁喊仙女，跟昨天喝奶茶时的嘴脸天差地别，邱冬娜看得瞠目结舌：

"我猜，这个KPI大放送活动，没我的份儿对吧？你这是，阳谋我了？"

李楚宁点点头："我很早之前就明白，白莲花我是做不了，我还是做个你恨我还干不掉我的小别扭吧。"李楚宁说完给了邱冬娜一个开心的wink。

邱冬娜的心情彻底降到了谷底，中午她眼睁睁看着季子萱和鲁一鸣捧着李楚宁一起出去吃庆功宴，回来之后另外两人很快就被分派到其他项目组。于是实习生的这片小办公桌，就只剩了邱冬娜一个人。

邱冬娜百无聊赖坐在位置上，眼睛盯着一处，敲击键盘的手几乎要停滞了。

顾飞从外面进来，看到她这副样子，才想起只剩她还没完成KPI。顾飞本想嘲讽邱冬娜几句，但看到她的样子真的有些失落，改用缓和的语气说：

"今年也是邪门了，要不是我刚参加了行业研讨会，我真怀疑哪个地方办注会颁奖典礼，飞机失事，全上海的注会都折里面了。这些公司都这么缺合作的会所吗？一个两个地都完成了KPI了。我布置的可是不可能的任务，压根没想着你们能按时完成。"

邱冬娜没有回答，顾飞感觉此情此景自己总该说上几句，却怎么都编不出来。他想了想，直接把邱冬娜带到了堆满各种箱子的档案室。顾飞一边给邱冬娜签批准借阅单，一边解释："你也别闲着，敏丽一直让我招档案管理员，你就先帮着整整所里的档案。"

邱冬娜看着面前堆积的箱子，有点慌："可我 KPI 还没完成。"

顾飞把单子推给邱冬娜，语气不容置疑："你都不知道我们的成功案例，你拉什么客户。"

邱冬娜这才意识到顾飞是在帮自己，忙接过单子说谢谢。

顾飞假装没听见，但又转身叮嘱："你给我按时下班啊，省得我还得操心你回去晚了的安全问题。"

邱冬娜笑笑，表示赞同。顾飞走到门口又再度转回来，补充道："还有，那天我确实低血糖了，态度不好。"

邱冬娜一时没反应过来他说的是哪天，顾飞看着她这副蒙了的样子，不想再解释，于是晃了晃手表走了。邱冬娜看着面前堆积成山的箱子，深吸一口气，开始整理起来。

入了夜，能一酒店的更衣室里却热闹起来。王事成抱着一箱二锅头从外面进来，看到邱晓霞、徐姐、厨师长和园丁门童等一群人已经把桌子拼起来，菜也摆好了，一盆各种辅料冒尖的大骨汤正在桌子中间冒着滚滚热气。

邱晓霞招呼众人："今天都别客气，等会儿上班的别喝酒，下班的大家随意。"晓霞一转头看到王事成来了，"来得正好，就等你了。"

邱晓霞上前直接从王事成搬的箱子里拿出一瓶酒，已经有人在找杯子。邱晓霞把酒瓶拧开直接摆在厨师长面前，说："还找什么杯子啊，这一瓶不够分的。"

王事成瞪大眼睛看着邱晓霞从箱子里整瓶拿出来、拧开、分酒，忍不住问道:"这么喝不怕出事儿啊?"

邱晓霞一脸不屑:"怕啥!咱这里面,没有喝出事了,让家属告我的吧,先声明,我可没劝酒啊。"众人都被她说笑了。邱晓霞拿出两瓶酒,塞给王事成一瓶,自己拧开一瓶喝了一口,狡黠地笑着:"我先闷一口,你随意。"

王事成被激着了,比喝酒,他还能输给个娇滴滴的小娘儿们儿?王事成提起酒瓶,一饮而尽。酒过三巡,桌上一堆残羹冷炙,其他人都走了,只剩下门童趴在一边睡觉。

邱晓霞脸上微醺,但神志还十分清明。王事成捧着酒瓶已经快醉得眼睛都睁不开,他大着舌头质疑邱晓霞是不是换水了。晓霞嘲笑他酒量不行还说别人不实在。

邱晓霞看王事成已经彻底缴械投降了,终于切入正题,问道:"老陈,今天酒到这了,说句掏心窝子的话,我找工作的时候,是夸大了一点,但咱的工作能力有目共睹吧,你干啥非要给我搅和了呢?"

王事成闷头喝酒:"互相理解理解,我是保安啊。"

邱晓霞又问:"那不说那个,前天那俩人是不是你找的?"

王事成还在抵赖,但邱晓霞已经认定了,她抬头看着天花板的灯,再低头看王事成,眼圈都红了:"不是你找的,怎么知道我死了老公,而且,那天是你搞的演习让我晚下班吧。"

王事成看到她的眼泪慌了神,手忙脚乱地找纸巾:"你,你别哭啊,是我不对,我自罚三杯,不是,半瓶吧!"王事成灌酒掩饰尴尬。

邱晓霞眼泪突然止不住:"我也不知道自己干了什么大逆不道的事情,你这么针对我。要不是一个人带着孩子,真的没办法了,你当我不乐意当诚实善良大好人啊。我孩子刚大学毕业,比其他孩子是缺啥了,长得好看学习好,就是因为我们这么个家庭,北京的工作不敢去,不放心我。上海的工作我也帮不上,孩子跟我说,妈妈,我真怕努力错方向,我这心难受的。"

王事成叹气,给邱晓霞倒酒:"行了,我托大,自称一句哥哥,哥错了。要杀要剐,随你。"

邱晓霞抹着眼泪:"真的?"

王事成语气严肃:"真的。"

邱晓霞从兜里掏出早就准备好的欠条,递给王事成:"我也不讹你,这半年每个月一千的工资你给我补上,后面半年,我当不上组长怨不得别人,是我自己能力不行。"

王事成接过"欠条",看了一眼上面的内容,六千块!他一时愣住了。邱晓霞看王事成犹豫,鄙夷地笑笑,就要把欠条往兜里收:"就知道你是说说而已,不提钱亲兄热弟,一提钱,孤家寡人。"

王事成醉眼蒙眬,一把夺过欠条,激动地嚷嚷起来:"说什么呢,咱能干那事儿吗!我之前瞎了眼,不知道你家这个情况,我怕什么,我一个人吃饱全家不饿,我签了!"他说着在"欠款人"一栏签上了"王事成"。

邱晓霞没注意王事成签的是什么,生怕对方反悔,催促他拿身份证复印件。王事成醉得嘴都瓢了,半开玩笑地说:"不行,身份证照得太丑,我发过毒誓,看过我身份证照片的,得跟我结婚。"

王事成脑袋不断向下点着,似乎要醉倒桌上。

邱晓霞急了:"看过你身份证的多了,火车站买票都得看身份证,你还拉着检票员拜堂啊!"

王事成笑着:"我不坐火车,我就在上海,哪都不去。"说完一头栽倒在桌子上。

邱晓霞推了半天,他都没反应,她直接从王事成身上翻出钱包,找到了"陈伟明"的身份证。她拍下"陈伟明"的身份证照片正反面，满意地把身份证、钱包塞还给王事成，然后打开欠条核对，看到落款"王事成"的签名，一下子急了："你！你真这么没种，签别人名字算什么？亏我还真以为你良心发现了，你就没有心。"

邱晓霞使劲推着王事成，但对方已经鼾声震天。

第七章 四人会面

邱冬娜手脚麻利地把档案箱分类放好，终于可以歇口气。她津津有味地翻看起箱子里的材料，正好看到了"新峰矿业"和"宏伟矿业"这两家矿业企业。她用手机搜索这两家公司，却发现本市最大的矿业公司并不是它们，而是"华兴实矿业"。但邱冬娜在档案室里并没有看到这家公司的资料，说明它并不是非凡的客户。邱冬娜检索起华兴实的官网，认认真真把企业资料看了一遍，看到脖子酸痛，才意识到已经十点多。

邱冬娜走出档案室，同事们已经走得差不多了，只有顾飞的办公室灯还亮着。邱冬娜一个激灵，生怕又被顾飞抓住硬要送她回家，于是蹑手蹑脚走回自己的办公桌，拿起包，做出一副人已经离开的样子，又回了档案室。邱冬娜做戏做全套，干脆把档案室的灯也关了，用手机的灯光继续看资料。

顾飞从办公室出来，看到邱冬娜位置上没人，给她发了个短信问，邱冬娜赶紧回复说自己已经到家了。她凑到档案室门边，开了一条门缝，确认外面的灯全部被顾飞关掉，又听到顾飞离去的脚步声，这才又放心大胆开了档案室的灯，继续工作。

然而，黑暗中，顾飞正坐在邱冬娜的位置上，跷着二郎腿，嚼着一片面包守株待兔。不一会儿，邱冬娜关了档案室的门从里面出来，顾飞对她露出一个不怀好意的笑容。

邱冬娜急忙解释："我是怕麻烦您，不是要骗您，我挺喜欢工作的，我……"顾飞站起来，拍了拍身上的面包渣，把一袋没拆封的面包递给邱冬娜："吃吧。"

邱冬娜跟着顾飞来到停车场，顾飞边走边教导她："新人就是容易用力过猛，职场不是短跑，而是马拉松，谁会跑马拉松前一公里就拿出冲刺的劲头，傻啊。"

邱冬娜不太服气："我没想那么多，我都被推到谷底了，您给我递了根绳子，别管最后结果是什么样的，这个机会我必须抓住。我习惯了，而且，你来我们大学上课的时候不是说过嘛，抓住每一个可能是机会的机会。有时候，我看着是挺狼狈，但其实我活得挺开心的。"

顾飞没想到自己被自己的话给噎了回来："我那是随便炖两句鸡汤，你还真把我说的每句话都记着啊？"邱冬娜却认真地说："我觉得你说得很有道理。"顾飞意外地从后视镜里看了看她，点点头，没再说话，开车上路了。

邱冬娜到家后，居然看到晓霞一个人在家喝闷酒。看到冬娜回来，晓霞迫不及待地倾诉："那个陈伟明，我真低估他了，给我签欠条居然胡写一个名字，你不想签你别签啊。谁逼着你了。"邱冬娜听着不对，赶紧问欠条的事，问清楚之后，她无奈地发现，自己妈就是个骗子。晓霞骂骂咧咧地把拍到的身份证照片给冬娜看，冬娜却意外地觉得有点眼熟，她陷入沉思。

第二天，邱冬娜根据前一天在档案室的发现，开始给华兴实财务部打电话，她本来对这种大企业都不抱什么希望，没想到对方态度相当好,直接约她隔天早上10点到办公室见,邱冬娜兴奋地挂掉了电话。

这时顾飞刚好路过邱冬娜的工位,她想起昨天晚上的照片,下意识叫住了顾飞,问道:"老大,陈伟明陈叔叔,怎么去能一当保安了啊?"顾飞一下子被问住了,含糊其词:"是吗?能一的保安你都认识?弄错了吧。"

邱冬娜说:"错不了,我妈妈在那里做保洁。陈叔叔是她同事,我记得陈叔叔在宝山自己有个店啊,我还帮您去拿过他的身份证和简历,你说办什么手续要用。你不知道他在能一吗?他是不是遇到什么难事了。用不用我替您先婉转地打听一下?"

顾飞脸上的笑容很僵硬,说她肯定弄错了。邱冬娜还要再问,顾飞直接把她打发去档案室了。邱冬娜离开后,顾飞飞速回到自己办公室,打电话给王事成,语气严肃地问:"你是不是暴露了?"

王事成听了这话紧张得要命,他本来还将信将疑,一听到"姓邱的",立马反应过来了,大惊失色。刚好这时邱晓霞一路来找王事成,看到他在打电话,快步走过来,嚷嚷起来。

"陈伟明!你真是让我好找啊,什么意思啊,玩我啊,欠条你签个'王事成'什么意思?还编得有名有姓的!"

王事成飞速挂断电话,哀求道:"你小点声。你……有个女儿在非凡工作?"

邱晓霞得意道:"可不!"

王事成懊恼无比:"祖宗,你可真是我的祖宗。"

顾飞在办公室里低头沉思,虽然王事成暴露了,但幸好是暴露在邱东娜母女跟前,还在可控范围内。顾飞想了想,直接给王事成发消息,让他中午请邱晓霞母女吃顿饭,自己直接来把事情说清楚。

王事成和顾飞坐在包厢里,王事成表情懊恼地说:"都怪我,太大意了。"

顾飞反应淡定："是我疏忽了，不过谁也没长前后眼，我也没料到下属的妈妈会去那工作。"

这时包厢的门被打开，邱晓霞和邱冬娜一起进门。邱冬娜看见顾飞先惊了："顾总，您怎么在这？"

顾飞招呼她们先坐，然后招呼服务生上菜。邱冬娜、邱晓霞和顾飞、王事成四目相对坐着，都有点尴尬。

顾飞打破沉默，介绍王事成："这位是我大哥。"

邱冬娜礼貌问好，邱晓霞却不信地打量着："你们兄弟俩长得可不像。"

顾飞看向邱晓霞："认的干哥哥。您是冬娜的妈妈吧？跟我大哥是同事？"

"这不大水冲了龙王庙，一家人不认识一家人了嘛。"邱晓霞点头，满脸带笑，又转向对王事成，"之前的事儿，我跟你闹着玩呢，别当真。"

邱冬娜却已经有点糊涂了："您这位朋友，也在能一工作？陈叔叔也在？"

顾飞答道："估计你们迟早会见面，要是在酒店闹出什么笑话，就不好了，我大哥叫王事成。也就是你问我的陈伟明。"

邱晓霞惊了，邱冬娜也是不解。

顾飞继续解释："我大哥，之前在北京，因为一些个人的事情，找工作遇到了很大困难，最后实在没办法了，我让他来上海了，给他找了个跟他长相类似的朋友，用了人家的身份证，找到了现在这份工作。"

邱晓霞笑着说："到底是个啥事儿？难不成是杀人放火坐牢？"

晓霞原本是开玩笑，不料对面两个男人却面无表情，一副默认的状态。晓霞一下子变了脸色，站起来拉着女儿就要走。

顾飞叫住了她们，诚恳地解释："不是你们想象的那种坏事，我大哥是见义勇为，防卫过当坐的牢。"

邱晓霞不信："胡说，见义勇为哪有坐牢的，国家还得给你颁奖呢！"

邱冬娜却已经猜出了结果，犹豫地问："是，死人了吗？"

顾飞点点头，邱晓霞得知王事成杀过人，一下子瘫坐在位置上。

服务员把菜上齐了，邱晓霞还坐在原位，蹙眉思索。王事成则靠在走廊墙上，垂头丧气。另一边角落里，顾飞正在说服邱冬娜，冬娜相信顾飞，但不理解他为什么这样帮王事成。顾飞并未直接回答，而是说自己可以替他担保。

三人重新落座。邱晓霞率先发话："王事成是吧？我不管你姓陈还是姓王，你今天把你过去的事儿说清楚，一个字不带瞎编解释明白，能说服我，我就不举报你。"

王事成听了，站起来要往外走，要去向经理坦白，却被邱冬娜拦住。晓霞一看，自己闺女这明显是被顾飞给灌了迷魂汤了，她看看邱冬娜又看看顾飞，开口道："这事儿对我们有什么好处啊？我们冬娜天天操心着通不过考核的事儿，我这当妈的也跟着心烦，一心烦，嘴就容易瓢，嘴一瓢，我可什么都说。是吧，顾总？"

晓霞话里的意思过于明显，邱冬娜又惊又气。顾飞却坦然一笑，开酒给大家倒上，边倒边说："以冬娜的工作能力，一定会通过非凡的考核的。我个人，给您保证。"邱晓霞开心起来，张罗道："这么多菜，别浪费了，老王啊，咱们跟顾总也都算熟人了，以后你有啥事，我罩着你。"

气氛顿时融洽了，邱晓霞和两个男人一起喝酒、吃饭，只有邱冬娜生气地把头转向另一边，并不想看邱晓霞。

邱冬娜这顿气一直气到了晚饭结束，回家的路上她甩开晓霞，一个人在前面走得飞快。晓霞这么一干，自己之前所有的努力都白搭了，还要搭上她以后的所有付出，每个工作的进步，都要写上"这是我妈帮人保守秘密换来的"，邱冬娜怎么可能乐意。

邱晓霞知道冬娜在想什么，她在心里感叹这丫头还是太年轻，什么事都是一根筋。晓霞摇摇头，解释道：

"你啊，不懂个人情四六，让王事成白受咱们这么大一个人情，他得想着还吧？他拿什么还啊？还多少合适啊。我看算了吧，我直接管顾飞要这个人情，大家都没负担。"

邱冬娜一时间觉得邱晓霞说得有些道理，浑浑噩噩地跟着邱晓霞往家走。

另一边，王事成在顾飞家客厅里唉声叹气，顾飞递给他一杯热茶。王事成还在担心邱晓霞母女，虽然现在答应得好好的，可毕竟非亲非故，所以说不准会不会回头就把他给举报了。顾飞心却很大，他不了解邱晓霞，但笃定邱冬娜是不会说的。顾飞见王事成仍是不信，于是给他讲起了自己和邱冬娜相识的故事。

王事成摆摆手表示不想听，因为顾飞已经说了没有一千也有八百回了，顾飞帮朋友去财大上课，一学生毛遂自荐找他要实习，想想也知道那人是邱冬娜了。

顾飞却不顾王事成的拒绝，继续说："我本来觉得这样主动的人，一般都会过于精明，后来有一次，一个客户约我，我那个客户，简直就是个酒闷子，找我肯定少不了一顿大酒，我那天后面还有事就让她去帮我拿一份文件，给我送酒桌上去。然后我就喝多了呗，电话也没电了，压根把叮嘱她的事儿全给忘了，跟着客户转场喝到凌晨。回家一充电，发现她只给我打了一个电话。"

王事成有些惊讶："一个？"

顾飞点头:"就一个,半夜十二点打的,没催我,说还在酒店大堂等我,问我需不需要帮忙叫车。我都给她气笑了,问她为什么不放前台或者多打几个电话……"

"她怎么说?"

顾飞眼前出现当时那个单纯到有些稚嫩的大学生邱冬娜,她一本正经地对自己说,她不知道这份文件是不是重要文件,不能交给陌生人,况且,自己说了让她等,就一定会出现,没出现就是在忙,她信自己。

顾飞想着想着,忍不住露出一个笑容。

王事成的身份问题算是暂时压下了,顾飞信守承诺,第二天就在事务所给了邱冬娜一张名片,是一个尽调项目的客户,她代表顾飞去谈下这个,就算是完成KPI了。不料邱冬娜拒绝了顾飞,她坚持要自己完成任务,更重要的是,她不想和晓霞一起欠下这么个大人情。

邱冬娜离开办公室,按照昨天约好的时间来到了华兴实矿业的待客室,然而华兴实财务部的人好像把她忘了一般,连个招呼的人都没有。不过邱冬娜还是那个邱冬娜,她拿出当年等顾飞的那个劲头,一直等到了下午六点,终于见到了人。邱冬娜准备好了一大段介绍词,没想到对方一副对非凡很了解的样子,邱冬娜本以为有戏,没想到对方用一种奇怪的眼神打量她,让她回去等消息。邱冬娜有点蒙,但还是礼貌道谢后离开了。

邱冬娜拖着一身疲惫回到公司,边走边打电话给欧丹日化的陈经理:"喂,陈经理吗?我是非凡的小邱,不好意思,今天忙了一天,现在才给你打电话,想再确定一下见面时间……"没想到陈经理告诉她,今天自己已经打电话到她办公室,一个叫李楚宁的人帮她谈好了。邱冬娜的表情逐渐愤怒起来,她一下子就明白了李楚宁趁自己不在抢了自己好不容易谈来的客户,但她嘴上还是在维护李楚宁:"啊对,她是我的同事。嗯，对，没问题没问题，她也是一样的。"

邱冬娜挂断电话，直接冲进所里找李楚宁对峙。李楚宁不疾不徐地说："你要是说欧丹日化，我不觉得是抢你客户，你连客户需求都没弄明白，顶多算是代表所里去发了名片，你谈，他们不会跟你合作的。"

顾飞刚好从茶水间倒了咖啡，准备回办公室，看到两个女孩争执，他饶有兴趣地停在角落喝着咖啡看热闹。

邱冬娜真动了气："我正等着见朋友，你中途冒出来把人拦到自己家里去，这不是抢是什么？"

李楚宁针锋相对："你是想跟他们谈年审，但据我所知，他们会有新的发展计划，我跟他们谈的是财务咨询。跟你有什么关系？对，你是在家里等着见朋友，但你的朋友现在想跟我一起去看电影了，你不服气可以去找朋友理论。"

两人还要争执，顾飞已经不想听了，出来平事："行了，不用争了，有那个劲头多去考几个证，别天天弄那些内耗、钩心斗角的事儿，我们这不欢迎。欧丹的项目，谁先谈的谁就负责到底。省得外面看我们笑话。冬娜先接触的吧？"

李楚宁趁顾飞不注意，翻了邱冬娜一个白眼。邱冬娜也并未料到顾飞会替自己出气，低头不语。

在角落里目睹了这一切的程帆扬叫住顾飞，让他来自己办公室。程帆扬面无表情地让顾飞签陈劲锋升合伙人的文件。陈劲锋是顾飞和程帆扬挖过来的人，当时程帆扬看中他，觉得他既没有顾飞那么视规则如无物，又不会像自己一样只认规矩。顾飞点点头，签了字，他正要出去，却被程帆扬叫住：

"新人们的 KPI 是你设定的，你不能中途改变规则。"

顾飞假装不解，程帆扬却不配合他："森林资本投资恒白科技的财务尽调,我知道你跟他们打了招呼,说对接人是你的助手邱小姐,你想替她完成KPI。"

顾飞被戳穿了,还想辩解两句,却被程帆扬请了出去,顺带让他把邱冬娜叫进来。顾飞也不知道程帆扬和邱冬娜说了什么,不过估计那个机器人不会说什么好话,总之邱冬娜从她办公室出来后,就把欧丹的项目让给了李楚宁。顾飞知道这个结果后,摇了摇头,更为邱冬娜的职业生涯担忧了。

另一边,晓霞也下班了,她正准备往车站走,王事成却骑着电动车停在她面前,递给她一个头盔,示意她上车。邱晓霞不解:"干吗啊?报恩?"

王事成不理她的打趣,正经说道:"以后你下中班,我都送你,保证你安全。"

邱晓霞打量王事成的电动车,开口要他把电瓶车给自己。王事成不想给又不好意思说,借口说这车特别重不好开。邱晓霞一跨腿已经坐在王事成车后座,嫌弃地说:"行了吧,看把你给吓的,你当我是账本变的啊?脸上除了写着欠、借、还,就是钱钱钱?"王事成作势擦了把汗:"霞姐,咱们以后能不能少开玩笑?我在里面待久了,比较容易认真。"

王事成骑车离开,邱晓霞坐在后座给他指路,两人一路有说有笑,像一对相依为命的夫妻。王事成把电动车开到居民楼下,邱晓霞下车,把头盔还给了他,道谢走了。晓霞躲进居民楼里,偷瞄着王事成离开,这才从楼里出来,走回真正的家。毕竟是杀过人、坐过牢的人,谁知道到底是什么底细,还是留个心眼好。

晓霞回到家的时候,邱冬娜正在客厅柜里收拾水果,她把挤压烂的部分全部削进垃圾桶,剩下好的部分拼出了漂亮的果盘,晓霞拿起一块水果就吃。邱冬娜还在为欧丹的事情烦心，闷闷不乐的。晓霞说起王事成送自己回家的事，冬娜也有一搭没一搭地聊着。

突然，邱冬娜的电脑提示音响起，邱冬娜点开，是华兴实矿业财务总监发来的邀请，让她约好所里领导的时间再开会。邱冬娜瞬间欣喜若狂，跟晓霞炫耀：

"我真是太棒了，我这两天不是给所里整理档案嘛，我就发现我们跟市里两家龙头矿业有合作，很擅长这一块的业务，但是偏偏就是最有名的华兴实没人接触过，我就硬着头皮去了，没想到啊，帅哥美女无人敢追，我这个瞎猫一登场，一举拿下！"

邱晓霞赶紧挑一块水果喂到邱冬娜嘴里："我闺女太棒了！这次一定能谈成。"

第二天，邱冬娜喜滋滋地来到所里，找张旭东约时间，她本来一副求表扬的神情，张旭东却面容古怪地看着她，欲言又止，跟华兴实的人看她的表情一样。

"华兴实嘛，肯定能谈成，只要是非凡所，早几年去谈那几乎就不用谈。"

邱冬娜还未听出对方话里的意思，傻傻地追问："那你说，我请帆扬总去，不算唐突吧？"

张旭东恨铁不成钢地摇摇头："冬娜，你是不是真的不想想，这么大一个矿企在那放着，我们所又非常擅长这一块的业务，为什么没人去谈？"

邱冬娜蒙了，不敢拿出"帅哥美女无人敢追"的那套理论说给张旭东听，只能默默闭嘴。

张旭东叹了口气："你做了那么多功课，就不知道华兴实之前的大领导是白友新吗？"

邱冬娜的脸色越听越差，原来白友新是程帆扬的老公，之前程帆扬坚持独立性避开了华兴实，但后来华兴实矿业管理层变动，五年前白友新白总被逼辞职自立门户，建立了投资海外矿山的白金矿业。虽然不涉及独立性了，但所里谁也不敢触程帆扬的霉头，所以就放着这么大个矿业公司，假装看不见了。

邱冬娜听完这一长串前史，已经近乎绝望。这时，张旭东的办公室门被敲响，季子萱帮程帆扬叫邱冬娜去她办公室。

邱冬娜满脸惊恐地来到程帆扬的办公室，程帆扬看着电脑上的文件，脸上看不出一点喜怒。

程帆扬开门见山："华兴实你是通过谁，认识他们财务部贺总的？"

"搜索引擎、公司官网，搜了一下他的个人账号，微博上私信的。"邱冬娜声音越来越小，"我假借了一下你和顾总的名号。"

程帆扬有点意外："我高估你了。"

邱冬娜忐忑地解释："我也是五分钟之前才知道你、你老公，之前是华兴实的，大领导……我是，分析了一下咱们的以往业务、客户，然后试探性接触了一下华兴实，要是不方便，我去解释。"

顾飞从外面直接推门进来，大剌剌直接坐在程帆扬会客的沙发上，开口道："华兴实的老贺问我他们的项目是不是我跟，好像很期待跟我们合作啊，怎么，你什么时候想通华兴实的事儿了？"

程帆扬用下巴指了指邱冬娜，顾飞反应了一会儿才明白，也很诧异。

程帆扬点点头，平静地对邱冬娜说："你出去吧，这件事我们接管了，不算你的业绩，能理解吧？"

邱冬娜忙不迭地点头："理解理解，我这等于是功德箱里借了钱给菩萨塑金身了……"程帆扬打断了她，让她出去，邱冬娜慌不迭地滚了。

程帆扬准备以分不开人手为由拒绝华兴实，但顾飞却觉得有钱不赚是笨蛋。

之前白友新在华兴实，确实应该奉行独立原则，但现在白友新早已经被几个宫斗精给逼走了，没什么好顾虑的。程帆扬还在犹豫，顾飞继续说服她，要是实在不想见到那些人，可以让陈劲锋去，最后一起签字。程帆扬让顾飞先出去，自己再想想。虽然顾飞总说程帆扬是个没有感情的AI，但有些人对她来说还是非常重要的，顾飞是一个，白友新也是，因此在涉及有关白友新的决定时，她总是格外慎重。

第八章 打架的距离

邱冬娜在办公桌上无语问苍天，她怎么会知道这种好几年前的八卦呢？入职培训里也没说啊！她感觉周围人都在嘲笑自己是个傻子，干脆躲进了档案室继续整理资料，一待就是一整天。邱冬娜把一箱文件放在办公椅上，自己爬到梯子上，利用高度差费力把整箱文件提上最顶层的文件柜。

顾飞从外面进来，正好看见这一幕，头疼不已："你长着嘴就只吃饭一个用处？这么重的箱子不知道喊人帮忙？"邱冬娜从梯子上下来，拍了拍手："整个所找不出来比我更闲的了，我实在没脸喊人帮忙。"

顾飞看表，已经十一点半了，不知道的还以为眼前这人干了一整个team的活儿，才比合伙人还晚下班。邱冬娜揉揉酸胀的胳膊，强装轻松地说："再拉不来客户，这些活儿我可不就得马上干完。别回头我人走了，再给你们留个烂摊子。"

顾飞没想到邱冬娜会这么说，反倒有点憋不住想乐，他抬手直接关了档案室的灯，送邱冬娜回家。

车里，邱冬娜死死盯着自己的包，跟锯嘴葫芦一样似的不说话。顾飞安慰道："你别想太多了，帆扬不会因为这么一点小事儿为难你，她真是很难得的那种拎得清、对事不对人，同时非常温暖的人。我信程帆扬，有时甚至多过信我自己。"

邱冬娜撇撇嘴："你是一叶大海里随波逐流的孤舟，她是海角指明航道的灯塔，那种信任？"

"灯塔？她啊，顶多算一盏坟头鬼火吧，但那毕竟是光啊。"

顾飞和程帆扬相识于天台。当年，父亲跳楼、女友出事、被全世界抛弃的顾飞站在父亲不久前刚刚站过的天台上，想着跳下去就一了百了了。这时天台的门被推开，年轻的程帆扬带着卷尺上来，如同没看见顾飞一样，在旁边量墙的高度并一一记录，甚至让顾飞让一让别挡着她测量。

程帆扬嘀咕着："1米25……建筑规范最高到1米5……你说，砌这么一栋墙，用得了30吨水泥吗？必然是用不了的吧。可我最近审的项目就是这么写的，砌了一堵30吨水泥的女墙，你说说，这些人是不是什么都敢入账？"

顾飞没说话，程帆扬却一直盯着顾飞，顾飞被她盯得无所适从，程帆扬又开口了：

"算上通货膨胀大概是3500万，你可真大方。"

顾飞疑惑："什么3500万。"

程帆扬答道："2010年中国男性平均寿命72.38岁，你按这个寿命做注会到退休，你的总收入大概可以达到3500万，但你现在不是想跳楼吗，死了就直接归零。"

顾飞一惊，程帆扬收起了卷尺，转身离开。顾飞跳下了墙，跟在她身后。

坐在车里的顾飞笑了，对邱冬娜说："帆扬总，程帆扬是我生命里不可或缺的鬼火，这是我跟她合作的理由。"

坟头鬼火程帆扬此时刚下班回到家，她打开了黑暗房间里的所有灯。程帆扬心情很不好，因为她今天刚刚拿到了自己的检测报告，代表卵巢功能的 AMH 值已经远低于正常量，这意味着她可能永远没有机会做妈妈了。程帆扬从酒柜里拿出威士忌，给自己倒了一杯，一口全灌下去，这才平静了下来。

这时白友新从外面进门，看到程帆扬在喝酒，半开玩笑地说："一回来就喝上了？少喝点。"

程帆扬又灌了一大口："你又不准备要孩子，我喝多少有什么影响。"

白友新看出妻子心情不好，放下东西坐在程帆扬身边，问她是不是工作不顺利，程帆扬摇摇头。白友新一边说着"那就好"，一边拿过程帆扬手里的杯子，把酒全部喝掉，在程帆扬要拿酒瓶之前，率先拿过酒瓶。

白友新带着讨好的笑："这些都给我吧。"

程帆扬懒得争辩，起身去酒柜里又开了一瓶，给自己倒了一杯。

白友新看程帆扬的状态，主动求饶："又是从哪来的无名火啊。知道你想要孩子，但现在不是时候。我在非洲收购矿山那事儿谈得不是很顺利，小白现在又特别敏感……"

程帆扬有点颓唐地打断：我不想再听这些了。等你事事准备好，我可能就来不及了。她从包里翻出检测报告递给白友新，随后拿着新开的酒离开，白友新失神地盯着程帆扬的检查报告。

程帆扬收到体检报告后，对白友新的失望积累到了极点。她掏出电话，打给了陈劲锋："华兴实的项目交给你了。"话一说完她就挂了,陈劲锋蒙了一下,反应过来之后欣喜若狂,他才刚刚升上合伙人,就负责这么大的项目。

华兴实的财务总监贺光辉本以为顾飞会负责他们的项目,得知是陈劲锋后,虽然有些失望,但还是愉快地和非凡签约了。

陈劲锋双喜临门,意气风发地走进办公室,宣布今晚他在能一酒店包厢请吃饭,众人一片欢呼。这时顾飞从办公室里走出来,讽刺地说:"抠门,斤斤计较。升职你就该请一次,谈成华兴实的合作你又该做一次东,现在两顿并一顿,要不我看这样吧,晚上大家把份子钱都带上,这顿饭陈总的婚礼、小孩满月、升学宴都算在里面了。"

陈劲锋正和顾飞斗嘴,突然收到爸爸发来的信息,是医院通知说先交20万,他脸上的笑容顿时有些僵住了,但很快调整过来,一一回应大家的恭喜。

办公室的同事们三五成群地先走了,邱冬娜在工位上把自己的事情全忙完了,才急匆匆赶到酒店包间,挑了一个离李楚宁最远的位置落座。李楚宁意味深长地看了一眼邱冬娜,笑了笑,没说话,邱冬娜感觉莫名其妙,没理会她。

顾飞、程帆扬、陈劲锋、杨芸芸等老员工说笑着走进来,众人起身迎接。顾飞看了一眼邱冬娜,好意提醒道:"啧,怎么,今天你准备结账?"

邱冬娜还不懂他的意思,这时包厢服务生打开了所有包厢的灯,邱冬娜身后两盏灯照亮一幅画,她这才发现自己坐的是主座。

邱冬娜尴尬无比,拿起东西落荒而逃,坐到了上菜口旁边的位置。邱冬娜这一整餐饭都食之无味,恨不得躲到桌子底下去。众人都在跟坐得近的人聊天,邱冬娜失神地坐着,一个字也听不清。

程帆扬从包里掏出一只包装精美的小盒子,当众递给陈劲锋:"恭

喜你,合伙人礼物,刚才没有机会给你。"

陈劲锋打开一看,里面是一支金笔。众人都鼓起掌来,大家都知道,这只金笔非凡的每位合伙人都有一支,承载着非凡的商誉。陈劲锋郑重地收下笔,和程帆扬、顾飞碰杯。

邱冬娜看着这一幕,十分艳羡,她一边跟大家一起碰杯,一边想象着自己将来成为合伙人的那一天。邱冬娜沉醉在自己的幻想中,没注意周围说话,突然听到顾飞说了句:"邱冬娜,是不是?"

邱冬娜吓了一跳:"什么?"

顾飞看向程帆扬:"小邱怕你怕得要死,我服了,一个天不怕地不怕,半夜走坟场都敢学鬼哭的小犟,最近让你管得像大姑娘上花轿一样。"

程帆扬认真地问邱冬娜为什么,邱冬娜急忙尴尬地否认。程帆扬坚持问:"说说看,我哪里可怕?"

这话一出,现场所有人都沉默了,齐刷刷看向邱冬娜。邱冬娜如坐针毡,正在犹豫着要怎么开口,幸好这时程帆扬出去接了个电话,气氛又恢复到之前,三三两两地继续聊天。邱冬娜瘫在椅子上,顾飞对她比了一个抹脖子的姿势。

程帆扬在走廊上打电话,她有点失态,声音也有点哑地说:"7年了,从第一次我们讨论这件事到现在,已经7年了,我并没有着急地催促你……但我的体检状况你也看到了,我一定要有一个自己的孩子,我只想问你是否考虑做试管……"

这时,推着清洁车的邱晓霞出现在通道另一端,她无意中听到了程帆扬的话,表情有点不自然。邱晓霞想要继续听,于是故意放慢脚步,却被程帆扬发现了。邱晓霞被她看得不自在,顺手从车里摸出一瓶水,说:"来,喝点水,润润嗓子。"程帆扬没料到她会这样,愣住了。

邱晓霞硬把水塞给程帆扬后离开。她认识这是邱冬娜的上司,于是赶紧给冬娜发短信，生怕她跟上次"艳照门"事件似的，又触了什么霉头。

邱冬娜那边晚餐已经接近尾声，陈劲锋叫上了张旭东等几个人去楼上打德州扑克，其他人已经意兴阑珊，准备离开了。这时"一片红霞"给邱冬娜发来消息："有新八卦！小白那个小妈，有情况。"

邱冬娜正准备回复，没想到程帆扬刚好从外面进来，她手机没电了，顺手找离门口最近的邱冬娜借用手机发邮件。邱冬娜吓了一跳，赶紧关了微信页面，点开邮箱。然而"一片红霞"又发来一条消息："她是个不下蛋的鸡，你注意点，别触霉头。"邱冬娜怕程帆扬看见，狠狠心一松手，把手机掉进了汤碗里，溅了程帆扬一身汤。邱冬娜忙不迭地道歉，程帆扬皱着眉清理衣服，问道是什么不下蛋的鸡能让她这么紧张？

邱冬娜尴尬解释："就……我……我姨妈，说着玩的。"

程帆扬摇摇头："太粗俗了。"说完她拿起包离开了，邱冬娜终于长舒一口气，赶紧捞起手机抢救。

大家纷纷散场了，没喝酒的送喝醉了的回家，送顾飞的任务不知道怎么就落到了邱冬娜身上。邱冬娜扶着顾飞上了公交车，把他安顿在仅剩一个的座位上，自己站在了顾飞旁边。顾飞头支在前方座椅靠背上，看起来很难受，口齿不清地抱怨道："抠门，你就送我一回，打个车你都舍不得。"

邱冬娜无奈："老大，您也讲点道理吧，刚刚你吐了人家一车，我身上那点钱全赔司机洗车了。"

顾飞不再说话，低着头似乎是睡着了。公交车停靠下一站，挤上不少人，一个猥琐男挤在了邱冬娜身后，邱冬娜不得不紧靠着顾飞站立。顾飞浑浑噩噩、似睡非睡，他迷迷糊糊地睁开眼，却看到一个猥琐男在邱冬娜的身后蹭来蹭去，将手伸向邱冬娜的屁股。

顾飞直接跳起来一把揪住他，怒吼："你摸哪呢！"

猥琐男仓皇逃下车，顾飞追着他跑了下去，邱冬娜还没反应过来，赶紧追着顾飞下了车。一下来就看到顾飞一拳把猥琐男撂倒在地。邱冬娜看顾飞的样子不对，已经有点魔怔了，赶紧抓住他的手。

"老大，你别冲动，你怎么了！"

顾飞不答，眼睛直勾勾地盯着瑟瑟发抖的猥琐男。对方已经吓呆了，连连求饶，顾飞却不管不顾地冲着他的脸就是重重一拳：

"你跑什么！"

猥琐男吐出一口血沫子，挣扎道："我摸她了，我……"

顾飞连续狠狠击打猥琐男的面部："晚了，我刚车上问你的时候，你就该、回、答！"

猥琐男被揍得没声了，奄奄一息地歪倒在路上，路人发出惊呼。邱冬娜死死用手臂困住他："你疯了吗？你这样会打死他的！"

顾飞疯了一样，只知道疯狂地揍人，他已经完全听不到外面的声音。他眼里的猥琐男已经变了模样，变成了当年那个倒在花丛边、脸上却带着诡异又恶心笑容的男人……

邱冬娜从没见过顾飞这么可怕的样子，她赶紧给王事成打电话。王事成这时刚把晓霞送到她家楼下。邱晓霞和王事成在电话里听到邱冬娜焦急的声音，对望一眼，邱晓霞重新跨上电动车，王事成载着她加速离开。

猥琐男已经被抬上了救护车，两个警察正在向邱冬娜和顾飞问话。顾飞满手都是血，对警察的话充耳不闻，只顾着上下打量、检查邱冬娜，紧张地问：

"你有事儿吗？有没有哪里不舒服？别怕，千万别害怕，有我在，绝对不会让你有事的。"

邱冬娜一头雾水，说自己没事，警察看着毫发无伤的邱冬娜，再看看满手血的顾飞，有些摸不着头脑，继续追问顾飞，顾飞却情绪激动地坚持要先带邱冬娜去医院检查。邱冬娜赶紧出来打圆场："您看他这手，是不得也得去医院包一下，您再问话？"

警察点头，示意邱冬娜和顾飞往警车方向走。

邱晓霞和王事成两人匆匆赶到医院时，诊室里正传来猥琐男杀猪般的号叫声，邱晓霞慌了神，一见面就把邱冬娜拉起来，仔仔细细检查一遍，问："你受伤没有，妈跟你说，这不算个啥事儿，摸两把，就当被狗咬了，又不掉块肉，千万别往心里去。"

邱冬娜无奈道："我压根都不知道怎么回事，那人就让顾总给打了……顾总，可能不太好。"

警察走过来找邱冬娜问话，王事成下意识低头回避警察的目光，邱晓霞有意无意挡在了警察和王事成之间。王事成对邱晓霞点点头，跟她交换了一个暗号，然后走向猥琐男的病房。

王事成走进病房，自来熟地往病床边一坐，问："你是被打的朋友？"

猥琐男警惕要坐起来："你是谁？"

王事成拍拍对方的肩膀，又把对方按回病床："躺着躺着，客气什么，我什么也不是，一个无名小卒，来看看你。5000块钱，你们哥俩喝醉酒闹着玩这事儿，能了了不？"

猥琐男一听对方是来平事的，立马有了底气，往下一躺："闹着玩？了了？他把我打成这样，多少钱也不行，我得让他坐牢！告死他。不对，钱也得赔，没个百八十万，他别想跑。"

王事成干脆凑到猥琐男旁边，搂着他并排躺下了，脸上带着笑威胁道："干吗啊弟弟，这么不依不饶的，你摸人家小姑娘屁股，让人打了，你还挺有理的。知道我是干什么的不？"

猥琐男更加紧张地问："你要干吗？"

王事成把猥琐男死死搂住："不干啥，陪你躺会儿。我吧，之前就是得理不饶人，最后让政府给教育了几年，认识了一帮兄弟，大家都被教育得非常大度、好脾气，一般不惹事儿。你这事儿，我弟弟确实下手黑了点，嗨，你说这事儿换谁谁不生气。"

王事成说着，用手轻轻戳对方受伤的位置，猥琐男疼得直倒抽凉气，吓得直叫警察叔叔，王事成捂住对方的嘴巴，皮笑肉不笑地说："干吗呢，闹着玩，你看你，总瞎较真。你这伤看着吓人，没伤筋断骨，5000块买几只老母鸡补补多好。你要非较真下去，哥哥我可不高兴了，这么着的吧，反正你叫啥，我们兄弟也都知道了，你要真公事公办，我带几个弟兄上你家伺候你去，保证给你伺候得舒舒服服、熨熨帖帖，行不行？"

猥琐男被捂着嘴，睁大眼睛惊恐地盯着满脸笑容的王事成。王事成温柔地为他掖了掖被角，走了出去。

此时外面走廊上，邱晓霞正一把鼻涕一把泪，哭得声情并茂：

"警察同志，您给评评理，我一把屎一把尿打零工把女儿培养到上了大学，工作了，不偷不抢教育她做好人，在外面就这么让人给欺负了，我们还没结婚呢，还做不做人？我这姑娘脸皮薄，想不通再做了傻事。不打死他都死有余辜。"

她对面，邱冬娜和警察都一脸无奈。警察只好转头问邱冬娜和顾飞的关系，晓霞却抢着回答：

"顾总知道我们家的情况，对我冬娜照顾得多一点，您要抓就把我抓走吧，他是代我受过啊，我们全家的命都是他救下的啊。"

邱冬娜压低声音，劝道："妈，过了，收一收……"

邱晓霞收放自如，立马止住眼泪，露出一副委屈的表情求警察同志替她们娘俩主持公道。

这时王事成意气风发地走过来，云淡风轻地说："主持啥公道啊，别给警察同志添麻烦了，小年轻闹着玩，手重了，那什么，我们互不追究了，是不是跟您回去签个字，这事儿就结了。"

邱晓霞崇拜地看着王事成，王事成在她的目光中，陶醉不已。

打人的事就这么解决了，晓霞拉着邱冬娜躲瘟神似的赶紧回家，剩下王事成在医院收拾顾飞的烂摊子，给人结医药费、赔钱。回到家后，邱冬娜已经困得眼睛都要合上了，然而晓霞却逼着她把今天换下来的衣服马上搓洗掉，因为嫌晦气。冬娜不停地小鸡啄米，只想赶紧洗完睡觉，邱晓霞却坐在一边，一本正经地教育她以后要离顾飞远点。冬娜却坚持为顾飞辩护，她总觉得顾飞有什么心事。晓霞见她这副样子，怀疑起自己闺女是不是对顾飞有了什么念想，邱冬娜连忙否认。

夜里，原本很困的邱冬娜却辗转反侧睡不着觉，她摸出了手机，搜索"打架不要命""自毁倾向"等关键词，轻声念出了网页上的解释："因为安全感的缺失，一次次失望被挫败，强化了错误观念，这类人其实时刻为被抛弃做准备。"

邱冬娜心中犯嘀咕，又搜出了一套自毁倾向的心理测试题，准备明天带到办公室给顾飞做，搞清楚他现在的情况到底有多严重。

邱冬娜到办公室，一心想着怎么才能让顾飞乖乖做测试题，却没想到自己已经成了八卦的中心。原来顾飞帮她打架的事已经传遍整个事务所了，落在少女们的眼里，简直是标准的偶像剧情节。邱冬娜只能苦笑，她们哪知道偶像剧背后的故事，比如调解到大半夜、签互不追究的谅解、跟警察叔叔赔礼道歉、赔偿医药费什么的⋯⋯

这时顾飞倒完咖啡回办公室，八卦的同事们立刻各自回工位假装认真工作。邱冬娜犹豫了一下，起身跟进了顾飞的办公室。邱冬娜先

为了昨天的事向顾飞道歉,然后佯装刚想起来的样子,掏出手机说:

"还真有一个事儿需要您帮忙,我一个朋友,学心理学的,在做调查,需要一些匿名问卷,您能帮着答一下吗?"

顾飞看了眼手机:"你有自毁倾向吗?这什么破问卷。"

邱冬娜附和:"可不是破问卷嘛,不过他们学心理学的,什么奇奇怪怪的问卷都有,拜托拜托。算上昨天的,我欠您两个人情,您是想攒个大的让我一起报恩,还是现在就兑现?"

顾飞笑了笑,他明白邱冬娜的性子,如果不让她把欠的人情谢完的话,她会难受得就像鞋里卡了个石子一样,一直难受着。于是顾飞故意点名要吃一家很难排到的烧烤店,估摸她排完队之后差不多就能还完人情了。邱冬娜一口答应。

邱冬娜心里一直惦记着排队,她算了下,一下班就跑过去排队,晚上应该能吃上烧烤。但她有一份文件要程帆扬签字,而程帆扬一直在开会,她眼看着时针转动,心急如焚。邱冬娜抱着文件在办公室四下张望,想找人委托文件,却只看到了李楚宁一个人。邱冬娜回到自己位置上坐了一会儿,内心纠结,不断看向李楚宁,终于开口了:"楚宁,你今天加班啊?"

李楚宁没好气:"关你什么事儿?"

邱冬娜拿出文件求她帮自己找程帆扬签字,李楚宁翻了个白眼不理她。邱冬娜再三恳求,李楚宁不耐烦地从兜里掏出一张咖啡馆的会员卡,刁难道:

"正好,别人送了我一张卡,里面30杯咖啡,懒得去喝,你每天早晨去帮我送一杯到办公室来。"

邱冬娜忿忿不平地把卡接过来,恨恨地说:"成交。"

邱冬娜急匆匆地赶到烧烤摊,摊子还没支起来,已经有不少人自发在排队了，队尾放了一块砖头。邱冬娜站在了队伍末尾砖头后面，前面排队的人好心提醒她说今天的材料只能卖到砖头这里。邱冬娜谢谢对方的好意，但还是决定碰碰运气。

烧烤摊老板阿六开车过来支起了摊子开始布置，邱冬娜看了一眼望不到头的队伍，干脆走向老板阿六，开始帮着卸车、摆座位，拿过简易点菜单给排队的客人分发。阿六困惑地看着邱冬娜，邱冬娜对他露出一个讨好的笑容。

邱冬娜穿梭在简易的塑料凳子中，帮着阿六招呼客人，阿六一边烤串一边跟邱冬娜搭话："姑娘，你干吗呢？等着我给你结工钱？"

邱冬娜笑嘻嘻凑过去："老板，我来晚了，没排上今天的队，你能不能看在我给你帮了这么多忙的份儿上，给我安排安排。"

阿六为难道："那可不行，都是我的常客，我这没有插队的规矩。"

邱冬娜叹了口气，压低声音，半真半假以十分遗憾的口气说："老板，我也是没办法了，我哥他脑子不太好了，就惦记你这么一口，我们昨天才从医院出来，确实没时间来排队。"

阿六吸吸鼻子，让一个帮工带邱冬娜去员工自己吃饭的地方。邱冬娜跟着他走了过去，雨棚下面的一张塑料小桌子并几张小凳子，俨然是个雅间。顾飞来了一看，十分意外，他本来觉得邱冬娜不一定能排上的，还自己另外订了个韩国烤肉店。

邱冬娜得意地说："但凡我想，没有什么办不成的。敞开了吃，我跟老板铁磁，能给打八折。就是……临走前，你跟我一起去给老板道个谢，他要是祝你早日康复，你也别太意外就行了。"

顾飞迟疑了一下，反应过来，把高档西服随意脱下来搭在一旁脏啤酒筐上，笑着说："吃你一顿饭还得个绝症。"

两人有一搭没一搭地聊着，顾飞看着一直把烤串往他面前堆的邱冬娜,忍不住说:"你吧,不要总是觉得别人稍微给点小恩小惠,你就必须立刻马上还了,我也穷过。你这叫什么啊,自卑到灵魂深处。"

邱冬娜否认:"哪有,我只是不想欠别人情。"

顾飞摇头:"不是怕欠,你自己不也说了吗,你是怕还不起。你这才哪到哪啊,放宽了心,躺平了穷就是了,我告诉你,我们这种人,就算哪天真有钱了,你也吃不惯大餐,听不惯高雅音乐。骨头缝里都渗着捉襟见肘呢,一辈子都怕没钱。能怎么样,不活了吗?"

顾飞的话让邱冬娜想起自己上初中的时候,晓霞为了培养自己的高雅情操,让自己将来出去了不跌份,特意从社区主任那里求来了两张交响音乐会的门票,还买了两身廉价的曳地晚礼服。然而演出时,两人因为礼服布料太廉价而过敏了,全程没有一点心思欣赏所谓的高雅音乐,最后只能在左右观众不满的目光中仓皇离开了音乐厅。

邱冬娜想了想,跟顾飞说出自己的真心话:"你没试过穷还没见识的感觉,我从小看到的世界跟别人都是不同的。每次我妈妈想带我长点见识,大概就可以理解为,出点洋相。我只是想活得体面一点。"

顾飞摇摇头:"咱俩坐这吃烤串,哪里不体面了吗?"

"嗯,没有,我没事。"邱冬娜说出自己的疑问,"你昨天到底怎么了?"

顾飞没有回答,而是反问:"那份问卷,是你想问的吧?"

邱冬娜被拆穿了,一时语塞。顾飞自问自答:"问卷我做完了,只说我善于隐藏情绪。满意吗?"

邱冬娜犹豫地说:"从我认识你那天,我就总觉得,你不大高兴。然后,每年那一天还得送你洋葱,你不说,我就不问,但我还是希望,你能快乐点。至少,我没见过哪个正常人常年睡沙发的。"

洋葱,是邱冬娜和顾飞之间的特殊约定,虽然这个约定是邱冬娜单方面作出的。当年邱冬娜在顾飞手下实习时,就发现每年的七月十号,顾飞就会消失。那天她为了找顾飞签字,试探性地来到他家,却被顾飞砸了手机,她这才知道那天是顾飞妈妈的忌日。邱冬娜听了二话不说,出门买了3斤洋葱拎回来,让顾飞切。顾飞切着切着终于大哭了一场。

此时邱冬娜对面的顾飞笑了笑说:"成,这一顿饭吃得值,胃填饱了,心里的窟窿你这是买一赠一也想给我补上?想多了,谢谢你的关心,但我好着呢。跟你这么坐坐,挺开心的。我也回送你一句,最大的体面是你想成为谁,你怎么成为谁。"

顾飞的脸简直要凑到邱冬娜脸上,邱冬娜情不自禁地呼吸急促起来。

这一晚上邱冬娜的心绪很不安定,睡觉也睡不安稳,陷入不知道是回忆还是梦境。梦里她回到了大学,攒了三个月的打工钱,给白石初买了一双AJ鞋,小心翼翼地捧给他,白石初收下后笑了笑,说自己改玩喷了。邱冬娜连喷是什么都不知道,她只知道有些距离是你怎么努力也跨不过的。

第九章 审计小区

做了一晚上的怪梦,邱冬娜第二天哈欠连连地跟晓霞一起出门去上班。晓霞边走边唠叨她要注意睡眠,否则心脏病、高血压、猝死都要来,邱冬娜无语地拜托她少看危言耸听的公众号。晓霞正准备继续理论,却看到有人往小区的健身器材上贴东西,旁边围了不少邻居。晓霞顿时来了兴趣凑上去看,邱冬娜一个人走了。

邱冬娜上班之前,先小跑着到咖啡厅替李楚宁买咖啡,买完之后又怕咖啡洒又怕迟到,一路快速挪着碎步如竞走一样跑到办公室,终于在9点前把咖啡放在了李楚宁桌上。李楚宁不在,邱冬娜坐到自己的工位上,例行地给分组为"潜在客户"的所有人发了微信:"早上好,今天不知道有没有什么可以帮到您呢?"

她盯了一会儿手机,依然无人回复,于是又点开朋友圈,挨个给各种客户点赞。然而李楚宁的朋友圈赫然出现在眼前,她发了咖啡的照片,配文是"忙得走不开,又困,幸好每天有冬娜代买咖啡,真的帮助很多"。还特意@了邱冬娜。

邱冬娜气得直翻白眼,旁边不知道什么时候落座的李楚宁则对她扬起一个胜利的微笑。

邱冬娜手指翻飞在李楚宁的朋友圈下面评论:"别客气,你做整个项目组的助手太辛苦了,这点小忙何足挂齿。"

邱冬娜看着手机,满意地点点头。这时她的桌子被一只好看修长的手指敲了敲,邱冬娜抬头一看,正是顾飞。她忙问:"顾总,有事吗?"

顾飞答道:"也没什么事,我就是想问问你客户找得怎么样了?这可还剩一个礼拜了。"邱冬娜有些颓唐地摇摇头。

顾飞离开后,邱冬娜再度打开邮箱、手机,都没有未读信息,她干脆打开了招聘网页。然而还没看几页,她的手机突然连续震动,吓了心虚的她一跳。邱冬娜慌忙关网页,但这时电脑刚好卡了,她匆忙中直接拔了电源。

邱冬娜点开手机,原来是"一片红霞"正接连不断地给自己发来各种拍摄模糊的照片。她点开图片细看,原来是她们小区前业委会主任组织人弹劾现任业委会主任,还列出了各种证据截图,有发票、用工表格,还有一封带大标语的质问信——"谁在吸广大业主的血!"这些东西贴满了小区各种能贴的地方。

"一片红霞"又发来语音消息,邱冬娜把音量调到最小点开来听:

"出大事了！小区快打起来了。孩子，你快看看妈发给你的这些证据，能看出点什么不？"

邱冬娜没好气地给邱晓霞发语音："妈！我很忙的，没重要的事情不要总在工作时间问我这些乱七八糟的破事儿！"

另一边，邱冬娜家的小区花园里，几个之前围着看热闹的邻居，如今都满怀期待地围着邱晓霞，等待她从邱冬娜那里问出个名堂。邱晓霞众星捧月处于焦点中心，十分得意。她一边调大音量一边说："我闺女是专业的，什么发票账目她一看就明白问题。"随后，她点开了邱冬娜回复的语音，手机大声播放着邱冬娜不耐烦的声音："我很忙的，没重要的事情不要总在工作时间问我这些乱七八糟的破事儿！"

气氛一下子尴尬了起来，邱晓霞面不改色地关上手机，给自己找补道："得，没招，这孩子，一忙起来就跟吃了枪药似的，她老板都得让着她。我也得赶紧上班去了，回头有信儿了，我微信你们。"

邱晓霞快速离开小区，恨不得立马搬家，今天这老脸可算是被自家闺女给打得啪啪响。晓霞到了酒店更衣室里，还一直闷闷不乐。她换上制服，边叠自己的衣服边嘀咕："翅膀硬了，文化大了，跟妈妈就这么说话了？破事儿，咋啊，还非得是地球不转的大事儿才能找你？"

王事成换了制服从男更衣室出来，看到邱晓霞，问道："怎么了这是，谁欺负你了？"

邱晓霞没好气，懒得回答。这时经理拿着一个登记册走进更衣室，大家都停下手中的动作看向他。

经理清了清嗓子："今天例会，先说点高兴的事儿。集团承诺大家的旅游，我给大家争取到了。去崇明住一晚，游湿地公园，具体的分组，班组长会通知，现在大家把身份证号填一下，等会儿都去人事办公室复印身份证，给你们买旅游保险、登记住酒店。"

众人开心地鼓掌叫好，经理把登记册递给最近的员工，开始轮流写身份证号。王事成直接举手说不去，经理却让他调班分批去，王事成坚持拒绝，经理狐疑了起来。晓霞饶有兴致地看着王事成，想看看他这次要怎么逃过去。

王事成为难地说："我……我有点难言之隐，准备切了休息几天。"

门童困惑道："你半年前不是刚切了痔疮？复发了？"

王事成摇摇头。

门童更意外了，他下意识看了一眼王事成的裤裆："不是痔疮，明哥，你这么大年纪做那种手术有必要？"

王事成羞得面红耳赤，急忙否认："不是我，是我一个亲戚！"

经理不高兴了："上个月派出所组织安全讲座，你亲戚不就住院了？老陈，集体活动你总是躲着，不太好吧。"

登记册被塞到了王事成手里，他下意识抹了一把额头上不存在的汗，接过笔，却迟迟不能落笔。正当他不知道要怎么处理时，晓霞走上前，自然而然地接过他手里的登记册，直接传给了旁边的人，并开口说：

"是我，我叔叔来上海开刀住院，家里也没个合适的人照顾，我又搬不动他，想着请老陈帮帮忙。"

众人都恍然大悟地看向两人，眼神也变得暧昧了起来，毕竟照顾家人这种事，又保密，很难让人不往那方面想啊。王事成咳了一声："人家的私事，我哪能乱说呢。"

王事成又被邱晓霞救了一次，还害她也没捞上旅游，心里过意不去，于是偷偷找到正在客房的邱晓霞，说要赔一次旅行给她和冬娜，不料邱晓霞一听到"冬娜"两个字就气不打一处来。

"带她去放松？哪有那么好的事儿，小白眼狼。有那钱，还不如我买几斤排骨炖了！"晓霞说着把手里活计放下，往床上一坐，"人家知道我养个好孩子，大会计师，想咨询点事儿，我说问问她吧，她给我来句，我这些破事儿没事别烦她。当着那么多人的面，给我臊的，她好好说也行啊。"

王事成安慰道："消消气消消气，他们那个工作都那样，顾飞那忙起来，自己都豁得出去，没事都上楼顶上吹风去。"

邱晓霞嚷嚷："那能一样吗？你单身汉一个，说起来当然轻松。女儿我亲手带大的，我俩多亲啊，现在才上班几天啊，对我越来越不耐烦。"

王事成被戳中心事，有点难受了，帮邱晓霞收拾起了客房，掩饰脸上的难过，嘴上却还在开解着："我还是羡慕你们这种有家有孩子的，我倒是没这方面的烦恼，顶多是顶个别人的名字，工作上得见天儿装病低调点儿，但我真担心，哪天真病了，你就算有个不耐烦的女儿，她至少是个伴儿不是，我呢，估计到时候连个手术签字的都没有。"

邱晓霞见他这副样子，有点不好意思，连忙说自己不是那个意思，又转移话题，问起王事成想要找个什么样的，自己好帮他介绍介绍。王事成因为坐过牢，有些自卑，他也不想骗别人。晓霞一听这话，立马把他从里到外地一顿夸，帮他增长自信。王事成没想到自己在晓霞心里的形象这么好，立马高兴了起来，哼着小曲去给晓霞买排骨去了。晓霞原本还在后悔自己夸得太过，显得好像对人家有意思似的，但看着这人步调轻松的背影，又忍不住笑了出来。

邱冬娜回家时，晓霞正坐在餐桌上啃排骨，冬娜高兴地扑上来也要啃，晓霞却没好气地把吃光的骨头收进盘子：

"没了！吃排骨这种破事儿能入了你的法眼吗？以后啊，你爱吃什么自己弄吧。"

邱冬娜意识到邱晓霞还在生气，急忙安抚和道歉，晓霞却不依不饶。邱冬娜只好卖惨："妈，我最近真的压力非常大，下礼拜，再找不到客户，非凡我就待不下去了,我今天已经开始投简历了。"

邱晓霞急了:"他们怎么能这样呢!你说顾飞他是不是坑人,你本来工作都定了,他非拉你去事务所,还定个我们肯定达标不了的K什么玩意!他别忘了咱们还有人质呢,要不我去拿王事成的事儿点点他……"

邱冬娜无语,那份拒信明明是晓霞自己回的,现在还赖顾飞。邱冬娜生怕她又去威胁顾飞,赶紧说:"你可别!他是想帮我来着,我自己不要的。怎么说呢,别人都能完成的事,我第一步就掉队,那只能说明,我不适合待在这儿。"

邱晓霞揉了揉邱冬娜的肩膀,鼓励她:"没事儿,去哪妈都陪着你,别给自己太大压力,你可不许像电视里演的那样,又是抑郁症啊,又是啥毛病的。妈跟你说,做人啊,目标定低一点,比方你妈我,我是所有小学同学里唯一实现理想的,别人都想着做老板、大英雄、科学家,我就想当个工人,现在也差不离儿啊。"

邱冬娜点点头,坚定地说:"就算只有一个礼拜,我也不能这么坐以待毙。"

邱晓霞笑着走进厨房端出一口锅来,里面是一大盆香喷喷的排骨。邱冬娜直接抓起来就啃:"我就知道,你不能不给我留。"

实习考核期即将结束,几个已经开始跟项目的实习生在大办公室里热烈地讨论着转正待遇,以及集体旅游会不会去意大利。而程帆扬的办公室里,邱冬娜正在做最后的挣扎。

程帆扬饶有兴趣地翻看着邱冬娜递过来的资料:"不错,人工智能,新兴产业。这个X公司全称是什么?"

"这是一个统称……我结合了目前国内外几家人工智能领域的技术公司,细分到了医疗、汽车两个行业,模拟了一些数据,就有了X公司。"邱冬娜面带难色地答道,"人工智能是新兴行业,我们所现在还没有相关的业务……我不够时间去一家家接触、了解需求了,我就做了这个有针对性的,未来客户拓展计划。"

程帆扬放下材料:"你的意思是说,你假设了这样一批公司,然后针对这些假设的公司挖掘了需求?假如有这样一家做无人驾驶汽车的企业,有财务需求,我们可以根据你制订的所谓计划,去拓展客户?"

邱冬娜点点头。

程帆扬略带遗憾地说:"我不是顾飞,另辟蹊径在我这里没有用。你的拓展计划做得非常漂亮,但再漂亮,也是假设。这依然不算你完成KPI。不要总想着投机取巧了,人生是没有捷径的。大部分时候,甚至没有惊喜。"

邱冬娜很委屈,忍不住为自己辩解:"我没有投机取巧,我努力过了,没有结果而已,我也没有期待惊喜,按您的意思,有结果的努力才叫努力吗?"

程帆扬的语气依旧没有丝毫波动:"后天就是截止日期。"

邱冬娜无奈,推开门出去了,偷偷抹掉眼角的泪水。她一出来,外面正热闹地讨论着旅游地点的人齐齐收了声。邱冬娜却硬挤出一个笑脸,说自己可以从朋友圈看大家旅行。众人看着邱冬娜,有人露出同情,有人尴尬,李楚宁只是微笑,没有人接茬。邱冬娜不想再继续破坏气氛,赶紧离开。她走后,气氛马上变得活跃起来,大家时不时发出阵阵笑声。

程帆扬和顾飞隔着玻璃门看到这一幕。程帆扬喝了口茶,说:"你设计的这个KPI模型虽然简单,但公平性有待商榷。所有人里,邱冬娜是最努力的,这应该是我们本来想考核的东西。但她也是唯一一个没有找到客户的,跟你设计的初衷,似乎背道而驰。"

程帆扬没有把话说完,她和顾飞心知肚明,那就是规则一旦制定,只能按照规矩办事。就算邱冬娜是最努力的，后天考核时间一到，她还没完成任务的话，只能被扫地出门，他们俩都不会为她开后门。

百无聊赖地邱冬娜来到便利店，这里是她的告解室。邱冬娜抓了一堆蛋糕、薯片等机械地往嘴里塞，同时在手机上飞速地刷着各类招聘信息。顾飞拿着一盒加热过的盒饭，坐在了邱冬娜旁边，邱冬娜赶紧关掉了手机。

顾飞自顾自地问道："我很好奇，你平时几乎节省到了抠搜，怎么这么爱来便利店呢，同样的东西这里比超市加价20%到30%吧。"

邱冬娜声音很低："能一无论是吃还是住也都要加收15%的服务费，为什么你们还是爱去星级酒店呢？便利店就是我能承受得起的小小奢侈了，无论什么时候来，都有热乎乎的食物，而且，面包店打烊前会有买三赠一，便利店快过期的盒饭也会有半价。不过你们大概不会关心这些的。"

顾飞看着沮丧的邱冬娜，就像看到了年轻时候的自己，也是这样失魂落魄地坐在便利店里，吃一碗泡面。他没多说什么，有些关卡只能自己去闯，于是他拍了拍邱冬娜的肩膀，对她，也是对年轻的自己说："加油，祝你成功。"

补充完能量后，邱冬娜回到事务所，大大方方给管人事的敏丽递上自己的请假单，理由是参加面试。邱冬娜面试的是一家科技公司，过程还算顺利，但她回到事务所后，直接被叫进了程帆扬的办公室。

邱冬娜知道程帆扬要说什么，反正窗户纸已经捅破，她干脆自暴自弃了。然而程帆扬告诉她，自己接到了科技公司财务总监的电话，询问她的工作情况。邱冬娜这才有些紧张起来，问道："我的情况，在你心里，如实应该不太好吧……"

程帆扬略带遗憾地说："你很拼，在所有人里面，只有你做到了一次次去尝试，虽然大部分方式我并不欣赏。可惜，你放弃了。所以，本来我觉得你唯一的优点，坚韧，看起来也是误会你了。"

邱冬娜被程帆扬说得委屈又有点愤怒，声音也不自觉地提高了："我在能力所及范围内做了所有尝试，结果就是这也不行那也不行，你到底期待我怎么做呢？像撞南墙一样一直尝试到最后一秒吗？对不起，帆扬总，你不用考虑下个月房租怎么交、坐公交比地铁便宜两块钱这种事，可我都要考虑。"

程帆扬被邱冬娜说得有点意外，她看着邱冬娜，并不说话。邱冬娜意识到自己失言，道歉："我又有点冲动了，但无论如何，在非凡的这段日子，我很开心，学到很多东西。但我没有其他同事那么多的工作经验，更没有李楚宁那样的家庭背景，我尽力了。"

程帆扬不以为然："楚宁的家庭背景，只是一个方面，她进入项目后，陈总对她的能力非常认可。"

邱冬娜愤懑："可我压根就没轮到表现工作能力的阶段啊！都说时间就是金钱，反过来，金钱真可以买时间，李楚宁的家庭背景，为她极大地压缩了在拉客户这个工作目标中所需要的时间成本，她可以迅速进入工作状态，充分展现她的能力。我别说打马追不上了，我就是把马扎死也追不上。"

程帆扬认真地思考邱冬娜的话后，竟然认可了她："你提出问题的角度很新颖，也有道理，是我们在设计你们的工作任务指标时没有考虑到的条件。确实，你跟李楚宁以'争取客户'为结果去竞争，你们实际获得的资源却并不一样，我同意你说的金钱换时间，公平起见，我给你额外的时间。"

邱冬娜被程帆扬说愣住了。她本来已经做好了离开非凡的准备，现在突然又来了个"死缓"，一时不知道该怎么应对。她僵硬地道了谢，随后离开办公室。

倒是邱晓霞比较实际,她听这话之后,直接说:"我看啊,你也别等着有什么转机了,这个礼拜趁着还拿着非凡的工资,赶紧找新工作吧,能试的办法你都试过了,不也没弄来客户吗?咱们踏实一点,别眼高手低再把自己逼疯了。"

邱冬娜没怎么听进晓霞的其他话,却把"眼高手低"四个字听了进去。她顿时开了窍:对啊,事务所只说要拉来客户,又没规定客户的规模!自己为什么只盯着那些大客户?动辄上亿的项目找不着,鸡毛蒜皮的小客户小区里可不现成的就有一个吗?

邱冬娜一下子兴奋地坐了起来:"我明天,再请一天假!"

第二天一早,邱冬娜到处在小区垃圾桶里翻找,想找昨天的大字报。晨练的大妈一听说她要找大字报,立马来了兴趣,俩人没聊几句,大妈已经帮她把人物关系理顺了。原来小区之前的业委会主任叫叶建国,苏江海去年顶替他成了新的业委会主任,苏江海举报叶建国贪污了小区的公款,叶建国自然不认,所以现在两人的老婆一个贴大字报、一个撕,闹得不可开交。

邱冬娜拜托大妈领着自己找到了苏主任的老婆,对方把她拉进了一个没有叶建国的小区业主群。邱冬娜刷着手机,假装不经意地边看群里的聊天边说:

"阿姨,你们家苏叔叔发的那些证据我看了,这些事儿,都是公说公有理,婆说婆有理。现在大家在群里吵架,没有结果的。"

苏太太义愤填膺:"叶建国不肯出来对质,要我说,就得让他把他签的那些灰色合同、各种白条都摆出来,大家都来看!"

邱冬娜摇摇头:"大家也未必看得懂,而且您这办法,也不现实。其实吧,这事儿不难,出一份审计报告,中立又专业,有没有问题,一目了然。"

苏太太很有兴趣，她现在已经杀红了眼，巴不得有人能出来一锤定音，把叶建国给彻底锤死，好让自己一家扬眉吐气。邱冬娜抓紧机会介绍了非凡事务所，很快就把这项业务给敲定了。

虽然客户谈妥了，但接不接，对事务所来说又是一个难题。虽说苍蝇再小也是肉，但非凡事务所做小区审计项目，就相当于一线明星去参加农村红白事表演，这种炮打蚊子的事，程帆扬有些犹豫。

邱冬娜原以为肯定没希望了，都准备收拾东西走人了，没想到突然接到了高级审计师杨芸芸的电话，让她向自己汇报小区审计的项目，如果能签委托合同，就算完成KPI。邱冬娜欣喜若狂，但她转念一想，一定是顾飞帮了忙，于是起身敲开了顾飞办公室的门道谢。

顾飞看着邱冬娜婆婆妈妈的样子十分不耐烦："我没有在帮你，只是我认同你的说法，制定KPI的时候并没有规定项目规模，这个解释，你满意了吗？"

邱冬娜露出笑容，正要往外走，却被顾飞叫住。

邱冬娜问道："还有什么指示？"

顾飞看着她的眼睛认真说："要做硬骨头，就一直硬下去吧。"

邱冬娜用力地点点头，离开办公室。

第十章 真心相告

委托协议很快就签好了，前现两人业委会主任都签了字，邱冬娜看着合同上鲜红的骑缝章，长吁了一口气，终于完成KPI了！她下班后赶紧去找晓霞报喜，晓霞本来正要坐王事成的电动车走，看到女儿来接自己,就喜滋滋地跟王事成道别了。

王事成笑眯眯地看着母女俩有说有笑的背影,一直盯着看到她们的身影消失在拐角处才准备走。这时他突然发现晓霞的包落在自己车上了,赶紧拿起包骑车去追她们的公交车。

王事成一直车骑到了每天送邱晓霞的居民楼下,仰头张望不知道是哪一家,只好大声地喊着:"晓霞?霞妹?邱晓霞?"没有人应答,只有邻居的抱怨声。王事成赶紧道歉之后。王事成以为她们还没回来,于是骑着电瓶车往小区门口走,准备去迎接她们。母女俩的身影出现在马路边,王事成正高兴地抬手打招呼,却没想到她们拐了进了对面的长河雅苑小区。

王事成有点意外,给邱小霞打电话:"喂,霞妹,你包忘拿了,我给你送过来了,就在你家小区里。"邱晓霞有些慌张的声音传来:"啊?我,我还没下车呢,你等我一会儿。"

王事成脸色沉了下来:"车上?"

邱晓霞还在撒谎:"对,马上到站了。"

王事成放下电话,表情变得难看。自己送了这么久的人,才知道对方一直防着他,连家住在哪都不肯说,真是可笑。什么叫热脸贴冷屁股,他今天才算真明白了。这时邱晓霞从长河雅苑又匆匆跑出来,王事成怕她发现自己,于是下意识骑着电动车躲进小区里,假装若无其事地在楼下等着。

邱晓霞匆匆跑来,脸上挂着明媚的笑容,从王事成手里接过包:"你瞧我这记性,还得让你跑一趟。"

王事成却并不松手,问道:"冬娜呢?没跟你一起?"邱晓霞硬拽了拽包,没拽动:"她啊,去买东西了。"王事成面色古怪,不依不饶:"追了你们一路,怪渴的,上楼给口水喝吧?"邱晓霞听了这话,紧张起来,手里也使了大劲儿拽包:"家里没水了,还得现烧。我让冬娜给你带瓶水来。"说着拿出手机要打电话。

王事成摇摇头,把包塞给邱晓霞,十分不悦:"麻烦,我自己买吧。"说完就骑车离开。晓霞看着这人的背影,感觉莫名其妙。她走到小区门口,确认王事成已经离开后,才放心走回自己家。

王事成心中愤懑,骑着电动车在路上一路狂飙。自从出了那事之后,他就主动跟老婆离了婚,不想拖累别人他也早就认清楚,很难再有人会接纳自己。暗示邱晓霞不一样,她跟自己不打不相识、随后屡屡示好,那天还在更衣室把他狠狠夸了一通,让王事成本已经如死水一般的心又起波澜。但谁能想到,这一切都是假的!假的!你以为自己跟她亲近了,每天送她回家,没想到别人连真实地址都不肯告诉,竟然防范到这种地步!王事成越想心越寒,他一路超过无数电动车,最后却因为没电而停在路边。

闻讯而来的顾飞看到的景象就是王事成垂头丧气坐在马路边、身后是他跑没了电的电瓶车。顾飞感慨道:"真行,大半夜的电动车骑出20公里,这要是没有电瓶拦着,你这是准备自驾游啊?"

王事成一言不发,锁了电动车停在路边,抱着拆下的电池上了顾飞的车。王事成一言不发,心事重重看着远方。顾飞讶异,他们俩之间,从来都是王事成来安抚他,没想到王事成这个铁汉也有这么情绪化的一面。正想着,王事成王事成忿忿不平地开口了。

"骗子,女人都是骗子!前脚还一口一个哥,把你夸得天上有地上没,后脚连口水都给不喝。"王事成说着给了自己一巴掌。"你他妈就是上赶着贱,人家让你送了吗?你非送,不知道自己啥身份?"

顾飞愈发困惑:"哥,到底出什么事了,被哪个女人给骗了?"

王事成摇摇头:"说了丢人。怨我,我异想天开了,癞蛤蟆肖想那个天鹅肉了。谁知道人家躲瘟神一样躲我呢！我自己还挺美，觉得人家矜持，我就主动点。今天揭秘了，什么矜持啊，那是避祸呢！"

顾飞越来越听不懂了，直接把车开到了烧烤摊。几瓶酒下肚，顾飞终于听懂了这前因后果。他忍着笑说：

"原来你喜欢霞姐那一款的？有个吊桥效应你知道不知道，就是一男一女一起站在一个危桥上，因为害怕心跳加速，但同时呢，恋爱也是心跳加速的感觉，所以下了桥，这俩人多半会爱上，你们这算是假身份真危桥了吧。"

王事成摇摇头答道："我见她第一眼，还不认识她呢，就觉得她不一样。唉，真的，漂亮女人都带刺儿啊，狡猾！非常狡猾，滑不留手。"

"站在她的角度，我能理解她。"顾飞不等王事成龇牙，继续说，"你想，她从外地嫁过来，一个人拉扯大一个孩子，养得还不错，不狡猾点早让人吃得骨头都不剩了。但从你的角度出发，咱也不差，她还有其他人追吗？"

王事成想了想："她刚来那会儿，厨师长好像有点想法，一个老鳏夫有什么好怕的。"

"那你就当今天晚上什么也没发生，一如既往对她好，她就是块冰，也给她捂化了。有什么能用得上我，我能帮上的，你尽管提，你一直单身，我始终过意不去。"顾飞俨然一副情感专家模样，却忘了自从出事之后，自己也一直单到了现在。

王事成笑笑："你这不也陪我单着呢吗，你这种叫钻石王老五，我咋还不混个青铜王老六？成色不好但咱够硬啊，你哥我不是找不到，我是眼光高，再婚说啥得找个熬得住的、有主见的、漂亮的。"

顾飞听出王事成在夸邱晓霞，抿嘴笑了笑说："行，那你先给我打个样，你找了，我随后就到。"

113

两人碰杯喝酒，王事成的目光坚定了起来，不就是个小娘们吗，他还不信自己就追不到手了！

邱冬娜的小区审计业务正式开始，但在此之前，天杀的，她还得买好咖啡给李楚宁送过去。邱冬娜送完咖啡正要离开，却被李楚宁叫住。他们几个早就确定留用的实习生商量好，要请所里所有人吃法餐，摊下来人均3000。邱冬娜一听就炸了毛，3000，是吃金子炒钻石吗！她正要反驳，却听到顾飞的声音在身后响起：

"吃什么吃！天天就想着吃喝玩乐，不用工作了？一顿法餐前菜吃到甜点，仨钟头过去了，全所人50多个会计师，你们就算只请认识的，加起来四舍五入浪费一礼拜。"

顾飞说完就回了自己办公室，李楚宁等三人的脸色都有些难看，邱冬娜趁人不备放松地呼出一口气，可算是保住了半个月的房租。邱冬娜开心地离开公司，往自己的小区走。

负责带小区审计项目的是杨芸芸，两人刚在简易的办公室安顿好，却看到一个外卖员提着两杯包装奢华的奶茶进来。她们正在疑惑，"非凡大群"里响起了消息，原来是新人请大家喝奶茶。邱冬娜点开自己的小群，果然有个一人240的群收款，邱冬娜心里滴着血，伸出颤抖的手指付了账。

邱冬娜正恨恨地嗦着奶茶，却看到顾飞在大群里发了个大红包，她顿时眼前一亮。

顾飞："小朋友们请的奶茶很好喝，心意领了，红包各自认领，其他没请客的点了红包自动翻倍吐出啊！"邱冬娜飞速点击红包，抢了200块，她感激涕零地发出一个谢谢老板的表情。

邱冬娜跟着杨芸芸正式开始审计工作，项目虽然小，但工作量并不少。小区的各种账目虽然不复杂，但很烦琐，而且有许多财务流程

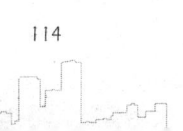

不规范，她们只能一点点追本溯源。邱冬娜工作起来依旧很拼，杨芸芸夸了她很多次，但邱冬娜总觉得少了点什么，心里总是有些空落落的，她只好更加拼命地工作来填补这种感觉。

晚上回到家已经很晚了，邱冬娜还是觉得哪里不对劲，但又没什么人能说，于是她打开了直播软件，好像这样就会有人陪着。没想到直播间很快来了一个叫"过不来的人人人人"的粉丝，邱冬娜诧异这个点居然有人来看自己的直播。

另一边，过不来的人人人人，也就是顾飞，正在自家客厅里，给邱冬娜发送弹幕；"你为什么失眠？说出来我给你把把脉，失眠我有经验。"

邱冬娜说："我这是无药医，最近换了工作地点，以前总是见面的一个人，见不到了，有点失落。"

顾飞以为邱冬娜有暗恋对象了，心里一时有些不是滋味。他套邱冬娜的话，要她给那人取个外号，邱冬娜正要说的时候，他的网却卡住了。

邱冬娜躺到床上，答道："他有个现成的外号，我叫他老大，怎么说呢，才不是暗恋呢，他在，就挺安心的。好了好了，今天就到这里吧，主播要睡了，各位晚安。"

顾飞才重新连上网，却发现直播已经结束了，他放下手机独自念叨："啧，女孩都这么敏感吗？多问几句就挂了，到底谁啊？有意思……"

另一边，程帆扬回到家，发现白友新面色复杂地坐在沙发上等她，茶几上放着一堆领养中心的宣传资料。原来自从白友新几次拒绝她要

孩子的请求后，程帆扬已经开始尝试着查阅一些领养资料。她并没有下决心，只是想给自己多一条退路。程帆扬还没考虑好怎么告诉

白友新，现在他自己知道了也好，正好把话都说清楚，她平静地朝白友新走了过去。

白友新抓起那一把资料："这么大的事，你为什么从来没跟我说过？"

程帆扬喝了口酒："我很爱你，我很想要一个自己的小孩，现在看来，这两者是冲突的。所以，我考虑把它们分开处理。"

白友新难以置信："你是故意气我，还是只为了羞辱我？我们是夫妻啊，应该同进同退，你为什么要这样？"

程帆扬依旧语气平静："我们还有必要讨论这个问题吗？我为你，放弃过一个孩子了。我不想气你，更不想羞辱你，我并不是不理智的人，我只是忽然想明白了，你所谓的同进退，被牺牲的永远是我。从结婚那天开始，我对你的爱就变成了你的抵押物，置换你儿子的理解、你事业的运转，甚至你那个去世的前妻，你对她的愧疚都可以用来置换我。"

白友新上前抓住程帆扬的手腕，拉扯她起身："生孩子是吧！走，现在就生！现在上楼。"

程帆扬挣扎着，重重地推开白友新："今天不是排卵期。我累了，我们都冷静一下。"说完她拿起车钥匙又出门了。程帆扬坐在车里想了很久，无处可去，最后驱车来到能一酒店。

晓霞正在酒店上夜班，经理通知她1203的客人要换床垫，晓霞急忙抱着一床新被子过来敲门，没想到开门的人是程帆扬。邱晓霞一边手脚麻利地撤换床品，一边自来熟地跟程帆扬聊天："腰不好？背疼，总坐办公室吧？你得运动。"

程帆扬点点头，开了一瓶酒，晓霞在心里念叨着有钱人就是爱烧钱，酒店的酒这么贵也开。程帆扬又从小冰箱里拿了一瓶饮料递给邱晓霞，

116

感谢她上次请自己喝水。

邱晓霞接过饮料道了谢，试探道："工作这么忙啊？晚上加班回不了家？"

程帆扬摇摇头，邱晓霞继续说："你是不是嫌我嘴碎啊？唉，习惯了，总想拉着人聊天，东家长西家短的那点事儿。我女儿工作起来也……"

晓霞本来是想透露出自己女儿也在非凡工作的信息，顺带请她照顾照顾冬娜，没想到程帆扬打断她说："你女儿都工作了？你看着不大啊。"

邱晓霞感觉被夸，有点不好意思，笑着答道："哪啊，努努力都能抱外孙了，什么不大啊，你们文化人就是会说话。"

程帆扬被触及自己的心事，有点失神地问道："有个孩子，是什么感觉？"

邱晓霞被问的有点懵，想了想说："感觉……挺累的，有时候恨不得自己没生过，但是有一点好，就是什么困难都不怕了。"

程帆扬陷入沉思，没再问下去，晓霞上次听到了程帆扬的电话，知道她生不了孩子，所以也没再继续说下去，怕惹她伤心，于是收拾好床铺就走了。

王事成一如往日地送晓霞回到小区楼下，这次却不等道别，直接调转车头就要走。晓霞今天白天就觉得王事成有点问题，只是没时间细问，现在看到他这副样子，更加确定他心里有事，于是晓霞三步并作两步拦在王事成车头前面，要他把话说清楚。王事成不说话，换个方向要走。

邱晓霞一把抓住拽住他的车把："我怎么惹着你了，我这一整天在客房忙得腰都直不起来，哪有工夫跟你撩闲啊？谁惹你了，你不说

117

清楚就别走。"

王事成还在赌气:"别说那么多了,说了也是伤心,以后啊,我该咋对你还咋对你,你自己心里怎么对我的,你自己明白。"

邱晓霞急了:"我怎么对你的,你不清楚?哪次你小刀割屁股——危险透了,不是我给你解的围!"

"不是那些!"王事成看看居民楼,终于鼓起勇气,"邱晓霞,我再问你一次,我天天送你,你是住这楼吗?"

邱晓霞一下子泄气了,闷不吭声。王事成见对方默认,气更不打一处来:"我多余问,你爱住哪住哪,我有啥资格问啊,一个危险分子,你缺送不?我不强迫人,非得上赶着送别人,你别一副受气小媳妇的样儿,显得我跟吃人大野狼似的。"

邱晓霞支支吾吾:"我……那时候……"

王事成失望:"别解释,解释那么多就漏了。霞啊,咱这交情,就跟我的酒量似的,看着挺深,实际养鱼都不够,你这人啊,不值得交!"说完他就要走,邱晓霞直接拔了电动车钥匙,怒道:"王事成,你给我下来!今天这事儿,咱俩不说清楚,谁也别走!我不值得交,你就是什么好人吗!我倒是没啥,这辈子活得够够的,早两天让阎王爷收了我,我少遭两天活罪。但我孩子呢?我能拿她冒险吗?哦,你说你见义勇为做好事的,谁他妈知道你到底干啥的!那是条人命啊,那可不是猫啊狗啊的。"

王事成被激怒了:"邱晓霞!你混蛋!"两人正要大吵一架,却听到楼上邻居的一声怒吼:"让不让人睡觉了!"

王事成和邱晓霞都不再说话,怒目相对。

晓霞领着王事成走到路边,两人并排坐下,王事成心里憋屈,他决定把当年的事情原原本本说个清楚,不管邱晓霞信不信,自己也算对得起自己了。他陷入回忆中，娓娓道来。

那天晚上刚下夜班的他蹬着自行车经过树丛，隐隐的听见了声音，他扭头看到了路对面树丛在晃动，一只女人的脚从树丛里露了出来，女孩发出微弱的求救声。王事成吓了一跳，赶紧从工具包里摸出榔头，缓慢靠近可疑的灌木丛。当他终于看清了灌木丛里发生的事情后，他愤怒地大吼一声，冲上去跟两个男人厮打起来，边打边喊女孩快跑、去报警。王事成寡不敌众，被一个男人使劲捂住口鼻，呼吸变得困难起来。他用自己唯一没被控制的左手胡乱摸着，摸到了掉出自己工具包的锤子，胡乱朝捂着自己口鼻的男人甲砸去。捂着他的男人闷声倒地，另一个男人落荒而逃，却被疾驰而过的货车撞倒在地。

邱晓霞听完了这话眼里已经泛起了泪光，她也是有女儿的人，格外听不得这种事。她抹了把眼泪说："老王，你真仗义，我这人是不值得交，我总是把人想得太坏了。"

王事成反倒劝慰起邱晓霞："能理解，你一个人带大个孩子，不把人想坏点，谨慎点，怎么好好活到今天。"

邱晓霞抹了把脸站了起来，笑中带泪地说："走，带你去认认门儿去。"王事成看着邱晓霞的笑脸，有点晃神，赶紧站起来去开电动车。

第二天一早六点多钟，邱冬娜就被厨房里叮叮咣咣的又是洗又是剁的声音吵醒了，她打着哈欠从卧室出来一看，晓霞正边哼着歌边包包子，包好的包子已经摆了一大桌。邱冬娜忍不住问："包这么多咱俩吃的完吗？"

"这几个蒸好的你带去给你那个杨经理吃，这两天工作上没少麻烦人家吧。"邱晓霞又指指保温盒，"这是给你王叔的。"

邱冬娜听出邱晓霞语气里的不对："我王叔？我怎么感觉这称呼这么肉麻啊。"

邱晓霞手上没停，飞快地捏出一个个均匀的褶子："肉麻什么，你不该喊人家一声叔叔啊？我跟你说，你王叔真是个英雄，打死了个强奸犯，我要是他老婆，说啥也得等他出狱，这么个男人，多有安全感啊。"

邱冬娜一脸惊愕，王事成怎么入狱的事，自己不是没问过顾飞，但他和王事成都不愿意说，怎么一下子就告诉晓霞了呢。

邱晓霞有些得意："我帮他那么多次，信任我呗。咱这叫用我真心换你不骗。"邱冬娜"啧啧啧"了几声，调侃道："这么好的人，你真不考虑考虑？"

邱晓霞一股脑答道："考虑什么？怎么考虑？再好的人，也得先考虑吃喝拉撒的事儿，他房子给前妻了，每个月就那点工资还不够吃饭的，他搬进来，也不合适吧。"

邱冬娜一怔，随后笑了，还说不考虑，明明已经细细考虑过了。邱晓霞意识到自己说漏了嘴，急忙端着一屉要蒸的包子进了厨房。邱冬娜看着晓霞害羞的背影笑了，这些年不是没人追过晓霞，但晓霞对男人很警惕，而且怕冬娜受委屈，从没有接受过，现如今居然有一点松动的迹象，邱冬娜恨不得要给王事成送锦旗了。就像晓霞一直希望冬娜能幸福那样，冬娜也一直希望晓霞能找到她自己的幸福。

邱冬娜拎着晓霞蒸好的包子来到物业办，跟杨芸芸一起边吃包子边开会。经过这些日子的调查，小区的账目已经差不多理清楚了，确实有大量小额转账走的是前物业经理叶建国的个人账户，总额四万八千元，记的是施工费用，但没明细，没票，跟业委会章程的签字流程也不符合。

杨芸芸笑了："这些问题，简直就是按着书上教得犯的，简单明了，倒是方便你学习了。"

第十一章　还是搞定了

邱冬娜和杨芸芸正在说笑,却听到外面吵嚷起来,是物业经理在阻止叶建国老婆闯进来。突然,门被推开,叶建国老婆举着手机冲了进来,对着邱冬娜和杨芸芸就是一通拍,边拍摄边介绍:"看看啊,这就是苏江海设计陷害我们家老叶的团队,枉费我们老叶为小区全体业主任劳任怨,给大家谋福利就是这种下场。"

杨芸芸马上开始收桌上的重要文件,指挥邱冬娜删掉视频。叶建国老婆不依不饶,说她们是做贼心虚,这时两个保安赶到,保安半哄半强迫把她给架了出去。杨芸芸给邱冬娜一个眼神,示意她跟出去。

邱冬娜好言好语地说自己是审计人员,不可能偏帮哪一边的,帮了就是犯法。然而对方根本不信,还要把视频发出去。邱冬娜连忙一脸严肃地半威胁道:"审计工作是有严格的保密条款的,一旦透露造成的损失,你能承担后果吗?之前有人发朋友圈的时候不小心带拍到工作合同,后来又赔钱又坐牢的,您没听说吗?"

叶建国老婆一下子怂了,删除了视频,还把回收站都清空了。邱冬娜松了一口气,正要跟她继续解释清楚自己的工作性质,对方却气鼓鼓地离开了。

杨芸芸得知视频删了,也松了一口气。邱冬娜无奈地说:"我本着救济精神想给她科普一下,人家根本不想听。杨经理,你说,这肯定是有事儿吧,现在看来,之前的苏主任给的都是实锤啊。她这么打滚撒泼,好像生怕别人不知道她老公有事儿一样。"

杨芸芸虽然生气,态度却很中立:"保持独立,不做预设,这是

121

做好工作的前提,也是保护自己的方式。顾飞那种工作方式,并不是这个行业的常态。"

邱冬娜点点头。

叶建国老婆大闹办公室的事情在小区里传了个遍,晓霞下班后看到邻居们聚在一起聊八卦,原本兴致勃勃地凑上去听,没想到听着听着听到自己闺女头上了。她生怕邱冬娜吃了亏,马上跑到物业办公室去,还好看到冬娜毫发无伤地坐在办公桌前。

邱冬娜以为妈妈来接自己下班的,高兴地收拾东西跟她一起回家了。邱晓霞一路不满地念叨着:"这个疯婆子,居然闹到你办公室去,她要是动了你一根手指头,看我不扒了她的皮!你就好好查,绝对不能放过他们!"

邱冬娜无奈地告诉她自己不能公报私仇,但一定会好好查的,毕竟是本职工作。母女俩走到家门口,却发现钥匙插不进去,邱冬娜打开手机手电查看锁孔,锁眼居然被人给堵了!

邱晓霞站在楼道里指桑骂槐:"哼!都是缩头乌龟,有妈生没爹养,堵我们锁孔算什么本事,有本事跟我明刀明枪地干啊,不打一架撕烂你的脸,我这个邱送你做姓了!你喊我一声爹,我教教你做人的道理,别一天天净干下三烂的事儿!"

邱冬娜拎着塑料袋回来了,她掏出刚买的小刀、打火机,试图烧掉堵锁孔的牙签,废了半天劲,却越弄越深。晓霞干脆放弃锁眼,直接要去叶建国家理论。邱冬娜拉住了她:"你有证据吗?没证据找人家干吗。"

邱冬娜给开锁公司打电话,说清楚锁的种类后,对方报价七百,邱冬娜震惊了,晓霞直接把电话给挂了。俩人一合计,既然这种情况只能暴力开锁了,那还请什么开锁公司,谁的暴力不是暴力。邱晓霞

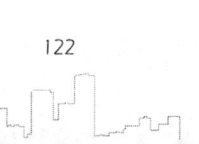

点点头，拨通了王事成的电话。

王事成很快就赶来了，还带了一个开锁小弟——顾飞。原来晓霞的电话拨过来的时候，王事成正拎着晓霞给他包的那一盒包子来找顾飞炫耀，两人听说晓霞家的锁眼被堵，立马就赶过来了。

邱冬娜和顾飞站在楼道，把门口的狭窄位置让给王事成和邱晓霞开锁。顾飞看着邱冬娜这副倒霉相，憋着笑说："你怎么什么事儿都能遇上。"

邱冬娜无语："我也不知道啊，我妈现在肯定觉得我们这个工作跟拆弹专家差不多，每次任务都是脑袋别裤腰带里出去的。"

顾飞安慰道："正常，我早年做内蒙古一个公司的项目，早晨出门一箱油加满的，结果前不着村后不着店的草原公路上，油箱空了，摆明了有人在'提点'我。但水大漫不过船，工作该怎么做就怎么做，遵循审计准则，该怎么出意见怎么出意见。"邱冬娜点点头。

王事成尝试着开锁，没成功，于是打视频电话给精通此道的好兄弟胖丁，在他的指导下终于用针把牙签给带了出来。王事成欣喜不已，晓霞却越看越不对劲：视频里面这人怎么这么眼熟呢？王事成不敢再让晓霞盯着胖丁，赶紧挂断了视频。晓霞看王事成紧张的样子，终于想起来了，这不就是那天晚上在路上堵自己的人吗？

邱晓霞对王事成怒目而视，顾飞和邱冬娜眼看两人之间气场不对，急忙借口吃夜宵，下楼离开。王事成赔着小心，小声哄道："霞妹……"

邱晓霞捅开门就要回家，冷着脸说："别姐姐妹妹的，我们家什么时候有你这门亲戚，我可不知道。"

王事成赶紧拦住她，守着门不让她进去："我真不是故意的，那会儿，咱俩不是还不熟，你不也一直防着我吗？"

邱晓霞更生气了："不熟你就找人在小巷子里教训我？王……陈

伟明啊陈伟明，你的心肠真是歹毒啊。"

王事成辩解道："我歹毒？祖宗，你可没吃亏啊，他俩就是吓唬吓唬你，哪能真动手，我那俩兄弟的医药费还是我出的呢。"

邱晓霞用力一把拉开门，直接把王事成带到了地上："活该，没踹死他们，他们感谢法治社会吧！你交的都是什么朋友，昨天那个，是不是入室盗窃跟你在里边儿认识的？开锁开得那么溜呢。"

王事成站起来拍拍屁股，有些生气："怎么戴着有色眼镜看人，怎么认识的重要吗？况且人家也不是入室盗窃。你们这些所谓的好人，别人一旦犯了错就不依不饶的，一点活路不给人留。"

邱晓霞站在自家门内："你少跟这些人来往，你跟他们不一样，这些人打根儿上就烂了，也就你傻拿他们当朋友。"

王事成急了："你是我什么人啊，我的事儿，轮不到你管！"

邱晓霞气得说不出话，用手指指着王事成半天，最后一把把门摔上。王事成也没再纠缠，气呼呼地离开了。

杨芸芸得知邱冬娜家锁眼被堵了之后，有些担心她的工作状态，但邱冬娜昨晚被顾飞一通安慰之后，已经好多了。杨芸芸放下心来，同时心里有些暗暗惊叹，很少有新人遇到这种事的时候情绪能这么稳定。

她们审计工作的下一步就是访谈，即通过访问被审计单位的员工及相关人员来获得线索。邱冬娜一直对这个记者一般的工作很感兴趣，于是自告奋勇要去采访，杨芸芸同意了。

邱冬娜到了现场才发现，事情似乎没有教科书上写得那么顺利。她拿着访谈提纲，面前摆着电脑、录音笔记录，访谈现场严肃得如审讯室一般，进来的小区保安和保洁都瑟瑟发抖。邱冬娜忽视了对方的紧张，因为她自己也很紧张。她对着访谈提纲一字一句地问道："关于预算的安排，你有了解吗？另外制服、对讲机这些设备，都是怎么申请和管理的。"

保安一头雾水,保洁低头不语。几个问题过后,邱冬娜已经有点不耐烦了:"好歹来句话啊,我这问题,很难懂吗?"她依旧没有得到回应。一旁的物业员工看着邱冬娜焦躁的样子,忍不住露出一个得意的笑容。

邱冬娜"审讯"工作人员的事在业主群里传开了,大家自然都站在弱势的保安保洁那一边,把邱冬娜描述得如同一个欺男霸女的地主,邱冬娜失落地把业主群设为免打扰。

邱冬娜把空空的访谈要点记录册交还给杨芸芸,硬着头皮解释说大概是保安保洁不懂这些东西,所以什么也没问出来,而且自己后来改变了提问技巧,掰开了揉碎了用他们听得懂的方式又问了一遍,但是这帮人都跟锯嘴葫芦一样,大概是领导给他们下了封口令。

杨芸芸点点头,这再正常不过了。两人收拾东西,回所里汇报。邱冬娜一听要见程帆扬,很紧张,不料程帆扬并没有为难她们,反而夸两人的工作底稿做得很好,邱冬娜这才松了一口气。

邱冬娜回到座位上,居然收到了程帆扬发来的邮件,是一份"36种人格分类",让她根据这个去进行采访。众人一听这是程帆扬亲手指定的"算命大法",纷纷围上来让邱冬娜给自己算一卦,只有李楚宁不屑地翻了个白眼。

这时顾飞刚和梵妍服饰的老板开完会回来,走进办公室,听说程帆扬把这套"不二法门"传授给了邱冬娜,忍不住连连摇头:"这玩意儿不是随口编吗?我来一个72种动物特质吧,什么熊猫型人格,看似憨厚实际强悍无比。水母型人格,对外界环境要求极高。"

邱冬娜乐了:"您真行,张口就来。那我是什么人格?"

顾飞想了想:"黑足猫型人格啊,看着人畜无害,实际时刻准备

125

着成为最出色的猎手。"邱冬娜对这个分类很能接受。

"这些工具程帆扬是可以用，因为她本人就是个计算机严谨脑，你能行吗？"顾飞不等邱冬娜反驳，继续说，"我正好有个访谈，缺个助手，你学点适合你的吧，没准就能解决你的封口令问题。"

邱冬娜将信将疑地跟着顾飞离开办公室，没想到顾飞把她带到了海洋馆。邱冬娜有些迷惑："老大，在这？访谈？"顾飞松了松领带，营造出一副放浪形骸的样子："在哪重要吗？重要的是问出有用的信息。"

顾飞带着邱冬娜走到水族箱前面的观众座位区，一个披肩大波浪、曲线玲珑的成熟妩媚美女已经坐在那里等候。顾飞笑着走到美女身旁，用充满磁性的声音说："我可不是故意迟到，去给你买花了。"

妩媚美女转过头来问："花呢？"

顾飞笑着坐到她旁边："没有配得上你的，扔了。"

邱冬娜把脸转向一边，拼命绷住笑，然而美女似乎很吃这一套，笑得人比花娇。顾飞向邱冬娜介绍，这位 Lisa 美女原来之前是梵妍服饰秘书处的。Lisa 看到邱冬娜第一瞬间就有点不满，但还是微笑着跟她打招呼，旋即转向顾飞，嗔怒地说："你啊，就是嘴巴甜，说说而已，约我在这么浪漫的地方见面，还带着助理？"

顾飞态度暧昧："可不就这儿能带助理吗？更浪漫的地方，我不得自己记录嘛。你想去什么助理去不得的地方，下次你找，我一定奉陪。"

邱冬娜噼里啪啦地在电脑上打字记录，用敲击键盘的声音掩饰自己的震惊和尴尬。

Lisa 笑了："她要把你说的每句话都记下来？"

顾飞故意嫌弃蹙眉看着邱冬娜："那么愣呢，我跟你 Lisa 姐聊点掏心窝子的话，你瞎记什么？"

邱冬娜一下子梗住了，迟疑道："我……回去会删的。而且，不也得发给您过目嘛……"

Lisa被邱冬娜的样子逗笑了,顾飞借机提起自己最近在跟梵妍服饰的吴总见面,Lisa知道顾飞的目的,于是凑近他的耳朵轻声说:"用子公司作为分销商提高利润率这事儿,梵妍做了很多年了。67家分销商,子公司有55家,"

邱冬娜有些吃惊,她飞快但轻声地敲击着键盘,生怕打断Lisa的思路。

顾飞身体靠近了Lisa:"我就知道找你准没错,我们只查到47家。"

"最早的8家,估计吴总自己都快以为他们是子公司了,我把名单发你啊。"Lisa妩媚一笑,"顾飞,我跟你说这么多,我有什么好处啊。"

顾飞一脸无赖样地凑在Lisa耳边说了句什么,Lisa捂嘴轻笑。邱冬娜起了一身鸡皮疙瘩,不着痕迹地往旁边挪了一挪,跟两人保持距离,满脸尴尬。

顾飞终于送走了Lisa,邱冬娜站在原地目瞪口呆,虽然一直就知道自己老大办事没规矩,但这还是第一次亲眼看见他出卖色相换取情报。顾飞得意地看着邱冬娜,问她学到了没,邱冬娜愁眉苦脸:"您这技术我学不了啊,我条件不具备。我总不能对着个保洁大姐,说什么没给你买花,因为你人比花娇吧。"

顾飞看着她这副不开窍的样子气不打一处来:"怎么不能!我告诉你,只要是女人,别管她是16还是60,你就都拿对待爱人的心去对待,准没错,喜欢什么先给什么。你要获得的是有用信息,不是对立。"

邱冬娜品了品这话,觉得有道理。她想了想,故意快走两步站在顾飞面前,挡住他的去路,夸张地撩自己头发,露出一个妩媚的笑容,说:"老大,那我也这样对男访谈对象吗?"

邱冬娜原本是开玩笑,没想到顾飞居然真生气了,他板起脸一本正经地说:"你这是游走在犯错的边缘!好的你不总结,歪门邪道学起来倒是一出溜,我什么时候跟你说过要这样!我跟你说的是,所谓访谈不是搞审讯,见人下菜碟懂不懂!全身而退的本事没学会,先学会撩闲了,这么能,你怎么不上天呢!"

邱冬娜被他给骂愣了,急忙道歉,但顾飞脸色没有多少缓和,一言不发地把她送回了家。

邱冬娜回家后,从阳台上翻出了晓霞收藏了很久的存货,是打包好的一大沓废纸箱和一大化肥袋的空饮料瓶。她边收拾边在心里向晓霞告罪,同时暗暗祈祷从顾飞那里学来的采访方法能够奏效,不然就真是赔了夫人又折兵。

邱冬娜拖着废品经过大堂,特意看了一眼大堂的今日保洁值班表,暗自记下了今天的两个保洁阿姨分别姓赵和陈。随后,她拖着废品袋走到垃圾房旁边,热情地跟保洁打招呼:"陈阿姨、赵阿姨,纸箱和瓶子你们要吗?"

两个保洁看到这两大袋东西,眼睛都亮了,连声说要。邱冬娜帮着她们把废品拖到对应的地方,这时陈阿姨认出邱冬娜就是上次审问她们的那个小会计,两人顿时不像刚才那么亲热了。

"唉,访谈那事儿你们可别往心里去,工作需要,回去我们领导就批评我了,说我太严肃,明明就是普通的聊天,给大伙儿弄那么大压力。我也委屈啊,我刚工作,哪懂这个啊。"邱冬娜压低声音套近乎,"跟你们物业经理一样,上面就知道下死命令,必须完成,根本不考虑我们这些底下的人,干不干得完。"

赵阿姨感同身受地感叹道:"可不是嘛,每天让我们清扫三次,不扫干净就是扣钱。哪干得完啊,这叶子,你刚扫又会落下来的呀。"

邱冬娜接茬儿道:"真的辛苦哦,我妈妈也是做保洁的,酒店保洁,也是每天累得让我给她踩腰。"

陈阿姨很羡慕:"那你厉害哦,坐办公室了,以后你妈妈好享福了呀……"

搬出晓霞后,谈话变得更加顺利起来,两个阿姨都羡慕死晓霞了,能养出这么个能干又孝顺的好女儿。两个阿姨已经对她完全放下防备心,开启了拉家常模式,有问必答,邱冬娜很快就问到了保洁的工作时间、餐补、夜间补助等信息。

接下来,她又如法炮制,几天内连续弄丢了几次门禁卡,"不得不"和门卫室的人混熟了,把保安的各种信息也套了个一清二楚。

第十二章 大错

邱冬娜正要回去向杨芸芸汇报自己这一天的工作成果,却突然接到保洁陈阿姨的电话,让她赶紧回家看看,她家出事了。邱冬娜急忙跑回去,只见门口倒了很多烂菜叶烂水果,陈阿姨正在帮忙收拾。邱冬娜愣住了,她直接用自己的手机调出监控视频,清清楚楚看到叶建国老婆戴着口罩,把一大袋垃圾倒在了邱冬娜家门口,随后迅速逃跑。原来自从上次钥匙孔被堵,邱冬娜就留了个心眼,在门口装了摄像头,没想到这么快就派上用场。

邱冬娜气急败坏,立马就要去派出所报案,陈阿姨却拉住了她:"她也不是什么坏人。"

邱冬娜急了:"这还不是坏人!下三烂!"

陈阿姨叹了口气,犹豫了一下,终于开口了。邱冬娜听着听着,表情逐渐从暴怒变为平静,最后甚至有些纠结。

原来叶建国被查出来的那笔钱，也不是花在他自己头上的。长河雅苑属于比较早的一批商品房，停车位一直不够，业委会谈下来了小区后面那片不属于小区的空地，给业主当停车场，叶建国找了自己的关系，顺利地把地面硬化的工程给干了，估计给干活的人塞了点钱，意思意思，走的小区的账。

邱冬娜越听越迷茫，一桩简单的小区审计，怎么会变成这样。被堵锁眼、被泼垃圾，这就算了，现在居然连对错都分不出，恨都恨不起来。邱冬娜为难地揉了揉太阳穴，和陈阿姨一起清理起垃圾来，一定在晓霞到家前收拾干净，否则她还不知道要气成什么样。

晚上，母女俩坐在一起吃包子，邱冬娜打趣道："这些不都是给我王叔准备的吗？我们都吃了可怎么办？"

没想到晓霞一听王事成的名字就来气，大骂他是个浑蛋。邱冬娜愣了，自家妈妈变脸也太快了，昨天还是帮她们开锁省下700块的英雄，今天就变浑蛋了。邱晓霞这才愤愤不平地告诉邱冬娜，昨天教王事成开锁的人就是那天在街上堵自己的两个流氓其中一个。

此时邱冬娜满脑子都是叶建国和停车场的事情，下意识把王事成当成了叶建国，为他辩护起来："人都是有两面性的，比如你吧，我肯定认为你天下第一好，给个皇位都不换。但我之前德瑞那个主管，绝对觉得你是恶魔。如果一个人出发点是好的，哪怕过程出了问题，也不能说他就是坏人。"

邱晓霞一筷子敲在邱冬娜胳膊上："你怎么胳膊肘往外拐啊，你哪头的？"

邱冬娜揉揉胳膊，小声嘀咕："你再敲就真往外拐了。而且我觉得你们怎么有点像……谈恋爱闹别扭呢，今天好了明天又不好了。"

邱晓霞怒了，抓起一杯水作势要给邱冬娜洗嘴，邱冬娜连忙认怂。

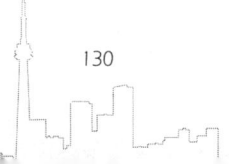

邱冬娜吃完饭，犹豫了很久，还是来到叶建国家，敲了门。叶主任的老婆从猫眼里看到是邱冬娜，坐回了客厅假装无事发生。叶建国察觉不对，起身去开了门，邱冬娜笑着对他说："叶主任吗？我来做个访谈。"他老婆正要阻拦，邱冬娜直接把她之前堵锁眼、倒垃圾的事情一五一十告诉了叶建国，还拿出了监控。叶建国对这些毫不知情，现在知道后，面色有些羞赧。邱冬娜适时地说：

"我不是来找事儿的，我粗略查了一下地面硬化费用，算下来小区的地面停车场施工成本怎么也不会低于15万，不知道这笔费用最后怎么解决的？"叶建国一愣，把邱冬娜让进了门。

另一边，程帆扬推开门进入自己家，看都不看沙发上的白友新一眼，直接要回自己房间。白友新愤怒地拦住她，质问她为什么把自己拉黑，是不是还在想借精生子的事。程帆扬看着面前孚了毛的白友新，忍不住思考自己和他是怎么走到今天这种剑拔弩张的地步的，明明曾经的所有时刻，他们都是站在一起的。

白友新从华兴实被踢出来的时候，程帆扬在大厦楼下等他；白友新白手起家成立白金矿业累得顶不住的时候，程帆扬默默分担了很大一部分工作；小白离开白友新去国外读书的时候，程帆扬在机场外等他一起回家……

然而此时的白友新却对她说："再给我一点时间，我保证，这是最后一次。"

程帆扬苦涩又平静地笑了笑，拎起一瓶酒独自上楼了。程帆扬打了个电话给顾飞，直接问道："以我所现在的情况，我如果需要断断续续请两个月假，你和陈劲锋应付得来吗？"顾飞斩钉截铁地回答："做梦。"程帆扬挂断电话，自酌自饮。

电话那一边的顾飞觉得莫名其妙，不过，比程帆扬更莫名其妙的是他自己。他这几天无论做什么，脑海中总是浮现起邱冬娜的影子，甩都甩不掉。顾飞想着自己真是单身太久有点疯了，然后把头蒙进了被子里，强迫自己清空思绪睡觉。

邱冬娜和叶建国的谈话也已经接近尾声，叶建国老婆搞清楚了邱冬娜没有恶意，对她的态度也已经温和下来，甚至切了不少水果端给她。邱冬娜正在犯愁，因为叶建国没有留下任何能够证明他挪用小区的钱是用来修停车场的证据，连一张石子、水泥的发票都没有，就算叶建国发多少个毒誓也没用。

叶建国夫妻俩听她一通分析下来，既委屈又愤怒，做了好事让大家免费停车这么久，没人记好就算了，现在这意思竟然是要他们再自掏腰包把这笔钱给补上，世上哪有这样的事！邱冬娜看着面前垂头丧气的夫妻俩，救死扶伤的那个劲一下就上来了，她犹豫着，轻轻说了句："其实，倒也不是完全没有办法……"

邱冬娜暗自做出了决定，虽然她很快就会为此而后悔。

访谈工作结束，小区的审计工作也接近尾声，剩下的就是做底稿和写报告了。这天邱冬娜和晓霞边吃早饭边看财经新闻，新闻报道说受达柯公司做空报告影响，梵妍服饰股价一度跳水，后直线拉升，涨逾1.6%。爆出了丑闻，身价反而涨了，邱冬娜看到新闻的时候忍不住想顾飞的反应。

晓霞不解这跟顾飞有什么关系，冬娜给她打了比方，这就像有个财主想买一个旺铺，他委托了一个很厉害的中人去帮他调查这个旺铺的实际经营情况，这个中人查明的结果是旺铺并不旺，全靠自己雇的人假装顾客充销量，最后财主付了中人一笔调查费，没买这家铺子。与此同时，有个外地客商也发现了这家旺铺的秘密，他从旺铺原价佘了一批货，然后公布了旺铺的秘密，旺铺货物的价格大跌，外地客商按照低价归还了欠账，赚了一笔。

晓霞听得一愣一愣的："那你们顾总这回不就丢人了吗？我看人家股价都涨了，也没啥影响。"

"这不是我们要考虑的事情，我们做的事情，更相当于体检，告诉你病在哪里，至于手不手术，怎么手术，我们不管。"邱冬娜说到这里，想起了自己帮叶建国夫妇在项目里做的事，有点迟疑，声音越来越小，"本来，就是不该管的，因为既当裁判又当运动员，形同作弊……"

邱晓霞点点头，叮嘱冬娜机灵点儿。邱冬娜有些紧张，她此时非常希望有个人能够认可自己的行为，于是问道："如果有些事，你知道某件事虽然违规，但是动机是好的呢，你会怎么做？"

邱晓霞紧张起来："什么意思，工作遇到啥事儿了？你不能再给妈一个大霹雳了，我承受不住。"邱冬娜赶紧敷衍过去，去物业办公室继续做底稿了。

到办公室后，物业财务向杨芸芸汇报，叶建国已经归还那笔四万八的款项。杨芸芸不大相信，总觉得他们不会这么轻易归还，她一项项核对工作底稿，确认他们没有别的操作。邱冬娜假装埋头工作，其实心惊肉跳，生怕她看出自己帮叶建国做的那些小手脚。幸好，杨芸芸核查一番后，不再揪着这件事。邱冬娜暗自松了一口气，为自己扎实地做账功底感到一丝庆幸。

自从去过叶建国家后，邱冬娜就刻意跟叶建国夫妇保持距离，生怕惹人怀疑，然而叶建国老婆却完全没有顾及这一点，反而在小区扯住邱冬娜的袖子不放，追问自己那四万八是不是真的不会再被要回去了。邱冬娜吓了一跳，赶紧要她松手、闭嘴。她紧张地四处张望，幸好没有被人听见。然而她不知道，在自己背后，已经有人朝她们举起了手机摄像头。

一周后，邱冬娜和杨芸芸的工作结束，都回到了非凡。杨芸芸向程帆扬递交最后的报告，程帆扬仔细审阅着，杨芸芸却一脸紧张，一副欲言又止的样子。因为她今天一大早，接到了一封匿名举报信，举报邱冬娜和业委会叶建国沆瀣一气，将叶建国贪污的四万八千元合理化，利用工人餐补发了下去，其实这些人都是叶建国提前联系好的，钱发下去就直接从那些人的账户返还给叶建国了。

杨芸芸的内心十分煎熬，她和邱冬娜一起工作这么久，知道她是一个认真勤勉的好孩子，家境也很不好，这封举报信一交上去，邱冬娜的职业生涯就提前终结了。但如果不交，万一将来事情抖出来，自己也难免受牵连……

终于，在程帆扬拿起那支金色钢笔要最终签字确认之前，杨芸芸叫停了她，呈上了举报信。

很快，邱冬娜被叫进了程帆扬的办公室受审。程帆扬还没审两句，邱冬娜竟然义薄云天地把自己做的事都抖了出来：

"我没有收任何好处，主意是我出的，但事儿是叶建国联系的，他能让那么多人心甘情愿配合他，也充分证明了他在小区的威望。一次内斗，我不想成为干掉小区干实事儿主任的刀。"

程帆扬语气冷漠，但其中蕴藏着怒意："你是不是以为你想了一个两全其美的办法，财务上没问题，不违法，你又全了叶建国一片好心？"

邱冬娜理直气壮："我没那么想，我只是做我认为对的事儿。"

程帆扬语气赫然严厉起来："你，狡猾但不聪明，愚蠢又不自知！"

邱冬娜一下子被骂得有点蒙了，还想解释，程帆扬却直接站起来，拿着长河雅苑的审计报告初稿和举报信离开，走向顾飞的办公室。邱冬娜不知所措地跟了出去，程帆扬直接在她面前摔上了顾飞办公室的门。

邱冬娜第一次怀疑自己是不是真的做错了，她茫然地回到座位上，只听到顾飞暴怒的声音不断从办公室传来，每一句话让她心头一颤。

"这么一个小项目就敢私下做主张，以后参与大项目，是不是我这个合伙人都得让她来当！还理直气壮地'合规了''不违法了'，我看她压根就忘了审计的准则是独立、诚信、客观！"

整个办公室都知道顾飞骂的是邱冬娜，不时有人向邱冬娜这边张望，但无人凑近说话。李楚宁对邱冬娜笑了笑，打开手机对着邱冬娜录像。邱冬娜已经快哭了："你干吗？"

李楚宁笑着答道："记录一下美好瞬间。不过你出这种事我倒是不意外，毕竟嘛，没见过钱的就很容易被诱惑。"

邱冬娜怒了："李楚宁，你什么也不知道别乱说！我是穷，但为这点蝇头小利我还不至于蠢到搭上工作！"

李楚宁饶有兴致地看着邱冬娜问："那你为什么啊？"

邱冬娜被戳到痛处，苦笑道："我……以为我知道。"

顾飞办公室的门被打开了，办公室瞬间安静下来，所有人的目光都集中在从办公室里走出的程帆扬身上，等待对邱冬娜的最终审判，然而程帆扬只是招呼走廊另一头的杨芸芸到自己办公室来，看都没看邱冬娜一眼。顾飞从办公室里出来，什么也没说，怒气冲冲地离开了。邱冬娜的心彻底凉了下去。

这一天，一直到晚上也没有任何一个人来跟邱冬娜说话，也没有来公布对她的处理结果，她就那么干巴巴地在座位上坐着，被所有人不约而同地彻底忽视，就像一座被炙烤的石雕。

晚上，邱冬娜垂头丧气地走出事务所，看到顾飞的车停在路边，但不确定他是不是在等自己。灯闪了两下，邱冬娜知道是顾飞在催自己，这才快跑过去，坐上了副驾驶位置。顾飞未等邱冬娜坐稳就发动车子，加速到最快。邱冬娜正想跟顾飞解释，却被他打断：

"你明天不用来了，我把你安全送到家，你别有个什么闪失，我可不乐意负责。你至少可以问问我，但你没有。我对你非常失望。我这么不值得你信任吗？邱冬娜，我错看你了，之前程帆扬跟我说你是最努力的一个，我才乐意锻炼成全。"

邱冬娜还在试图解释："您不了解内情，叶主任真的跟王叔叔那件事是类似的，他们只是想做好事。"

顾飞猛踩刹车，怒吼："你不配这么说王事成，下车！"

邱冬娜不敢犹豫，匆忙下了车，一步步走向公交车站，顾飞的车没有走，而是在她后面亦步亦趋地跟着，一直跟到了小区门口。邱冬娜刚进小区，车灯就熄灭了，邱冬娜看着顾飞的车加速驶离的背影，眼泪一下子就流了下来。为什么连他都这样对自己，自己明明是做了一件好事呀……

邱冬娜在电梯上用力吸着鼻子，不让眼泪流下来，因为不想被晓霞看见，然而电梯门打开的一瞬间，她看到了晓霞焦急的脸。

邱冬娜一秒恢复正常表情，只是眼睛还有点红："妈，你干吗去？"

邱晓霞不满地答道："找你啊！"

原来邱晓霞见邱冬娜这么晚不回来，也不发个消息，正要出去找她。看着邱冬娜红红的眼眶，邱晓霞直觉有问题："你怎么了？谁欺负你了？"邱冬娜敷衍着闪躲，要回房间睡觉，却被邱晓霞拉住，逼她说。

邱冬娜犹豫了一下才开口："我做了一件又对又错的事儿，我之前以为我做的没错，但现在所有人都不支持我。"

邱晓霞立马答道："妈支持你，你杀人我给你递刀子，别害怕，跟妈说说。"

邱冬娜委屈的眼泪一下子掉了出来，把小区审计的事情全说了出

来,她哭得都快流鼻涕了,没想到邱晓霞的第一反应居然是有点兴奋地问她收了多少钱,邱冬娜一下子气急了,怎么自己妈也认为她拿了回扣呢!晓霞本来就只是逗她,一见邱冬娜急了,连忙说自己相信她。

邱冬娜哀号:"这回麻烦大了,明天不用去上班了。"

邱晓霞这次才真急了:"你不是说自己没有做假账,是'合理化'吗?那咋还给你开了?我看顾飞是故意的吧?不让我们说王事成的事儿,然后再找个借口把你开除了!"

邱冬娜摇摇头:"我确实是为了帮忙,做了一些不该我做的事情。"

邱晓霞也不知道该怎么办了,但她知道一定不能这么颓着,于是起身给邱冬娜热饭去了:"你是我的女儿,你得给我站直了,明天继续去战斗!态度端正认个错,你能做的都做了,他们还揪着你不放,你放心,妈给你报仇去!"

邱冬娜几乎一夜没睡,反反复复想着这件事,还有顾飞决绝的态度。第二天一早邱冬娜顶着黑眼圈在小区里遇见了叶建国老婆,她听说邱冬娜被人举报了,特地来问她有什么需要自己帮忙的,邱冬娜勉强对她挤出一个笑脸,拒绝了。虽然帮的是人家的忙,但决定是自己做的,现在出事了后果也只能自己承担。

第十三章 认清

事务所里依旧没有人跟邱冬娜说话,邱冬娜主动去找杨芸芸,但对方十分冷淡。邱冬娜想想也知道杨芸芸有多烦自己了,为了带自己找的小区审计项目,不得不在物业办公室待了一个多月就算了,最后自己居然在她眼皮子底下做了这种事⋯⋯邱冬娜叹了口气,不再去骚

137

扰杨芸芸。

程帆扬不在事务所，也没有回复邱冬娜的消息，邱冬娜只好继续干坐着翻朋友圈，却看到顾飞分享了一篇行业资讯，标题是——"焦点/保持审计独立性很难吗？"邱冬娜知道是发给自己看的，为难地揉揉鼻子，点了赞。

这时，事务所里突然出现一个奇怪的身影：打扮郑重其事的叶建国夫妇捧着一面锦旗，身后有两个工人抱着两盆花，他们走了进来。锦旗上写着大大的"清清楚楚审计，明明白白做事"。事务所众人都愣住了，邱冬娜一脸尴尬地跟叶建国夫妇相互鞠躬、道谢。他们走后，大家看邱冬娜的眼神更怪了。但邱冬娜心里还是很感动，毕竟这种时候有个人雪中送炭还是好的。

邱冬娜正担心不能留在非凡，而同期的另一个实习生季子萱却选择了主动辞职离开，原因无他，就是太累了，不适合自己。邱冬娜看着季子萱离开的背影，心中有些触动：原来离开也不过如此，看起来似乎很简单。这样一想，邱冬娜突然对自己可能要迎接的糟糕结局没那么害怕了。

锦旗的事很快传到了远在成都出差的程帆扬耳朵里，程帆扬听着旁边人对邱冬娜"掩耳盗铃""愚蠢"的种种评价，脑海中浮现起邱冬娜当初因为完不成KPI差点要被开除时的样子。那时候她对自己说，她在力所能及的范围内做了所有尝试，结果就是不行，自己不用考虑下个月房租怎么交、坐公交比地铁便宜两块钱这种事，可她都要考虑。

程帆扬回到房间，打开实景地图，找出邱冬娜家的小区，又逐步放大，找到小区停车场的实景图片。程帆扬在心里速算了一番，然后把数字报给了事务所里一个精通这方面问题的人，让对方帮忙做出建这么大一个停车场的报价。程帆扬放下手机的同时，房间的传真机响，吐出几页报价单,程帆扬打开了EXCEL,飞速操作着计算表格,不同的数字在表格里翻飞。很快,她得出了结论:邱冬娜没有受贿,也没说谎。

顾飞接到程帆扬的电话的时候,正在家里小心翼翼擦拭他的各种动物模型。他听懂了程帆扬的意思后,十分讶异,一向最讲原则的程帆扬居然想留下邱冬娜,他都怀疑邱冬娜给程帆扬灌迷魂汤了。但程帆扬其实还在考虑中,所里绝对不能鼓励邱冬娜这种行为,但她也确实欣赏聪明的人,何况这个聪明人还有点侠气。

邱冬娜每天都蓬头垢面,要么穿着运动套装在家躺着捏气泡膜,要么在小区里乱转,她一直在等待手机消息响起,但除了骚扰电话,什么都没有。邱冬娜下楼倒垃圾,邻居热情地向她打招呼,夸她给小区办了大事。邱冬娜疑惑,一问才知道原来非凡已经把审计报告发给了业主委员会。

非凡最终出具的是保留意见报告,邱冬娜没想到自己人生参与的第一个审计项目,报告居然是从楼下倒垃圾的大姐手机里看到的,这简直是伤害性不大,侮辱性极强。看到邱冬娜垂头丧气,晓霞安慰道:"你这不在家等着处理吗?这回工作也做完了,他们就能腾出手处理你了。"

晓霞就是晓霞,安慰比扎刀还狠,邱冬娜把头埋到她怀里求安慰,晓霞却把她的头推开、摆正:"要不,妈给你买个拨浪鼓,叫上你的小伙伴,楼下花园和尿泥儿去?"

邱冬娜嫌弃道:"我都多大了。"

晓霞敲了敲她的头:"我看你像还没长大,遇到点挫折,在家躺着、歪着、唉声叹气着,幸亏你有个亲妈啊,不然你饿都得饿死。我像你这么大,你都快上幼儿园了,我也难啊,恨不得出门一个大货车咔嚓就给我碾成拿勺盛的,一了百了,但不行啊,我一了百了,你怎么办呢?"

邱冬委屈:"我真的累了,怎么拼,多努力,像没个头似的,好一天,

139

坏一年。"

邱晓霞难得认真起来，耐心开导她："花无百日红，人哪有天天好的，都一样。我看你们那个程总，是给你留了个活口，她那意思就是说，只要别人同意你留下，她不反对。我要是你，早坐不住了，对于别人这只是份工作，但妈知道你啊，你不是想当那个什么NBA嘛。"

邱冬娜笑了，纠正晓霞那是CPA，邱冬娜振作起来，对，不能就这么认了，她可是不服输的小犟！

邱冬娜抱着晓霞亲了一口，然后起身终于把自己收拾了一番，一改之前的颓废样，来到了事务所。她想，自己的去留最后估计是三个合伙人投票决定的，程帆扬和顾飞先不想，但可以先去搞定和事佬陈劲锋。

陈劲锋明显不相信邱冬娜没拿钱，但他一副无所谓的样子说："你的事情我知道，真的不算什么大事，但你不聪明，让人发现了。以后不管去哪，做事要聪明一点，除非你有把握不被查到。你留你走，我都没有意见，你不是我招进来的，也没在我手底下工作过，所里多一个人少一个人，这种事我一向是没意见、不为难人的。"

邱冬娜想了想，没为自己多做解释，而是感谢陈劲锋后离开。邱冬娜又去找杨芸芸道歉，杨芸芸拎得很清楚，她对邱冬娜的工作能力表示认可，但对其他事不予评价。

顾飞的电话依旧打不通，邱冬娜咬咬牙，直接来到了顾飞家，但没人开门。邱冬娜在顾飞家楼道和楼下转悠了大半天，一直没能等到他，却差点被保安当作踩点的给抓起来了。邱冬娜忙解释道自己是来找老板办事的，但一直找不到人。保安看邱冬娜这么个漂亮小姑娘，口干舌燥地在外面等了这么久，忍不住动了恻隐之心，把她带到了天台下面。

保安指了指顶楼的位置："喏，他在那呢。这家伙，隔三岔五，就上楼顶了,有时候一坐一天一夜,我第一次逮着他,以为他想不开呢。他说就是上楼透口气,我的妈,三伏天、刮大风、下大雪,都能上去透口气。不过他不惹事,我们就不撵他了。"

邱冬娜向保安道谢后,赶紧上了顶楼。顾飞在楼沿旁边摆了一把椅子和一个陈旧的随身听,坐在那儿听动物解说。邱冬娜怕吓到顾飞,上了天台后旁边绕过去,咳嗽提醒对方自己到了。顾飞不说话,似乎听随身听入迷了。

邱冬娜硬着头皮示好:"你这个爱好挺刺激的,陈总打牌解压,帆扬总喝酒放松,您在天台吹风。"

顾飞一见她就来气:"你怎么跟个狗皮膏药似的,让你回去等通知,你跑我家来干吗?休假懂不懂?一个人像个木头似的,这个字儿念'休',意思是不工作!况且,你的事儿也够不上来找合伙人的。"

邱冬娜赔着笑脸:"我知道,我是来挽回自己工作的,我一个初级助理来或走,够不上找合伙人,但我也知道我这次影响恶劣,肯定不是杨经理留我就能留下的,还是得您和帆扬总、陈总同意,你大人有大量,别再为一点事拿我当鸡杀了儆猴了。"

顾飞听到这里,把耳机粗暴地拽下来,直接开骂:"小事?你四年大学白上了?学校里怎么教你们的,就算你学的不是相关专业,诚实做人、认真做事的基本道德应该有吧?我又是怎么跟你说的,不是信我吗?这事儿上怎么一点没信过我?"

邱冬娜因为顾飞的状态,笑容僵在脸上。顾飞越说越生气:"对行业毫无敬畏心,今天以为自己做了好事打个擦边球,明天是不是就敢出假报告?当什么注会啊,趁早别干了,再干下去你迟早得进去。"

邱冬娜眼泪快掉出来,使劲吸了一下鼻子,生怕顾飞一激动掉下去。

顾飞跳下来,站在邱冬娜旁边:"知道怕了,我一激动怎么着?

掉下去了死了你知道怕啊？邱冬娜，你不要以为自己才是公平正义的判断标准。我们过手的项目多了，涉及成千上万人饭碗的大企业，我们该出什么报告就是什么报告，为什么？因为你是个尺子！你的标准不能浮动。你动了，就全都乱了，更多人的饭碗就砸了，你懂不懂！会死人的！"

邱冬娜低下头小声问道："就不能给一次机会吗？"

顾飞摇摇头："其他事情我都可以给你机会，你有困难我可以帮你。但这件事，你触犯了我的底线，我不能给你机会。"

邱冬娜道歉："我之前没有想这么多，我不该拿王叔叔的事儿来比较。"

顾飞听到这话，发现邱冬娜居然还没懂自己的意思，他气得把耳机摔在地上。邱冬娜吓得往后退，眼泪彻底流了下来。这时随身听里传来解说员的声音：

"黑足猫个头小，但却能攻击比它体形大四倍的猎物。这种孤独的夜行者，用尿液和粪便标出自己的领地。"

顾飞深呼吸，勉强让自己恢复了部分平静，没看邱冬娜一眼，直接离开了天台。邱冬娜连忙跟上去。邱冬娜原以为顾飞要送自己回家，急忙推拒，没想到顾飞冷着脸把她带到了一片网红创业园区。负责停车的大爷指导两人停了车，邱冬娜下车后迷茫地四处张望。

顾飞用下巴指了指那个大爷，说："那是秦总。"邱冬娜迷茫地"啊"了一声，顾飞解释："本来，这一片园区是他的工厂，在我和程帆扬审计之前。"

两人继续往前走，邱冬娜打量着眼前这个灯红酒绿的热闹园区，听见顾飞继续说："那时我们还在银鑫，这个工厂是被投资他们的股东要求做审计，银鑫承接了，我在项目组里。他们的财务基础非常差，

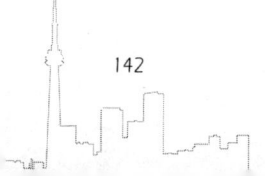

原始资料丢的丢，缺的缺。管他们要资料也要不来，用秦总自己的话讲，他们连真账都不会做，更别提假账了。我们查出了非常严重的问题，秦总说实话了，他的厂子早就支撑不下去了，但为了这帮跟着他很多年的工人，没办法，这才拆东墙补西墙地撑着。这种情况，我们肯定没法出无保留审计意见报告。"

邱冬娜远远地看见指挥停车的大爷跟一个拿着扫把的清洁工碰面了，两人相谈甚欢。

"秦总倒是挺坦然的，他紧绷的神经已经快断了。但是很多工人跑来跟我们项目组求情，下跪、磕头，让放他工厂一马，因为他们大多年龄大了，离开工厂没有任何活路。那个清洁工，我见过，他给我磕过头，我没办法，也给他回了仨响头。如果是你，你那颗特别容易动的恻隐之心，是不是会想点办法，保住大家的饭碗。"

邱冬娜低头不语，心里却并不是很服气。顾飞领着邱冬娜进到一个酒吧，坐在露台上喝酒，邱冬娜顺着顾飞的目光眺望远处的一片居民楼。顾飞指着其中的一栋楼说道："秦总工厂的供应商就住那。那会儿他也差点被秦总的工厂拖死了。我们出具了否定意见审计报告后，秦总的工厂经历正常的破产清算，最终，总算给这位供应商赔了一部分钱，保住了企业。这个供应商上有八十老母，下有正在读书的孩子，他的钱不是钱吗？他就活该被秦总拖死，让家人睡大街吗？"

邱冬娜低头："道理我都懂的，但见面三分情，当一个活生生的人站在我面前，我会选择倾听他的苦衷，理解他的难处。"

顾飞叹了口气："你很有人情味，但你也要明白，我们存在的意义，就是让那些不能见面不能亲力亲为的投资人、股东、供应商们，也拥有知道实情的权利。王事成做了好事，也承担了后果，你呢？"

"我懂你的意思，我会承担相应的后果的，可我想问问，"邱冬娜抬起头，目光灼灼地盯着顾飞，委屈不解地问，"如果是李楚宁、鲁一鸣或者其他新人，你们所谓的'小朋友'，犯了跟我同样的错误，你也一定会让他们走吗？"

顾飞被她看得有点心慌，眼神躲闪，没有正面回答，而是说："我会帮你推荐其他工作，合理的赔偿所里会给你，你个人需要什么帮助，我会帮你的。给你叫的车已经在路上了。"顾飞起身离开了，邱冬娜绝望地靠进椅子里。

顾飞躲在自己车里，看着邱冬娜登上出租车离开，他才放心离去。然而回程的路上，他一直在回想刚才邱冬娜委屈的眼神和她问的问题。如果是其他人犯这个错误，自己会处理得这么决绝吗？答案应该是……不会。他这么失望，不过是因为他以为邱冬娜比其他人都更了解自己，然而偏偏是邱冬娜犯下了这种触及自己底线的错误。然而顾飞没想到的是，程帆扬居然最终决定留下邱冬娜，只领三个月的半薪作为惩罚，而陈劲锋一个和事佬，自然不会反对。

邱冬娜和顾飞经过那一番长谈之后，确认自己不可能留下了。于是第二天她到了事务所后就开始精神萎靡地收拾东西。邱冬娜把自己几个月前一件件布置好的水杯、摆件再一件件收了起来，心里难受极了，谁能想到自己毕业不到半年就被辞退两次呢？李楚宁边工作边嘲讽邱冬娜："你该感谢非凡，没让你铸成大错，我劝你改行吧，不对，不尊重规则干什么都不行。"

李楚宁开完腔等着和邱冬娜斗嘴，没想到邱冬娜说了："你说得对，非常对，我接受你的建议。"说完邱冬娜伸出手要和李楚宁握手，李楚宁下意识伸出手要跟邱冬娜握手，旋即又收回来，不满道："你还欠我半个月的咖啡呢。"邱冬娜强行握住了李楚宁的手，李楚宁挣扎。

李楚宁看着这个倒霉兮兮的老冤家，心里竟然涌起一股不舍。在

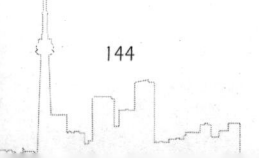

小区审计这件事上，她虽然总嘴上嘲笑邱冬娜，但她心里其实比谁都清楚，邱冬娜不可能是因为收了钱而帮人作假的，可能这就是一种老对手之间的默契吧。

两人正拉拉扯扯时，敏丽拿着三个新做的门禁工牌从办公室出来，递给她们："一大早这么腻歪，恶不恶心，你们的门禁卡，给我签个字。"

邱冬娜没准备接："我就不必了吧，现在收了，过两天还得还给你。"

敏丽笑了笑，把工牌和签收薄放在邱冬娜桌上，没说什么，离开了。邱冬娜和李楚宁一同凑上去看签收薄，只见姓名栏上，已经辞职的季子萱的名字被勾去了，邱冬娜、李楚宁、鲁一鸣的名字却赫然在列。邱冬娜欣喜若狂，抬起头跟李楚宁对了个眼神，李楚宁眼中闪过一瞬的欣喜，但转眼就板起脸坐回了自己的工位上，念叨了句："阴魂不散。"

邱冬娜敲了程帆扬、陈劲锋、杨芸芸的办公室门表示感谢，谢谢他们给自己一次机会，虽然对方都态度冷淡地让她回去好好工作，但邱冬娜还是十分开心。邱冬娜赶紧跑到楼梯间打电话给晓霞，然而晓霞却一直没接，邱冬娜有些疑惑。

第十四章 身份暴露

而此时，能一酒店客房里，邱晓霞正跪在地上收拾一罐摔碎的面霜，是她在做保洁时不小心打碎的，晓霞边收拾边保证自己一定赔偿。王事成闻讯后赶紧赶来，陪她一起向客人道歉。

客人翻了个白眼："这位大姐，我真不是看不起你，我这面霜3900一罐。"

邱晓霞和王事成都惊了，世界上还有这么贵的面霜？！客人一看他们的表情，更加鄙夷了。邱晓霞有些震惊，打商量道："这面霜……也不是全新的吧？"

客人一下子急了："我刚用了两次，怎么着，你还给我打个八折啊！我最烦就是这种事，东西损坏了让你赔，你跟我说你不知道没见过，显得我欺负你。我招谁惹谁了，住个店，损失这么大。"

王事成忙打圆场："消消气，消消气，我们肯定会赔的，等会儿经理来看看，我们问问，核实一下，确实是这么贵的东西，肯定得赔。"

"核实一下？这牌子就这么贵，你什么意思？我还讹你钱了？"女住客彻底被惹毛了，她一边在房间四处翻找东西一边说，"我前天住这就感觉不对，润唇膏没了，鞋也给我乱放，一回来一股香水味，肯定偷用我的了。无凭无据我也不好说你们，面霜摆在最里面，好好地怎么就摔地上了！"

邱晓霞最受不了被人冤枉清白，一听这话就夛了毛，从地上站起来跟客人对峙，没想到客人嘴更臭了，直接骂邱晓霞惯偷。晓霞一个激动，冲上去和客人厮打起来，两人互扯头发、打成一团。王事成见状急坏了，赶紧把晓霞死死抱住，邱晓霞气得对他连挠带踹，王事成脸都被她抓花了，就是不撒手。

客人趁他俩打成一团，拿起手机直接拨打110，说自己被偷了东西还被打。邱晓霞和王事成听见客人报警，一下子就反应过来，立即一同冲上去。王事成按住了客人，邱晓霞强行夺下对方的手机。这时经理从外面匆匆赶到，正巧看到邱晓霞和王事成共同"殴打"客人的这一幕。

经理一声怒喝："都给我住手！疯了！"

客人还是叫来了警察，警察一进大厅，邱晓霞警惕地挡在王事成前面，将自己的身份证递给警察，暗示王事成先走。然而客人立即把王事成拦住，警察听说王事成也动手了，于是也要他的身份证来看。王事成先是说自己没带，又说身份证号码忘了，警察原本只是例行公事，现在却真的疑心起来。

经理也觉得不对劲，找行政调出了王事成的身份证号码。警察把号码输入警务通，看到了陈伟明的个人信息，问道："你爸叫什么？"

王事成额头冒汗："陈……"

众人都已经看出不对劲，哪有人紧张起来连自己爹叫什么都忘了。警察看了看陈伟明的照片，又看看王事成，语气赫然严厉起来："你到底叫什么？老实交代！别跟我在这兜圈子！"

王事成下意识一个立正："报告，我，我叫王事成……"

邱晓霞看着王事成，深深叹了一口气。

众人表情各异，经理无比惊讶，女住客看看邱晓霞又看看王事成，邱晓霞深深地叹了一口气。王事成被警察带走了，邱晓霞赶紧打电话给顾飞，但没人接，又打给了邱冬娜。邱冬娜一听赶紧跑到顾飞家，叫上正在休假的顾飞一起去警局。

顾飞听说王事成身份暴露了，心急如焚，对邱冬娜发了脾气："你妈报警了？你们也太狠了吧！我都说了你就算离开非凡，我也不会见死不救，这事跟王事成有一毛钱关系没有，有种冲我来啊。"

邱冬娜强压下怒火解释道："我妈不是那样的人，是一个客人报的警。"

顾飞听了表情有些尴尬，两人开车去往警局。路上，顾飞先给真陈伟明打了个电话说明情况，对方对王事成的来龙去脉很清楚，并没有怪顾飞，而是告诉他按照预案来就好。邱冬娜好奇他们的预案是什么，但她心里还在气刚才顾飞冤枉晓霞的事，没有开口问。

两人赶到警局时，王事成已经把自己借用身份的原因说清楚了，警察此时看他的目光已经带了一些复杂的同情。至于身份证的问题，王事成的解释是他给常年瘫痪的顾鹏当过两天护工，顾鹏同情他，所以帮他借了身份证，他自己并不认识陈伟明。顾鹏已经去世了，无可追究，顾飞和陈伟明不知情，王事成也没有其他违法行为，最后警察给他处以1000元罚款，行政拘留10日。

顾飞感谢了警察之后就走了，晓霞看着他那一副事不关己的样子，气不打一处来，当场就要揪住顾飞理论一番，却被经理抓回了酒店，毕竟客人的事情还没解决完。

邱冬娜陪着晓霞回到酒店，客人还在不依不饶地冤枉晓霞偷了自己东西，晓霞直接往地上一瘫，撒泼打滚："不行了不行了，心脏病犯了，长这么大没被人这么诬赖过。经理，我不行了，我要死了你也得替我鸣冤啊！"邱冬娜瞬间反应过来，跟晓霞打配合，她半跪着把晓霞抱在怀里，仰天长啸："妈！妈你怎么了！你一直心脏就不好，现在还被人这样冤枉，我知道你咽不下这口气啊！"

经理和客人都慌了神，眼看邱晓霞呼吸越来越急促，女客连忙抓起东西就走了，临走前叮嘱经理把面霜钱和房费还给自己。邱晓霞一直眯缝着眼睛直到会议室的门再度关上，才又没事儿人一样坐起来，邱冬娜也终于松了一口气。经理看着母女俩欢快地击了个掌，忍不住笑着摇了摇头。

晓霞带着讨好的笑容说："经理，你太厉害了，这女的，要多刁有多刁。面霜钱从我工资里扣，如果能分几个月扣就最好了，别一次扣完。对了，那个陈伟明……王事成这事儿，您准备怎么办。他人真不坏，就是逼得没办法了。"

经理表情严肃地答道："开除，不找他麻烦已经是看在他工作努力的份儿上了。"经理说完就走了，邱晓霞愣住，邱冬娜搂着她一起回了家。

两人到家后,均是愁眉苦脸,邱冬娜拿着算盘皱着眉头算了半天,最后结论是水果和牛奶停三个月,她的吃饭标准降到二十块,五个月能把王事成的罚款和赔的面霜钱省出来。邱晓霞叹了口气,突然恨恨地说:"我算是看透了顾飞,平时笑眯眯的,一出事躲得比兔子还快。"邱冬娜跟晓霞下意识维护顾飞,说那是他们商量好的解决办法,但晓霞听不进去,一心为王事成抱不平:

"唉,你王叔命太苦了。你说,这个世界上,真是坏人活千年,好人不长命啊,他当初要是不管那事儿,现在工作老婆孩子都得有吧。他这人,真的,你说他好吧,也不是纯老实人那种软柿子,你说他不老实吧,做什么事儿真是让人挑不出。"

"我看看某些人是不是带了点花痴的崇拜……"邱冬娜忽然点开手机电筒,照亮邱晓霞的脸,认真问道,"妈,你喜欢他吗?心动了吗?"

邱晓霞敷衍着:"什么心动不心动的,我打记事儿起,就在过日子,过日子讨生活,哪有你们年轻人这个浪漫条件。"

邱冬娜不甘心,继续追问:"那你当初总喜欢过我爸吧,不然也不会嫁给他。"

邱晓霞咬牙切齿:"别跟我提那个人渣,嫁给他我倒了八辈子血霉了,我怀着你,他跟别人搞破鞋,他死八遍都不委屈他。别在我面前提这个人,脏了你的嘴。"邱冬娜悻悻地闭了嘴。

第二天一早,邱冬娜来到办公室,收到了敏丽发来的人事邮件,她点开一看,自己居然被分到了顾飞的项目组。邱冬娜往后一仰,躺在椅背上绝望地拨通了顾飞的电话。顾飞听到这个消息后,倒是比她平静得多,直接拒绝了:"我都不同意你留下,更别说把你留我这。我是缺人,但不缺你这样的。你能留下来,还是感谢程帆扬吧,她亲自调查了你的事情。"

邱冬娜愣了，留下自己的居然是程帆扬？她深吸一口气，对顾飞说："那这件事上，我就算跟您达成共识了，我会去跟帆扬总争取留在审计部。我会弥补我的错误的，我会向你证明，我不是什么也没学到，我能做好！"

顾飞笑了笑："你没必要向我证明什么，你去哪都行，少在我眼前晃悠就行了。"顾飞说完挂了电话，笑了笑。他一大早就出来求爷爷拜奶奶的，联络自己认识的各路老板，想办法给王事成安排个工作，然而对方一听说是有案底的，都表示有些为难。好不容易有个欠了顾飞人情的，说愿意给王事成提供一个虚职，领工资不上班，顾飞苦笑了一声，拒绝了。要是王事成肯白拿钱，自己直接每月给他转账不就好了，还费这劲干吗。他忙活了半天也没能给王事成找到合适的工作，心情正有些烦躁，直到接了邱冬娜的电话才变得愉快起来。这才是打不死的小犟嘛，不给她釜底抽薪，激发不出她的潜能。

被激发潜能的邱冬娜来到程帆扬办公室，表达了自己想要跟着她的项目组的意愿，程帆扬有些意外，皱了皱眉头说："你明白我们留下你，只是一个待考核，给你三个月半薪的机会，可不是让你挑三拣四的。"邱冬娜连忙解释自己不敢挑三拣四，她请求程帆扬给自己一个机会，她会证明程帆扬需要自己。程帆扬虽然觉得可笑，但有点好奇她到底想干吗，于是答应了。

程帆扬盯着邱冬娜的背影，愣了愣，打电话给顾飞。顾飞正在银行取钱，听到程帆扬的话忍不住笑了："没想到啊，帆扬总居然也被邱冬娜蛊惑了，愿意几次三番耐心听她说这么多。我跟你说，她得亏没入什么邪教，她这个说服能力要是干个传销，全所都得玩儿完。你怎么想的？"

程帆扬摇摇头："理智上，我根本没必要跟她浪费时间，管理上，我作为合伙人连听她说这么多的必要都没有。但看她像个小狗起劲地叼个破球给你的状态，就会有兴趣再看看，她要干什么。不过，也有可能是我最近促排卵，激素异常分泌导致的情绪波动。"

很快，邱冬娜拿着一个很旧的U盘回到程帆扬的办公室，U盘里是她从十二岁开始手工记账的各种照片，这是邱冬娜最后的底牌，她把自己完全袒露在程帆扬面前，期待能够打动她。程帆扬正在忙，邱冬娜把U盘和一张卡片放到她办公桌上就出来了。

邱冬娜回到工位上，李楚宁戒备地看着她说："听说你要留在审计部？我们项目组你别来，知道吧？"邱冬娜点点头，李楚宁这才放心，拿起包要走。邱冬娜想了想，叫住她，犹豫地开口说："楚宁，当年在学校那件事，我并不想参与的，但我毕竟也算是沉默的帮凶，我向你道歉……"

李楚宁打断邱冬娜："当年？两年零九个月。你轻描淡写一句话略过了，你知道我经历了什么吗？全校都在扒我的皮，各种谣言满天飞。邱冬娜，我明确告诉你，我并没有只针对你，而是对你们那个班的每个人都恶心透了。"

李楚宁愠怒着离开，邱冬娜看着她的背影，无奈地叹了口气。

邱冬娜的U盘程帆扬并没有来得及看，她忙完了工作后，筋疲力尽地回家了，一开门却看到餐桌上布置着香熏蜡烛和鲜花，气氛十分浪漫。白友新系着围裙出来，捧着一盘水果沙拉端给程帆扬，讨好地说："时间刚刚好，十分钟后可以吃饭。"

程帆扬从沙拉上拿了一块火腿配蜜瓜，每块都正好是一口的大小，问道："这算是？"

白友新笑着答道："示好，求和，吃吧，我特意切成了小块。"

程帆扬笑着吃了一口："我是不是太好哄了，给我切一盘水果，我就会开心。"

程帆扬和白友新第一次碰面，是在事务所开的面向高端客户的培训上，白友新就是来参加培训的大老板之一，而程帆扬是最年轻的主讲。当时为了配合这些大佬的时间，她一次要讲满两个小时，茶歇的时候她很饿，但不敢吃东西，怕当众吃东西不好看，怕牙齿上粘东西，怕蹭花口红。然后白友新走到她面前，本想问她一些问题，谁知道程帆扬的肚子不合时宜地响了，真是丢死人了。白友新装作什么都没听见，借口说他自己还没吃饱，去找服务生给程帆扬切了一大盘水果来，每一块都是一口大小，还站在程帆扬旁边吃甜甜圈吃得特别香，挡住了别人看程帆扬的目光。

程帆扬在此之前，从没有被人这么细致地关心过，于是被他的温柔迷了眼，很快就跟白友新走到了一起，她以为自己选对了人。但经历了这么多事后，程帆扬回头想想，当时的白友新为什么会知道年轻女孩怕蹭花口红、穿不下套装不肯吃东西的尴尬呢？是因为他结过婚，他被训练过。爱上这样的人，就像爱上前一个女人留下的遗产。

白友新拿过一个包装精美的小盒子递到程帆扬面前，里面是一把车钥匙："停在车库里，现在要去看看吗？你那辆车有五万公里了吧。"

程帆扬脸上露出一丝笑容："我虽然不需要，但也很难不为这种惊喜心动。"

白友新握住程帆扬的手，温柔地说："知道你不需要，但我需要，我庸俗又笨，除了送礼物，想不出别的能让你开心的理由，现在可以高兴了吗？"

程帆扬主动抱住了白友新，两人一路急切地拥吻着，来到了卧室。程帆扬期待地说："今天正好是排卵期。"白友新没反应过来，下意

识伸手向床头柜摸去,摸来了一个避孕套。程帆扬看到避孕套,愣住了,一把推开白友新,难以置信地问道:

"你什么意思?缓兵之计,哄着骗着,再拖着?"

白友新有些难堪:"你太敏感了,刚才气氛不好吗?你为什么就不能放松一下,不去想其他,只想想我们。"

程帆扬不想再争论了,起身沉默穿衣服,离开卧室。程帆扬在自己的旧车钥匙和白友新送的新车钥匙之间愣了一下,拿走了自己的旧钥匙。

程帆扬心中失望至极,她对白友新的各种反应都有准备,不管他是暴怒也好,直接跟自己分手也好,她都有所准备,唯独不能接受他试图欺瞒自己、利用自己的感情继续拖延下去。程帆扬从后视镜里看到白友新追了出来,她毫不犹豫地启动车子开了出去,开了半天之后才反应过来,自己走的是回事务所的路。程帆扬自嘲地笑了笑,自己居然成了一个无家可归的人。

程帆扬回到办公室,拉下百叶窗,换上拖鞋坐在电脑前。她打开了电脑,却半天不知道该做什么。这时程帆扬看到邱冬娜留在办公桌上的东西,她拿起留言卡,卡片上写着:

帆扬总,这是我从十二岁记录到前天的账本。虽然我没有办法在短时间内向你证明,你需要我。论工作能力,我只是个初级助手,比起项目组里的各位老师,还有很大差距。但我想通过这些账目,向你说明,我太爱钱了,爱到无法容忍账目上有任何不明不白的数字。我比其他人更知道钱的重要性。

程帆扬看完就把卡片丢在一边,对着电脑开始工作,根本不想看邱冬娜送来的东西。但没过多久,她敲打键盘的手停了下来,拿起桌上的旧 U 盘,插进了电脑。

153

难得的周六，邱冬娜还在盘算要多睡一会儿，却被邮箱提示音吵醒。邱冬娜眯着眼睛打开看了一眼，马上从床上弹起来，收拾齐整出发去事务所。晓霞在一旁看得一愣一愣的，琢磨着这邮件难道是通知她去捡钱的，不然怎么自己喊了七八次都起不来的人，这么快就起了。

周六的事务所里人很少，邱冬娜直奔程帆扬的办公室，一夜没回家的程帆扬正毫不见疲态地在工作。邱冬娜开门见山地问道："我看到了你的邮件，说我为了数据好看，造了不少假。我强烈否认，我们的家庭账本，我造假干吗，自己骗自己没意思。"

程帆扬从账册里随便抽出一页："就拿去年你妈妈生日这天来说吧，你们俩一天庆祝的开销是248元，但光是你买的品牌蛋糕这一项，我查过，最小的1磅蛋糕就要200块，更何况你们还看了电影，我查了，你们看电影那天，整个上海，最便宜的一家电影院早场电影，30块，这两项就要260元了，你还吃了饭。"

邱冬娜点了点头，并不否认，程帆扬奇怪地看着她，邱冬娜有些狡黠地笑了笑，问她："帆扬总，今天有时间吗？我能请你跟我一起过一天吗？这样你就会明白我没有说谎。"

程帆扬正要拒绝，却收到了白友新的微信，他要来公司找自己谈谈。程帆扬想了想，对邱冬娜点了点头。邱冬娜没想到程帆扬会答应自己，对她露出了一个惊喜的微笑。

邱冬娜领着程帆扬来到一家不错的中档酒店吃自助餐，餐品虽然简单，但很丰富。程帆扬听说这一顿只要39块，觉得有些难以置信。邱冬娜得意扬扬地举起手机的闲鱼界面，解释道，有不少人会把公司发的或者别人送的餐券拿出来卖，自己经常在这上面捡漏。程帆扬表情讶异，像是打开了新世界的大门。这时一个骑手给邱冬娜送来了包装精致的蛋糕，邱冬娜边拆蛋糕边告诉她，这是在淘宝上买的代订，比网站直接买便宜 60 块钱，还能用一张 10 元的优惠券。邱冬娜掏出计算器，两个人的饭钱加上蛋糕，目前花了 217 块。

账本上的生日步骤完成了二分之一，还剩下看电影和吃晚饭，程帆扬还是不相信邱冬娜能用剩下的额度完成，但还是将信将疑地跟着她去了电影院，毕竟自己也真的很久没看电影了。从影院出来后，邱冬娜有些尴尬，生日那天自己是提前很久抢的电影票，所以能抢到 9 块钱的，今天临时出来，最便宜的也要 20 块。邱冬娜担心程帆扬不相信自己，但程帆扬却笑着说：

"我相信你，不过，就算按 9 块钱的电影票算，已经花掉的 217 元加两张票 18 元，距离你给我的 248 元总开销的报价，只剩 13 元搞定两个人的晚饭了。"

邱冬娜眼中带着兴奋的光：帆扬总，你知道排骨多少钱一斤吗？

程帆扬掏出手机要查，邱冬娜拦住了她，直接把她带到了菜市场的肉档。程帆扬一身得体职业套装站在菜市场里显得有点突兀，但她自己却浑然不觉，而是饶有兴趣地看着邱冬娜指挥老板切肉。

邱冬娜把面条、青菜和一点点排骨展示给程帆扬看："2 块钱的面条，1 块钱的青菜，加 10 块钱的排骨，我声明，去年这个时候，10 块钱可以买这两倍多。不过这些也够煮两碗长寿面了。"

程帆扬意味深长地看着邱冬娜："我应该是做了一个对的选择。你母亲，应该是一个聪明又有热情的人。"

邱冬娜笑了笑："我妈啊？抠门又死要面子，我家不是没钱嘛，但是她不知道从哪听的，要富养孩子，都是逼出来的。我记得那时候欢乐谷刚开，好多小朋友都去过了，我也想去，但门票好贵啊。我妈觉得别人去过的我也得去，就带我去建筑垃圾场玩了一天。绝了，预制板蹦极，钢筋跷跷板，附带铲车举高高。"

程帆扬听得目瞪口呆，最后点点头说："周一，跟我一起去成都。"

邱冬娜惊喜不已，连声向她道谢。程帆扬拿起手机给邱冬娜转账，邱冬娜低头一看，转过来的是 117.5 元。她不禁在心里嘀咕着，不愧是合伙人，算得比自己还清楚。

程帆扬仿佛知道她在想什么，笑着说："钱的方面，我也从不出错，我一个人今天的费用。面就不吃了，面钱我不分摊，你带回家吧。"程帆扬坐出租车回家，在她身后，邱冬娜开心得像只兔子一样，蹦了回去。

邱冬娜跟晓霞报喜的同时，程帆扬也在打电话跟顾飞讲述这一天的神奇经历。顾飞难以置信："你信了邱冬娜教了，她这样就说服你了？她不是你所谓程序里的 bug 了？"

程帆扬笑了笑，语气变得很温柔："我已经很久没么放松过了，就算她是个 bug，应该也是写成彩蛋让人开心的那种 bug，我看了她的家庭账本，很奇怪，像看小说一样津津有味。我从账本里看出了她和她妈过的生活，不富裕，但很有趣。"

顾飞能够想象出那是怎样一本账本，他也很清楚程帆扬为什么留下了邱冬娜，因为邱冬娜最擅长的"生活"，正是程帆扬的知识盲区，她这属于缺什么补什么。

顾飞挂了电话后突然想到，邱冬娜的账本里，是不是每年的固定日子会多出一笔买洋葱的费用？想到这里，他突然很思念邱冬娜，自从上次对她冷言冷语后，已经好久没好好说过话了。顾飞按捺不住，直接开车来到邱冬娜家楼下。邱冬娜接到顾飞电话的时候都愣了，赶紧跑下楼。

两人有些尴尬地一起在公园散步聊天，顾飞问邱冬娜怨不怨自己，邱冬娜认真地答道："怨的，觉得你很苛刻，毕竟你承认了，换成是别人，你未必这样。但我更怨自己让你失望。"

顾飞问:"我的看法对你很重要吗?"

邱冬娜想了想:"很多职场规则,包括社会准则,我不懂,我妈也没法教。大多是认识你之后,从你那里学的,可能习惯了把你作为标准吧,你的认可对我非常重要。"

顾飞看着邱冬娜的发顶,想摸她的头发,然而邱冬娜转身的瞬间,他的手像是拂开空气微尘一样落下了。顾飞把邱冬娜送回了家,看着她的背影轻轻说了一句:"你的认可,也对我非常重要。但我没资格。"可惜没有人听到。

第十五章　两地相思

邱冬娜如愿以偿被调到程帆扬在成都的项目组,兴高采烈地跟敏丽沟通出差期间机票和酒店的事宜,然而在听说这些钱都要自己预付的时候,邱冬娜犯了难。邱冬娜本想自己订最便宜的酒店,幸好张旭东告诉她可以从事务所申请备用金,邱冬娜这才放心下来,决定用备用金订机票以及五百以内最贵的酒店,好好享受一把。

这是邱冬娜从小到大第一次坐飞机,她心里稍稍有点怵,怕在飞机上做出什么丢人的事,又怕被人坑了钱。于是邱冬娜在一个名为"省钱大法好互助小组"的论坛发帖:求助,第一次坐飞机有什么需要注意的?没想到帖子下面没有人正经作答,大多都回复的一些古早笑话,飞机座椅能拆下来带走、能加空姐微信之类的,邱冬娜无语地放下手机。

不光邱冬娜紧张,邱晓霞也如临大敌。她在知道邱冬娜要出长差之后,花了一整天时间找到了各种优惠券,等到邱冬娜下班后,拎着她来到商场，从上到下地给她武装了一番，衬衫、鞋子、文具、化妆品、电热水壶、登机箱……应有尽有，这大概是晓霞花钱最大手大脚的一次。晓霞还把本来该赔给王事成的一千块罚款钱挪用过来，塞给了邱冬娜，在知道了邱冬娜从单位支了五千块钱备用金之后，才把一千块钱给收回去。

所谓穷家富路，晓霞不想冬娜第一次出远门，因为准备不足或者没钱而遇到任何麻烦。

采购完毕，两人坐在便利店的座位上，身后摆着大包小包买来的东西，然而邱冬娜还是有些惴惴不安，她机场大门朝哪边开都不知道。晓霞神秘兮兮地又从兜里掏出一张鬼画符一样的纸，一本正经地给邱冬娜讲起了坐飞机的流程，邱冬娜不知道同样从没坐过飞机的晓霞是哪来的自信。

邱晓霞对着自己的鬼画符介绍道："我跟好几个客人打听过了，坐飞机是这么个流程。要提前一小时到机场。进机场后先去打印登机牌，然后找到你坐飞机的那家航空公司托运行李。托运完、安检完，就可以进去等飞机了，哪个口上飞机，都有指示。"

邱冬娜看着那张鬼画符，努力把自己代入进去，脑海中自动脑补的却是火车站的景象，她思索道："网上也都是这个流程，但是我总觉得对我没什么用啊。"邱晓霞"啧"了一声："怎么没用，你又不是不认识字儿、没长嘴，进去不懂就问呗。"

坐在两人旁边，正在给手机充电的一位中年男子终于扑哧一声笑了出来，母女俩同时看向他，那人非但不收敛，笑得更大声了。

晓霞发难："精神病啊？笑什么笑。"

那男人四下寻找张望，寻找隐藏摄像头，问道："你们是不是拍什么整蛊视频？哈哈，坐个飞机搞得跟黄金大盗一样。先声明，别拍我，我不想上镜。"

邱冬娜认真告诉她自己没有拍整蛊视频,只是因为第一次坐飞机出差,有点紧张,但那人还是不信,继续笑。邱冬娜生气了,正色道:"全中国至少10亿人没坐过飞机,只有1.4亿人出过国,我就是那十亿分之一,我不觉得这有什么好笑的。嘲笑别人没见识之前,先想想自己是不是才是比较无知的那个。"

男人有些尴尬,嘀咕了句"没坐过就没坐过呗",拿起手机悻悻离开。邱冬娜和邱晓霞也拎起东西回家。

晓霞在路上突然感慨起来:"你们班应该没有同学没坐过飞机,没出去旅游过吧。"邱冬娜不以为然地答道:"我们班也没有同学去过建筑垃圾游乐场,吃过邱氏炸汉堡、卤牛排、红烧意大利面。"

邱晓霞知道女儿在宽慰自己,她苦涩地笑笑:"做我的女儿,后悔吗?"

"后悔啊,每一天都在后悔你怎么没有再早点生我,这样我可以多陪你几年。哎?你再早点生我,我爸是不是就犯法了?"

邱晓霞随手拿起一个兜子就打邱冬娜的头,邱冬娜赶紧拉住她的手撒娇求饶,晓霞让她滚开。两人打闹了一会儿,邱冬娜无比认真地说:

"妈,说好了,你一定要长命百岁,最好活成千年的祸害,我一定会带你坐飞机带你出国旅游的。"

邱晓霞点点头,两人继续笑着往家走,两个同样瘦小的背影在灯光下被拉得老长。

一切准备就绪后,邱冬娜踏上了前往成都的旅程。她推着新买的两个箱子,一路张望着指示标志进机场,又问人才找到了2号航站楼,好不容易拿到机票,气喘吁吁地过安检。然而工作人员却把她的护肤品给拦了下来,原来邱冬娜以为护肤品本身不超过100毫升就能带,没想到是包装不能超过。邱冬娜只好忍着肉痛,到机场厕所把所有的护肤品都涂到了身上腿上,就当为了出差做个全身SPA,勉强不算浪费。

一番折腾后,狼狈的邱冬娜终于坐到了自己的机舱座位上。她研究安全带时不小心按到了调节座椅靠背的按钮,差点碰到后座的客人,她连声道歉。邱冬娜调整好座椅靠背,不敢再乱动,身上的护肤品被汗水冲洗着,都黏不啦唧地黏在身上,浑身难受。她别扭地小范围前后张望,没有看到程帆扬,于是给她发了条微信,程帆扬回复说自己在商务舱,邱冬娜忍不住好奇商务舱会有多高级。

这时邱冬娜的手机再度震动,她低头一看,竟然是白石初发来的消息:"最近好吗?有没有时间见面?"邱冬娜脸上的笑容一下子凝固了。

邱冬娜在空姐的指挥下关掉了手机,刚好可以逃避白石初的消息,她想。

白石初,小白,程帆扬的继子,邱冬娜大学时的男朋友。她的初恋,也是第一个击破晓霞为邱冬娜打造的梦幻生活的外壳、强迫邱冬娜看到另一个不属于她的世界的人。

和小白在一起的时候,正是邱冬娜对自己的贫穷最为敏感的时候。小白随手送她的昂贵礼物,邱冬娜一定要花几个月的时间打工攒钱,买对等的礼物送还给他;小白请邱冬娜到昂贵的餐厅,她会自惭形秽,但她也不愿意带小白去自己常吃的便宜餐馆,所以两人约吃饭总是在食堂……

有一次,小白送了邱冬娜一条名牌裙子和一条破洞牛仔裤,邱冬娜准备第二天把裙子退掉,却发现裙子刮花了。邱冬娜急得要哭,这条裙子抵得上她和晓霞两个月的生活费。幸好晓霞出马,把裙子给补好了。然而她发挥过了头,顺带手把破洞牛仔裤也给缝了起来。第二天邱冬娜拿去店里退的时候，店员看着牛仔裤上密密麻麻的针脚，哭笑不得，邱冬娜却尴尬得无地自容。

这样的事数也数不清，和小白在一起的日子虽然有甜蜜的时候，但现在回想起来都是沉沉的负担。邱冬娜不知道自己当时是怎么坚持了那么久的，还真是犟啊。最后他们俩分开是因为小白一定要带着邱冬娜一起出国留学，邱冬娜实在说不过他，最后选择了逃避。她先答应了小白，然后在他出国后单方面宣布分手。也就是因为这件事，程帆扬才在一开始认定了她是一个逃避型的人。

邱冬娜一路上混乱地想着，精神恍惚。飞机降落后，程帆扬一眼就看出邱冬娜脸色不对，直接就招呼司机去医院。邱冬娜惊慌地拒绝了。程帆扬心中还是有疑虑，但没多问，只是叮嘱她不要影响整个组的工作。

程帆扬在去往项目组的车上就开始了工作，这次审计的是一家名叫"实开"的大型房地产企业，这种公司在收入方面可能存在的主要问题是提前确认收入或虚增收入。邱冬娜听着程帆扬的分析，赶紧打开电脑记录起来。

项目组里除了邱冬娜，还有项目经理钱泽西和两个高级审计助理。这几个人几天前得知程帆扬金口玉言，把邱冬娜点进了项目组的时候，都对邱冬娜好奇极了，毕竟这个新人进事务所干第一个项目就敢"私相授受"，现在居然又有本事说服最难搞的程帆扬，可见不是一般人。但邱冬娜到了之后，似乎也没什么特别的，不是想象中难搞的刺头，反而踏实肯干，工作能力很强，而且非常殷勤，每天都按照大家的口味给每个人把咖啡送到桌上。时间一长，众人的好奇心渐渐散去，专心投入工作当中了。

邱冬娜每天不是跑现场就是做底稿，晚上回到酒店后累得像狗一样倒在床上，500块一天的豪华酒店对她来说，和50一天的小宾馆也没什么区别，反正都是倒头就睡。而远在上海的顾飞休假回到事务所，看不到邱冬娜的身影，感觉非常不习惯，他想知道小睪在成都过得怎么样，但又不好意思给她打电话，只能默默蹲守她的直播间。但邱冬娜可能是忙过头了，连着半个多月都没有开直播。

终于一天晚上，顾飞正在家工作，直播软件响起提示音，他关注的邱冬娜开播了，顾飞赶紧放下工作点开手机，直播间里一如既往地只有他一个粉丝。邱冬娜开心地向"过不来的人人人人"展示自己的豪华酒店，她把房间里简单布置了一番，在玻璃杯里插上了一支纸折的花。顾飞看到那支花就放下心来，知道邱冬娜过得还不错。

邱冬娜兴奋地招呼自己的粉丝："从从，这么久没见有没有想我？"

顾飞给她发了一束花的表情，邱冬娜笑得更开心了，两人有一搭没一搭地聊了起来，顾飞通过弹幕把自己想问的话都问了，成都好不好玩、工作忙不忙，等等，邱冬娜都一一作答。

邱冬娜答完问题后，顺口问道："从从？你还在吗？你最近过得好吗？开心吗？"弹幕很快回复："之前不开心，但最近，我忽然发现，高兴一点似乎也没那么难。"

顾飞打完字，手指下意识在手机屏幕上虚空地轻轻滑动，隔空轻轻抚摸邱冬娜的脸。邱冬娜得知"从从"在加班后，支起了手机，也开始工作起来。两人一个在上海，一个在成都，低下头工作却出奇地一致。

邱冬娜的审计工作继续进行，买咖啡的工作也在进行着。程帆扬发现小小年纪的邱冬娜莫名有一种什么都做的老妈子精神，把项目组所有人买咖啡、订餐、订机票的事情都包揽了下来，现在项目组里除了自己以外，其他人几乎都离不开她了。

程帆扬看着忙前忙后的邱冬娜，叹了口气，把她叫了过来，布置任务:"你去住建委调一下网签合同,抽查一下实开物语真实的已售情况。"邱冬娜点点头,赶紧收拾东西离开。

邱冬娜去往现场的路上给晓霞打了个电话,晓霞不懂邱冬娜怎么还出起了差中差。冬娜跟她解释了几句,但邱晓霞似乎没什么心情听,因为此时她正在拘留所门外等王事成出来。邱冬娜要她代自己向"我王叔"问好,随后笑着挂了电话。

王事成臊眉耷眼、满脸沮丧地走出拘留所,抬头就看见满面春风的邱晓霞,他下意识低头想躲。邱晓霞上前一步站在王事成面前:"怎么回事啊,几天不见不认识我了?"

王事成连声说着"丢人"想躲开,晓霞却一把将他抓住,自顾自地上手扒拉他的衣服,说是晦气,又从袋子里拿出自己给他买的新衣服往他身上套。王事成躲闪不及,只能别别扭扭地把晓霞买的衣服套上,刚刚好一身。晓霞满意地看着他,伸手打车要带他回自己家吃接风宴,没想到一招手,停下来的却是顾飞的车。

邱晓霞白了一眼顾飞,不理他。王事成不明就里地问:"顾飞来接了,坐他车啊。"

邱晓霞没好气:"飞?什么飞?满天飞的苍蝇蚊子不少,会开车的没见过。"

王事成更疑惑了,问她跟顾飞闹什么别扭了,邱晓霞啐了一口唾沫:"我能跟他闹什么别扭,我就是看不惯,之前人模狗样地假热心,真出了事择得比秃毛鸡还干净。"

顾飞下车请两人上车,邱晓霞却拽着王事成不让,还在继续指桑骂槐。王事成急了:"我们哥儿俩的事,跟你有什么关系,你不上车,我走了。"王事成直接拉开副驾驶的门坐进车里,邱晓霞面子上过不去,不肯上车,就这么站在路边。

顾飞下车做小伏低地哄道:"霞姐,看我王哥的面子,上来吧,就当我是个给你们开车的司机就行了。从这打车回你家100多。"邱晓霞一听这价格,立马麻利地拉开后车门钻了进去,却还在嘴硬:"我这是给王事成面子。"

顾飞开车离开,王事成又回到了颓废的状态,忧伤地看着窗外,晓霞安慰道:"老王啊,能一不留爷自有留爷处,我这两天一直给你打听呢,肯定能有适合你的工作。"

"我一直没敢问你,他们真那么绝情把我开了?"看着晓霞沉默不语的样子,王事成明白了,仰天长叹快哭了,"算了,自己影子歪,哪能怪太阳晒得不直呢。爸妈,儿子对不起你们,活这么大年纪都没混明白,争取早两年下去陪您二老。"

邱晓霞紧张起来,怕王事成真做傻事,顾飞却一脸镇定:"霞姐说得没错,留爷处我给你安排好了,以后啊,你也不用藏着掖着了,就是歪影子,咱们就光明正大站太阳底下照着。"

邱晓霞意外地看着顾飞。她本来一直因为顾飞把王事成抛在拘留所不管而生气,现在看来这人还是有几分义气的。她原本准备把顾飞当司机使,到了家就一脚踹开,现在改了口:"就是,你得听顾飞的,这一车人,再加上这一条街上开车的人,估计都没有顾飞有办法,人家大老板都放话了,你还瞎操心什么,走走走,一起上我那吃饭去。"

顾飞充满期待地来到了邱冬娜家,四下打量这个颇具生活气息的客厅,仿佛看到了邱冬娜穿梭在这里的美好身影。顾飞看到小推车改的茶几,意外了几秒,赞叹道:"名不虚传啊,小犟,不,邱冬娜没少跟我说你的丰功伟绩。"

邱晓霞十分自豪,脸上却略带嫌弃:"算了吧,小学就知道写作文说我坏话,说'我有一个妈妈,她很美,小事上从不含糊,但大事上有点糊涂，但就是她这种完美中的不完美，让她像异色的玫瑰一样，有了鲜明的特点'。老师还给她高分，家长会上当众念她作文，给我臊的啊。"顾飞笑了，害臊还背得这么熟？

王事成没心思听两人的对话，自顾自地开了一瓶酒给顾飞和自己倒上："来来来，陪哥先喝一杯，憋屈。"顾飞示意邱晓霞的酒杯还是空的，王事成苦笑着告诉他晓霞根本喝不醉。

邱晓霞坐下，给两人布菜，随后拿出了早已准备好的红封，递给王事成："给你压惊、改运的，不能说庙里开过光，但也带着去玉佛寺旁边熏陶了一圈。"眼看王事成要推辞，邱晓霞压住他的手继续说："你不拿，就是看不起我，这次全怪我，别的我帮不上忙，你的罚款，该我出。"

两人正在推让，这时门铃响起，顾飞起身从快递员手里接过烧烤用具和肉，笑着对王事成说："今天得吃肉啊。"

原来顾飞昨天就已经订好了这些烧烤工具，临时改了收货地址，让快递员送过来的。王事成看到这些食材就来了兴趣，他停止了跟邱晓霞的推搡，很快支起了小炭炉，开着抽油烟机熟练地边烤串边喝酒。顾飞和邱晓霞一左一右坐在灶台旁边端着盘子等吃。邱晓霞看得瞠目结舌，顾飞兴致勃勃。

王事成把一串烤好的肉放在邱晓霞盘子里，让她趁热吃。邱晓霞尝了一口，忍不住赞叹："真不错，老王，你这手哪学的，绝了。"

王事成边烤串边就着顾飞的手喝了一口酒："里面学的，刚进去那会儿想这么多年怎么熬，出来了肯定什么都没了，学个技术吧，其他的我都没把握，但一想人总要吃饭，我学个厨子不能失业吧。压根没想到，出来以后没人用。"

顾飞拿起自己的杯子跟放在桌上王事成的杯子碰了碰，也很感慨：

"我那时还跟王哥一起摆过地摊,没两天就被取缔了。"

邱晓霞指着客厅里小推车改的茶几,说起自己当年也搞过加盟,结果一分钱没挣着。顾飞不屑给她介绍经验:"加盟那种十个有九个不行,工还没打明白,自己当老板就能赚钱了?你加盟的小吃,不好吃吧。做小吃生意,得真好吃才行,还得能吃苦,起早贪黑能赚一点点钱。"

邱晓霞点点头:"没想到你这大老板还懂这个,哎,别光惦记吃,工作的事儿到底有谱没谱。"

顾飞放下酒杯,郑重地说:"有。"他说完去客厅取来了一个塑料袋,邱晓霞好奇地打开一看,里面是齐整整的二十摞百元大钞。邱晓霞和王事成都看惊了。

顾飞转头对王事成说:"这钱给你当启动资金,开个店自己当老板吧,你烤肉的手艺,我不信没人吃。以后也别东躲西藏的了,弟弟之前家里的情况你也知道,手头一直没什么钱,最近才缓过来,要不我早想投资你了。"

王事成看到钱有点怔愣,第一反应就是推脱:"不行!我不能拿你的钱,你别蒙我了,你就是研究钱的,什么好项目不知道,我哪有本事开店。"

邱晓霞反驳王事成:"你这话说错了。谁生下来就会做买卖,不都得学吗,人顾总见过那么多好项目还决定投资你,证明你有这个本事。"

顾飞跟邱晓霞一唱一和:"霞姐说得没错,这钱不白借你,算我入股,我要分红的。"王事成还是摆手,说自己借不起。

"我敢借这么多,更说明你的本事。你这才借二十万,你要是能借出一个亿,头发多掉一根,都得有人马上拉你做个全身扫描。"顾飞悄悄示意邱晓霞的方向,"况且你就没想想将来,就这么单身一辈子?我未来嫂子,不值当有个产业吗?就跟你这么瞎混?"

邱晓霞丝毫未注意王事成和顾飞的小动作,注意力全在钱上,嘴里念叨着:"事成饭店,多好的名字,心想事成,王事成,这是机会砸到你头上,你要还往外推,我可真看不起你。男人嘛,有事儿得扛,我肯定帮你!"

王事成被顾飞的话激起了信心,目光灼灼地看着邱晓霞,下定决心说:"成!"

王事成拿起酒杯,一饮而尽。

三人说得高兴,你一杯我一杯,王事成很快就倒下了,但没想到邱晓霞也醉了,顾飞早听说过邱晓霞千杯不倒,看来是王事成夸张了。顾飞一脸无奈地看着撒酒疯的王事成和呆若木鸡的邱晓霞。

喝得大醉的王事成站起来,骂骂咧咧地说:"假酒!给老子喝的什么迷魂汤。报告!我要睡觉!困。"

王事成往前走两步,一个趔趄就要摔倒,顾飞眼疾手快地扶住他。眼看他一副要吐的样子,顾飞赶紧松开他去找垃圾桶,不料顾飞一撒手,王事成一路扶着桌椅、墙壁摸进了邱晓霞的卧室,等到顾飞找到垃圾桶回来时,他已经在邱晓霞的床上睡着了。

顾飞心道王大哥这司马昭之心也太明显了,但看着他鼾声如雷的样子,顾飞只好抱歉地看向邱晓霞,问道:"霞姐,让王哥在你这休息一下,行吗?"

邱晓霞还是在发呆:"行,当然行,不动我孩子,其他什么都行。"

顾飞叹了口气,上前架起邱晓霞,把她扶进邱冬娜的房间睡下。这是顾飞第一次进邱冬娜的房间。他环顾四周,只见房间里的东西都很旧,还有些修修补补的痕迹,但能看出每件都被它们的主人精心对待。

顾飞拿起桌上的一卷解压气泡纸，嘀咕着："压力这么大吗？"他将气泡纸放回原处，却不小心碰掉了旁边一个玩偶的脑袋。顾飞本想赔给邱冬娜一叠百元大钞，但想了想还是把玩偶装进了口袋，带回去修理。

顾飞将垃圾桶放在两人的床边，估计着没有什么问题，就叫了个代驾离开了，还在路边捡了一根树枝，回家专心致志地用树枝修理玩偶。然而半夜里，邱晓霞从邱冬娜卧室晕头转向地一路黑着灯摸出来上厕所，上完厕所后，她迷迷糊糊一边脱衣服一边走回了自己的卧室。

第十六章 启动资金

邱冬娜一大早又是第一个来到办公室，她整理好所有人的办公桌，又按照每个人的口味买好了咖啡，放在各自的办公桌上。邱冬娜把最后一杯咖啡放在程帆扬面前，笑眯眯地讨好道：

"帆扬总的豆乳拿铁不加糖。"

程帆扬抬起头严肃地看着她："在我们这个项目组，我需要的不是讨好奉承，所谓良好的人际关系，我不在乎。我只关心你们生不生病，能不能高效完成工作，至于你额外承担的这些，我不需要。"

邱冬娜的笑脸僵在脸上，刚想解释两句，只听见程帆扬又说：

"不管你生长在什么样的环境，谁教会你这种讨好的生存之道，对我们，都不需要。"

邱冬娜这才严肃起来，认真点头说："我知道了，谢谢帆扬总。"邱冬娜一脸懊恼地从办公室出去，她仿佛被捶了一拳，赶紧大口大口深呼吸，自己这些日子献殷勤的样子落在程帆扬眼里，一定像小丑一样。

邱冬娜回到座位上，沮丧地给"一片红霞"发消息说了自己刚刚的社会性死亡经历，但邱晓霞一直没回她，邱冬娜只好继续工作。

而另一边，邱晓霞的手机在床头柜上震动，她睁开惺忪的睡眼抓手机，第一时间发现了情况不对：王事成竟然在自己旁边呼呼大睡！

邱晓霞一个激灵睡意全无，她下意识看了一下自己身上，幸好内衣内裤都还在，她轻手轻脚爬起来去拿衣服，但王事成还是被惊醒。

"妈呀，完了完了！"王事成一脸惊慌加错愕，"我是不是冲动了？你别紧张，千万别想不开。"

邱晓霞没理他，胡乱套上衣服。

王事成以为她在生气，想了想，下定决心说："事到如今我坦白了，我可不是酒后乱性，从我见你第一眼，我就喜欢你，看见你就乐的那种喜欢。后来在酒店客房看到你，以为你是客人呢，你走了，我还去找过你。跟你说真心话。我会负责的！"

邱晓霞白了他一样，不屑地说："负责？负哪门子责，你们男人要负责，我们女人都得感恩戴德被你负啊？我跟你说，咱俩之间啥也没发生，清清白白。"

邱晓霞推门出去了，王事成猛地爬起来追出去："那你对我负责好不好，我跟你不明不白睡了一晚上，我不干净了，那些暗恋我的大姑娘小媳妇，知道这事儿，谁还能要我啊。"

"你这人，之前怎么跟我说的？说自己啥本事没有，还坐过牢，怕耽误别人不乐意找。怎么到我这，没脸没皮的，当我是扶贫干部，定点帮你啊？"

王事成认真起来："我不爱耽误那些我不爱的，你不一样，我想耽误你。况且，我也不能让你跟着我吃苦，我跟你说实话，要不是为了你，昨天顾飞借我钱让我开店，我肯定不能同意。但有你这茬就不一样了，

169

我想奋斗了，为你奋斗。我不求你现在就答应我，你给我留个机会，等我奋斗出个人样，安个窝，让你拎包入住直接当老板娘。"

"你们男的，哄女人那些破词儿，十年二十年不带换的。20岁的小伙子这么骗小姑娘，怎么你40多的老伙子也来这套呢？"邱晓霞认真地分析起利弊，"咱俩玩玩闹闹，你当恋爱也行，处朋友也行，来真的，我看不行。咱俩都没房，总不能一辈子租房子住，现在没问题，老了呢？哪个房东乐意租给你。至于买房，我有钱肯定先给我姑娘买。"

王事成听懂了她的话，邱晓霞不是对自己没意思，而是担心将来的实际生活，这说明邱晓霞心里是有自己的，而且还认真考虑过两个人的将来，王事成高兴起来，于是拍胸脯保证道："我明白你的意思，催我赶紧奋斗，早日把咱俩的事儿定下来。"

邱晓霞不置可否，拎着收完的垃圾进厨房了。

邱冬娜已经忙了一整天，办公室此时一片混乱，所有人都焦头烂额。邱冬娜做的底稿期初数对不上，想找个人问一下都被驳了回来，只能自己默默挠头苦算。

钱泽西看了看时间，说："中午叫外卖吧。"他说完这句话下意识看向邱冬娜，但邱冬娜拿起一本台账，装作没听见，没接茬。钱泽西觉得有些奇怪，但还是自己拿起手机点了餐。

邱冬娜就这么从白天工作到了晚上，又从晚上工作到白天，她喝完了一整盒速溶咖啡，她都没意识到自己一直在流泪。

程帆扬早上一进办公室，就闻到一股轻微的异味，于是走过去开窗，却看到邱冬娜一个人坐在位置上对着电脑流泪。

程帆扬一惊："你哭了？"

邱冬娜摸了摸自己的脸，也很惊诧，连忙否认。程帆扬皱着眉走到邱冬娜的电脑前一看，原来是期初数对不上。她叹了口气，让邱冬

170

娜去扫描所有底稿,手把手教她。两人正说着,邱冬娜的手机突然跳出一条来自白石初的微信:我这次回去就留在国内了,见一面……

程帆扬看到了这条微信,下意识死死盯着屏幕,邱冬娜疑惑地看着她,程帆扬意识到自己的失态,于是语气冰冷地说:"去旁边会议室睡两个小时,9点回来上班。"

邱冬娜正想说自己不累,程帆扬却已经走回了自己的办公室。邱冬娜起身去洗了把脸,回到办公桌前按照程帆扬的指导继续工作。

程帆扬一边下意识焦虑地翻着桌上的台账,一边拨打白友新的电话。电话接通之后,程帆扬连问好也没有,直接问道:"小白要回来是什么时候的事?"

白友新的声音从电话里传来:"回来过中秋,然后就不打算走了……我一直在找机会告诉你,但你没给我机会……怎么是瞒着你呢?我也才知道没多久,他一直是那个样子,你又不是不知道。"

"一通电话一个微信就能交代清楚的事情,一定要我从奇怪的不相干渠道知道吗?我不是不欢迎小白回来,但你们父子俩这样,到底有没有把我算作这个家里的成员?小白回家我欢迎,但这件事上,我觉得自己再次被排除在外了。"

程帆扬的办公室门没有关紧,她的话一字不落地落进了邱冬娜的耳朵里。邱冬娜意识到自己听到了不该听的话,但现在走出去又过于刻意,她一时间尴尬无比,坐立难安。

白友新已经有些激动:"回自己的家需要提前多少时间打申请?这个家,永远都是他的家,他想什么时候回就回!"

程帆扬极其失望:"所以,那不是我的家吗?"说完,她挂断了电话。

邱晓霞和王事成垫着纸壳子坐在马路边上,看着对面一间贴着转让标志的店铺,拿着纸笔统计客流。王事成睁大眼睛,不敢错过任何

一辆车或一个行人。这时经过一辆车,王事成刚要记录,邱晓霞拦住他:

"那个不用记,你没看那牌子写着琼A呢?海南的车跑上海来,八成是来玩的,偶尔路过一次,不能算作这个店的客流。"

王事成对邱晓霞露出崇拜之情:"这你也懂啊?老天爷真是太不公平了,怎么就给了你美丽的外表还给了你聪明的大脑。"

邱晓霞有些得意:"这都是基础知识,我那小一万的加盟费,除了给设备也得教点东西。还有啊,反正就是凳子别弄得太舒服,这样客人走得就快,能多来几桌,然后菜做得重口一点,一个是客人会觉得好吃,再一个饮料好卖。"

王事成狂点头:"对对对,饮料利润大!霞妹啊,你跟我一起干吧?"

"一起?我给你打工啊?那肯定还是给能一打工好啊,我大宾馆不待,跑来伺候你个小老板?"

王事成摇摇头:"打什么工,算你那什么,叫什么来着,顾飞总提的那些名词,转头就忘。对,技术入股……就是我出钱,你出主意,你的主意对了就等于你出钱了。"

邱晓霞有点心动了:"还有这好事儿呢?让我空手套白狼?"

王事成急忙摆手:"哎?这可不叫空手套白狼,懂技术的就跟有文凭的是一样的,冬娜顾飞他们给人看看账本就把钱赚了,这就叫技术。"

邱晓霞想了想,问王事成给自己多少股,王事成第一反应是这店干脆就跟邱晓霞姓……但他转念一想,卖了个关子:"不过,这也不是我一个人的店,小飞才是大老板。"

邱晓霞郁闷了,合着她们母女俩都给顾飞打工去了!王事成怕她退出,一咬牙,说给她三成。邱晓霞一算,这20万的本儿,等于她出了6万呀!她顿时来了兴致,站起来往对面的烧烤店询价去了,王事成急忙赶上。

邱晓霞陪着王事成跑了一整天,晚上还得去能一酒店上夜班,累得哈欠连天,但还是抽空给邱冬娜打了个电话。

邱冬娜正一身疲惫地走在宾馆走廊上,看到邱晓霞的电话,急忙冲进房间,直接把宾馆浴袍套在身上,又胡乱擦上口红,扯出一片面膜敷脸上,尽力摆出一副看起来舒服的样子,这才接通了邱晓霞的视频通话。

邱晓霞不满地问邱冬娜怎么才接自己电话,邱冬娜故意敲了敲脸上的面膜,说刚刚洗澡没听见。

邱晓霞狐疑地打量邱冬娜,她的眼睛明明红红的:"你别报喜不报忧,是不是累的?领导为难你了?"

邱冬娜瘫倒在床上,打着哈欠:"哪有啊,我这次出差活得不要太舒服,下班酒店敷敷面膜泡泡澡,吃住都有人管,王公贵族也不过如此了,真想天天出差。"

邱晓霞眼看邱冬娜已经快睡着了,心疼地叮嘱道:"我跟你说,你别硬撑着,工作跟学习都一样,人不是铁打的,不能一直干,该休息就休息。从小你就这样,我操心跟别的家长都是反的,别的家长都担心孩子不学,我是怕你学死。"

邱冬娜敷衍着答了几声,挂断电话,就这么敷着面膜、套着浴袍在床上睡死过去。

王事成一直等着邱晓霞下夜班,骑着电瓶车载她到一家小饭店坐下吃夜宵,邱晓霞一直在念叨着邱冬娜的事,王事成则在一张纸上写写画画,随后把纸推到邱晓霞面前:

"小娜那孩子稳着呢,出不了事儿,你先关心关心咱俩的事儿吧。今天那个铺子,半年房租 15 万 6,再加设备、人工……20 万肯定不够啊，咱们也用不了那么大面积，再看看小店的铺面吧。"

邱晓霞看着王事成算的账："租金估计还能再还点，但是得让中介把房东约来谈。那位置多好啊，装修也能将就着用，这就省一大笔呢。你不是叫了几个想一起干的朋友吗？人什么时候到，让他们多少也出点儿。"

王事成支支吾吾了半天："人是到了，外面等着呢，我就是不敢招呼，这俩人吧，估摸着你见过……"

邱晓霞马上反应过来他说的是癞痢和胖丁，她眉头一下子蹙起来，坚决不同意，站起来要走。

王事成忙拉住她："你别急啊，先见见再说，你不相信我，也得相信政府啊，都是经过改造政府同意放出来的，起码是赎过罪了。而且，都是追随我一起来了上海的兄弟，我不能不管。"

王事成向外面招手，癞痢和胖丁拎着赔罪的牛奶和水果畏畏缩缩地进来了，癞痢有点愣地叫了声嫂子，王事成直接踹了他一脚，让他叫姐。

胖丁讨好地笑着说："姐姐，其实看你这外表，我得喊你声妹子，但那样就太不尊重了，咱还是喊你姐。"

胖丁和癞痢谄笑着递上自己准备的礼物，邱晓霞偏过头不肯收，王事成示意两人先把东西放在桌上。王事成帮两个兄弟说好话：

"我这两个兄弟，也都是苦命人，打小父母不管，出社会就跑偏了，现在都成熟了，但是跟我一样，工作不好找。我早就想让他俩来跟你道歉，但是一直没有合适机会。"

邱晓霞讽刺："哦，合着工作不好找，想起来道歉了？跟我有什么好说，我又不出钱，你同意就行，我有事，先走了，你们三个股东慢慢聊。"

王事成一把拽住邱晓霞，板起脸吓唬她："坐着！别动！"

邱晓霞真被唬住了，没敢动，委屈道："你冲我凶什么凶啊。"

胖丁赶紧打圆场："姐，你理解一下，我王哥，那可是天上的雄鹰，草原上的骏马一般的人物，碰见你之后，就跟那阴沟里的傻子一样，我就从没见过他这样。"

邱晓霞听了这话，心里有一丝高兴，却还在嘴硬："他是雄鹰野鸡跟我有什么关系。"

王事成拿出了一副话事人的劲头："行了，三个臭皮匠顶个诸葛亮呢，你们都是我信得过的人，我要干点事儿，别的咱也靠不上，只能找自己人，之前你那事儿，他俩也是为了拥护我。把话说开，能行就行，不行就散伙拉倒，店我也不干了！"

邱晓霞心里已经被说服，但仍端着不高兴的架子，让他们各自交代从前是为什么进去的，一通问下来才知道，癫痫是个扒手，结果第一次出山就偷到了警察家属院；而胖丁是个销赃的，出来后就改邪归正了。

邱晓霞一听几人确实没犯什么大错，于是态度松动了，但还是警告他们，以后要是他们再有什么不对劲的，她第一个退出，该分的钱一分都不许少。三个男人急忙点头称是，四人凑到一起，讨论起了后面开店的事情。

夜里，程帆扬正在成都酒店的行政酒廊里借酒浇愁，服务生娴熟地收起她一饮而尽的杯子，递上新的一杯加冰威士忌。这时，一个男人坐在了程帆扬旁边，正是白友新。

白友新打了个响指，要了杯啤酒。程帆扬听见白友新的声音，抬起头来，确认身边人是丈夫，有一丝意外。

白友新对程帆扬笑着说："一点表情暗示都不给我？我来，你是生气、高兴还是意外？"

程帆扬啜一口酒："不知道该做什么反应。"

白友新笑着继续说："第一反应应该是高兴，然后想起白天的事有点生气，但总体来说还是高兴的。"

程帆扬手撑着头认真看着白友新，目光因酒精有些迷离："那就按你说的来感受吧。白总的工作怎么办？突然跑到成都来，整个公司缺了你怎么办？"

白友新苦笑着答道："你比较重要。我拿你没有办法了，我当时有多喜欢你的理智聪明，现在就有多恨你的理智聪明。你总是对的，我投降了，我无路可退了。帆扬，我们的关系，是怎么一步步变成现在这样的？"

程帆扬摇摇头："我不知道，我不擅长分析感情。我很爱你，我也很恨你。你跟你前妻，当时是怎么要离婚的？你应该比我擅长解释原因。"

"其实，我跟她离婚的时候，我只觉得我很痛苦，我并不知道问题出在哪。后来，我碰到你，才发现我一开始对她的感情就不是爱情，我太年轻了，觉得自己应该有个老婆，结果耽误了她一辈子。"

程帆扬评价道："你真冷血，她给你生了个孩子。人渣。"

"所以我一直对石初有很强的亏欠感。属于我们的孩子，只要你想要，我们一定会有，但我希望能在石初完全原谅我、接受我们之后，不然我会觉得我们的幸福，是对他的抛弃。"

程帆扬不解地看着白友新："为什么我幸福了，他就要不幸？这不应该是非此即彼的关系。我从来都不想把自己的幸福建立在谁的痛苦之上，你为什么一定要强迫我？"

白友新无法回答，他看着程帆扬眼睛里的泪光，深深吻住了她。

程帆扬与白友新一路拥吻、纠缠，回到了程帆扬的酒店房间里。在欢愉的时刻，程帆扬却偏过头去，留下一滴眼泪。

事后，两人盖着被子并肩靠在床头，白友新拿出笔记本电脑回邮件，回完邮件，再睡三个小时就要坐早班机回上海了。程帆扬依偎在他身边，享受着难得的温情时刻。白友新暂停工作问：

"可以原谅我了吗？"见程帆扬点头，白友新继续说，"看在我的面子上，多陪陪他，能像个长辈一样包容他的任性。我中秋节定了咱们三个一起去日本泡汤，你务必腾出时间。"

程帆扬有点失望了，坐直了身体："你来，主要是想跟我确认这些吧？确认我能配合你们父慈子孝，不要再生事端，特别是别再提要孩子的事。"

"我不也是为了咱们的以后吗？他想留在国内也好，现在的房子，他想要，就给他，毕竟是他长大的地方。我们将来再买个新的。我准备让他进公司实习，我能早点退休，专注陪你。"

程帆扬语气冷漠起来："你提前应该跟我确认一下时间，我去不了日本，你知道我的项目要忙，事务所成立两周年的庆典也在那时候。"

白友新不解："你怎么就是不明白呢？为了缓和你们的关系，我两头不是人，你就不能配合一下吗？"

程帆扬起身披上衣服离开："我不喜欢你为了其他人来跟我示好，这算什么呢？我想从你那里得到一点爱，就一定需要付出一点努力，从来不是无条件的，对吗？"

程帆扬穿上衣服，不顾白友新的阻止，出去另开一间房。程帆扬的委屈和愤怒无以复加，她从来就没有得到过纯粹的爱，所有的爱都是用交换得来的。从小妈妈就告诉她，妈妈喜欢优秀的小孩，所以她考第一妈妈会更爱她；前男友对她说，虽然她像个木头，但她能帮自己很多，所以自己离不开她……和白友新结婚时，她本以为自己得到了纯粹的、不顾一切的爱，没想到他的爱也是有交换条件的，那就是她的牺牲，为他的事业、为他的儿子，永无止境地牺牲。

邱晓霞和三个臭皮匠商量了一晚上后，第二天便来找他们相中的那家店面的房东谈判。房东和中介坐在一边，邱晓霞和王事成坐在另一边，癞痢、胖丁如保镖一般站在他们身后，把两人的气场衬得高大起来。

王事成对房东有些警惕，一直偷偷打量着他，房东穿着一身略显肥大的西装，皮鞋很旧，鞋底还沾了点泥。王事成正怀疑着，邱晓霞先开口了：

"店面我们确实是看中了，租金还要再降降，现在这个年景，开个店都交了租金了，我们自己也得赚钱。"

中介笑眯眯地说："姐，看你也蛮爽快的，咱们房东也不是什么啰唆的人，听我说有人诚心要租，连夜从外地回来的。"

房东甲拍拍中介的肩膀，带着一口北方嗓音开口道："我家在杭州，这个铺子就是常年委托小葛帮我出租的，他说你们诚心租，我也不想再折腾了，最好咱们今儿谈个价钱，把事儿办好，我明儿回去。"

王事成故意说："这么说，你是杭州人啊？那你这口音，儿化音挺利索？"

房东被他问住了，有些慌张地圆谎："我父母是从北方来这边做生意的，我家里人说话多少有点不一样。你们不也一样吗？"

王事成点点头。

邱晓霞跟他打配合，假意嫌弃地环顾一下铺子道："说实话，这铺子对于我们来说面积有点大了，我们本钱也不多，10万半年，你要是能租，咱们就谈，不能租，我也不浪费你的时间。"

中介一听就急了，没有这样砍价的，但房东却显得很大度，拍了拍中介说："哎，生意都可以谈的嘛，10万这个价格我肯定不能接受，这样，12万半年，压三付六，我要现金，网络银行、手机银行那些我都不懂，第一次合作的人，我只认现金。"

中介补充："你们要诚心租，你们跟房东直接签协议，不走我们公司的合同，给我个人一点费用就行了，这样大家都省。"

邱晓霞拿出手机计算机按了半天，那这一笔就要付18万啊！邱晓霞正要讨价还价，中介这时接了个电话，故意很夸张地喊着："喂？张经理，什么！你有客户要租我正带人看的铺子？两万六一个月，半年15万6可以签？！不是，不能这样啊！我正带人谈呢！你等我一个小时。"

中介挂断电话跟房东商量，刚才这个经理两万六半年可以签，但是他们付款要求第一年先三个月一付。

"我很忙的，三个月一付太麻烦了。"房东显得有些不耐烦，转头向邱晓霞说："你们能按我说的方式签了，我还跟你们签。如果不行，那我就只能麻烦一点，反正多赚钱也不扎手。"

邱晓霞咬了咬牙，还是坚持压一付六，房东站起来作势要走，邱晓霞把他叫住："等等！我们商量一下。"

邱晓霞说完，示意王事成他们跟自己出去。四个站在店铺外，凑在一起商量对策。王事成心里还是觉得这不托底，不想签，其他两个男人也对这个价格有些犯嘀咕。但邱晓霞却坚信富贵险中求，劝着他们：

"傻啊，这么大门面咱们用不完可以租一半出去，实在不行，门口辟个早餐时间，租给卖包子卖早点的。只要签了这个约，咱们转租出去也是赚啊。"

胖丁和癞痢都用崇拜的目光看着邱晓霞，王事成虽然还没被完全说服，但他看着邱晓霞踌躇满志的样子，不知怎么就鬼使神差般地点点头。

四人走回店铺里，向房东和中介宣布他们的商议结果：今天签约。中介和房东相视一笑，中介很快就准备好了合同，王事成也把钱取来了，两方郑重签约。

邱晓霞喜滋滋地看着自己入股的店面，与此同时，邱冬娜在成都的项目已经接近尾声。

成都办公室里的资料都已经整理打包，整个办公室显得空荡荡的，其他人都下班了，只剩邱冬娜。邱冬娜戴着耳机一边跟邱晓霞通电话，一边合上电脑：

"对啊……成都这边暂时告一段落，明天跟帆扬总一起回上海，不用接，公司有车……除了办公室、酒店，我一直没出门，不过帆扬总给大家分享了一些特产，我都带回去给你吃。好了好了，你可是我亲妈，我什么时候不想着你。"

邱冬娜挂断电话正准备离开，却听见走廊里行李箱的声音，她回头一看，正是程帆扬拉着行李箱进了办公室。两人打了个照面，邱冬娜继续收拾东西，收拾了一会儿但还是忍不住问：

"帆扬总，你最近是不是心情不好？"

程帆扬冷漠答道这是自己的私事，邱冬娜识趣地闭了嘴，收拾完东西就慢吞吞挪到门口拉开门。但她最后还是下定决心转身回来，找个舒服的角度趴在自己的办公位，嘀咕着："我在这里睡一会儿好了，明早再回去收拾行李。"

程帆扬头都不抬："如果你是想留下来陪我，不需要。邱冬娜，我跟你说过了，在我的项目里，我只需要你们优秀，用你们出色的工作来交换薪酬。能帮助项目和非凡的，就是对非凡有用的人，没必要做多余的事，同事之间、上下级之间，不用掺杂私人感情。"

邱冬娜看着程帆扬，理直气壮地答道："对，我就是这么做的。你是我的老板，你给我发薪水，你情绪不稳定可能会影响我们的项目进度，会直接导致我拿不到奖金。在已知你心情不好来加班的条件下，我有义务留下来，确保自己的奖金安全。"

邱冬娜说完，就自顾自地趴了下去，程帆扬一时不知道怎么反驳。原来程帆扬昨天晚上和白友新吵架跑出来之后，自己开了间房，却一直睡不着，思来想去也只能回到办公室枯坐一会儿，没想到却遇上了死乞白赖的邱冬娜。她看着邱冬娜的睡颜，仿佛真听见了两声小狗的叫声。

邱晓霞正在酒店里跟徐姐吹牛，说自己是技术入股，现在是烧烤摊的合伙人了，把徐姐给羡慕得不行。这时，邱晓霞接到王事成的电话，王事成焦急地说，自己和癞痢胖丁他们轮着在门口等半天了，房东也没来办交接，打中介电话一直是关机，合同上也没写房东电话，就一个身份证。邱晓霞一听就急了，但她每次都是跟王事成一起去见的房东，她也没电话啊！

店铺门口的王事成挂了电话，眉头紧锁。一旁的胖丁摩拳擦掌，反正合同也签了钱也交了，撬个锁也是自己事。王事成一听就给了胖丁一个爆栗，警告道：

"这个店就是咱们哥儿几个新人生的开始，你什么歪门邪道也别给我瞎想，规规矩矩做人，老老实实做事。"

胖丁不敢再提，王事成带着胖丁找上中介的大门。没想到的是，中介经理告诉他们，跟他们联系的中介十天前就辞职了，而他们"租"的店面到现在还好端端挂在店里。他们是被骗了！王事成一听这消息，脑子当场就不转了，还是中介经理帮他们报的警。

邱晓霞赶到中介店门口时，王事成双手抱头坐在中介台阶上。中介经理略带同情地把实情告诉了邱晓霞，邱晓霞眼睛一翻，眼看就要栽倒在地。王事成连忙扶住她，让她挺住。

邱晓霞半死不活地躺了一夜，第二天强打起精神，去机场接邱冬娜。邱冬娜和程帆扬一起拉着行李从里面出来，邱晓霞迎了上去。邱冬娜给晓霞和程帆扬相互介绍，程帆扬和邱晓霞目光接触，两人都认出了彼此。邱晓霞有些尴尬：

"我这个工作，跟你们一比，一个天上一个地下，怕孩子下不来台，之前就没跟你说，做妈妈的，想得多。"

邱冬娜却一副满不在乎的样子："妈妈，你这么一说可是捎带着能一我徐阿姨他们都贬损了一遍啊，你工作怎么让人下不来台了？小鸡不尿尿，各有各的道儿。况且其他人怎么想我不知道，程总不会捧高踩低的。"

程帆扬看到邱冬娜母女的相处状态，动容又审慎地说："下次公司在能一聚会，让你妈妈一起来。"

邱冬娜和邱小霞牵手离开，一路窃窃私语。程帆扬一个人拉着行李走向机场外走，忍不住转身羡慕地看她们母女俩的背影。

程帆扬和邱冬娜坐在机场大巴上，两人刚落座，邱晓霞的眼泪就噼里啪啦掉下来，邱冬娜吓了一跳，连忙问怎么了。邱晓霞哽咽着坦白："我把顾飞借给你王叔开店的钱，都赔了。十八万三，租房子，让人骗了……是我图便宜，非劝王事成跟骗子签的约……"

邱冬娜惊了，那么多钱，怎么就一把赔光了？邱晓霞到底哪来的胆子！十八万，她上哪去找十八万去啊！

邱晓霞哀求邱冬娜："算妈妈借你的，咱俩吃点苦，把房子退了，找个合租的便宜房。以后每个月还你王叔四千，四年，咱们就缓过来了。"

邱冬娜难以置信："那这四年王叔怎么办？指望咱们每个月的4000块钱活着？店不开了？你知道对于一个普通人来说，有这么一笔启动资金是多重要吗？"

邱晓霞抽抽搭搭不敢吭声，邱冬娜真生了气，母女俩在大巴车上吵了起来。邱冬娜不明白邱晓霞为什么没多少本事，却净干那胆子大的事儿。邱晓霞被女儿指责，面子上过不去了，当场就要下车。邱冬娜一把拉住邱晓霞，强行平复心情。母女俩别开头，谁都不看谁，晓霞生着闷气，冬娜则在一路思考对策。

夜里，邱冬娜母女俩绝望地躺在床上。邱冬娜已经劝了邱晓霞半天，让她去找家里亲戚再借一次钱，但邱晓霞死都不肯答应，说家里亲戚一个个比她们还穷呢。邱冬娜不信，要是真那么穷，自己上大学的学费是怎么借出来的？

邱晓霞支支吾吾地解释道："就咱家一个远亲，都不在上海了，当时借钱的时候还发达呢，后来就破落了，我就把钱还给人家了，过意不去才加了那么多利息。"

邱冬娜狐疑地打量邱晓霞："你每次提这笔钱，说法都不太一样，但我怎么觉得，你是在圆谎呢，故事还编得越来越详细，哪个远亲？你不是嫁到上海来举目无亲吗？怎么又有了远亲？姓什么叫什么？发达时候是干什么发达的，为什么你一张口就能借出来四年的学费加生活费，后来破落是因为什么？破产了生病了还是怎么着？这么重要的一个亲戚，过年你连老邻居都打电话问候一下，怎么没见过你给他打电话问候？"

邱晓霞一个问题都回答不上来，于是翻了个身，蒙上被子说自己要睡了。邱冬娜继续追问，邱晓霞回答她的却只有呼噜声。邱冬娜无奈地躺下了。

夜里,邱晓霞睁开眼,摸了摸邱冬娜的脸,想起当初自己怀着邱冬娜六个月的时候。

那天她早晨去上班,突然就想上厕所,临时跑回家,却看到邱冬娜的爸爸——尹平川和自己的好朋友袁红抱在一起,躺在她的床上。邱晓霞气疯了,当时就冲上去要打那个狐狸精,而尹平川居然护着袁红,把怀孕六个月的邱晓霞推搡在地上。邱晓霞的心顿时凉到了底,后来所有人都劝她为了孩子忍一忍,但她还是毅然决然大着肚子离了婚。

第十七章 力挽狂澜

邱冬娜回到非凡事务所上班,心里却一直记挂着那十八万的事。启动资金被骗了,借钱邱晓霞不愿意,剩下唯一的办法就是——众筹。

邱冬娜本想把自己这个想法告诉顾飞一起商量,但顾飞最近忙着做"恒白齿科"的项目,见人就给发诊所的抵用券,劝人去拔牙洗牙,整个事务所的人都躲着他,邱冬娜怕被他押到诊所去,于是打算先做一个项目书雏形出来,再去找他。

中秋将近,邱冬娜的日子却一点都不轻松,她一边忙着事务所的工作,一边走街串巷,在几个对标烧烤店前蹲守,实地调查每个店门口的客流量、进店率等,很快,她那本"烤串店创业计划书"的小笔记本已经记得满满当当。

邱冬娜把王事成和邱晓霞约到了一家小店里,王事成胡子拉碴,一脸憔悴。他听明白邱冬娜想对这十八万负责的意思后,直接拒绝了,再穷也不能欺负孤儿寡母啊。

邱冬娜忍不住问:"王叔,我妈惹了那么大祸,你真一点不往心里去?你对我妈可真大度……"

邱晓霞知道邱冬娜这是示意自己王事成不错,她狠狠瞪了邱冬娜一眼。

邱冬娜不再逗邱晓霞,她递上了自己精心写的创业计划书。王事成翻开一看,里面是各种表格、折线、饼图、柱图。王事成赶紧把它合上了:"妈呀,这字儿它认识我,我不认识它。"

邱晓霞拿过计划书翻了翻,也忧心忡忡:"孩子,我俩认识的字儿加起来估计也就这饭店的一本菜单,你不是说能让你王叔按原计划开店吗?这花架子有什么用啊?现在缺的是钱。计划再好,启动不了,都是滑稽。"

邱冬娜拍了拍计划书,自信地说:"这就是钱。"王事成和邱晓霞面面相觑不懂邱冬娜在说什么。

邱冬娜知道他们也听不懂,于是打电话给顾飞,向他汇报了自己的烧烤店企划。顾飞一听才知道,王事成的创业资金居然被骗了,还没告诉自己!

顾飞直接挂了电话,打给王事成,王事成知道事情藏不住了,这才坦白。顾飞无语了:

"你们四个人加起来一百六七十岁了吧,这么信任一个毛孩子?她胆子倒是大,在我这就什么都敢干。"

王事成支支吾吾答道:"这不是,真的筹来钱了嘛……我们四个捆起来卖了,也没她一个笔杆子厉害。小飞你放心,你还是大股东。那些钱我一分不少、连本带利都得赚回来还你。"

顾飞揉着眉头,这就不是钱的事儿,他正要继续说,另一边的王事成却着急忙慌地把电话给挂了,他正准备去菜市场置办开店的家伙什儿。

顾飞想了想，出办公室把邱冬娜给叫了进来。邱冬娜有些忐忑地先开口了："王叔开店的事儿，我本想先跟您说的，一直没找着机会……"

顾飞无语："所里见面不能说？电话微信不能说？实在不行你发个快递给我还不能说？！"

邱冬娜支吾："你每次见我跟见瘟神一样，我有点不敢。而且，我觉得我能解决的事儿，就不用给你添麻烦。而且现在快要解决了，我现在20万已经筹到一半了！"

"你这一段时间，每天秒表附体一样地工作，挤出时间，就是为了下班做这些？"见邱冬娜点点头，顾飞无奈地继续问，"多少人想自己当老板，都创业失败了，你怎么那么相信凭你那点小聪明，就能干成事儿呢？"

邱冬娜反问："那你给王叔叔投资又是为什么呢？你都笃定他能成功了，我信你。"

顾飞叹了口气："我那是……他总要生活吧，我没想着他一定要开个店干个什么营生，就是想让他过日子别手太紧，工作的事儿再想其他办法。但我不能直接给他钱吧，跟打他脸没区别。"

"可你给了他希望啊，然后再告诉他，他不行，他不配，这样很残忍。"邱冬娜在说王事成，更是说自己。

顾飞泼冷水："人活着就是要接受残忍、无常，没有谁规定故事一定要圆满结局的。"

邱冬娜想了想，从兜里掏出一个东西："你相信神迹吗？不能说是神迹，就是生活的暗示，当你像个无头苍蝇一样乱撞，生怕自己努力错方向，有时候，会有那么一束光，没来由地照在你身上。给你看我的神迹。"

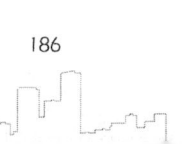

顾飞好奇地看着邱冬娜掏了半天，没想到最后拿出来的是自己弄坏又修好的那个小玩偶。

邱冬娜献宝一样地把玩偶举到顾飞面前："我从成都回来那天丧极了，一天之内两个晴空霹雳，我其实很想算了，不挣了吧，反正无论我怎么做，我的生活都是每次转机背后一定有一记重拳。结果第二天我上班的时候，这个玩具就在我桌上放着，我都不记得什么时候把它带来公司的。这个是我的幸运符，它坏了很久，一直没修好。但是它就突然好了，就像没坏过一样，所以我坚信，我的幸运回来了，一切都会好起来。"

顾飞看着那个自己修的玩具，一时不知该说什么，大笑起来。邱冬娜以为他在嘲笑自己，于是珍而重之地装回口袋："不信拉倒。"

顾飞不笑了，高兴又严肃地说："行吧，不管你信什么教，我的持股比例、分红，一分都不能少。"

邱冬娜高兴地一蹦："我会把拟好的合同发您邮箱的！"

顾飞摆摆手，让她出去了。

顾飞的投资款到账后，邱冬娜距离二十万的众筹目标还差十万块。顾飞怕王事成不愿接受，所以只投了一小笔，而剩下的都是邱冬娜的同学朋友们几千几百地凑起来的，能凑到这么多已经很不容易了。

邱冬娜坐在办公室里，看着已经很久没有变化的筹款进度条发愁，这时她听到旁边李楚宁敲击键盘的声音，突然来了主意，谄媚地凑了上去：

"楚宁啊，你不是一直想当我领导吗？就是那种能随时随地、生杀予夺把我分分钟玩弄于股掌之间的人，我还得对你雷霆雨露皆是君恩。"

李楚宁头都不抬："如果能直接捏死你，我可以不当你领导。"

邱冬娜拿出自己的计划书，热情地推销："现在机会来了，只要十万块，你少买个包的钱，就能当上我老板了。"

李楚宁瞟了一眼计划书："这个啊？同学群里、朋友圈最近全都是这个，烦都烦死了。不过，这个气质挺适合你的，烧烤店小老板娘比注会更符合你的定位。"

邱冬娜采用激将法："也是，你是挺适合做注会的，算钱行，花钱的话，买衣服这种不会升值的东西，你肯定比我擅长。不投算了。"

"没必要对我采用激将法，谁说我不投了。"李楚宁从钱包里倒出所有零钱数了数，"一共4块5，我的所有现金，都投了吧。"

邱冬娜看着钢镚，只失望了一秒，马上就释然了，高兴地把钱捡起来："成，李老板入股4块5！"

邱冬娜飞速拉着李楚宁握手、自拍，在李楚宁还没反应过来的时候，就迅速操作手机发了朋友圈，配义"烧烤店喜获李楚宁小姐投资，连她都投了，你们还在等什么？"

李楚宁点开朋友圈一看，气得牙痒痒，邱冬娜则在一边贱兮兮地说："为咱们的店做宣传，永远都不嫌多，你就等着赚钱吧！"李楚宁正要骂人，却被陈劲锋叫进了办公室。

邱冬娜一副获胜的表情看着她的背影，这时手机提示音响起，筹款目标已达成。邱冬娜有些意外地查看目标进度条，果然处于100%完成的状态，20万已经全部到账。邱冬娜兴奋地叫了一声"Yes！"然而当她打开筹款明细后，笑容却一下子僵住了，因为最近的一条信息是，白石初：￥100,000.00。

邱冬娜一僵就是一整天，晚上到了家也是唉声叹气。晓霞问她怎么了，冬娜告诉她，筹款筹满了，晓霞更是不解，那不是好事吗？

邱冬娜摇摇头："今天有人一次性给了10万，是白石初。"

邱晓霞一时没反应过来是谁，邱冬娜说是小白，她这才想起来："你大学时那个男朋友？不是早分了吗。当时还闹得挺不愉快的。"

邱冬娜点点头："我不知道他什么意思，我在成都的时候他联系过我，说最近回来，想见我。我不想节外生枝，没回复他。然后今天我查后台才知道钱是他给的，给了之后他也没联系我。他人现在应该在国内。"

邱晓霞说了句"哦"，就继续看电视了。邱冬娜意外，就"哦"？

邱晓霞答道："要我看，这事儿没啥复杂的，你又没拉着他投资，他就是觉得这项目好，投了，其他人啥样他就啥样呗，股东之一。不过，他给了这么多钱，不会排名在我前边吧。那我不成了四老板了？太难听了。"

邱冬娜无奈，出这么多事儿，自己妈还只关心职场谋权。

邱晓霞毫不在意："我觉得除了这事儿，其他没啥好操心的，除非你还把他当作一个特殊人物对待。"

邱冬娜被邱晓霞点拨，豁然开朗，这么一说，好像也没错。她打开邮箱，找到联络人白石初，转发了"入股合作协议"给他。并附上文字：正式的签约仪式定于本周六下午能一咖啡吧，请拨冗莅临。

白石初收到邮件时，正在自家餐厅里吃饭，他对面是坐在一起的程帆扬和白友新。三人的样子不像吃饭，倒像是谈判。

白友新努力地活跃气氛："快吃快吃，国外吃不到吧，这是你小时候最爱吃的。"

白石初看起来彬彬有礼，说出的话却带着刺，他拿公筷给白友新夹了一筷子，说："那时候妈妈第一次做这个菜，你夸好吃，她就每周六做这个菜等你回家吃饭，练得多了，就变成她最擅长的菜了，我喜欢吃这个菜，是喜欢你陪我们一起吃。"

白友新小心翼翼看了一眼程帆扬，打马虎眼："是吗？我都忘了。"

白石初笑了笑："你要是忘了，就不会特意叮嘱阿姨今天做这个菜了。"

父子俩明暗交锋，程帆扬却像完全无感一样，自顾自地吃饭。

白友新稍稍板起了脸，要白石初之后就来自己公司帮忙，白石初却不急不躁地答道自己工作已经找好了，白友新正要发作，白石初却解释道：

"我就是知道你以后准备把公司交给我，所以我才比较慎重地找了工作。我投了华兴实的简历，已经接到面试通知了。虽然你在那儿有很多不愉快，但毕竟你也是那儿成长起来的，我想他们培养人才方面还是有一套的。如果我直接进了你的公司，员工凡事都会因为我是老板儿子包容我，学不到真本事。"

白石初这番话就是故意说给程帆扬听的，想向她强调自己对于公司的继承权，没想到程帆扬点点头，赞许道："知道大公司的管理体系是什么样的，对你有好处。"

白石初对她的反应有些不知道怎么应对，白友新却很高兴，自己唯一的儿子终于成器了。在知道白石初打算隐瞒身份从底层实习生开始做起的时候，他更欣慰了。

夜里，程帆扬从柜子里找出自己的礼服、高跟鞋放进行李箱，为公司周年庆做准备。白友新一直在旁边念叨着自己有多高兴，程帆扬时不时也会应和他两句。这时白友新不经意地说：

"送你的那辆车，我看你也不开，先让石初上班用，回头我再买一辆给你。"

程帆扬手上一顿，内心很是失落。白友新意识到自己失言，正要弥补，却听到程帆扬说：

"车钥匙在餐边柜上。"

白友新急忙解释:"我今天跟石初说,我的东西都是他的,只是想鼓励他奋进,将来咱俩有了孩子,我肯定也得为你的孩子留一份。"

程帆扬失望地看着白友新:"我需要用孩子争财产吗?老白,你对石初如何,怎么花你自己的钱,我都没有意见。"

白友新不满:"什么叫我的钱,过了这么多年,还分得这么清。你这人,就是油盐不进,石初已经懂事了,你就不能让一步吗?还有你们的周年庆,不能改时间吗?你是老板,你……"

程帆扬不回答,走进浴室洗澡,结束了话题。

另一边,白石初得意地打量着白友新刚刚拿给自己的车钥匙。他在国外遭了一年的洋罪,现在算是想明白了,自己走了,就是称了程帆扬的意。他从相册里抽出一张自己亲生父母的合影,走到客厅,把客厅相框里一张白友新和程帆扬的甜蜜合照换成了自己父母的照片,满意地离开。

第二天,白石初收拾齐整、开上新车,来到能一酒店准备签约。

酒店包间里,王事成和邱晓霞都换了非常正式的衣服,在邱冬娜的带领下跟股东们签约,来的股东都很年轻,王事成和邱晓霞显得格外紧张,他们都没见识过这么正式的场合,两人站在一处,有点像婚礼上迎宾的新人。

王事成签完了几份合同,紧张地去上厕所,邱晓霞也跑去厕所补妆了。邱冬娜看着两人的背影笑了笑,这时一份包装精美的小礼物被放在了邱冬娜面前,邱冬娜抬头一看,是白石初。

白石初微笑着说:"从南法给你带的小礼物,不贵,不用惦记着怎么还我了。"

邱冬娜站起来和白石初握手:"好久不见。"

白石初握着邱冬娜的手久久不放开:"451天又7个小时。"

邱冬娜听了这个回答,明白他还在意着,于是轻轻地想抽出手,白石初却坚定地握着不放。这时王事成从厕所回来看到邱冬娜的样子,忙小跑着过来给她解围,殷勤地给白石初添茶倒水,白石初这才放开邱冬娜的手。

邱晓霞补妆回来,刚好碰上徐姐,徐姐拉着她羡慕地说:"乖乖,这是哪来的美女大老板,你们今天可不得了,你跟老王今天在咖啡吧跟人签合同,男的英俊女的美,好多同事一开始都没敢认。"

邱晓霞有些得意地替王事成说话:"王事成想低调点,跟其他老板找个茶馆把生意办了,我觉得就得定在能一,得让那些狗眼看人低的人看看,不是谁离了谁就不能活的。"

邱冬娜和白石初签完约,送他到车库。白石初看着她尴尬的样子,说:"不用送了,我想了400多天,也该想通我们为什么会分手了,我其实不是你想找的那个人,我有幸帮你认清了这一点。"

邱冬娜道歉:"小白,对不起,我那时不够果断也不够勇敢,做了很多错事,包括对你的态度。"

两人进了电梯,电梯里没有其他人,白石初告诉邱冬娜,自己回国之后看到她,才真的有了一种回家的感觉。邱冬娜笑了笑,白石初对自己的想象大概是一栋舒心的大别墅,可惜自己只是一栋建筑面积60平方米,使用面积45平方米,三梯24户,和邻居共用走廊的居民楼,这样的自己,怎么会是他要回的家呢。

白石初不甘心地问:"我遇上你的时间不对,如果我们再成熟一点遇见彼此,结果会不同吧。"

邱冬娜没有正面回答:"可惜人生不能假设。"

白石初笑了笑:"好吧,我会试着放开的。我也不是完全没有收获,至少我从你这儿学会了失败。我成长了，不那么幼稚地以为只要我想，世界就是我的了。我找了份工作。"

邱冬娜赞许："那以后，我们可以聊聊别的，吐槽吐槽老板什么的。你不会告密吧？"白石初乐了，当初就是邱冬娜向白友新告密，才让白友新知道自己没有出国的，现在还开始双重标准了。两人聊起旧事，气氛缓和下来。

这时电梯到达负一层，电梯门打开，邱冬娜留在电梯准备回楼上，白石初却回过头来，一脸期待地问邱冬娜："我认真地再问一次，如果我们成熟一点，你会考虑我吗？"

白石初期待地看着邱冬娜。

邱冬娜闪避他的眼睛："我现在，没有谈这些的资格。"话音刚落，电梯门在两人之间关上了。

第十八章　年会出丑

邱冬娜筹够了钱，邱晓霞和王事成也挑好了新的店铺，不过这次她再也不放心让他们独自去租房，而是和他们一起跟房东见面，签好了约。按说店铺定下来了，应该是喜事，但王事成一想到自己的债主从顾飞一个人变成了18个人，心里就不得劲。邱晓霞看着他的样子，心里也过意不去，于是下保证说：

"都是我拖累了你，我在贪便宜的事儿上吃了多少次亏，就是不长记性。以后你就擎好吧，我当牛做马也得帮你把这个店立起来。"

王事成摇摇头："当牛做马倒不用，咱俩这关系你要当了牛马，我成什么了……"

邱晓霞骂这人三句话就没正形,但王事成却认真起来继续:"大男大女都不是头一回,有谱没谱你给我个准信儿吧,别让我抻着脖子等着盼着。"

邱晓霞想了想:"等店上了正轨再说。"

王事成见事情有希望,忙点头。

两人一起到了二手家具市场选购桌椅,邱晓霞挑了不少便宜的,王事成都不满意,他偏偏看中了180一把的椅子。

邱晓霞无奈:"你忘了之前我怎么跟你说的,椅子买那么舒服,客人一瓶啤酒,一个串儿都撸出火星子,也不带走的。"

王事成撇嘴:"装修从简我同意,这桌子椅子客人用的东西得拣好的买,吃肉得有面儿,跟自己家似的那么坐着才舒服。还有啊,以后买肉也得听我的,你别光想着省钱立店,糊弄事儿。"

邱晓霞白了王事成一眼,这人一路上哭着穷过来,现在充什么阔呢。邱晓霞坚决不同意买180块的椅子,因为出门前邱冬娜可是再三叮嘱,把他们的预算定得死死的,真要买了这椅子,桌子可就没钱了。但王事成还是不死心,邱晓霞想了想,走进一家卖马扎的店里,用13块一把的价钱把马扎全给包下来了。王事成以为她要让客人坐马扎,急忙拦着,但邱晓霞白了他一眼,并不理会。

在王事成疑惑的目光中,邱晓霞叫来了一辆面包车,拉着一车马扎直接开到了火车站广场。随后,更让王事成震惊的来了,邱晓霞以50块一把的价格在广场上卖起了马扎。邱晓霞解释道:

"今年中秋国庆连着,好多人回家,都在这儿排队买票、等车呢。赶紧开工,记住,找那种大包小包的乘客,带桶的就算了。"

王事成疑惑:"带桶的为什么算了?有啥讲究。"

邱晓霞叹了口气:"我之前工地上帮忙做过两天饭,好多人回老家乐意带那种乳胶漆大桶,能装东西还能坐,算一件家具,人家要么坐桶,要么忍一忍就到了,哪会花钱买你的马扎子。"

邱晓霞看到远处另一个旅客,于是丢下王事成继续去谈生意,王事成懵懵懂懂按照邱晓霞的指示去拦人卖马扎。

一下午的时间,马扎竟然全卖完了。邱晓霞坐在公交车站数钱,王事成边给她开矿泉水瓶边期待地看着她:"怎么样怎么样?"

邱晓霞把钱揣进口袋,卖关子:"哎呀,你那句话说得没错,像我这种长得又好看又有脑子的女人,真是老天爷偏心。"

王事成大喜,赶紧追问,邱晓霞这才揭秘:"刨去本钱,买桌子手紧点儿,您王老板要求的能让客人坐下吃半只羊的实木椅子能买了。"

王事成激动得差点拥抱住邱晓霞,手都抬起来了,觉得不妥又放下,直感慨自己怎么遇上邱晓霞这么个活神仙的。邱晓霞被勾起往事,有些低落:

"还不是让没钱逼的。以前每年年关,我都能带着孩子赚一笔过年钱,倒腾春联、年画,这个时候再没钱的人,也想花点钱。最多的一年,我们娘俩赚了五千,那时候冬娜小,城管看我带个孩子可怜,也不真罚我。逢年过节,是最好做生意的时候。"

这时一个卖花的小孩走到两人身边,笑着让王事成给邱晓霞买朵花,邱晓霞摸了摸小孩的头说:"阿姨不要花。"这时公交车来了,邱晓霞叫着王事成一起上了车。

邱晓霞在后排落座,王事成最后一个上车,一路随发动的车子晃荡着坐在邱晓霞旁边的位置,问她为什么不要花,邱晓霞装作不在意地答道:

"没用。之前也没人送过我花。"

王事成笑了笑,从身后变出了刚买的那支花,举到邱晓霞面前:"这么有幸做了第一个送你花的人吗?那这个可不行,太寒碜了,怎么不得弄一个比你脸还大的那种。"

王事成说着把花收了回去,邱晓霞的目光随着王事成手里的花来来回回,明显是很想要的,但始终没拿到。邱晓霞一把夺过那支花,然后撇开头看向窗外,不看王事成。王事成喜欢极了她的小心思,笑着看着她。

晚上,邱晓霞回到家,哼着小曲在客厅分装餐巾纸,把纸巾外面贴上"事成烤串店"的贴纸。邱冬娜进厨房找吃的,却在冰箱里看到了一枝冰冻着的玫瑰花。邱冬娜一看就知道是谁送的,却故意喊道:

"哎?这是什么啊?"

邱晓霞忙进厨房,看到邱冬娜手里的花后,一把抢了回来,重新冻回冰箱里。邱冬娜继续逗她:

"一朵花非要冻起来干吗啊?插在瓶子里不更好看吗?除非某些人根本没想看着,就是想留着。"

邱晓霞继续贴贴纸,嘴硬道:"想留着怎么了,没偷没抢的。"

邱冬娜八卦地确认,这是不是王事成送的,邱晓霞默认了。邱冬娜激动地问他们进展到哪一步了,邱晓霞语气有些复杂:"怎么说呢,走一步看一步吧,这一段筹备开店,他这人关键时候也能拿主意,如果真能把店开起来,有个营生……"

邱冬娜打断她:"你喜欢他吗?"

邱晓霞想了想:"反正跟他在一起挺痛快的,感觉自己还是个女人,有人照顾。"

"那你还等着开什么店啊?我小时候你说等我长大,我长大了你说等我上完大学,上完大学你说等我找工作、嫁人,现在有这么一个人,你要等着人家开店、有工作、买得起房子,是不是最好再去做一个保证 80 岁之前不得恶性病的公证，你才能放心啊？"邱冬娜继续劝她，"妈妈，我觉得吧，没有任何一种快乐不是建立在自己的痛苦之上的。做饭很麻烦，但吃饭很快乐。运动很累，但有个好身体又很快乐。努力很苦，结果却让人激动。感情也是一样的，你等着万事俱备，但那时候东风不一定会再来了。"

邱晓霞停下手中的工作："这个家，守到最后的人一定是我。我得看着你稳定了，才放心。"

邱冬娜鼻子有点酸，使劲抽一下："那完了，我要是不功成名就，你这辈子就交代在我手里了，难啊。"

邱晓霞故意说："是啊,所以你得给我好好努力，早点给妈买别墅！"

随后的半个多月，邱晓霞和王事成以及癞痢、胖丁都成天泡在烧烤店里，店门口已经挂上了"事成烧烤店"的招牌，几人亲力亲为，终于一点点把原先不起眼的路边小店铺装修得有模有样。

开业的日子终于到了，门口布置好了花篮、横幅，癞痢、胖丁穿着两身一样的炫酷皮衣皮裤并排站在门口，联袂模仿放炮的声音，引得无数路人围观、哄笑。王事成有些紧张地搓着自己的裤子，邱晓霞则一脸喜气洋洋地在门口招揽客人：

"今天开业全店八折，进来看看！"

很快，店里涌进了第一批客人，不少捧场的股东们也来了，进店后跟戴着围裙、充当服务员的邱冬娜打了个照面，邱冬娜高兴地招呼他们入座。

这时，王事成表情无比严肃地端上了一个大盘子，放在桌子中央，大盘子里摆着大块大块的烤肉，香气扑鼻。王事成抽出一把小刀，现场切，用刀尖插着一块肉，送到一个股东嘴边，命令大家尝。

股东们一尝，还没等邱冬娜问怎么样，反倒先问她现在追加投资还来不来得及,众人都笑了。

这时,顾飞西服革履抱着一个憨态可掬的大招财猫走了进来,抢答道:"你可以选择把利润再投资进来。"

邱冬娜向其他几个股东介绍顾飞,说这是烧烤店真正的大老板。然而大老板放下招财猫后,直接脱了西服,随手拿起一条围裙给自己系上,走进了后厨,邱冬娜也跟了进去。

顾飞直接在后厨帮忙刷起了盘子,邱冬娜追过来要接手,顾飞用胳膊轻轻推开了她:"你来什么来,帮了策划开店还帮刷盘子,怎么?给你的工资少了,想直接在这就业。"

邱冬娜接过顾飞擦好的盘子:"我怎么感觉,您气不顺呢?今天可是您自己买卖开张的日子。"

顾飞关了水龙头,叹口气,四下环顾:"没想到你帮他们把这么大一个店开在美食街了。"

邱冬娜答道:"美食街虽然竞争激烈,但集群效应、人流大,我相信王叔叔的手艺。而且……这离咱们所不远,我想着,以后总能照顾。"

顾飞用复杂的眼神看着她:"唉,你啊,真是给你个摔炮你就敢当军火贩子了。真不知道老王这回是福是祸了。"

"一定是福。"邱冬娜语气坚定,顾飞不解。邱冬娜解释道:"因为,我也给了王叔叔一个神迹。"

原来开业前,邱冬娜看到王事成紧张焦虑的样子,她想起自己当初的那个神迹——被修好的玩具,她想也给王事成一个神迹。于是邱冬娜跑到公园里溜达半天,终于找了一根形似"¥"的树枝,偷偷带回烧烤店,塞进了果木炭里。

王事成烧炭火的时候,看到了这根树枝,惊诧不已。邱冬娜趁机说:"王叔叔,这是个好兆头啊!你看这是个人民币符号啊,这个店,肯定得发财!"

王事成将信将疑,但终究还是放松了下来,乐呵呵地开始烧炭。邱冬娜说的话总是能实现,她拿着那一堆莫名其妙的图纸,居然还就真拉来了投资,现在她说能发财,那这个店肯定能发财!

顾飞听完之后点评了句牵强附会,但看着邱冬娜一脸自信的样子,忍不住也嘀咕,难道自己给她的"神迹"真有这么灵?

开业第一天生意红火得不得了,众人忙了一整天,坐下算账的时候已经是凌晨。邱冬娜坐在收银台前,手边放着一沓钱,另一只手在计算器上飞速加减,王事成、邱晓霞头都快凑到邱冬娜手上,大气也不敢出地看着她算账。只有顾飞置身事外地坐在不远处,看着紧张兮兮的三个人。

邱冬娜终于算好数字,笑眯眯地把最终数字展示给他们看,邱冬娜和王事成都惊了,还以为是邱冬娜算错了。邱冬娜故作委屈地说:

"王叔,你怎么能当着我老板的面,质疑我算错呢,我算了两遍呢,绝对没错。"

王事成兴奋起来,邱晓霞比他更兴奋:

"还打什么烊,以后就该24小时三班倒地营业,再雇4个,不,6个人,争取把旁边的冷馄饨店也盘下来。我就说你准行!"

顾飞看着因为开门红而高兴过头的三人,忍不住开口理性分析起来:"第一天来了不少朋友捧场,加上开业打折、宣传,以后未必能天天这样,一个店至少要养一年半载……"

三个人不约而同地忽略了顾飞的泼冷水,邱冬娜还夸张地展望起将来:"多盘一个冷馄饨铺算什么,开好了,搞加盟连锁,事成餐饮上市,以后这条街没准都得改名事成大道,我王叔出门得开三辆一模一样的车!"

王事成谦虚："一辆就够，一辆就够。"

邱冬娜继续吹："另外两辆是伪装，雇两个跟你长得像的，防止暗杀。"

顾飞看邱冬娜给王事成灌迷魂药，终于忍住了自己的习惯性理性思维，微笑着看入了迷。眼前说说笑笑的三个人，看起来真的很像一家三口。

顾飞泼的冷水没有成真，事成烧烤店经营很快就上了正轨，外卖业务也做了起来，每天都要接很多单。王事成从早到晚都在厨房里忙得直不起腰，胖丁和癫痫每天在餐桌间跑断了腿，但心里都喜滋滋的，再累也不觉得。

非凡事务所两周年庆在即，程帆扬在准备年会事宜，而白友新和白石初父子此时正在日本一起度假。

白石初坐在一家拉面店里等白友新，白友新的手机在餐桌上，这时微信响起，是"帆扬"发来的：到了吗？是否安全顺利？

白石初扫了一眼，直接把他手机按关机了。这时白友新从外面拎着包装好的清酒进来坐下，他跑了好几个地方，这才买到程帆扬爱喝的清酒。

白石初不屑地说："国内找代购一样能买。"

"意义不同，这是我亲手挑的。"看到儿子的表情后，白友新又解释道，"你想要什么，刷你老爸的卡，你程阿姨非常想陪你来，但你也知道，他们事务所每年都要搞周年庆，她不在不行。"

白石初假装温顺地从自己的包里拿出两个御守，递给白友新："理解，有什么不理解的。给你们求的，挡除厄运。"

白友新意外又惊喜，当即把给自己的那个塞进钱包里，把另一个又推给白石初："这个，你自己给她，她会非常高兴的。"

白石初点了点头，父子俩相谈甚欢，白友新到现在都不知道自己手机关机了。程帆扬给他打了好几个电话，都提示关机，她闷闷不乐地走回酒店里的年会宴会厅。

宴会厅里挂满了"非凡生日感谢非凡的你""非凡两周年答谢宴"的横幅，员工们三三两两地在聊天。所有非凡的女同事都穿着正式的礼服，搭配着找造型师设计过的妆容、发型，每个人看起来都明艳动人，跟平常做项目时灰头土脸的样子完全不同。

在一众女员工中，最出格的就是李楚宁和邱冬娜。李楚宁自然是因为她的礼服和造型都是最高级的，即使在一群光鲜亮丽的同事中也显得与众不同；而邱冬娜是因为，全场只有她一个人穿了一身运动休闲装。

邱冬娜郁闷地翻开手机再度确认邮件，实在忍不住了低声问李楚宁："你们跟我收到的是同一个宴会通知吗？通知里没写要正装、化妆吧？"

李楚宁略带鄙夷地打量她："这种场合还需要特意要求吗？被通知野餐你会不带吃的去吗？我有时真的好奇你是怎么长大的，昨天家里才通网通电？"

邱冬娜正欲回嘴，敏丽抱着一个抽奖箱走了过来，开心地宣布："现在是大家都期待的二等奖抽奖环节了，我们有请顾总为我们抽出两个二等奖，两台平板电脑。"

众人起哄欢呼，邱冬娜缩在角落里，有点尴尬。顾飞上台，打手势示意众人安静，然后直接抽出两个纸团，展开，笑着说："我可没陈劲锋那么磨叽，刚才抽个阳光普照奖，搞得跟奥斯卡颁奖一样。我就直接念了，嚆，我这手真壮，两个二等奖，俩合伙人，我和陈劲锋。怎么样老陈？捐了吧？"

陈劲锋在台下点头。顾飞直接把写自己名字的纸团撕了，展示给大家看："我的名牌，我撕掉了，我不参与抽奖，给你们提高一下中奖率。"

台下又是一片欢呼声，顾飞重新抽出一个纸团，上面正是邱冬娜。

众人对邱冬娜鼓掌，起哄，说新人运气就是好，一身运动服的邱冬娜一下子被众人盯着看，却有点无措地站起来。她尴尬地走上台，站在顾飞旁边，忐忑地开口：

"很高兴非凡能给我这个奖，没想到我第一次给事务所庆生就能抽到奖，我……我向陈总和顾总学习，我也把奖捐出来。"

邱冬娜嘴上说得平稳，心里却在滴血，她哪舍得这种大奖，但这是她第一次参加年会场合，刚才看了陈劲锋和顾飞的举动，她以为把奖捐出来才是得体的做法，所以才狠下心。

然而邱冬娜话音刚落，全场都像听错了一样寂静下来，所有人都看向邱冬娜。

邱冬娜以为自己表态还不够，只好硬着头皮继续说："我，我的名字也撕掉吧，我也不参与抽奖，提高一下同事们的中奖率。"

众人交头接耳，纷纷议论她这是看不上还是在拍马屁。邱冬娜站在台上，愈发尴尬。顾飞从奖品台上拿了奖品直接走过来塞在邱冬娜手里，给邱冬娜解围：

"行了，懂了，你们这是派个小孩出来打我们合伙人的脸啊，嫌我们奖发少了，给我们来这么一个下马威，真是一个比一个精明，我扛不住了，我再捐五台手机给大家抽奖。程帆扬，你也表示表示。"

众人听说有手机抽，瞬间沸腾，纷纷把视线转向程帆扬，喊道："程总！程总！程总！"

程帆扬笑笑说："我也捐五台手机。"

陈劲锋也笑着开口："早知这样我何必抽那个阳光普照奖，我跟

5 台手机，争取大部分人普照一下！"

气氛达到最高潮，众人都在欢呼，顾飞轻轻按了按邱冬娜的肩膀，示意她下去坐下。这时，程帆扬低头看向自己的手机，眉毛不注意地蹙了起来，陈劲锋注意到了她的神色，正想追问，程帆扬却出去了。

陈劲锋也跟了出去，侧身躲在角落里，偷听着程帆扬的电话。

"什么叫手机关机了没注意，到地报平安不是常识吗……我当然不是来问责的，祝你们开心！"

程帆扬有些愤怒地挂断电话，一回头发现陈劲锋站在她身后。程帆扬知道自己的对话被他听见了，有些尴尬，她尽量调整出一个自然的表情要往回走，却被陈劲锋叫住：

"这儿的顶层酒廊不错，可以喝很好的清酒。咱们去喝一杯？"

程帆扬想了想，点点头，这时候找一个清静的地方喝酒，确实比回到闹哄哄的会场要好。

深夜，年会终于散场，李楚宁和几个女同事玩下一场去了，邱冬娜还沉浸在自己年会的尴尬表现里，所以没有一起去玩，当然她们也并没有邀请她。邱冬娜回到房间，在阳台上打电话给邱晓霞，刚告诉了她自己今天在年会上的丢脸事迹。

邱晓霞听完，却心大地觉得这完全不是个事儿，邱冬娜急了："这还不尴尬？同事们都指望着抽奖呢，我这一让，大家是不是都得让，谁不让谁就没觉悟。就好比小时候家长会，一个家长说我们集资给老师买生日礼物吧，这话别人接还是不接啊？要不是顾总解围，我真成大傻子了，现在才想明白。"

邱冬娜抱怨着，却听到隔壁阳台传来一声轻笑，她一听就知道是顾飞，赶紧跟晓霞再见了。电话刚挂，隔壁递过来了一瓶饮料。两人就这么隔着墙说话。

顾飞笑着说:"我可没故意偷听啊,是你嗓门太大,上下左右估计都能听见。"

邱冬娜又尴尬了起来,她想了想,把年会上那台顾飞让出来,又被自己口头上让出来的电脑重新递给了顾飞,连包装都没拆。

顾飞瞄了一眼电脑:"就这么不待见我抽的奖?"

邱冬娜赶紧解释:"不是!哪有啊!我那不是看您和陈总把奖都让出来了,我还以为是公司传统……"

顾飞笑着摇了摇头:"有时候觉得你特别聪明,但有时候又觉得你什么也不懂。这种场合,领导们就是一棵棵摇钱许愿树,我们让是应该的。你一个新来的也让了,其他同事怎么办?"

邱冬娜低下头,顾飞看着她的样子觉得好笑,于是故意接过电脑,拆开包装,边拆还边感叹:"哟,还是最新款的呢。"

邱冬娜偷偷眼巴巴地看着那台全新的电脑,羡慕得要命。她讪讪地搭着话:"最近街上铺天盖地都是它的广告,听说还挺不好买的。"

顾飞拿起电脑晃了晃:"真不想要?"

邱冬娜隐忍着不说话,顾飞不忍心再逗她,他设置好电脑的初始设置,一脸嫌弃地递还给邱冬娜:"我不喜欢这个颜色,还你。"

邱冬娜心中窃喜,小心翼翼地接过来,顾飞却故意手一抖吓她。邱冬娜真以为电脑要掉下去,吓得一激灵,赶紧双手去接,被顾飞嘲笑了好一通。

两人说说笑笑一会儿,顾飞突然认真起来:

"邱冬娜,你还记得你大二时怎么说服我用你当助手的吗?"

邱冬娜怪道:"说服?你当时可是给我布置了考核任务,我为了帮你送东西,跑得腿都要折了。"

"所以你成功了。真正喜欢的东西,不要总是拒绝,哪怕最后不一定是你的,也要争取试试看。争取了不一定是你的,但不争取就一定不是你的。"顾飞喝了一口饮料,继续说,"不管你的成长环境是什么样的,人们只在意你现在看起来什么样,不会理解你成为你的原因。"

邱冬娜瓮声瓮气地"嗯"了一声。顾飞点到为止,没有再说。两人在各自的阳台上靠墙坐着,无意间坐成了背靠背的姿势,彼此陪伴着。

第十九章 共迎考验

年会结束,第二天一早邱冬娜收拾好行李,上了楼下的大巴车,神奇的是车上只有她和顾飞两个人大眼瞪小眼。原来昨晚其他人开完下半场的 after party 后,一起包车回市区了,显然他们两个是被落下的孤家寡人。

顾飞闭目养神:"开完会之后的聚会,一般来说才是大家真正交流感情的时候,但也没必要一定就要参加,饿了就吃,累了就睡,就这么简单。"

邱冬娜点点头:"知道了。"

大巴车发动,邱冬娜突然接到一个陌生号码打来的电话,电话那边传来颤抖的声音:

"喂,娜娜,我……我是爸爸。"

邱冬娜以为是骗子,嘲讽着:"巧了,上礼拜有个发短信说是我爷爷的被车撞了正在医院需要钱治病,你是他儿子吧?现在搞诈骗都得带人物关系啊?门槛太高了。"

对面的声音滞了滞,却认真地说:"娜娜,我真是爸爸,尹平川……"

邱冬娜听到"尹平川"三个字一下子愣住了，她下意识把电话扔到了隔壁座位，像躲什么定时炸弹。

顾飞听到动静，好奇地转过头来。

电话那边继续传来尹平川的声音："我不是骗子，你妈说跟你坦白了，我才敢打这个电话。"

顾飞大概听懂了这段对话，一时也很蒙，他也知道邱冬娜的爸爸早就去世了。他帮邱冬娜捡回电话，递给她，邱冬娜却没有接。他又指了指屏幕上的挂断键，示意自己帮她挂断电话，邱冬娜却把电话接了过来，尽力平复着颤抖的情绪：

"你有什么事？"

尹平川告诉邱冬娜自己想见她一面，邱冬娜一时间并不想看到这个"诈尸"的爸爸，于是推脱说自己不在上海，但尹平川似乎很想见这一面，他甚至此时此刻就在非凡事务所外面等着。

尹平川不给邱冬娜机会拒绝，直接挂断了电话。

邱冬娜慌乱地坐在位置上，呆呆地拿着电话，顾飞一脸担忧地看着邱冬娜：

"你不想见的话，我让司机先送你回家？"

"不……我只是，感觉很突然，但我……"邱冬娜拉住顾飞，用寻求肯定与支持的目光看着他，"我是该见见他吧？"

顾飞看着邱冬娜，一时不知道怎么回答，大巴车驶向非凡事务所。

事务所门口，尹平川靠着一辆高调的豪车，焦急地张望着。终于，大巴车在他面前停下，顾飞和邱冬娜从车上一前一后下来。他急急追上去，试探地喊：

"冬娜？邱冬娜？"

邱冬娜僵在原地，有点颤抖地应了一声。

尹平川下意识向邱冬娜伸出手，自我介绍道："我是你爸爸。"

邱冬娜要抬起手，尹平川又觉得握手不合适，于是抬起手要拍拍邱冬娜，邱冬娜的手尴尬地伸在空中，尹平川又伸手要去跟她握手，场面异常尴尬。

尹平川这时看到旁边的顾飞，赶紧转移话题，得知顾飞是邱冬娜的老板之后，他立刻两眼放光，赶紧又握手又递烟："顾总！您好您好！哎呀，我以为事务所合伙人都得是一帮老头子，没想到这么年轻有为一表人才，幸会幸会。我是冬娜的爸爸，我叫尹平川。之前一直在苏州，现在才来拜会。"

顾飞推说自己不抽烟，尹平川立刻跑向自己车的后备厢，里面都是包装精美的茶叶、烟酒。尹平川拿了几大盒茶叶跑回来递给顾飞，顾飞还想推让，尹平川却硬塞到他手上：

"家里就是做这个的，可千万别跟我客气，这是我替我们娜娜请咱所里同事喝的，一点心意，都是今年的新茶，我喝着味道还行，感谢同事们对我们娜娜的照顾。"

顾飞无奈地接过茶叶，尹平川又从兜里掏出一沓自己的名片递给顾飞，一副熟络的样子。尹平川说自己在能一定了包厢，邀请顾飞和邱冬娜一起去吃饭。顾飞想帮邱冬娜解围，让她躲过这顿饭，但邱冬娜还是选择跟尹平川走了。

初次碰面的父女俩坐在能一酒店的包厢里，气氛有些尴尬。尹平川为了活跃气氛，故意大声地点着菜。邱冬娜趁尹平川点菜的工夫，细细打量着他：浑身上下都是很新的名牌衣服，头发梳得油亮，从长相到身材都是个普普通通的中年男人，和自己好像没有丝毫相似之处，走到大街上，也不会有人认为他们是父女俩。

尹平川的菜已经快点完了："炖牛腩来一份，糖醋排骨来一份，

207

木瓜雪蛤给小姑娘,我来一个鸽子汤。还有什么你爱吃的我没点到的?"

他这一问,邱冬娜才惊觉他点的都是自己爱吃的。尹平川有些得意地说:"你是我亲生的,可不口味一样嘛。这么多年没见,你长这么高了,还这么有出息。"

"所以,你有什么事吗?"邱冬娜问道。

"没什么事,我不能见见你吗!娜娜,你是不是埋怨我心狠?这可真不能怨我,你妈那个脾气,你是知道的,她跟你说我死了是吧?你说大人之间有过节,跟小孩有什么关系,她不让我见你。"

邱冬娜顿时不高兴:"你别这么说我妈,我不爱听。"

尹平川忙点头:"对对对,我这张臭嘴,你妈不容易,一个人把你拉扯大,但我委屈啊,我想管你,她不让我管,我们俩虽然离婚了,但你到底是我的孩子,我能不想、不牵挂你吗?"

邱冬娜冷冷地答道:"要是想见,怎么都是能见到的。"

尹平川赶紧转移了话题,问邱冬娜钱够不够花,邱冬娜告诉他自己什么都不缺,但尹平川似乎很急切地想要给邱冬娜买东西,但从包到车都被邱冬娜拒绝了,他直接把一张银行卡拍到了邱冬娜面前。

邱冬娜疑惑:"为什么一见面你就想给我钱呢?"

尹平川尴尬地把卡放回去:"我……我这不是不知道怎么跟你表达……爸爸,总归是欠了你的。"

邱冬娜眼圈红了,低头问:"你过得好吗?"

尹平川绕着圈不实际回答:"就那么凑合着呗。"

邱冬娜继续问:"你跟我妈离婚后,再婚了吗?"

尹平川有点不太想回答,只嗯了一声,邱冬娜有些失望,不再问了。尹平川赶紧找补:"我后来,就跟你妈……见过的那个阿姨结婚了。"

这一段邱冬娜倒是听过,挺烂俗的故事。邱晓霞怀孕的时候,在自己家里，把自己老公和闺蜜捉奸在床。虽然所有人都劝邱晓霞为孩子忍一忍，但邱晓霞还是挺着大肚子毅然而然地离婚了，一个人拉扯邱冬娜长大。只不过在邱晓霞的版本中，这个出轨的渣男很理想化地死了而已。

邱冬娜讽刺道："哦，那这也算妖魔鬼怪修成正果。又有小孩了吧？"

"有一个，比你小两岁。"

"男孩？"

"女孩。"

邱冬娜听到这个回答，头又低了下去。

尹平川迫切地安慰她："不管我又生了几个孩子，你始终是我第一个女儿，娜娜，爸爸错了，要不是怕你妈受不了，爸爸早来找你了。你给爸爸一个机会，让爸爸补偿你，现在你对我有点陌生很正常，但你看，我始终是爸爸，你眼睛像我，鼻子也像我。咱们爱吃的菜都一样，这是割不断的联系。"

邱冬娜抬起头，正视尹平川："对不起，我还有点不太适应，我没想到会在今天这个场合见到你。毕竟我一直以为你不在了。"

尹平川忙说："是爸爸太想见你了，都是爸爸的错，娜娜，爸不求你现在就原谅，只想你以后别躲着爸爸，爸特意从苏州跑过来，是真的真的想补偿。"

邱冬娜下意识地点了点头。

另一边，能一酒店的走廊里，邱晓霞正在给徐姐塞烧烤店的宣传广告，外加一张百元钞票，拜托她有机会给想点外卖的客人推荐一下自己的店。徐姐喜滋滋地接过钱，顺带提起自己刚看到了邱冬娜，在包厢里跟一个男的吃饭。邱晓霞有些意外，邱冬娜来能一吃饭，怎么会不告诉自己。邱晓霞往包厢走去。

包厢桌上摆了一大堆菜，但两人都没有吃饭的心思，尹平川还在抱怨着：

"你上学的事情，你妈来找我，学费我要给你全部出了。可你妈那个脾气，唉，简直就是拿我当贼防，生怕我抢了她的功，说什么不让我给你出钱，最后翻倍把钱还我了。这些年，你吃了不少苦吧？"

邱冬娜语气平静地维护晓霞："她从我出生开始就在给我攒大学学费，结果我高考完的暑假，她开的小面店有客人吃坏了肚子住院了，赔了人家不少钱，店也关了，我的学费全搭进去了。她不是没有计划的人，只是，好多时候运气不好。"

尹平川露出一丝嘲讽的神色："她可不叫运气不好，你妈妈，给个头盔戴上就觉得自己是铁头，敢承包盾构机的活，去给地铁挖隧道。"

邱冬娜笑了："我觉得，这就是我妈最可爱的地方。"

邱冬娜的手机在桌上震动，是"一片红霞"发来的消息，问她在哪。邱冬娜有点慌地回复说自己在所里。

邱晓霞看到消息，越发觉得可疑，她靠近半掩的包厢门，却听到里面传来尹平川的笑声。

"看来咱俩对你妈的态度上，是达成一致了！"

邱晓霞如遭雷劈地呆住了，她一把推开包厢的门，看到包厢内邱冬娜与尹平川都在笑。

邱冬娜和尹平川看到邱晓霞都有些意外，邱冬娜慌乱地站起来："妈，你怎么来了？"

邱晓霞不理邱冬娜，直接走到尹平川面前吼他："你干吗了？背着我找冬娜干吗！"

尹平川疑惑地看看邱晓霞一身保洁制服，反应过来她在这里工作，忙叫服务员加套餐具。邱晓霞一把打开他的手：

"我不是来跟你吃饭的！你背着我找我孩子干吗！还有你！参加完宴会不回家，跑这跟什么不三不四的人吃饭？"

餐厅里的人都已经偷偷朝这边张望，邱冬娜有些尴尬，尹平川忙安抚邱晓霞："消消气，我可不是来跟你抢孩子来了，这么多年了，你总得让我见见孩子吧。"

尹平川上前想拉邱晓霞，被她一把推开，邱晓霞一口唾沫唾到尹平川脸上："呸，你早干吗去了，孩子长大了，独立了，挣钱了，你想起来孩子了！滚！"

尹平川故作委屈："晓霞，你这么说，我不同意，早些年，我想见孩子你也不让啊。你守着她，比那给皇帝守灵的还尽责呢，我哪敢啊。"

"呸呸呸，狗嘴里吐不出象牙！"邱晓霞一把抓起邱冬娜，拽着她往外走，"走，什么人的饭你都敢吃！我是缺你嘴了还是怎么着！"

邱晓霞拉着邱冬娜离开，尹平川也没有阻拦。邱晓霞慌慌张张地拉着邱冬娜，还穿着制服就出了酒店，门口跟别人抢下一辆出租车，把女儿先塞进去，自己再坐上去。出租车驶离酒店后，邱晓霞还在慌张地往后张望。

邱冬娜安抚晓霞："妈，他没有追出来。"

邱晓霞警惕地问："他找你干吗？"

"没干吗，就是想见见吧。"

邱晓霞怒道："他想见你你就见他？他早就死了，现在诈尸干什么！"

邱冬娜安抚母亲："我知道，我就是怕你多想，没跟你说。我周年庆回来，他就等着我了，说什么也要见一面，但好像就是请我吃个饭，说是你同意的。"

"我同意个屁！他前两天给我打电话，说想见面，我说年后再说，谁知道他现在就来找你！"邱晓霞说完又有些心虚，"冬娜，你不怪妈妈吧，我真不是拦着你们见面……"

邱冬娜狡黠地对邱晓霞笑笑："我知道，我都知道，你放心，我肯定不会吃他一顿饭，就不要亲妈了，你又没缺过我嘴，我就是想看看，他是个什么样的人。"

邱晓霞有点紧张地问："那你觉得他是什么样的人？"

邱冬娜想了想："不知道，挺熟悉的，又挺陌生的，路人吧。"

邱晓霞紧紧地握住了邱冬娜的手，生怕邱冬娜被从自己身边抢走。她眼看着邱冬娜下车走进事务所的门，这才放心下来。

邱晓霞一整天都魂不守舍，到事成烧烤店准备晚餐时，也是心事重重。她沉默地叠着餐巾纸，却被胖丁一声巨响的咳嗽吓得一震。

胖丁努努嘴示意王事成的方向："我王哥，有事儿要宣布。"

王事成有点不好意思地从兜里掏出一串早就准备好的钥匙，上面还挂着一张银行卡，绑在钥匙上的蝴蝶结被弄乱了，他整理了一下钥匙，递给邱晓霞：

"那啥……这是，我的真心。店里收款机的钥匙、我租那房子的钥匙、我电动车的钥匙都在这了，还有我的银行卡，在我兄弟的见证下，都给你。能一那个活儿你辞了吧，这些天你人都累瘦了一圈。咱这店，小娜都金口玉言能赚钱了，以后我养你们娘俩。甭管好赖，有我一口干的，我就不能让你们娘俩喝稀的。"

邱晓霞虽然动容，但完全没心思想这些，她推回了钥匙："我不能让你养，能一的工作再累，我心里有个依靠，不慌。你们男的啊，最让女人感动的一句话是'我养你'，骗女人最多的那句话，还是'我养你'。"

王事成拍胸脯保证："我这不是骗你！"

邱晓霞起身:"我今儿真没心情谈这些,咱缓缓吧。"

邱晓霞端起胖丁穿好的串儿进了后厨,王事成怅然若失地看着自己精心准备的那串钥匙,不知道这回又是哪里做错了。

邱冬娜的心情也不平静,就在她辗转反侧的时候,接到了顾飞的电话,询问她今天怎么样。邱冬娜不知道怎么概括,只能说还好。顾飞建议邱冬娜把尹平川的车牌号报给保安,以后园区就不会放他进来骚扰邱冬娜。邱冬娜知道顾飞挂念自己,有些感动,但拒绝了,毕竟那个人不是什么骚扰犯,而是……自己的亲爹。

第二天一早,邱冬娜和邱晓霞下楼,却发现王事成的电动车和尹平川的车都等在小区门口,两个互不认识的男人还在相互打量着。

王事成率先跟邱晓霞打招呼:"霞妹!这儿!"

尹平川意识到王事成是截和的,摇下车窗招呼邱冬娜:"娜娜,上车,爸爸来接你上班。"

邱晓霞问邱冬娜是她让尹平川来的吗,邱冬娜连忙否认。这时尹平川发动车子,直接挡住了王事成的电动车,让邱晓霞也一起上来,一会儿天要下雨。王事成要骑电动车绕过尹平川,尹平川又故意下车,用车门再次拦住了王事成。

王事成有点蒙地看向邱晓霞:"你们,认识?"

尹平川转身回答王事成:"何止认识啊,一起生活过,一起孕育过生命,错过了,但珍惜过。"

邱晓霞骂了尹平川一句不要脸,随后拉着邱冬娜往公交车站走。尹平川再度发动汽车追上去,边开边喊:

"晓霞,以前千错万错都是我的错,天这么阴,带孩子挤什么公交车啊,等下雨,女孩子走一腿泥,多难看。"

王事成在后面也急着要追,结果关键时刻掉了链子,一下子把车

213

马力加到最大，直接撞了路边花坛。

尹平川还在继续朝邱冬娜发射糖衣炮弹，说以后给她买车，邱晓霞听的不是滋味，正好看到公交车进站，拉着邱冬娜就去追，俩人一通跑，公交车却还是开走了，母女俩站在车站气喘吁吁，很狼狈。

尹平川开着车跟过来劝："上车吧，下一班车至少十分钟，路上又堵，孩子迟到了领导印象能好啊？你看看娜娜这鞋，穿着高跟鞋挤公交，不累啊？"

邱晓霞突然有些丧气地让邱冬娜坐尹平川的车走，邱冬娜当然不肯，但邱晓霞看到她的正装和高跟鞋、凌乱的头发，很是心疼。邱晓霞对着王事成怒吼：

"王事成你死哪去了！吃屎都赶不上趟呢！"

王事成刚把车从花坛里挪出来，赶紧骑着车过来了。邱晓霞坐进了王事成的车后座，狠着心对邱冬娜说："你王叔送我，这车也挤不下你，我们走了。"

王事成还在糊涂邱晓霞突然的态度变化，直到邱晓霞狠狠地在后边推了他一把，他才赶紧骑车离开。

一路上，小雨淅沥沥下着。王事成忐忑地骑车载着邱晓霞。邱晓霞在王事成车后座低着头，借他宽厚的背挡住自己，偷偷在哭。

王事成犹豫地问道："刚才那个，是小娜的爸爸啊？他不是那啥了吗……从坟里爬出来了啊？"

邱晓霞并不想让王事成知道自己哭了，尽量保持正常的声音应了一声。

王事成更疑惑了："那你怎么让小娜坐他车走了？这不是送羊入虎口嘛，我看他挺有钱的，这是回来认孩子了？"

邱晓霞不说话。王事成想从后视镜里查看邱晓霞的情况，发现对方埋头躲着,扭头再看,邱晓霞还是不说话。

"怎么了这是?你又不是头回坐我这四面敞篷手动小跑车,怎么还害羞上了。"

邱晓霞鼻音很重地要他好好骑车,王事成却一刹车:

"哭了?要不我带你开车追他去,你开我车送小娜上班,然后把车停能一,我去骑,多大个事儿。"

邱晓霞哭了出来:"谁要你的破电车送,我那么好个孩子就坐个破电车?!下雨天穿个高跟鞋还得跟我挤公交,学习工作都好,日子一天不如一天。"

邱晓霞在骂王事成,实际上说的是自己,她既懊恼又羞愧。王事成看着她的样子心疼不已,商量着等店里赚了钱,给邱冬娜买一辆二手小车。邱晓霞却摇了摇头:

"我想明白了,霸着孩子不让她见尹平川,我是舒服了,可孩子心里咋想,她是不是难受了?她难受我还是得心疼。昨天她能去见尹平川,就说明她还是想她爸的。切不断的血缘,让她自己选吧,她是大人了。"

王事成在兜里掏了一会儿,找到一副手套,递给邱晓霞:"你想明白就好,万事有我呢。干净的,擦擦脸,这雨不会下太久的。"

邱晓霞接过王事成的手套,胡乱擦了擦脸,把脸靠在王事成后背上,双手紧紧地抱住了王事成的腰。王事成身体一凛,他下意识放慢了速度,享受这一刻。

另一边,邱冬娜坐在尹平川的车里,十分拘谨。她注视着副驾驶上一块陈旧的迪士尼公主贴纸,这显然是另一个女儿留下的痕迹。

尹平川没注意到邱冬娜的眼神,他光顾着打听王事成。邱冬娜不想跟他透露太多,只说是王叔叔。

尹平川不屑："你妈就找了那么一个人？我看他也不像混得多好的样子。"

邱冬娜维护王事成："王叔叔人很好。"

尹平川却端起了教育子女的架势："人好的多了，不能当饭吃，下雨天不还得骑电车吗？娜娜，我不是背地里说你妈坏话，我没资格。你妈人好，可她的脾气性格，带着你没少吃亏吧。你涉世未深，待人接物，为人处世，好多事儿得有大人教你，你能少走不少弯路。"

他的话让邱冬娜一下子就想起了庆典上，自己因为拒绝奖品而被众人议论、不知所措的样子。尹平川还在喋喋不休地抱怨邱晓霞没有富养女儿，邱冬娜根本没听见他说什么。

车开到非凡事务所门口，邱冬娜想进门，尹平川却从后备厢抱出了两大箱高级水果，叮嘱着邱冬娜：

"你们有茶水间会议室什么的没有？带进去让你同事吃，马上过节了，你是新来的，得有眼色，这样同事领导都喜欢，好事容易记着你。别说是买的，太刻意了，就说家里亲戚送多了，吃不完带给大家分一分。"

邱冬娜从没干过这事儿，被尹平川的交代唬得愣在原地。这时张旭东从外面进来，跟邱冬娜打招呼，尹平川自来熟地说自己是邱冬娜爸爸，要张旭东帮忙把水果搬上去，张旭东忙上前帮忙。

两箱高级水果，轻轻松松就收服了一众同事，还有人以为邱冬娜是拆迁大户，邱冬娜尴尬不已。

邱冬娜正要解释，却看到程帆扬一脸乌云地从外面进来，激动地在讲电话：

"已经出租的房屋还挂在存货上！租金没有计入收入。之前怎么回事，现在才跟我汇报！解释有什么用！解决问题！"

众人一看，都知道一定是实开的项目出了问题，纷纷回到座位上，

噤若寒蝉。程帆扬在大家眼中，一直是 AI 般的存在，能把 AI 气成这个样子，众人都明白事态的严重性，办公室气氛异常压抑。

事成烧烤店里，王事成也发了一天的呆，胖丁和癞痢都很疑惑。两人鼓起勇气，打听清楚了邱晓霞前夫的事，都义愤填膺。大哥这到嘴边的鸭子可不能就这么飞了啊！

胖丁气不过，直接拨通了邱冬娜的电话，开着外音，质问她和她妈是什么情况，邱冬娜在电话里忙解释说尹平川只是送自己上个班，其他什么都没有。王事成在一边听着，稍微放下点儿心。

三人专心跟邱冬娜打着电话，完全没注意到身后邱晓霞走了进来。

王事成语重心长地说："我能理解你妈妈，她很矛盾，她一方面觉得自己没啥本事，你爸爸能帮帮你，一方面她又害怕这么下去，你偏心到你爸那边去。"

邱晓霞听到邱冬娜的声音从电话里传来：

"说偏心，我肯定是偏心我妈的，但我直到见了我爸，才算明白了什么叫作差距，我恨他恨不起来。我妈是比较情绪化的人，跟小孩一样，她哭就哭，你们也别太当回事儿。"

这时胖丁看到了晓霞，吓得手机都要掉了，王事成赶紧要挂电话，邱晓霞狠狠地瞪了他一眼，直接拿过手机，举到自己面前静静听着。

"这两年我妈没少惹事，你们多少也有领教吧，现在是我大了，能帮她摆平一些了，现在想想我小时候，我们俩不知道怎么一路摔得鼻青脸肿地过来的。但我这个爸，刚认识就知道帮我跟同事、领导套近乎，拜托人家关照我，又是送茶叶又是送水果的，两相比较，说句丧良心的，我真觉得我这个智商与性格，大部分可能遗传我爸吧。"

邱晓霞强压着怒气，噙着眼泪直接挂断了电话。

王事成压低声音劝慰道："霞妹……"

217

胖丁赶紧要回拨电话："孩子肯定不是这个意思，我教育教育她。"

邱晓霞暴怒："谁都不许打！今天这事儿，谁告诉她，我跟谁急！"

后厨三个男人都被邱晓霞吓到了，不敢说话。

而另一边，事务所里，邱冬娜还没注意到电话已经断了，继续说着："但他有他的家庭和女儿，生活得很好，我和妈妈过得也不错，没必要非要弥补什么。我不会再见他了。"

邱冬娜发现手机挂断了，没再说话，完全不知道自己刚才那番话给晓霞带来了多大的伤害。

下班后，办公室已经没什么人了，邱冬娜却还躲在办公室里。她偷偷站在窗边朝外张望，但尹平川的车还没走。原来尹平川一早打电话来，说自己来接她下班，邱冬娜借口说自己会加班到很晚，没想到尹平川就一直等在楼下。邱冬娜无奈，只好打电话告诉他自己已经从后门走了，这才松了口气。

邱冬娜刚挂电话，却突然听到顾飞的声音："你真的很不擅长说谎。"

邱冬娜吓了一跳，一转头才发现顾飞一直在角落里打盹。

顾飞自顾自地分析着："你现在很矛盾吧，一方面生疏得连'爸爸'这个称呼都喊不出来，怕跟他走近了会伤你妈妈的心。一方面又很好奇他是个什么样的人，同时，心里会隐隐期待，他能像所有通常意义上的爸爸那样，给你爱。"

邱冬娜被戳穿，干脆承认："我就不该见他，更不该上他的车，吃他的饭。他如果是个一无是处的人渣浑蛋，我就不会这么难了，可偏偏，他看起来挺好的，我甚至有点喜欢他，觉得有这么个爸爸挺好的。"

顾飞点点头："他确实比你妈会来事，如果不知道他之前那些破事儿，就冲他见人三分笑，就比你那个妈强。"

邱冬娜很懊恼："我这样，太对不起我妈了。"

"你没有必要在他们之间做选择,坏人也会有两三个朋友,好人也会有两三个仇人。"顾飞干脆走到邱冬娜面前,看着她,"我这样的人,对造假的被调方是噩梦,可对于选择了我的投资人,就是天使,我对于你,是什么?实话实说。"

邱冬娜看着顾飞:"你带我入行,帮过我很多。我对于你,是一把称手的刀,一旦出了问题,你也会毫不犹豫地放弃我,你是我的老板,我希望被你认可。我后悔辜负过你的信任……"

两人凑得很近,顾飞摇摇头:"不对,你有时也在不断试探,我对你能容忍到什么地步。"

邱冬娜不解,但她突然察觉到顾飞的脸几乎要凑上来了,她紧张得一动不敢动。顾飞意识到事情失控,连忙起身,生硬地把话题掰回来:

"总之,既然你也分不清对你……父亲的情感,你就带着矛盾的心理去探寻一下吧。"顾飞说完快步离开会议室。

邱冬娜一直等到楼下尹平川的车走了,才敢离开。刚进家门,邱冬娜接到了王事成的电话,王事成通风报信,告诉邱冬娜她今天说的话全都被邱晓霞听见了,要她小心行事。

邱冬娜蒙了,她没反应过来,邱晓霞就到家了。

邱冬娜一惊:"妈,你回来了!"

邱晓霞冷着脸换鞋进自己卧室:"别叫我妈,我不配。"

邱冬娜上前亲昵地揽住邱晓霞的胳膊哄她,邱晓霞使劲挣,邱冬娜却死死拽着她。

邱晓霞心寒道:"你找你爸去吧,是我错了,今天要不是老天爷替我擦亮双眼,我压根不知道你心里的真实想法,儿嫌母丑狗嫌家贫。"

邱冬娜想了想,直接点破她是因为听到电话才这么生气,邱晓霞还没来得及骂王事成叛徒,邱冬娜却理直气壮地反问:

"我说错了吗？这两年你少惹事儿了吗？惹了事儿虽不能算全都是我摆平的吧，但是不是也是我跟你一起解决的。尹平川是不是比你会来事儿，比你更适合给人家做家长？"

邱晓霞一开始还没反应过来，听明白之后气得难以置信："邱冬娜，你背后说你妈就算了，当着我面，你还有理了！"

"我就不信你没背后吐槽过我？小学时，你给我最好朋友的妈妈看过我小时候的丑照吧。初中时你没少跟老师私下联系，生怕我早恋吧？"

"那都是关心你！你呢？从小学写作文公开说我不是，中学更了不得了，跟同学写交换日记数落你妈。"

邱冬娜一惊："你偷看我交换日记？"

邱晓霞理直气壮："我是那样的人吗？是你同学妈妈看了告诉我，我还劝她不要看孩子日记。行，今天就把话说开，别藏着掖着了，都这么大怨气，还做什么母女！做仇人吧。我不配做家长，我养大你委屈你了，以后咱俩一刀两断，我不用你，你也别再来找我。"

邱冬娜急了："你怎么就凭一两句话就要恩断义绝，你都没听到前后文！我今天跟尹平川摊牌了，以后不会再见他了。尹平川再好，也是别人的爸爸，邱晓霞却是我一个人的妈妈。"

邱晓霞不解："你什么意思啊？"

邱冬娜哭了："我能选吗！你能选女儿还是我能选妈？我爱你我能选吗！我有的选吗？！我只能爱你，生下来就只有你，依赖你，被你爱，你是什么样子我并不在乎啊！我只能爱你啊！"

邱晓霞愣住了，邱冬娜哭着问："我哪天瘫痪了，惹事儿了，我还是你女儿吗？"

邱晓霞想都没想："你病了我养你，你惹事儿了，有妈妈呢。"

"我也是一样的啊！尹平川会来事儿，我喜欢他。可我对你，吐槽归吐槽，你就算什么也不是，你也是我妈，你给不给我同事送水果，你都是我妈妈呀，这个道理你怎么不懂呢！还要跟我一刀两断，就凭一通电话，就凭一个比你有钱的尹平川？我前二十年没爹，后八十年也不会缺爹。"

邱冬娜哭着进卧室，关上了门。邱晓霞傻了，瞬间气消，赔笑去敲邱冬娜的门，说自己明天早上送她上班，房间里没有回应，但邱晓霞和邱冬娜心里都知道，这桩事总算是说开了。

第二十章 波折横生

从这之后，邱冬娜再也不肯见尹平川，邱晓霞也重新意气风发了起来。尹平川见不着邱冬娜，着急了起来，改纠缠邱晓霞，但每次都被她呛一鼻子灰。

尹平川不肯放弃，成天蹲守着母女俩。一天早上，邱晓霞骑车送邱冬娜去上班，但遇上早高峰快迟到了，尹平川开车跟着她们，让邱冬娜上自己的车。邱晓霞为了躲尹平川，不小心撞倒了路人，自己和邱冬娜也连人带车摔了。路人抓住了邱冬娜不撒手，尹平川抓住机会，赶紧上前，先扶起邱冬娜，打了辆车送她去上班，自己和邱晓霞一起带着路人去医院包扎。

邱冬娜在混乱之中被尹平川推上了出租车，她看着尹平川忙碌的样子，竟然生发出一种安全感。这种有人保护、有人帮自己处理问题的感觉，实在是久违了。

尹平川和邱晓霞把路人送到医院处理好后，一起出门修电瓶车，邱冬娜打来电话询问情况，邱晓霞让她放心。

尹平川在一边抱怨着："这么多年了，你这个脾气怎么还是不改。今天我要是不在，娜娜肯定迟到，没准得旷工。"

邱晓霞简直莫名其妙："你还有脸说，就是因为躲你，一天天跟狗皮膏药一样贴着。"

"我不贴还不知道你们母女过的什么日子呢，谁能想到啊，我那么漂亮的女儿在那么豪华的一个事务所工作，吃着处理蔬菜，穿的都是清仓的衣服。"

邱晓霞恼火："我们一没偷二没抢，没什么丢人的！"

尹平川语气变得真诚起来："我没说你丢人，你恨我，但孩子是无辜的。你不考虑自己，也想想孩子。我知道你房子被人骗了，现在你和娜娜租房子住，咱们是老了，但娜娜还年轻啊，你真打算让她再给你赚一套房子出来养老吗？你没想想孩子压力有多大？连男朋友都不敢谈吧？我是真心实意想要补偿娜娜。"

邱晓霞不说话了，尹平川趁她态度松动，赶紧继续说："这么多年，我可没忘了孩子，每年过年的压岁钱、生日礼物，可都给孩子攒着呢，你为了孩子，跟我聊聊吧。"

邱晓霞微不可见地点了头，尹平川带她到一处高端茶馆坐下。

邱晓霞看着尹平川驾轻就熟地给自己倒茶，忍不住讽刺道："尹平川，早些年我怎么不知道你这么文雅呢，还喝上茶了。"

尹平川不理会她的讽刺，转过身把早就准备好的大大小小写着年龄的礼物全都摆在桌上："从1岁到22岁，每年我都给娜娜买一件生日礼物，我不是不想她。"

邱晓霞随手掏出袋子上写着"3"的礼物，是一个上海迪士尼的米老鼠。她笑了笑："这是娜娜3岁时给买的礼物？那时候就有上海迪士尼了？尹平川，你临时抱佛脚抱得有点刻意吧？好意思说自己准备了22年？这是那狐狸精给你出的馊主意吧。江山易改本性难移，人老成精物老成怪，我看你俩除了坏水发酵了，好的变化真是眼拙没瞧出来。"

尹平川红着脸解释："我欠你们母女的，你说什么都是对的。我真是想补偿你们，这些东西，至少说明我有这份心。之前没见娜娜还好，这两天一见面，这孩子我真是打心眼里爱啊，谢谢你大人不记小人过，肯让我见娜娜。"

"可不是我不让你见她，孩子不想见你。"邱晓霞狐疑地打量着对面的男人，"尹平川，你心里打的什么算盘，前22年不让你见孩子，你也没这么执着啊。说吧，你特地从苏州跑过来，这么狗皮膏药一样的，到底想干吗？"

尹平川让邱晓霞打量得浑身发毛，急于找借口："我……我……算了，我跟你说实话吧，我病了。"

邱晓霞一下子就急了："生病想起我们娜娜了，我告诉你，想让我们娜娜伺候你、给你送终，门儿都没有。"

"你看看你，脾气还是这么暴。我大病一场，好了，但是这次得病，非常启发我，我躺病床上就想，这么多年我唯二亏欠的人，就是你和娜娜。我百年之后，总得给娜娜留点什么。后来我好了，我想着是老天爷给我机会，让我弥补。"

"你少来这套，我们用不着你的老天爷给机会，我们自己也有老天爷。"

"晓霞，之前你硬气，你脾气拗，我都随着你了，娜娜上学那钱你非要还我，我收了，但我都给她存着呢。"尹平川掏出一张银行卡摆在两人面前，"你说你现在，还跟我硬什么啊。我不是来跟你抢孩子的，我能帮孩子一把，别让她活得那么辛苦。"

邱晓霞的态度软和了下来，依然嘴硬："是啊，我没本事，孩子跟着我吃苦了。"

尹平川焦急地劝说着："我都说了一万遍我错了，你怎么还揪着不放呢。你说咱们当父母的，爱孩子不得为孩子打算吗？你这些年养活娜娜不容易，但有些事，咱们当父母的，得提前帮孩子考虑。房子是一方面，虽说上海这边结婚不讲究办嫁妆，可真有好男孩喜欢娜娜，是不是也得给女儿陪嫁点什么？这样将来女儿也不受气啊。"

邱晓霞有点被说服了，她点点头。

尹平川继续引导："这还是远的，近的，孩子有驾照怎么不给买车？牌照是贵了点，但她那个工作，我稍微知道点，除了忙项目就是忙考证，需要熬年头的，现在年轻正是要冲刺的时候，每天挤公交、地铁，晚上不危险啊？现在车又不贵。"

邱晓霞嘀咕："房都没了还买车……"

尹平川继续加码："好，那不谈贵的，说说你能负担起的，孩子体检做了吗？"

邱晓霞点头："做了，入职体检，还有她上大学，也体检过。"

尹平川叹息摇头："那都是最基础的，能查出什么啊！现在年轻人压力这么大，多少过劳死的，为什么啊？就是小病小灾不注意，这样吧，我先安排你们母女做个全面体检，住院一晚上全给查清楚了。"

邱晓霞想这毕竟是对冬娜好，体检总是没坏处的，于是点点头。

邱冬娜的生活最近喜事连连。先是一个看起来没那么差劲的老爸"死而复生"，还想尽办法补偿自己，给自己和妈妈安排体检；又在事务所的年度考核里从程帆扬手里拿了 A 的评级，收获三万奖金。

邱冬娜打电话给邱晓霞报喜，没想到邱晓霞告诉她一个更大的喜讯：骗了晓霞和王事成18万的假房东抓着了！骗子家属愿意把钱全都还上，几人心里的大石头终于落了地，尤其是邱晓霞和王事成。

夜里，邱冬娜母女和王事成兄弟三个一起在烧烤店里庆祝，聊到要给股东们发分红，正聊得开心时，尹平川却夹着一个公事包走了进来。

"点菜！"

几人都有点意外，邱晓霞迎上去问他怎么来了，尹平川笑着说自己去接邱冬娜下班，听说他们在这里，就过来吃点东西。

邱晓霞拿过菜单，当着王事成的面不想给尹平川好脸，但明显态度变得柔和："爱吃什么自己看，第一页都是特色，王……我们这厨师最擅长的。"

王事成嘀咕："得，我又改大厨了，事成烧烤店，我还不配有个名字咋的？"

尹平川招呼邱冬娜："娜娜爱吃什么，娜娜帮我点了，来，跟我一起吃。"

邱冬娜推说自己吃过晚饭了，邱晓霞却主动让她跟尹平川一起坐会儿。邱冬娜有点意外，但还是坐到了尹平川旁边。

王事成不满地在后厨烤着肉，嘴里骂骂咧咧，胖丁八卦地凑过来。

"哥，你遇上劲敌了，吃相斯文、能说会道，虽然长得不如你这么爷们，但也算浓眉大眼级别吧，关键是人靠衣装，人还喷了点香水，你这一身孜然味可不能比。"胖丁从兜里掏出一包润肠药，坏笑着递给王事成，"我看，不如给他增点作料。"

胖丁说着抓出两根烤串，往上面细细撒起了药粉。

王事成有些紧张："你干吗？"

胖丁笑着解释道："我最近痔疮犯了，上厕所又不利索，备了点润肠粉，美容养颜清宿便，排气排便排忧解难。"

王事成拦着："你可别，万一小娜吃了怎么办？霞妹吃了怎么办？"

胖丁晃晃手里的烤串，露出坏笑："这是羊枪，本店秘制赠送男士顾客的，缺啥补啥，壮阳提气。怎么说呢，他要是没动歪心思，这玩意他不会碰。他要是动了歪心思，我保他对自己的九转大肠、葫芦头、圈子，各种名词不同叫法，都有一个清晰的全面认识。"

王事成想了想，咬咬牙，接过润肠药，亲手撒了起来。

两人备好料后，胖丁给尹平川上菜，特意挑出两串黑乎乎看不出是什么的东西放在尹平川面前的，压低声音介绍道："这是本店男士菜，不好进，一只羊就一根，今天来了两根，之前都是我们自己吃了，今天你捡着了，算我们送你的。"

尹平川一下子就明白了这是什么，但有点为难："这好事让我遇见了？"

邱冬娜好奇地问是什么，尹平川不好意思，赶紧拿起一串就放进嘴里塞，但感觉味道有点不对："这怎么有点苦啊。"

胖子忙解释："哎呀，哥哥，你不常吃这玩意，这个啊，就是带点苦味儿才好吃。"

尹平川吃完后送邱冬娜母女俩回家，他本来还在边开车边慢条斯理地叮嘱着体检的事，却突然感觉肚子一阵剧痛，他急忙加快车速，飙车回到邱冬娜家的小区里，母女俩被他的车速吓了个半死。

回到家后，尹平川顾不上尴尬，直接冲进了厕所。邱冬娜和邱晓霞听着厕所里尴尬的声音，面面相觑。

尹平川在厕所里喊着："我肯定是在烧烤店吃坏肚子了！给我拿个一次性杯子，我要留证据，去食药监局举报他们！"

尹平川从厕所出来了，脸色铁青，邱晓霞怕他真的去举报，连忙劝他："我们俩也都吃了，都没事儿，肯定不是店里的东西坏了，还能给客人吃坏的？"

尹平川恨恨地拿起纸杯一饮而尽杯子里的水："是不是坏的，食药监局一查就知道了，我早饭午饭都没吃，肯定就是晚上那两串……就那两串你们没吃的出了问题。呸，估计没熟，现在想起来还一股骚味。那个王事成，一看就不是什么好人，他是不是知道我是你前夫，故意整我。"

邱冬娜不悦："这人怎么这样，自己肠胃不好，就觉得别人心都是黑的。王叔不会干这种事的。"

尹平川不高兴起来："娜娜，你怎么能为一个外人这么说我。"

"叔不能算外人，我们家里大事小情的，修门换锁都是他，你呢，就知道砸钱砸钱，砸钱也没见着真钱啊。"

尹平川拿出手机："好好好，我这就打电话投诉举报他们，非得把这个事情搞搞清楚，到底是他们吃得不干净还是我冤枉他。"

邱冬娜带着气起身回房间："跟小孩似的，随便你。"

邱晓霞拦住尹平川："你等会儿，你到底来认女儿来了，还是找事儿来了？"

尹平川揉着肚子："我伤心啊，我都快进医院了，自己的女儿对我还这个态度。"

邱晓霞安抚着："那你就更不该跟她较真，你想想，她那话说的，意思不就是，一个外人有事儿都比你冲在前头，她心里委屈啊。你早点回去吧，今天就当清肠了，冬娜这边，我慢慢跟她说。"

尹平川听着这话，放下电话，又在家坐了好一会儿才走了。邱晓霞为了王事成不得不一直赔笑脸地跟他坐着，她一边假笑，一边在心里怒骂王事成。

尹平川走后，邱晓霞马上打电话把王事成给骂了一顿，本就在借酒消愁的王事成挨完骂更郁闷了。

邱冬娜没来得及管这些事，她忙着计算和发放每位股东的分红，连李楚宁的0.258元都没漏下。邱冬娜想象着李楚宁收到钱时候的脸色，忍不住笑出了声。

邱冬娜发放完小股东的钱后，泡好了一杯养生茶，端到了最大的股东——顾飞——面前。

"老大，请喝。"

"孝顺！"顾飞看都没看就端起来喝了一大口，喝完才发现不对，"这不是咖啡啊。"

"桂圆枸杞配大枣，养生又补血。你没事儿吧，怎么感觉你一早晨都有点,怪怪的？有病千万别撑着。我听敏丽姐说，公司安排的体检，你一次都没去过，这可不行。"

"婆婆妈妈，有事说事，没事赶紧滚出去干活去。"

邱冬娜从兜里掏出一个薄薄的红包，递给顾飞："这是烧烤店的股东分红。"

顾飞拿过红包看了看里面的钱："这么快就回本盈利了？不少啊。"

邱冬娜谄媚地笑着："你是大股东，分得多。另外，不是之前被骗的钱要回来了嘛。"

邱冬娜眼巴巴看着顾飞把钱随手放在抽屉里，赖着不走，犹犹豫豫地为第二天的体检求了一张请假单。邱冬娜的请假单本应该程帆扬批，她解释道程帆扬今天没来，顾飞给邱冬娜签完字，有些奇怪程帆扬去哪了。

此时，没来上班的程帆扬正在一间律师事务所里,咨询离婚的事宜。

原来那天年会，她跟陈劲锋上楼喝酒，她喝醉了，后来就发生了一些不可控制的事，陈劲锋还时时骚扰她，似乎想把这段露水情缘发展下去。虽然这件事目前只有两个当事人知道,但程帆扬是个有情感洁癖的人,她不能接受自己这样对待白友新,所以自从那天之后,她已经开始认真考虑离婚的问题了。

律师坐在程帆扬对面,程帆扬的视线却越过律师,看向窗外的风景。

"这我就不懂了,你想离婚,但你来找我,既没有财产问题,也不涉及孩子的问题,你本身也算专业人士,你们夫妻协商就能解决的问题,何必找个律师呢?"

程帆扬目光呆滞:"我需要一个人帮我理清思路,这个人最好是跟我智力对等的专业人士。"

"那你现在,理清思路了吗?"

"越来越乱。"

律师摇摇头:"我处理过很多离婚案,作为你的朋友,我还是想劝劝你,离次婚扒层皮,可不是说着玩的。你跟老白之间,在我看来也没有什么完全不能解决的问题,还是,你有些事情现在还不愿意跟我说?"

程帆扬想了想:"你就当我有情感洁癖吧。"

律师有些意外:"老白他……外面有人了?"

程帆扬看看表,忽然站了起来:"好了,我的时间到了,我该走了。"

律师苦笑:"帆扬,我不是心理医生。"

"对我有效就行了,我从不期待心理上解决问题,我期待逻辑上解决。"程帆扬说完离开了律所。

第二天,邱晓霞和邱冬娜按照尹平川的安排来到体检中心病房,换好了病号服,两人看着这高级的环境都啧啧称奇。邱冬娜还是不理解邱晓霞怎么突然就愿意接受尹平川的好意了,邱晓霞却叹了口气:

"你大三那会儿,有天晚上我突然头晕,躺床上觉得天旋地转的。

229

熬了一晚上不行了，打120，结果人医生来了，我晕得床都下不来，爬到门边开门，耳朵里面咔嗒一声，就没事了。医生说我是那什么，耳石症，就是一个骨头脱位了，才晕的。那天晚上，我就特别想你。"

邱冬娜一愣："你怎么没跟我说过？"

"说什么，也不是啥大毛病，说了你又瞎操心。父母啊，只要生了孩子，这辈子这颗心就挂在你们身上了。你爸年轻时候浑，但他现在这样，我愿意理解他，你对他尽量好点。"

邱冬娜皱着眉："你可真大度，忘了他怎么对你的。况且，他又不是没孩子。你不会是觉得……他有钱，有钱不花是傻瓜吧。"

邱晓霞心虚："孩子再多，也心疼。他跟我说那意思，他跟他后面的老婆也就那样，不太想提。我估计关系也不好，那孩子向着妈呗，可能跟他不亲？"

邱冬娜摇摇头，不再说这个，而是跟邱晓霞商量起了烧烤店的事："你和王叔安排安排，这两天接待一下你们的二号股东，准备签个补充协议，他要把在店里的分红再投资给店里。"

邱晓霞忙说："这我和你王叔哪懂啊，你说怎么办就怎么办。"

邱冬娜语重心长地解释："妈，这是我王叔的店，你们可不是给我打工的，我也不是给你们打工的……"

邱晓霞想了想："二号股东？小白啊？明白了，你就是不想见他。"

邱冬娜不置可否。原来上次给股东们发了分红后，白石初不愿意要，他主动提出要把所有分红再投进店里，虽然邱冬娜主观上不想再跟他有什么联系了，但总不能因为私人感情拒绝股东的再投资。

华兴实办公室里，白石初收到了邱冬娜的微信，通知他改天签补充协议的事，白石初露出一个得逞的笑容，亲切地给她回了语音，说自己随时准备着做她的第一大股东。

这时，正在华兴实做审计的李楚宁听到了这段对话，她疑惑地看着白石初，辨认了一会儿，认出他是邱冬娜大学时的男朋友。白石初发现李楚宁盯着自己，有些疑惑地回望她，李楚宁解释道：

"我跟邱冬娜大学一个班的，我见过你，我叫李楚宁，现在也在非凡。"

白石初点头致意，想了想说："这里的人，不知道我跟你们程总的关系，也不知道我爸叫白友新。"李楚宁很快明白了白石初的意图，表示自己会保密。

邱冬娜母女俩做完了体检，一起回家，街道上的店铺都开始卖月饼了，邱冬娜这才想起中秋节快要到了。

非凡事务所里也变得热闹起来，大家纷纷讨论起三天短假期要怎么过。张旭东直接在办公室里拆起了半人多高的快递，里面是一整套滑雪设备，众人都好奇地围上来看。

杨芸芸看着这些复杂的道具："哟，旭东添了新爱好？"

"这不最近各处搞活动打折，我就买了，我想学，刚开始。"张旭东说着，突然突兀地转向李楚宁，"楚宁会滑雪吧？冬天一起去啊，教教我。"

李楚宁没听见，没理张旭东，邱冬娜饶有兴致地看着这一切。同事们没注意到张旭东的心思，七嘴八舌地议论起了假期去向，只有顾飞始终一副置身事外的样子。

张旭东生硬地转换话题，又回到李楚宁身上："楚宁，我看你朋友圈发过滑雪照片，过两个月一起去松花湖？"

李楚宁头都没抬："不了，我去瑞士滑蓝道。"

众人都没听懂，邱冬娜第一个发问蓝道是什么，李楚宁语气平常地说：

"雪道按难易级别分的一种。"

众人都尴尬地无话可接,邱冬娜却不以为意地接茬:

"那你加油!争取滑上最难赛道。"

李楚宁很是无语,不再说话。张旭东更是尬在原地,他用求助的眼光看向顾飞,顾飞冲他无奈摊摊手。

张旭东沮丧地找台阶:"顾总这个节日怎么安排?"

"我?孤家寡人没有节日,不过。"顾飞转身走向走廊深处。

邱冬娜看着顾飞落寞的背影,若有所思。她趁大家不注意,偷偷跟了过去,但顾飞并不在办公室里。

这时苏卓希从后面过来,邱冬娜只好装作去洗手间的样子,苏卓希跟她一起去了。

苏卓希边洗手边语气酸涩地跟邱冬娜八卦:"我看张旭东对你大学同学有意思,也不掂量掂量自己,那是他能肖想的?人家大小姐可是滑蓝道的人。"

邱冬娜听出苏卓希讥讽的意思,但不想接茬:"是啊,没想到楚宁这么厉害。"

苏卓希讽刺地笑笑:"厉害什么啊,有钱的小姑娘,爱炫耀,滑雪不叫滑雪,叫去瑞士滑蓝道。"

邱冬娜满脸无辜地答道:"卓希姐,那是人家的日常,随口就说出来了呗,我要是说'我下班要去便利店买个饭团吃',你总不会觉得我也在臭显摆吧?"

苏卓希不满:"行行行,你这话里话外的都是维护你大学同学啊,我听明白了。"

邱冬娜笑笑不再说话,出去继续找顾飞,终于瞄见了他独自在会议室里晒太阳喝咖啡。

邱冬娜从外面进来："事成烧烤店股东招待会，有没有时间拨冗参加啊？初步定在中秋节。"

顾飞想了想："王事成没跟我说过这事儿。"

邱冬娜有些慌乱："嗯……我这不是先统计一下人数嘛，你，孤家寡人一个，没地方去吧。"

顾飞笑了笑："小犟，你在可怜我吗？"

邱冬娜没头没脑地回答："去年中秋我妈做了八个菜，我们娘俩差点到十一月还在吃剩菜，一点意思都没有。然后，我还没吃过龙虾。"

顾飞不解："跟我有什么关系？"

邱冬娜露出一个灿烂无比的假笑："一人200凑份子怎么样？邱晓霞女士赚一点人工费，材料上吃你们一点回扣，但气氛肯定搞起来，包你花200块吃出两万块的气氛，各种昂贵食材，人多了吃才划算嘛。"

"没听过股东聚会股东自己掏钱参加的，你这是做生意做到我头上来了？"

邱冬娜摊摊手："哪里有需求，哪里就有市场。"

顾飞笑着点点头："算我一个。"

邱冬娜喜笑颜开："好嘞，那你先交个100定金吧，先声明啊，定金不退。"

顾飞掏出手机，给邱冬娜转账。邱冬娜确认收款后才满意离去，出了会议室之后赶紧给王事成打电话，商量聚餐的事。王事成听了，一口答应，跟邱晓霞母女俩还有顾飞一起过中秋，团团圆圆，多和美啊，看来他的机会又要来了！

邱晓霞也接到了邱冬娜的电话，她一开始觉得这孩子就是来讨债的，大中秋也不让自己清闲，但一听说收钱了，一人200之后，她立马精神了，这一个人至少也得赚个五十、一百的啊！

邱晓霞挂了电话,把手里她和邱冬娜的体检报告递给了对面的尹平川。邱晓霞说起自己的血液有好几项不正常,还有几项增生的,但尹平川丝毫没听进她的话,而是急煎煎地拆开了邱冬娜的那份报告看了起来。

"娜娜是 O 型血啊,挺好挺好。体重、心脏,啧啧,娜娜这身体,我放心了。"

邱晓霞不悦:"你听见没有!"

尹平川笑着收起邱冬娜的体检报告,忽略她的话:"回头给你们送点月饼,我先走了。"尹平川说着拿着体检报告离开。

晚上,白石初到非凡事务所接邱冬娜,要和她一起去烧烤店签约,邱冬娜不好拒绝,只能上了车。

俩人到店时,王事成、胖丁和癫痫正穿着不太合体的西装,满头大汗地互相帮忙打领带。王事成热情地招待白石初坐下,要他点吃的,但白石初什么都没要,他顾自地占了一张四人台,心无旁骛地看起电脑来,其他人只好四散开,各忙各的去了。

店里客人来来往往,桌子不够用,有人想跟白石初拼桌,都被胖丁他们给拦下了。白石初就这么不识趣地坐了一整个晚上,邱冬娜在款台里面快睡着了,手上还在折着餐巾纸。

最后一桌客人擦嘴离去,胖丁关了大门跟客人告别,王事成西服上蹭得都是油点子从后厨出来,忐忑地正襟危坐在白石初对面:

"白老板,你有什么指示?"

白石初抬头:"哦,你忙完了,我们现在签补充协议?签好字就没什么事了。"

胖丁气不打一处来:"不是,合着你一晚上占着我们最好的一张台,就是等签字,签字五分钟就完了。"

王事成制止他:"不能这么跟投资人讲话,打开业人家就没来看过,给你投那么一大笔钱,不得来看看经营情况!"

白石初不太好意思地道歉,他根本没想那么多。这时,突然来了个穿着制服的高级日料店外送员,白石初对外送员招手,外送员一会儿就把各种日式烤串并刺身、寿司摆满了白石初的整张桌子,随后离开。

白石初搓了搓手:"饿到现在光看别人吃烤串,我也想吃了,正好,我请大家消夜了。"

胖丁、癞痢、王事成看着桌上的烤串,交换一个眼神,面容都很怪异,摸不透这小白总是什么意思。这时白石初主动拿起一串鸡肉递给王事成:

"这家的烧鸟不错。"

"烧,什么鸟?"

"就是鸡肉串。"白石初解释道。

王事成更加郁闷了:"白老板,你是不是对我不太满意?我这后面鸡肉鸡皮鸡胗鸡心都有,你想吃鸡屁股我都现给你摘去,你从外面点串儿什么意思?"

白石初蒙了,他压根没想到这点。这时胖丁找到了外卖单子,看着长长的单子核对:"这一串15?我一串羊肉才卖6块!这一桌2000多?2000够在我这吃头猪了!"

邱冬娜终于忍不住在收银台后面笑出声来,她出来打圆场,赶紧签好了补充协议,带着白石初离开了。

白石初有些懊恼:"我是不是应该来了就签协议,然后识相点马上走人?"

邱冬娜实话实说:"他们没有不欢迎你的意思。"

"可我请他们吃饭,并不想达到这种效果。"

235

邱冬娜耸耸肩："一瓶普通的饮用水，也有自来水和进口矿泉水的区别，出去玩也要带着自家凉白开的人，是不会理解买100块钱矿泉水的人的生活。"

白石初为自己辩护："我不觉得这有什么影响，偶尔吃一顿好的，就当学习别人家的厨艺技术了。"

"你注意过店里的纸巾吗？"邱冬娜问，"王叔叔坚持要给客人用好的纸巾，但他又舍不得客人浪费，所以每次进了纸巾，他们都会人工把四层的纸巾拆成两层装好。对于一个这点小钱都要抠出来节约成本的小店，它去学你喜欢的高档日料店的经验有什么意义呢？他的目标客户就是那种用很少的钱，能吃一顿不错的肉，喜欢烟火氛围的人，都不是什么对着枯山水也能品出意境的人。"

"你终于把我拽到你的领域，打败了我。娜娜，你也变得跟之前不一样了。"白石初释然地笑笑，"你比之前，怎么说，更自信了，我不用再小心翼翼地维护你的自尊了。"

邱冬娜有些意外："小白，你……"

"是啊，你以为呢？当初的你很累，我就不累吗？每次想要为你做点什么，都要在心里验算一万遍，会不会给你造成压力，你会不会喜欢。"

邱冬娜笑了："对不起，现在的我，可能好一点了吧。有个人跟我说过，放宽了心，躺平了穷就是了，能怎么样，不活了吗？我也在试着学习跟自己和平相处。"

白石初点点头，开车送邱冬娜回家。到了她家楼下后，邱冬娜正要下车，白石初却让她等等，然后打开了后备厢。邱冬娜一看，后备厢里是各种各样异域风情的小玩意儿。

"都是给你的礼物，都是我在国外随手买的，不贵，全是一些手工艺品,挺有意思的,都送你。"白石初说着随便找了个袋子开始装礼物。

邱冬娜一副头疼的样子揉着太阳穴:"等等,你来找我,是想送我这些?"

白石初慌忙否认:"我来找你,真是谈工作,这些一直在我后备厢放着。"

"可这些我并不喜欢,手工艺品对我没什么用处。你要非送我点礼物,送我点实用的吧。"邱冬娜从兜里掏出一盒橡胶指套给白石初看,"注会必备,日常消耗品。实用又贴心。"

白石初明白,邱冬娜这是在拒绝自己。邱冬娜冲他挥手道别,回了家。

邱晓霞正在研究中秋夜的菜谱,怎么才能既看起来热闹,又能挣钱。这时尹平川突然上门,拎了一堆大包小包的月饼、水果、酒、肉。邱冬娜和邱晓霞都不大愿意接,但尹平川死皮赖脸:

"我来看娜娜,空手孩子又该埋怨我了,中秋节我订了一桌,请你们娘俩出去吃。"

邱晓霞讽刺地问:"你不回苏州看袁狐去?"

"圆弧?我爱人叫袁红……"尹平川反应过来,"哦,你说了算,你说她叫什么就叫什么。我这边的事还没办完。赏脸一起吃个饭呗?"

邱晓霞毫不犹豫地拒绝了,告诉他邱冬娜在烧烤店里张罗聚餐,尹平川想了想,直接掏出五百块钞票塞给邱晓霞,也要来凑个份子。邱晓霞看着钱,突然松了口,告诉他晚上十点开饭,尹平川高兴地离开了。

自从知道中秋节要跟顾飞一起过之后,邱冬娜就有些隐隐的兴奋,不过在中秋之前她还有重要的任务,就是调查实开公司开发的一处商务楼。

写字楼里门门紧闭，能听到房内有动静，但敲门又没人开。无奈之下，邱冬娜只能在楼道找到了电表箱，拍照记录数字。她估算了一下，这几个房间的用电量比普通家庭用电量高很多，应该是出租出去做办公室用了。

邱冬娜回办公室的途中路过商场，一家鞋店的鞋架上摆着一个黑足猫的小装饰品，她立刻动了心，想买来送给顾飞做中秋礼物。为了买这个摆件，她还特地买了双很贵的平时舍不得买的鞋。

邱冬娜回到办公室，向程帆扬汇报完了情况。程帆扬揉着发胀的太阳穴，似乎因为太疲惫而有些力不从心。

邱冬娜小心地问："帆扬总，你最近，是不是不太舒服？"

程帆扬否定了。

邱冬娜点点头，递上了一张卡片："那你假期好好休息……帆扬总，中秋快乐！"

程帆扬有些意外，接着笑了："谢谢，假期愉快，你有心了，今天可以早点下班了。"

邱冬娜离开后，程帆扬打开卡片，里面贴了一粒糖，上面写着"愿帆扬总每天都有如月圆般的甜蜜心情"。程帆扬有些甜蜜地笑了。

除了程帆扬之外，邱冬娜给办公室每个人都准备了礼物，而且是根据她平时观察到的每个人的需求选的，有的是计算机电池，有的是创可贴，办公室里此起彼伏着对邱冬娜的赞美，只有李楚宁像盯爆炸物一样盯着自己办公桌上的一个牛皮纸袋。

邱冬娜从程帆扬办公室出来，一路都有同事道谢，邱冬娜兴高采烈回到座位，看到李楚宁在跟自己送的礼物相面。

邱冬娜笑着说："不打开看看吗？我真是冥思苦想，才想起送你这个。"

李楚宁讽刺："有什么可看的，你给这一屋子人每个人送的礼物都超不过十块钱，真是难为你要省钱得巧立这么多名目。"

邱冬娜指指自己心脏："我这叫花心思，没办法，大家都送了，漏你一个也不好。拆开看看吧。"

李楚宁拆开了纸袋子，里面是一张贴着邱冬娜银行卡对账单的古早校园洗澡卡收据，邱冬娜一张奇丑无比在超市试吃的照片，和一注彩票。

李楚宁不明就里："什么意思？"

邱冬娜指着收据和照片："我大四发现了学校澡卡的漏洞，用一张有钱的和一张没钱的一起在机器上扫一下，两张澡卡余额就都变成金额高的那个了。我大四洗澡一直没花过钱，亏心到现在。这张丑照呢，我妈拍的，我们两个经常为了省钱省事儿，去超市试吃混顿饭。"

李楚宁还是不解："你跟我说这些干吗？"

邱冬娜坦诚道："我最不愿想起的两件往事，我的两个把柄，有实证的，交到你手上了，只要你愿意，可以发到财大微信群，发给所有我们认识的人。虽然不能弥补你大学时受过的伤害，但，怎么说，你能有一点暗爽也行。这张彩票不用解释了，万一中了，谁也不嫌钱多，经济补偿。总之，过去的邱冬娜跟你说对不起了。"

李楚宁怔愣地看着邱冬娜，一时不知说什么："邱冬娜，你真是浑啊，我……"

这时顾飞从办公室出来，一副心情不错的样子直奔邱冬娜的工位："群里都说你准备的中秋礼物有意思？我的呢？"

邱冬娜不太想当众拿出来："你的……我等会儿给你送进去。"

顾飞迫不及待："哪那么多讲究，别磨蹭，来来来，我看看你能送我什么。"

邱冬娜只好在同事们好奇的目光中掏出了一个包装精美的小盒子，递给顾飞。顾飞飞速拆掉包装，看到里面的黑足猫摆件，惊喜不已："嚯，这版你都能找到！"

邱冬娜忙不迭解释："没有刻意找，就是碰见了，觉得你会喜欢……"

李楚宁揶揄道："估计送我们礼物，是为了给送合伙人礼物打掩护吧，只送合伙人显得太功利了，但某些人应该是只想送合伙人的。"

邱冬娜干脆借着玩笑把实情说了："我明明是只想送顾总礼物，其他人都是陪衬。顾总，以后你尽调的项目，需要拔牙种地什么的，请对小邱高抬贵手，不要找我，拜托了拜托了。"

众人都跟着笑起来，李楚宁不屑地也笑了笑，却把邱冬娜送的礼物偷偷收了起来。

晚上下班，邱冬娜在公交站里东张西望，期待着顾飞的身影，但他一直都没出来。而另一边办公室里，顾飞正拿着邱冬娜送他的黑足猫玩具，温柔地把玩着，他想起邱冬娜的样子，心里就像被猫挠过一样。

顾飞此时此刻突然很想看到邱冬娜，他意识到自己的心情后，立马飞奔出了办公室。没想到刚一出办公室门，迎面撞上了邱冬娜。原来邱冬娜在公交站等走了一班又一班公交，终于还是鼓起勇气回来找顾飞。

两人面面相觑，都有些尴尬。

顾飞："你不是走了吗？"

邱冬娜慌乱之中拿起一个订书机："我，我回来拿点东西。"

"放假要把订书机带回去？"

邱冬娜硬着头皮点头："嗯，要带回去，加班。"

顾飞非常刻意地看表："正好，我也下班了，我送你吧。"

邱冬娜舒了一口气："好，那太好了，我好久没蹭你的车了。"

顾飞转身，邱冬娜跟在他后面亦步亦趋地离开。

车里播放着轻柔的音乐，气氛刚刚好。

顾飞不经意地问："过节家里缺什么，或者你想要什么，都可以告诉我。"

邱冬娜反应过来："你要送我礼物啊？不用了，临时抱佛脚，太刻意了。"

"你送的礼物，我很喜欢，我也想表示表示。"

"你喜欢就是表示了，下次你高兴的时候可以夸张一点，这样送你礼物的人会很开心的。"

顾飞转头对邱冬娜刻意挤出一个巨大的微笑："像这样？"

邱冬娜也笑了："对，像这样。"

"小犟，我发现你最近对我不太尊重啊，之前称呼我都带着心，现在把心给我去了。"

邱冬娜有点紧张："什么心？"

顾飞："您啊？之前都是顾总您，老大您，现在呢，你喜欢就好，你拔牙种地可别带着我……"

邱冬娜冷不丁问："你很喜欢我还称呼您吗？"

两个人都知道这个问题意味着什么，车里气氛变得有些暧昧。

顾飞咽了口口水，正要说话，手机却突然响了，顾飞手忙脚乱拿过手机，点开一看，上面写着"我回来了，在上海——浠"。

顾飞一个急刹车，邱冬娜毫无准备，撞在了前面。顾飞慌张地查看邱冬娜额头上的伤："对不起，我分神了。"

顾飞凑得很近，邱冬娜正好看见他嘴的位置。邱冬娜觉得此时气氛已经暧昧到极点，她下意识凑了过去。顾飞用手抚上邱冬娜那片泛红的额头，正要迎上她的嘴唇，突然，刘光浠的声音在耳边响起：

241

"顾飞。"

顾飞又惊又惧,他回过神来,远离邱冬娜的脸,启动车子停靠路边,冷冰冰地说:"你自己回家吧。"

邱冬娜往外看,外面是没有人行道的车道,她有些震惊:"这?能不能往前开一点,把我放在辅路上。"

顾飞语气凌乱:"嗯,这,下车吧。"

邱冬娜无措地推开车门,下车了。顾飞发动车子驶离,把邱冬娜远远丢在了后面。邱冬娜紧挨着护栏往前走,看着顾飞的尾灯越来越远。

顾飞看着后视镜里无措的邱冬娜在车流中行走,刘光浠的声音还在耳边回响着。

"顾飞,你不配爱人。"

车里的顾飞点点头,是的,我不配。顾飞流下了两行眼泪。

邱冬娜看着顾飞的车消失在车流里,十分迷茫。她小心翼翼地靠着护栏走出车流,再顺着人行道,身心俱疲地走回了家。

中秋节终于到了,王事成原本在开开心心地收拾着菜,还下血本买了一大束鲜花,准备晚上好好跟邱晓霞浪漫一把,却接到了邱晓霞的电话,说晚上尹平川也要来。他脸色瞬间变了,但又不敢跟邱晓霞吵架,只能带着气答应了下来。

胖丁和癫痫边帮着王事成布置鲜花边开导他。

胖丁:"哥,你都同意人家来了,大度一点。这花都买了,不用可惜了,也让她前夫看看,你是怎么用心的。"

"我觉得吧,没准霞姐就是带前夫来刺激他一下。"癫痫补充道。

胖丁惊喜:"小机灵鬼,别人半蹲把你智商给显出来了。我同意癫痫,保准是这么回事!她肯定是想让前夫看看王哥有多好。"

王事成叹气:"人家一家三口,携家带眷地来了,我往那一戳,多尬啊。"

王事成话音未落,邱晓霞带着尹平川、邱冬娜出现在门口,三人凑巧穿了类似颜色的衣服,站在一起非常一家三口。王事成心头更堵了。

尹平川一进门,大刺刺地赞扬着:"嗬,布置得真像那么回事。叨扰叨扰,我跟着晓霞、娜娜来蹭顿饭吃。"

胖丁夹枪带棍:"我们这屋,都是鳏寡孤独,过年没家的,你这有家有业的,体验生活来了?老婆呢?孩子呢?"

尹平川不慌不忙:"我上海的事没忙完,她们在苏州过节。"

胖丁一扔抹布:"吃着碗里的看着锅里的。"

王事成听不下去了,重重放下遥控器,直接进了后厨,用力剁着肉馅来发泄心情。

邱晓霞跟了进来,看他这副样子,轻声哄道:"尹平川给了一大笔入伙费,给咱们加俩菜。"

王事成气得把刀直接敲在案板上:"我缺他那俩菜吗!他爱来吃,我招待,我大度。不过我不欢迎他,你下次少往我这领,我看着心里堵。"

邱晓霞解释:"他是为娜娜来的。"

"娜娜?我看未必吧,苏州多近,家里老婆孩子都不一起过节,这摆明了有事儿。我看他就是想跟你旧情复燃。"

邱晓霞也生气了:"怎么燃,拿什么燃,我这心里死水似的,谁跟他燃?你当我乐意他来啊,还不是为了孩子。"

邱晓霞不再搭理王事成,扭身出去了。王事成也不追,继续奋力地剁馅。

外间的气氛也不大好,因为尹平川的出现,一屋子人不尴不尬,都只能看着电视,不好笑的地方也哈哈大笑。

邱冬娜时不时地往外看,等着顾飞,但一直没等到,她终于忍不住凑到胖丁身边："人齐了吗肥叔？"

胖丁答道："小飞还没来呢。"

邱冬娜装作刚想起来的样子："对啊，他还没来。"

胖丁点点头："说有事，晚点过来。"

邱冬娜"嗯"了一声，看似无意地点点头，却在大家都在对着电视尬笑的一个空档出去了。

邱冬娜找了个无人处，掏出手机找到通讯录里顾飞的电话，犹豫很久按下拨通键瞬间又按了挂断。她又在微信里跟顾飞的对话框里输入"还好吗？"，想想不好，删掉，又输入"不来吃饭可不退钱呀"，按了发送键。

这时顾飞的声音突然在头顶响起："怎么站在外面？"

邱冬娜抬头发现顾飞不知道什么时候已经出现了，慌忙在手机上点了撤回，借口说里面太热。顾飞点头，两人一时无话，有些尴尬。

顾飞先道了歉："昨天，抱歉。"

邱冬娜对顾飞的称呼又恢复了："嗨，没事儿，反正我也是蹭您车的，不过下次您能不能找个有人行道的地方把我放下。"

顾飞一愣："又改成您了？"

邱冬娜不想回答，领着顾飞要进去，顾飞从口袋里掏出一个写着账号和密码的纸条递给邱冬娜：

"新出的那个财务软件和它的在线培训。"

邱冬娜惊喜道："您怎么知道我想买这个的！不过您这礼物多少有点敷衍，我又没打算离开非凡，学会了也是给您节约成本。"

顾飞作势要拿回来："不要算了。"

邱冬娜飞速把纸条装进自己口袋："谢谢领导，领导万寿无疆。"

顾飞点点头："嗯，这还差不多，来帮把手。"

顾飞带着邱冬娜走到自己停车的地方，打开后备厢，里面是几只泡沫箱，可以看到里面有龙虾。邱冬娜这才知道顾飞来这么晚，是买龙虾去了，突然有些感动。两人搭伙搬着泡沫箱走进店里。

很快，菜已经摆好，最中间是顾飞送来的龙虾。众人围坐在桌前，邱晓霞端着最后一个菜进来。她袖子卷了起来，露出邱冬娜送的电子手表，张罗着开饭。顾飞帮着布置餐桌，给新菜腾地方的时候，看似不经意地把龙虾放在了邱冬娜面前，也露出了那块电子手表。

胖丁眼尖先发现问题："唉？霞姐跟小飞的这手表，这是情侣款吧？"

邱晓霞得意扬扬晃了晃手腕，展示自己的电子表，说是邱冬娜送的。顾飞看向邱冬娜，邱冬娜不敢跟他对视，低下头，幸好这时候王事成举杯：

"我先提一个，今儿月圆人更圆，各位给我王事成面子，在我店里聚餐，大家随便吃随便喝。祝大家中秋快乐，都发财！"

众人碰杯喝酒，气氛和和美美，倒真像是一家人。酒过三巡菜过五味，桌上众人各自凑堆聊天。王事成和胖丁、癞痢说到了往事，都有些唏嘘。

王事成微醺地感叹："之前哪能想着有现在的日子啊。"

胖丁癞痢点点头，跟王事成碰杯。邱冬娜正拍照发朋友圈，却被尹平川拉住诉衷肠，尹平川喝得脸都红了，动情地说：

"爸爸真的不容易啊，为了你爸爸什么都能做，爸爸这条命都可以给你，只要你健康！比什么都强。"

邱冬娜不太自然地收回自己的手，念叨着自己刚体检过，挺健康的，但尹平川又一把攥住她的手，继续说："21世纪，投资什么都不如投资健康，一个家庭，老中青三代人持续努力，没病人没犯人没恶习，这才能保住平稳的生活啊……"

顾飞给邱冬娜解围，拿起酒杯："说这话没错，一病毁全家，来来来，为了健康喝一杯。"

尹平川松开邱冬娜的手，跟顾飞碰杯。

王事成忽然站了起来，红着脸对着邱晓霞："不行，我得提一个，这一杯，我王事成得感恩。感谢小飞，投资我开店，感谢小娜帮忙跑前跑后把这个店支撑起来，感谢我这俩兄弟跟着我干，还要感谢霞妹。"

邱晓霞有点不好意思："我有什么可感谢的，臊得慌，没我捣乱不能出这么多事。"

"感谢你的信任，你信我能成事，我为了你才有胆量把这个店开起来。我今天把话放在这，以后你邱晓霞的事就是我的事，你邱晓霞的女儿我当自己孩子一样。以后你们娘俩无论是买房还是小娜结婚，我有多少出多少。"

众人起哄叫好，尹平川却不满意了，嚷嚷着："王事成，我这个亲爹还在这坐着呢，娜娜怎么就成了你的孩子？"

王事成呸了一声："你好意思说亲爹，这娘俩这些年遭了多少罪，我这个半路认识的都心疼，你跑哪去了？哦，孩子培养优秀了、长大了、能挣钱了你来摘果子了，也就是霞妹和小娜不跟你计较，觍个脸上我这当爹来了。"

尹平川一拍桌子站起来："你怎么说话呢！开个破烧烤店，真当自己是和平饭店的老板呢。"

邱冬娜眼看两人就要打起来了，赶紧打圆场："哎呀，这事儿有什么好争的，一个亲爸，一个义父，叔叔大爷哥哥姐姐，你们想怎么称呼都行。大过节的，都少说两句，多吃两口。"

"什么人你就义父大爷哥哥姐姐地乱认？我可是打听过了，这是个贼窝,全都是刑满释放的!"尹平川指着王事成,"他杀过人你知道不知道!你怎么能跟这种人来往?!"

王事成、胖丁、癞痢都站起来了,癞痢不吭声闷头进后厨了。胖丁挺直了脖子:"你说哪是贼窝?你骂谁呢!我王哥就坐过牢,你姓尹的给他舔脚都不够资格。"

邱晓霞也怒了:"尹平川,这么多年了,你还是改不了偷鸡摸狗的习惯啊,背后打听的不少啊,还打听什么了,你都说说吧,我们这一屋子人,是不是都给你报报户口,才配跟你同桌吃饭?"

尹平川越说越难听:"邱晓霞,你是越活越回去了,你真觉得找一个杀过人的给你当靠山,他就能为你杀人了?他就是个人渣,就该一辈子关在里面。还给我孩子当义父,美得他!"

这时,癞痢拿着啤酒瓶子从里面出来了,径直走到尹平川身边,照他脑袋上就砸去。众人惊呼起来,幸好旁边的顾飞速起身,用手帮尹平川挡住了,酒瓶碎在顾飞的手上。

尹平川干脆把桌子掀了:"好哇!揭穿了你们的真面目,你们这是要灭口啊,来吧!照这来,今天不分出个大小王,谁也不许走。"

王事成、胖丁、癞痢要上前围殴尹平川。顾飞把邱冬娜一把扯到自己身后护住,对众人怒吼:"坐下!都给我坐下!"

众人被顾飞的声音喝止住,一时都愣了。

顾飞扶起凳子,坐在一堆残羹冷炙中间,接过邱冬娜递过来的纸,不疾不徐擦着手上的血:"挺好,花好月圆,不破不立,杀人犯是吧,大小王是吧,我也没什么不能说的了,都听听吧,省得再互相猜忌。"

顾飞捡起一个倒掉的酒瓶,一饮而尽其中残酒,平静地讲述自己的故事:

"不是都想知道我跟王事成怎么认识的吗?我的初恋女友,叫刘光潣。顾鹏，也就是我爸，出事的时候，我觉着不能拖累人家姑娘，就跟她分了手。谁知道分手的那天，她回家的时候遇上了歹人，要不是王事成豁出性命救她，她那天晚上就没了，但王哥救人被判了防卫过当。都听明白了吗？王哥是替我坐的牢，真正该死的人是我。"

众人都听愣了，顾飞手里死死攥着一个空酒瓶，他的手在颤抖，极力压制情绪，继续说："她是我大学同学。出了事情之后，我一直想弥补她，但她出院后就休学了，后来出国了。再后来的事情，你们就都知道了。"

邱冬娜忍不住开口："潣潣，是你让我去给她送东西的那个姐姐？"

顾飞苦笑点头："是，那天她要出国了，我……我不知道还能做什么，让你给她那张卡，是我当时所有的积蓄，她后来从国外寄了个没有寄信人地址的邮件，还给我了。不过那天，你说的话，让我很安慰，你也给过我很多神迹。"

尹平川臊眉耷眼地看看生气的邱晓霞，给自己找补："嗨，谁能想到这里面还有这种事呢。"

邱晓霞把尹平川往外推："你给我滚！再也不要出现在我眼前，以后女儿不用你操心，她是我的孩子，过好过赖，我们认了！"

顾飞却站了起来："该走的是我，挺好，这也没什么能吃的了，我回去煮碗面。"

王事成让顾飞留下来吃饺子，顾飞却疲惫地摆摆手，离开了。

邱冬娜想了想，跟了出去，让顾飞带自己一起去吃面。顾飞无奈，带着邱冬娜来到了便利店，一人一碗泡面，面对面吃着。

邱冬娜看着顾飞："其实，你有没有想过，不是你想弥补她，而是你一次次地期待她说出那个原谅，让你自己不再愧疚。但她真跟你说了'我不在乎''没关系''我已经痊愈了'，你并不一定会好受。

只要你自己不肯走出来,你就会在心里想,她是不是为了让你好过,才故意这样说,你会背负更沉重的枷锁。"

顾飞被邱冬娜点醒,搓了搓脸说:"昨天她发了一条短信给我,告诉我她回来了,我现在还不知道怎么回复她。"

"她不是在告诉你她回来了,她是想说,她准备好了,可以跟你一起走出那个噩梦了。"邱冬娜鼓励似的握住了顾飞的手,"你从那天开始,就一直在坐牢,现在,你也该出狱了。去见她吧,我们都得接受命运的无常,幸运的人是幸运的,但大多数时候,无常才是常态。"

顾飞看着邱冬娜的手:"你好像,比我更坚强。"

邱冬娜一副无所谓的样子:"我没办法呀,你还过了20年好日子,我从出生就跟我妈三天一个霹雳,五天一个闷雷这么过来的。不过,你相信我,只要努力活着,就总会有希望。"

顾飞点了点头,邱冬娜对他露出一个笑容,顾飞好像重拾了某种力量。

晚上,顾飞收到刘光浠的短信,约他出来见一面。顾飞捧着手机许久,他想起邱冬娜的话,终于回复了"好"。

顾飞这边在揭开旧伤疤,而程帆扬却在切开新伤口。她向白友新提出了离婚。白友新本以为她还在为了小白的事而闹脾气,最后才意识到程帆扬是认真的。白友新还沉浸在震惊中,程帆扬却已经跑出了家,开车到宾馆住下。

这天晚上,邱冬娜也没有睡好,她回忆着自己的手搭在顾飞手上时温热的触感,心脏忍不住咚咚乱跳。

第二天她顶着黑眼圈走出房间门,一出门就听到邱晓霞在骂尹平川:

"这个挨千刀的作死货,干什么不好掀我桌子,真是吃上饱饭忘了饥荒了。我是猪油蒙了心了同情他,人家用得着你同情。我告诉你,他别说病重了,死了都跟咱没关系!说王事成是人渣,呸,他也配!"

邱冬娜无奈地笑笑,正要劝邱晓霞,手机却震动了,邱冬娜掏出来一看,是一条银行提醒:

"尹平川 X 月 X 日 10 时 9 分向您尾号 1234 的储蓄卡电子汇入人民币 18888.00 元。"

邱冬娜意外,这时尹平川的短信也发过来了:"娜娜,宝贝女儿,大红包收到了吗?爸爸想见你,别告诉你妈。"

第二十一章 捐献骨髓

邱冬娜想当面把钱还给他,顺便把话说清楚,于是来到他短信说的茶馆。尹平川看到邱冬娜,满脸堆笑地招呼她坐下,给她倒茶。

邱冬娜直接要他把账户告诉自己,她把钱退回去,尹平川说是这些年欠的压岁钱,但邱冬娜根本不吃这一套,说他不要钱就替他捐了,说完转身就走,却被尹平川一把拉住。

邱冬娜不愿再回座位,两人站在门口,尹平川掏出一个相册,献宝一样地递给邱冬娜,说这是她妹妹,尹爱媛。邱冬娜一张张翻看着,相册里是尹爱媛从小到大的照片,有欢乐谷游玩的照片、作为音乐会演出者的照片、正经西餐店里吃牛排的照片……能看出这个女孩受了很好的照顾,有幸福的人生,和邱冬娜的山寨人生完全不同。

邱冬娜百味陈杂:"她,很幸福。爱媛,她妈妈姓袁吧?你们感情还真是不错。"

"孩子是无辜的。媛媛今年刚大一了,唉,这孩子善良、宽容,

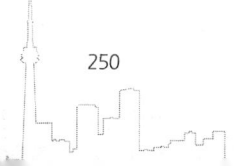

但笨点,成绩不如你,学习上我没少操心。"尹平川指着一张照片,"你看这个,她小时候演出的照片,音乐上有点天赋。哪天,让她给你表演,你去听听,品评品评。"

邱冬娜苦涩地笑了笑:"我……没去过真的欢乐谷,我吃的牛排都是我妈卤过的,至于音乐会,我根本听不进去。在尹爱媛面前,我估计只会觉得自己有一个山寨伪劣人生。如果你只是想让我们认识一下,我祝她幸福,但见面就没必要了。"

邱冬娜转身去开门,尹平川却死死地拉住她:"娜娜!爸求你了,救救你妹妹吧。我实在没办法了。"

邱冬娜惊呆了,尹平川将她拉回座位上,恳切地说出自己的真实目的:"白血病,两年前她高中那会儿查出来的,我跟她妈妈都配不上型,能求的亲戚朋友都求了,也试了,不行。骨髓库那边一直没有合适的。我们俩都想着再给她生一个弟弟妹妹,用脐带血,折腾了很久,钱花了不少,可你阿姨毕竟年纪在那摆着,怀了两次,流了两次。"

邱冬娜又震惊又蒙:"你从一开始来找我,就是为了这个?你来上海要忙的事,就是给她看病?"

尹平川点点头:"我本来想等你能接受我了,再慢慢跟你说,但你妹妹她等不了了,这个节,她们母女是在医院过的。她很懂事的,就是病成这样,为了安慰我和她妈妈,还是努力考了大学,可现在,她连学都上不了。这个病,一天不移植,就是一颗定时炸弹坐在屁股下面。娜娜,你一定能救你妹妹,你身体健康,你血型跟她也一样……"

邱冬娜难以置信地打断尹平川:"你之前安排我和我妈去做全面体检,就是为了这个?宰猪之前给盖一个检疫合格的证书,是这样吗?"

尹平川不说话,默认了。邱冬娜拿起包就冲出了包厢,尹平川追了出去。两人跑到茶馆的大堂里,尹平川拽着邱冬娜，哀号着恳求她："娜娜，爸爸是浑蛋，但你妹妹是无辜的。爸求求你！"

邱冬娜使劲挣扎着要他放手，两人的冲突吸引了茶馆内其他人的注意力。尹平川干脆扑通一声当众给邱冬娜跪下了，左右开弓给了自己两个大嘴巴：

"千错万错都是我的错，你救救你妹妹吧，你不能看着她死啊，求求你去做个配型，那是你亲妹妹啊，她还那么小！只要配型成功，她的白血病就有救了！"

所有人都看向邱冬娜，有人开始小声议论邱冬娜狠心，尹平川听到有人支持自己，愈发激动，干脆深深地向邱冬娜叩首，卖惨。邱冬娜见尹平川不肯起来，干脆拉过一把凳子，端端正正地坐在尹平川对面，生生受了他的叩首：

"好，那我问你。我妈怀着我的时候，你跟你现在的老婆，也就是你那无辜女儿的妈妈搞破鞋，跟我大着肚子的妈离婚的时候，有没有想过我是无辜的！我妈摆地摊、当家政、干保洁，在便利店当收银员、露天停车场风餐露宿收费，她赚钱养我、供我读书的时候，你有没有想过你还是我爸爸？"

尹平川支支吾吾："那，那是你妈，不想让我见你……"

邱冬娜哭着："她现在也不想让你见我，你不还是见了！"

"我可以弥补的，你只要开口说个数，我都给你。"

邱冬娜极力按捺着自己要失控的情绪："这是钱的事吗！你之前突然来找我，说想我、想弥补我那时起，就天天把给我钱挂在嘴边，你真是为了弥补吗？还是你觉得出了钱，就买了我的骨髓，你就能心安理得了！"

尹平川被问得哑口无言，路人们听到这里，已经全懂了，纷纷开

始骂尹平川不是人。

邱冬娜大哭起来,无比委屈:"你拿我当什么?一个器官容器,还是一个骨髓供应机?你拿钱就可以买走我身上的东西吗?她是你女儿,她不是我妹妹!"

邱冬娜哭着跑开,跑到了路上,在无人的角落里失声痛哭。

邱冬娜终于对这个所谓的亲爹死心的同时,顾飞和刘光湉也终于见面了。

顾飞十分紧张,刘光湉相比之下却很轻松,两人一阵尴尬地寒暄后,刘光湉先开口了:

"王哥希望我见你一面。他说你的生活一直在原地踏步,奋力地把脚高高举起,然后重重地原地砸落,都快砸出坑来了。"

顾飞故作轻松地笑了笑:"哪有,他夸张了,我这几年也干出了一点成绩。"

"顾飞,我已经不是之前那个我了,之前的事情,我经历了,我痛苦过了,我康复了。以前我年轻,走不出来。这么多年过去了,我想通了,那不能怪你。"

"你说不怪我,并不能真的让我轻松下来。如果我那天送你回家,如果那天我不提分手,如果那天我能理智一点,不是只想着自己有多惨,忽略了你的感受,后面的事就不会发生了,我不杀伯仁,伯仁却因我而死。我不光害了你,还有王哥。那件事之后,我就有了个可笑的强迫症,晚上10点以后一定要把跟我在一起的女性送回家。"

"顾飞,你也太自大了。"刘光湉笑了,"把这世界一切悲剧包揽在自己身上,是不是也是一种自大?你凭什么认为你不做错,我和王哥的人生就一定顺遂呢?我是埋怨过你,恨过你,但是我想明白了,这些经历已经加诸我身上,我没有办法改变过去,我却可以期许未来。

你不要再抱着悲剧制造者的姿态,每天浑浑噩噩地活了,我不需要,王哥也不需要,你对我们的怜悯,只会让我们觉得自己是可怜虫,这样,你开心吗?"

顾飞慌了,以为对方在指责自己,赶紧说自己绝对没这么想过。刘光浠笑了:

"顾飞,你放下我吧,让我也放下过去,我们都好好重新生活吧。人体七年完成一次完整的新陈代谢,我现在每一个细胞都与之前的刘光浠无关了。"

顾飞郑重地点点头。刘光浠的态度也轻松了下来:"你跟之前的那个顾飞,终究是不同了呀。"

"怎么会,我一直都这样,除了你说的,老了。"

刘光浠摇摇头:"我感觉现在的你,至少在活着了。"

顾飞怔了一下,脑海中闪过小犟的样子,他笑着说:"可能是吧。"

谈话结束,顾飞目送刘光浠和她的丈夫、孩子一家三口开车离去,他终于珍而重之地把手腕上的那块旧表摘了下来。

顾飞打开手机,这才看到上面一串来自小犟的未接电话,他打回去却没有人接,这时王事成也打电话给顾飞,说邱冬娜一天没回家了。顾飞想了想,开车去往事务所。

顾飞从事务所外一路找进来,都没看到邱冬娜的身影,他正准备离开,却转念一想,打开了无人会议室的门。会议室里,邱冬娜坐在顾飞晒太阳的地方,脸上盖着一个文件夹,看起来像睡着了。顾飞走过去,站在那看了一会儿邱冬娜,邱冬娜还是一动不动。顾飞干脆掀起了文件夹:

"我弄出这么大声音,你不可能没听见。"

邱冬娜紧闭着眼睛,但脸上还是刚哭过的痕迹,顾飞一惊。他先打电话给邱晓霞,说邱冬娜在所里,而且没说邱冬娜哭过的事。交代完了之后,顾飞开始审问邱冬娜的情况。

邱冬娜犹豫地开口:"我……有个妹妹,尹平川的女儿,她得了重病,需要骨髓移植,尹平川今天上午找我,摊牌了。"

顾飞先是皱眉,接着想明白了,怪笑起来:"真是浑蛋啊。我就担心他突然冒出来没安好心,又不是拍什么偶像剧,怎么可能天上掉爹,一来就要给你买房买车,头二十年干吗去了?但我没想到他居然是因为这种事,现世报啊。"

邱冬娜点点头:"他是挺浑蛋的,但换作是我,我妈会做得比他还浑蛋吧,知道有个人能给我配型,就是绑架也得绑来配了。"

顾飞扶起邱冬娜的肩膀:"小犟,你对这种人没必要换位思考,更没必要理解。他伤害了你,别人给的伤害,就只是伤害,哪怕后来你痊愈了,成长了,你也是自己强大起来的,你懂吗?"

"嗯,我没想同情理解他。甚至,他跟我说这件事的时候,我非常委屈,我当时……自私地希望他那个女儿死掉,让他一辈子都痛苦。"

顾飞点点头:"这也没什么不好意思说的,不是每个人都要从内到外保持高尚的想法。"

"我恨他,恨他为什么要告诉我,我不想去做这个配型,可我不去做这个配型,那个女孩真的死了,我可能要一辈子背负愧疚感,我不想这样。"

顾飞深深地叹了一口气:"我没有办法给你建议,我只能说,无论你做什么样的决定,都是对的。"

"如果我不救,你不会觉得我很自私,很冷血吗?"

"不会,我会觉得你选择了一种你认为合适的方式。救很容易,成全所谓大爱,被'孩子是无辜的'这种说法绑架。但能选择不救,却需要无比强悍的勇气,可能别人会认为自私,但你没有一定要帮的义务,别人也没有指责你这种选择的权利。"

邱冬娜非常意外顾飞会这样回答,她吸了吸鼻子:"你这样说,我没那么难受了。"

"回家吧,好好休息几天,这些事,先不要想了。"顾飞换成一副财迷口吻,"赶紧走,我可是跟你妈说了你在加班,她这个财迷才没追问,假期三倍工资,我在这开导你,还得付你钱,毫无道理!"

邱冬娜笑了,揉眼睛点点头,中秋假期就这么结束了。

李楚宁从蓝道滑雪回来,居然给邱冬娜带了个冰箱贴,邱冬娜受宠若惊,恨不得别在身上。李楚宁表面上嫌弃她这副没见识样子,其实在暗自偷笑。鲁一鸣看着不解,问李楚宁和邱冬娜到底是什么关系,李楚宁想了想答道,大概是只有自己能骂她的那种关系。

邱冬娜自从上次的事情后,就没再见过尹平川,尹平川急得只能发短信,说要给她们母女俩买一套300万的房子做补偿。邱冬娜把短信删了,又把号码拖进了黑名单。但尹平川说的房子却烙进了邱冬娜心里,自从房子被晓霞抵押没了以来,这就一直是母女两人的心结。邱冬娜不可能要尹平川的房子,但她真的很想在上海和晓霞有个家。

这天下班后,邱冬娜路过公司附近的楼盘,忍不住进去看,最小的三十平的户型都要一百万。邱冬娜正婉拒着热情的售楼小姐,却在大厅看到一个熟悉的身影,程帆扬竟然也在看房。两人碰面,都有些尴尬,邱冬娜正要走,程帆扬却邀请她陪自己一起看房,邱冬娜受宠若惊地答应了。

看房过程中,邱冬娜感受到了强烈的贫富差距。随便步入一间样板房,邱冬娜都是刘姥姥进大观园的状态,而程帆扬却能有理有据地挑三拣四,两人看了好几套才走。离开楼盘后,程帆扬突然问:

"小白跟你怎么说的？"

邱冬娜疑惑："什么怎么说？"

"我的事儿。"

邱冬娜会错意，以为程帆扬指白石初对她的成见，于是酝酿着答道："哦，这个啊，其实小白怎么说，都只是他的主观感受。"

程帆扬点点头，继续问："最近，我确实有点分心了，不过我要离婚的事情，其他人没有必要知道，你懂我的意思吗？"

邱冬娜很意外，白石初根本没说过离婚的事。程帆扬又尴尬又气，邱冬娜恨不得缩进副驾驶靠背里：

"我以为你问的是……你懂的啊，对爸爸的再婚妻子戴的统一有色眼镜。这个也不是小白独家，我虽然没见过我爸现任，我也……总之就是不喜欢。"

程帆扬愁得直揉着眉心，不再说话。邱冬娜想起陈劲锋跟程帆扬的事儿，忍不住问她买房是不是为了离婚，程帆扬不回答。邱冬娜却自言自语说：

"其实，能为了爱情，挺勇敢的。毕竟不是每个人都有爱或被爱的能力。"

程帆扬摇摇头："婚姻很复杂，没有公式可套，我想把它归类于我熟悉的领域，婚姻于我，更像是个能力远高于我的CPA做的一本假账，我明明知道有问题，却无法透过层层迷雾，找到真相。"

邱冬娜不以为然："但也一定会有真相的，这世界上不存在没有破绽的假账，所以，一切都会有答案。"

程帆扬自嘲："可假如，那个问题就是我本人呢？对于别人来说易如反掌，于我如登天。"

邱冬娜答不出来，陷入了沉思。

邱冬娜到家后，跟邱晓霞聊起这桩奇闻，邱冬娜怎么也不肯相信程帆扬这么一个公事公办的人能为了陈劲锋离婚。邱晓霞却觉得完全能理解：

"好女怕缠郎，女追男隔座山，男追女一层纸。我能理解她，从老公身上得不到的，外面给点温暖就骗走了呗。你想啊，她那样的女的，长得好看又有钱，嫁汉就不单是为了穿衣吃饭了，总得图点啥吧，可不就图男的对她好呗，结果呢，孩子不跟她生，家里前妻那么大个儿子，天天眼前晃悠着，心里憋屈了，就跑到能一开个房来喝酒。苦啊。"

"妈，你不懂，生孩子未必是她人生的必要选项。她要是为了工作选择丁克、终生不要小孩，我能理解。你说她为了要小孩，最后闹到要离婚，怎么可能。"

邱晓霞一副过来人口吻："你不到年纪不能理解，这人啊，活着活着就没意思了，别管是有钱的没钱的，你这辈子到某个节骨眼就像到头了一样。你们年轻人，考学后想着工作，工作后想着多赚钱，赚钱后想着工作上再进一步。我们就不一样了，我们把这些事儿都经历了，大悲的，大喜的，再难过也哭不出来了，再高兴也不能像年轻时那样笑了。我没本事，知道自己这辈子就这样了。她有本事，可她的人生也那样了，再往上，开更大的事务所，开到全世界去，开到外星去，也是一样的日子。"

邱冬娜撇嘴："所以就要生孩子，跟打游戏练小号一样啊？"

"练不练小号我不知道，但小孩就是新生，就是希望，哪怕自己人生吃过的苦，跌过的坑，这个孩子再来一遍，也是充满希望的。老公未必靠得住，人生未必一直走上坡，但小孩会一直爱着妈妈，虽然做父母的，是自私地把小孩带到这个世界上来，但他不会跟你计较，他会觉得你给他个屎粑粑，都是好的。"

"妈，咱能别这么恶心吗？不会我小时候你就给过我粑粑吧？"

"粑粑倒没给过你，捡个玻璃球骗你是红宝石，你可是当真了好几年，宝贝得不得了。"

"你这么说，我怎么觉得程帆扬看着什么都有了，实际上过得还不如咱俩呢。你不会是在给自己脸上贴金吧……"

邱晓霞有些得意："她未必真的比我更幸福就是了。"

邱冬娜笑了笑："因为你有我啊。妈，我今天去看房子去了，商住，30平方米，100万。我现在买不起，但未来，咱们早晚有一套属于自己的房子。"

邱晓霞惊了："你看我像不像100万！"

"像，你还像1000万，像能买得了大房子的1000万。不对，大别墅值多少钱，你就看起来像多少钱。"

母女两人都大笑了起来。

尹平川有好几天没再联系邱冬娜，邱冬娜的生活刚平静了一点，这时事成烧烤店却出了点麻烦。连续几天晚上，本应该生意最火爆的时间段，总有几个长相彪悍的男人大刺刺地坐在店里，点几根串，一坐一整晚，怎么都不肯走。其他客人排号怎么都排不上，也就散了。王事成和癞痢、胖丁郁闷得不行，但人家一没闹事，二也点了单，总不好赶人走吧，只能强忍着。

顾飞来烧烤店吃饭，看到了这情况，他坐到那几个大哥对面，好声好气地问他们想干什么，对方却一脸混账样地说自己就是来吃饭的。后厨的王事成和癞痢、胖丁听到这话，再也忍不了，提着扫把、菜刀、炒勺就冲了出来，站在顾飞身后。几个大哥见状也"噌"的一下站了起来，气氛一触即发。

带头大哥把脚往凳子上一踩："你们这是做生意还是黑店啊，是不是看不起我们？哪有点单点少了就打客人的店？"

胖丁暴躁："少废话，干就完了，哥几个还怕这个吗！"

顾飞拦在两拨人中间："都别冲动，谈判能解决的，咱就……"

顾飞话音还没落，已经被冲动的两拨人挤在了中间，癫痫手里的炒勺刚挥起来，一个壮汉就假装被打，应声倒地，还顺带带倒了一张桌子。几个大哥砸店的砸店，跟王事成他们对打的对打，场面一片混乱。王事成三人却投鼠忌器，怕破坏店里东西，吃了不少亏。

王事成抱住一个要砸收银台的壮汉："孬种，要打出去打，一对十老子都奉陪！你们这是把我往绝路上逼啊！"癫痫让两个人困住，挥舞着炒勺，挣扎着要跟人拼命。胖丁拎着菜刀冲上来要帮癫痫，顾飞眼看胖丁要砍人出大事，上前抱住癫痫。

一个大哥趁机大喊："他们要砍人！杀人啦！"

顾飞怒吼："都给我清醒点！"

几个大哥根本不听，这时混战之中，一个胳膊肘猛的顶到了顾飞脸上，顾飞当场鼻血窜了出来，眼看控制不住，顾飞趁乱把血全涂脸上，大叫一声，应声倒地。闹事的人见状一惊，赶紧跑了，边跑还边喊："我没碰他！"

王事成焦急地摇晃着顾飞，眼看就要打120，顾飞却睁开眼，说自己是装的。顾飞要报警，但癫痫和胖丁都怵警察，而且说到底是他们先动的手，报警没理，只好算了。

然而祸不单行，这边刚打完架，那边能一酒店里，邱晓霞就莫名被客人打电话投诉了，说她打扫不干净。晓霞气得不行，她回拨过去想找客人理论，却发现都是公用电话。

烧烤店里，几人一合计，都看出自己是遭人算计了。大家正讨论着到底是谁得罪了谁，胖丁却突然掏出一部手机，原来是他刚才打架的时候捡到藏起来的。

胖丁打开手机一看，屏幕上刚好是一个来自"尹"的电话。胖丁指着手机，明知故问："这个姓，眼熟不？"

王事成难以置信地一把夺过手机，接通了电话，电话那边传来了熟悉的声音：

"交你办的事怎么样了？"

王事成怒吼："尹平川，原来真的是你啊！"

尹平川听着王事成暴躁的骂声，赶紧挂断了电话。此时他正在医院里，温柔地给宝贝女儿尹爱媛吹头发。

王事成被挂了电话后，直接拎起烤乳猪的叉子就要出门，被顾飞拦下来了。

"你干吗去啊！多少年了，还管不住这个冲动的性格吗！有证据咱就报警。"

王事成推开他："我咽不下这口气，他追女人不行，坏到我头上来了！"

胖丁和癞痢都抄了家伙要跟上去，却被王事成制止，男人之间的私事，他要自己解决。顾飞眼看拦不住，只能缴了他的械——乳猪叉子，才肯放他出门。

王事成走后，胖丁立刻给邱晓霞打了电话，顾飞没来得及拦着，于是赶紧开车去找邱冬娜。

医院里的尹平川还不知道王事成打上门了，正在给女儿削苹果，老婆袁红在一边抱怨他不该给尹爱媛洗头发，会着凉。尹爱媛帮尹平川说情：

"妈，你别说我爸了，天天蓬头垢面的，没病也得脏出病来。"

袁红态度缓下来："再坚持坚持，等你好了，你就算一天洗八个澡，妈也不拦着你。"

尹爱媛问尹平川："我真能好吗?"

尹平川肯定地点点头："能好,怎么不能好,配型都给你联系好了,八九不离十了。"

尹爱媛有些怀疑："你说的那个姐姐,她是不是不同意给我捐啊?"

尹平川却满口肯定："同意,我跟她一说她就同意了,她一看你照片就同意了,说我们媛媛漂亮又大方。但她工作忙,咱们也得体谅人家,她把手上的事处理好,就来了。"

尹爱媛兴奋又感动："我能见见她吗?那个姐姐非亲非故的,愿意帮我,人真好。"

尹平川和袁红交换一个眼神,爱怜地摸摸女儿的脑袋。这时,一声怒吼从走廊传来。

"姓尹的!你给我出来!"

王事成话音未落冲进病房,看到房内的气氛,当着尹爱媛的面,硬生生憋住了怒气,只叫尹平川出来。袁红和尹爱媛都很紧张,尹平川安抚她们说没事,然后跟着王事成走了出去。

刚进楼梯间,王事成反手就给尹平川按在墙上了,质问他为什么毁自己店。尹平川也不反击,垂头丧气地答道:"你都知道了。不为什么,心里那么想着,就那么干了。你要是保证不跟邱晓霞母女来往,我就再不找你麻烦。"

王事成一拳揍在尹平川肚子上,尹平川痛苦地蹲下去,王事成又猛踹一脚:"还敢跟老子提要求,老子爱跟谁来往就跟谁来往!"

尹平川疼得在地上滚了半圈,还是不还手,嘴里痛苦地说着:"我不是冲你来的。你要是打我一顿能同意,你就打吧。"

王事成继续踹他:"砸了我饭碗还不是冲我来的!"王事成看到

尹平川癫皮狗一样不反击的样子，更加恼火，把他从地上拎了起来推到墙上。

"你到底有种没种，老子跟你公平竞争，你别跟个死人一样。"

尹平川苦笑："争邱晓霞吗？我能把她甩了还能跟你争什么？倒贴送我我都不要，也就你当个宝。"

王事成被激怒，眼看拳头就要招呼在尹平川脸上，这时邱晓霞冲了进来，拦住他。

"王事成，你干什么！"

尹平川靠着墙，喘着气，看到邱晓霞身后的邱冬娜如抓住救命稻草一样，上前要抓她的手："娜娜，你来了！"

邱冬娜下意识往后退着，顾飞挡在了两人中间。

邱晓霞指着尹平川开骂："尹平川你有病吧，你是不是带人去砸了王事成的店，有什么你冲我来，关王事成什么事儿！"

尹平川不理她，而是急迫又期待地看着邱冬娜："我能弥补，我都能弥补，你们生活不下去了，也还有我呢，你谁也别靠，就依靠爸爸就行，爸爸给你买房子，以后你不想上班，爸爸养你，娜娜，只要你开口，什么条件我都答应。"

"我们生活不下去了也用不着你，你什么意思啊？"这时邱晓霞忽然想到了，"我的投诉电话，是不是你打的？"

尹平川不置可否，邱晓霞推搡他追问，尹平川却像看不见邱晓霞一样，直直盯着邱冬娜："你去看看妹妹吧，你见了她，保证会喜欢的。"

邱晓霞顿觉不对："妹妹？什么妹妹？"

尹平川不回答邱晓霞，继续说服邱冬娜："求求你，去看一眼吧，你见了她一定会同意的，娜娜，我实在没别的办法了。"

尹平川又要给邱冬娜下跪，顾飞见势一把托住他。

邱晓霞看向邱冬娜,发现邱冬娜毫无意外的神色,她冷起脸问这里面还有什么事,邱冬娜却低下了头。

尹平川干脆摊了牌,邱晓霞这才知道捐骨髓的事,她疯了一般地厮打着尹平川:"你个狗东西,痴心妄想!你孩子爱死不死的跟我冬娜没关系!活该,你这辈子就是遭了报应,雷劈在你家了!"

邱晓霞拽着邱冬娜就要走,尹平川却死死拽住邱冬娜不让走,邱晓霞掰不开尹平川的手,一脚踹上去,形如泼妇。这时袁红从病房里出来了,她干脆跪在邱晓霞面前求她:

"姐姐,当年都是我的错,你打我骂我怎么都行,求求你,让娜娜救救媛媛,你也是有女儿的人,将心比心。"

邱晓霞头发都散开了:"谁跟你将心比心,谁是你姐姐!狐狸精,我女儿好着呢!你别咒我女儿。"

袁红又转向邱冬娜,给她磕头:"娜娜,你最善良了,你帮帮阿姨,你不能看着你妹妹死啊,那可是一条人命啊。"

邱晓霞又踢又踹,想摆脱尹平川和袁红的死缠烂打,不远处的顾飞和王事成赶紧上来帮忙,保安也从走廊另一端赶过来。

邱冬娜如一件奇珍异宝,被尹平川、袁红拖着,另一边邱晓霞死死拽着女儿要往外走,她顿时觉得身边的一切极为荒谬,然而就在这时,她被推着经过了尹爱媛的病房门口。病房里,尹爱媛正惊恐地隔着房门玻璃往外张望,两个女孩就这样打了一个照面,两人都怔住了。一眼万年,紧接着,邱冬娜就被邱晓霞拉走了。

邱冬娜母女俩和王事成、顾飞一起上了车,邱晓霞红着眼圈质问邱冬娜为什么不告诉自己,邱冬娜支支吾吾地说自己还没想好。邱晓霞坚决不同意她去献骨髓,但邱冬娜刚才看了尹爱媛那一眼之后,心里的天平其实已经倾斜了,那是个活生生的人啊!见死不救,会背上一条人命的。

邱冬娜母女俩回家后,气氛有些尴尬。邱冬娜一直试图跟邱晓霞好好谈谈,但邱晓霞手忙脚乱地逃避着,一会儿换衣服,一会儿收拾东西。这时邱冬娜的手机响了,是陌生号码,邱晓霞害怕是尹平川,于是抢过手机挂断了,还翻邱冬娜的通讯录,要拉黑尹平川的电话。

邱冬娜夺过手机:"妈,你这是干吗啊!"

"你要是去,你就直接从我的尸体上跨过去吧!那是一家什么人啊?用人朝前不用朝后,狼心狗肺,呸,骂他狼心狗肺都是侮辱狼和狗。这样的人,你不许救!"

邱冬娜咬着唇:"我看见那女孩了……跟我差不多高,跟我有点像。"

邱晓霞愤恨道:"像什么像,你长得多好看,狐狸精的女儿长得肯定也一副贱像。"

邱冬娜说着说着急哭了:"妈,你怎么还不明白,那是个人,活生生的人,她没招我没惹我,现在就快死在我面前了,我伸手就能拉她起来,我能怎么办啊!我不是什么圣母,可我也真的做不了见死不救的人啊。"

邱晓霞如泄气的皮球,躲进自己房间:"先睡吧,她又不是明天就死。"

深夜,邱冬娜和顾飞打电话,边哭边说,把自己给哭睡着了,但电话还接通着。顾飞正温柔地安抚着她,却听到邱冬娜发出均匀的呼吸声。顾飞不再说话,而是通过电话给邱冬娜放了点柔和的音乐。

第二天,邱晓霞把邱冬娜反锁在了家里,网络也全部切断了,邱冬娜旷了工。

邱晓霞独自去烧烤店,和王事成他们商量对策,没想到王事成竟然站在邱冬娜那边,他语重心长地开口:

"听我说两句吧。我可能,是这会儿最理解小娜的人。"

"理解个屁,孩子不是你生的,不疼在你身上。前脚刚让人砸了店,后脚就替他说话?!尹平川给了你多少好处,让你能干这种丧良心的事儿?"

"你能关她一天,你能关她一辈子吗?还是你准备关她到尹爱媛什么时候死了,就什么时候把小娜放出来?邱晓霞,你是这么想的吧?"王事成心平气和地继续说,"我是背过人命的人,不好受。我弄的那人,还是个坏人,让我再来一千次,一万次,就算知道自己会坐牢,我还是会像当初那么选择。可现在9年过去了,那人在我心里,就没死过。我弄的是一个坏人,我也搭进去了。如果那姑娘找到配型,活下来还好,但万一找不到呢?你想让小娜跟我一样,一直被这么折磨下去吗?"

邱晓霞被他的话触动,想了一会儿,终于妥协了,她从兜里掏出邱冬娜的手机钥匙,放在桌上。

王事成把钥匙给了顾飞,顾飞来到邱冬娜家找她时,邱冬娜正像一个被绑架的人一样站在阳台上向外求助。邱冬娜得知邱晓霞同意了,终于松了一口气。她打开手机,熟练地输入尹平川的号码,却迟迟不点通话键。

顾飞看着她:"你真的决定了?"

"我救了,后悔一阵子,不救,难受一辈子。"

邱冬娜按下了通话键,同时问顾飞:"你能陪我去吗?我怕我临阵脱逃。"

顾飞坚决地点点头。邱冬娜在电话里跟尹平川约定了见面的时间地点,顾飞跟她一起去了。

袁红、尹平川和邱冬娜、顾飞四人对坐,邱冬娜不想看对面的男女,视线越过尹平川去看他身后,尽量用平静的语气说:

"如果配型成功了，我还需要几天时间处理工作，请假……"

袁红激动得快哭了："我们随着你的时间来。"

尹平川有些担忧："也不能拖太久，嫒嫒的情况，你也知道……"

顾飞打断尹平川："她既然决定来了，就不会故意拖时间。"

"你妹妹知道了，肯定高兴死了，娜娜，阿姨谢谢你，你的大恩大德，我们一辈子都不会忘的。阿姨和你爸对不起你们母女俩，我们……"

"不是妹妹。我没有妹妹。"邱冬娜看着尹平川，声音不大但很坚定。

"对，没有妹妹，我们，我们就是你妈妈说的坏人，只要你答应救她，你让我做什么都行。你是不是还有什么顾虑？"袁红像刚想起来什么一样，用胳膊肘捅了捅尹平川，"哦，对了，对了，那事儿！"

尹平川连忙掏出一张银行卡："差点忘了，之前承诺过你的，只要配型成功，300万的房子，你去看，我给你买。不过，你妹……嫒嫒，嫒嫒生病花了不少钱，可能得贷款，你放心，就算贷款也是我们还，这房子……"

邱冬娜有点生气："我就值300万吗？还是你女儿的命就值300万？"

袁红以为邱冬娜嫌少："这……阿姨和你爸确实没有那么多，要么你说个数，我们砸锅卖铁也得准备，只要配型能配上。"

邱冬娜气得有点发抖，顾飞伸手在桌下握住了邱冬娜的手。

"你俩还真是一家子，怎么都听不懂人话了？从头到尾，钱都是你们自己开价，自己落锤，自己提的。她提过一句钱的事吗？"顾飞看着对面的两个人，脸上带着讥讽的笑容，"她说她没有妹妹，懂什么意思吗？今天别管是尹爱嫒，刘恨方，还是陈情三角，别管谁，需要邱冬娜的骨髓，她能救，对方就能活，她就一定得帮，收起你们道德绑架的那套。她是自己乐意救人，什么妹妹不妹妹的，没用。"

267

尹平川擦着额头上冒出来的汗："对对对，你们说的都对，娜娜，是我们浅薄了，你千万别跟我们一般见识。"

顾飞继续说："配型期间的各种开销，你自己负担，邱冬娜作为我们事务所的优秀员工，假期我们会酌情安排。王事成的损失，你要赔。能一酒店那边，你要亲自去跟经理解释，给邱晓霞道歉。人我带走了，工作时段可以打她的办公电话，非工作时段，除非急事，不要打扰她休息，这样对你们配型也有好处。"

顾飞站起来，邱冬娜也跟着站了起来。尹平川和袁红看着说一不二的顾飞，只有点头的份。

顾飞陪着邱冬娜慢慢往回走。邱冬娜没精打采，使劲抽着鼻子不让自己哭出来，顾飞轻声安慰她：

"你做得已经很好了，不用多说，说多了，他们也不会明白。狭隘的人，看世界都是窄的。"

邱冬娜擦着眼泪："我什么时候才能像你一样，面对什么情况能游刃有余啊。"

"我宁可你不要，他们这样的人，我见多了。但愿你，以后不论经历什么事，遭遇什么人，都能像现在这样拧巴。"

邱冬娜不解："拧巴？"

"嗯，不情不愿也要做正确的选择。"顾飞笑了起来，"这句你也可以拿你那个小本记起来了，这也是夸你的。"

之后的日子，顾飞全程陪伴着邱冬娜抽血、体检。而邱晓霞虽然还在跟邱冬娜闹别扭，却每天都默默给她炖补汤。

抽骨髓的日子将近，程帆扬和顾飞批了她一个礼拜的带薪假。顾飞怕同事们议论，特意以公司官方邮箱给事务所发了群邮，告诉大家邱冬娜是要去捐骨髓救人。这下事务所上下都对邱冬娜佩服得不得了，

李楚宁甚至不情不愿地要了邱冬娜家地址，要给她寄补品。

顾飞把邱冬娜送到了酒店住下，两人又一起出去采购日用品。邱冬娜想起顾飞天天睡沙发，家里连个床垫都没有，于是趁机领着他去试床垫，没想到顾飞直接在宜家的床上睡着了。路过的人指指点点，邱冬娜尴尬地脱下自己的外套，盖在了顾飞脸上。虽然做了一会儿没素质的顾客，但收获也很大，顾飞终于给自己下单了一个又厚又软的床垫。

两人拎着大包小包，心满意足地回到车上。

邱冬娜核对着手里的购货单："你买的床垫后天送货，柜子你要约安装师傅的时间。我是不是该恭喜你？"

"恭喜我什么？"

邱冬娜略带小心地试探："就是，终于决定买床垫了。"

顾飞自嘲地笑笑："对，是该恭喜我。我之前一直都想错了，真正见了面才发现，刘光湉早已不想再当受害者了，我却一直死死抱着那件事，强迫自己成了受虐狂，一刀刀扎着自己喊疼，挺没意思的。"

邱冬娜脸上的笑容很不自然："那你们……那她决定原谅你了？"

顾飞点点头。邱冬娜想知道顾飞和刘光湉现在的关系，又不想被顾飞看出来，心虚地试探道："那你们以后会常常见面吧，不知道她还记不记得我，我就跟个愣头青一样把你要给她的东西直接扔她行李里了，估计她挺郁闷的吧，那么多东西，翻起来多麻烦啊……"

"小犟，你知道想掩饰撒谎的时候，你的话会很多吗？"顾飞认真地看着邱冬娜，"她结婚了，有小孩了，很幸福。"

"那就好，那就好。"邱冬娜为了掩饰心虚，翻找包里的东西，掏出一袋刚买的东西递给顾飞，"那，那我就可以送你这个了。"

顾飞拿过袋子看了看："香熏蜡烛，衣服香氛，柔顺剂？我要这些干吗？我又不是个姑娘。"

"我特意选的都是草木香的，你不觉得吗？一个家有一个家的味道，推开门进入这个家，闻到这种熟悉的味道才能安下心来。"

"为什么我说了刘光浠结婚了，你才拿出这个？她要不结婚，你就不送了？"顾飞见邱冬娜被问住了，故意追问，"那现在送就合适了？我单身，送我这些就合适？我每天一推门，闻到的所有味道都是你选的，是这样吗？"

邱冬娜慌了："不是，我就是看到了，然后觉得你需要。你要不需要，我家正好也要没有了。"

邱冬娜说着就要往回拿东西。

顾飞冷不丁又问："你送过小白这些吗？"

邱冬娜下意识摇头，顾飞乐了，把礼物收到邱冬娜够不到的地方，笑着发动车子离开。

在酒店住了没几天，邱冬娜开始打动员针了，她有些害怕，幸好有顾飞在身边。邱冬娜忐忑地打完了第一针，发现不是太疼，就是腰有点酸，顾飞这才放下心。这时两人一抬头，却看到白石初捧着花走了过来。

"听说你要捐献骨髓，来看英雄。"

邱冬娜正想解释说对方是自己认识的人，顾飞却皱着眉直接替邱冬娜接过花，一把塞进了垃圾桶："送花可不合适，她刚打了动员针，体力下降，这几天正是免疫力低的时候，万一花粉过敏了，捐不成了，你等于害了一条人命。"

白石初和邱冬娜都看愣了，白石初赶紧道歉："我没想到这么严重。"

邱冬娜忙摆手说没事，顾飞却抢着继续吓白石初："怎么没事，医生都说了，有可能脾脏破裂、肺出血，严重时危及生命。好了，你早点回去，我得赶紧送她回酒店休息了。"

顾飞不等白石初解释，直接半搀扶半强迫地带走了邱冬娜。邱冬娜一路都想问顾飞是不是故意把小白撵走的，但没好意思开口。

回到酒店后，服务员又给邱冬娜送来了鸡汤。邱晓霞每天都是这样，把鸡汤放在前台就走了，狠着心不肯看邱冬娜一眼。

邱冬娜打开保温盒上面附的纸条一看，是邱晓霞的恐吓信："你要是敢有事我就去杀了尹平川全家！"

邱冬娜拿过手机给邱晓霞发微信，跟她汇报自己今天打过动员针了，没有什么感觉，求她别生气了。但消息还是发送失败，邱晓霞还没把她从黑名单里放出来。

另一边，邱晓霞在烧烤店里气呼呼地收拾着，时不时就要掏出手机看一眼，始终没有邱冬娜的消息。她骂骂咧咧：

"这个死孩子，我不理她，她就不能主动理理我？我都给她送鸡汤了，喝到没喝到，给个准信儿啊！电话不打，微信也不发。"

王事成无语："小飞不都跟你说了嘛，很顺利，她需要休息，估计一送回宾馆就睡了。而且……不是你把她拉黑的吗？"

邱晓霞放下手机："她想找我还不容易啊，用别人电话给我打不行啊！这是跟我赌气呢，算了算了，她大了，有自己的想法了。"

王事成默默走开："算了，不懂你们女人……"

这天，邱冬娜打完了第二次动员针，扶着酸胀的腰从病房出来，却意外看到了面色憔悴、头发凌乱、神色慌张的程帆扬，她正靠着墙边扶手，一步步往急诊挂号处挪。

邱冬娜急忙上去问程帆扬的情况，程帆扬这才看见邱冬娜，她强装镇定地打招呼，然而话还没说完，她就腹部剧痛，差点站不住，整个人缩成一团。

邱冬娜见势不妙，赶紧喊护士，又从护士站推了一把轮椅给程帆扬坐下，迅速推她去挂号处。邱冬娜不容程帆扬质疑，利落地从她包里掏出医保卡，递进窗口。

邱冬娜焦急地问程帆扬哪里不舒服，程帆扬却还在纠结要不要开口，她犹豫了几秒，尽量保持平静地说："我好像，流产了。"

邱冬娜呆住了。她慌乱地给程帆扬挂好了妇产科的号，扶着她到等候区等着做B超。

邱冬娜笨嘴拙舌地安慰着："你疼吗帆扬总，要不要我给你弄点红糖水喝？外面便利店应该就有卖红糖的。便利店，对了，便利店还有卖暖宝宝的，我去给你买暖宝宝吧，热敷肯定管用。"

程帆扬一直在手机上编辑什么东西，头也不抬："我不是痛经。你走吧，我不用陪。"

邱冬娜当然不肯走，她见程帆扬的家人都没来，忍不住为她打抱不平：

"买卖不成仁义在啊，就算你们在闹离婚，你都这样了，你先生说什么也得过来吧？这种时候就别顾着什么自尊心和不好意思了，你需要人照顾。要不这样，我帮你出面，你给我你先生的电话，我给他打，就说我是你下属，你工作时晕倒了，送急诊了，让他过来。这样你面子里子都有了……"

程帆扬不回答，而是把手机递给邱冬娜："你签一份保密协议吧，这个版本不算严谨，但手头条件有限。看完了在最下面空白处签字。你做人太没有边界感了，我不能冒险。"

邱冬娜惊了，随后有点生气："可是你的那些事我哪件也没跟别人说过！"

程帆扬看着邱冬娜："你确实，知道我不少事情。"

"行吧行吧，反正签不签，这些事我都不会说。签了你能安心，我就签。" 邱冬娜气呼呼地签完字，把手机还给程帆扬，"签了，要不要帮你打电话。"

"不用，我还不知道这个孩子是谁的。"

邱冬娜再次震惊，这时B超医生叫到了程帆扬的号，程帆扬起身走进B超室。

做完B超后，程帆扬急切地问医生自己是不是流产了，医生表示孕囊还在，但不能保证这个孩子能保得住，要她静养。

程帆扬苦笑："我自己就是老板，我放不了假。"

里面的对话都落在邱冬娜耳朵里，她无声地叹了口气。程帆扬从B超室出来，邱冬娜赶紧帮她取药，回来的时候却发现程帆扬正坐在椅子上掩面静静落泪。邱冬娜想了想，把程帆扬带回了自己住的酒店。

邱冬娜把邱晓霞送来的鸡汤舀出一碗端给程帆扬，自己就着保温桶喝了起来，程帆扬却一口没动。

邱冬娜小心翼翼地劝她："帆扬总……就……你看，是不是这样……这个孩子，你要或者不要，你都需要补充营养。"

"鸡汤除了嘌呤脂肪高，没什么营养的，熬再长时间，营养物质依然在肉里。"

邱冬娜转过头深呼吸一下，偷偷翻了个白眼："成，那你吃两块鸡肉也成。"

程帆扬终于端起了碗，却问："我，是不是很难相处？"

邱冬娜想了想，答道："一开始我挺怕你的，后来发现你挺好相处的，你只认是非，事情做对了就行。"

程帆扬苦笑："我这样，就是像顾飞说的那样，人形AI，再怎么模仿，也无法获得真正的人类情感吧。"

"怎么会，你要真获得不了人类情感，为什么还会有那么多人爱你。"

"爱我？那人类的爱还真卑鄙，获得爱就要一次次被牺牲，获得爱需要付出很多才能取得一点回馈。"

邱冬娜犹豫着开口："帆扬总，我问个冒昧的问题，你现在是在生谁的气呢？你先生还是陈总？"

程帆扬笑笑："我先生吧。我跟陈劲锋，没什么好说的，我也不是为了他离婚。我想离婚，是因为在这段婚姻里成了反复被忽略、牺牲的人。我想离婚，是因为自己蠢。"

"其实，你有没有想过那种可能，正因为对方是爱你的，才会出现这种情况。好多人不太会表达爱，反而会把自己真正爱的、珍惜的人，理所当然地视为自己人，自己惹了麻烦是自己人帮忙扛，自己有了委屈要向自己人倾诉……到最后，最倒霉的就是他们的自己人。"邱冬娜说着说着想起了自己的事，"会啊。我就不是我爸的自己人，他从心底里把我当成外人，没事儿的时候敬而远之，有事儿的时候就像求别人帮忙一样，客客气气总想给一笔钱两清。我妈拿我当自己人，所以她惹的麻烦，我们要两个人一起扛。"

"父母和子女，跟夫妻不一样。"

"但爱的道理是一样的。你会在陌生人面前哭闹发脾气吗？你不会，但你在你爱的人面前，就可以有恃无恐了，因为你做什么，都不用担心对方离开你。"

程帆扬放下了碗，起身向卫生间走去："谢谢你的鸡汤。"

邱冬娜在她身后追问："哪方面的鸡汤啊？喝的还是心灵的啊？"

卫生间里传出吹头发的声音，邱冬娜吐了吐舌头，不再多问。

程帆扬在酒店里休息了一夜，第二天一早就重新化好了妆离开，丝毫看不出脆弱的痕迹。邱冬娜送程帆扬离开，程帆扬突然转身，跟邱冬娜握手。

程帆扬："祝你顺利。"

邱冬娜抬手握手："我……你也一样。"

程帆扬点点头，离开了。

邱冬娜正式捐献骨髓的日子到了，顾飞带着一大捧鲜花和锦旗赶来，却发现病房里只有邱冬娜一个人，他顿时皱了眉头。

"怎么只有你，尹平川呢？"

邱冬娜装作自然地解释道："他在他女儿那边，说是小姑娘有点害怕，他去看看。"

顾飞把花塞给邱冬娜，鄙夷地说："小姑娘？你比她大几岁？她害怕？你不害怕啊？给你的，别害怕，有我呢。"

邱冬娜拿着花："不是说，不让接触鲜花怕过敏吗？"

"哦，我后来研究了，捐献骨髓可以收花，代表事务所奖励你。"顾飞从兜里掏出一个厚厚的红包，"这个，所里给你的，还有锦旗，我都帮你收着，等你结束了给你。算起来，你可是我们成立以来，第一个收到锦旗也是第一个拥有两面锦旗的人了。"

邱冬娜收下花和红包："谢谢老大。"

"去吧。"顾飞拍拍邱冬娜的肩膀，"小犟，你很勇敢，很棒。"

邱冬娜对顾飞笑了，走进了采集室。

顾飞有些紧张地在外面等着，过了一会儿，护士扶着邱冬娜出来了。顾飞赶紧上前扶住邱冬娜，邱冬娜整个人的重量压在顾飞身上。

顾飞抱住邱冬娜："这就结束了？"

邱冬娜点点头："后面好像还要看尹爱媛那边检测结果的情况，但我这边，应该是结束了。"

邱冬娜很想回家,但又怕自己这副样子让晓霞担心,所以还是让顾飞扶自己先回酒店休息。她举起手机摄像头,挤出一个灿烂表情,自拍了一张照片,美颜过后给邱晓霞发了过去。

顾飞在一边皱眉掏出手机给尹平川打电话:"喂,我,邱冬娜领导,你们怎么搞的,我们人派过来给你们孩子捐造血干细胞,你们从头到尾不露面什么意思。事情不能这么办。我们这边结束了,你赶紧过来!"

尹平川和袁红一起赶来,邱冬娜还在椅子上休息,顾飞一脸不悦地看着两人:"过河拆桥早了点吧?还没完全到河对岸呢就拆桥,万一尹爱媛检测结果通不过,你们是不准备再求我们冬娜了是吧?"

袁红不说话,欲言又止,被尹平川按住。

尹平川递上一张银行卡:"话不能这么说,我们这不是准备谢礼去了嘛。娜娜不认媛媛这个妹妹就不认吧,我尹平川确实也没资格认这么好的孩子,但这份心意,我们要给,这里面是30万感谢费,密码是你生日。"

顾飞笑了:"啧,道理都让你说了,没配型之前哭着喊着一家人,要认妹妹、爸爸和小妈。现在捐完了,又变成不认就不认吧。就算是个陌生人,救你一命,过年过节还得走动走动吧。"

邱冬娜表情冷淡下来:"这钱,你收起来,我也不需要你的感谢,她能活着,就是对我最大的感激了。"

邱冬娜站起来要走,顾飞一把扶住她,另一只手从尹平川手里接过银行卡,笑着说:"哎,要,干吗不要。你们两口子,格局小了,不过冬娜会帮你们把格局做大,一定让你双赢。你们不是想一笔买断,让尹爱媛以后没有后顾之忧嘛,我感觉不好,人要学会感恩。"

邱冬娜尴尬又委屈:"我不要,这钱我收了我成什么了。"

"事务所替你收了,"顾飞转头看向尹平川,"爱媛大一还是大二来着？还没毕业吧？正是好时候啊。"

尹平川紧张了："媛媛还小，刚进大学，什么也不懂，我们做父母的欠冬娜的情分，我们还……"

顾飞打断尹平川："就是小才要学会感恩，不然长大了，在社会上狼心狗肺容易遭人打。这个钱，我们事务所会以邱冬娜的名义捐给尹爱媛的大学，设立个爱心助学基金也好，捐助给贫困生也好，总之，让你们家媛媛，只要在学校，就能感受到来自姐姐的温暖，以后做人啊，不走歪路。"

尹平川和袁红脸色都极其难看，袁红正要开口拦着，顾飞却直接拉着邱冬娜走人。

第二十二章 一吻定情

顾飞陪着满脸沮丧的邱冬娜回到酒店房间门口，正宽慰着她，房卡却怎么都刷不开门。两人以为是房卡坏了，到前台补办，前台却说房费已经结了，结到今天上午。

顾飞气不打一处来："今天退房？退什么房，我们事儿下午才办完，尹平川这个浑蛋今天的房钱就不给结了？"

服务员忙劝："先生，别着急，这间房订的时候，就只订到今天，没人来办续住，如果您对房费有异议……"

顾飞语气缓和下来："姑娘，我不是对你。你得把门给我打开，我行李还在里面呢。"

服务员为难道："现在已经下午三点了，这间房，您得支付今天的房钱。"

邱冬娜听着服务员和顾飞的对话，忍不住冲过去，掏出自己的手机付款码，怒气冲冲："我付，什么时候给我开门！我现在就要走！"

服务员刚要扫码，顾飞掏出了尹平川给的那张卡，要她刷这个。顾飞输入邱冬娜的生日，却发现密码错了，邱冬娜又按了一遍密码，还是不对。

邱冬娜已经要崩溃了，掏出手机："我受不了，我自己结，我何必自取其辱呢。还说什么每年我生日都给我准备了礼物，全是套路！"

顾飞却拦住她，拿过POS机又试了一次，这次是对的。顾飞同情地看着邱冬娜，犹豫道："不是什么大事儿，他记错你的出生年份了，记成尹爱媛的了。"

邱冬娜已经不想听了，直接走向电梯。

顾飞追着邱冬娜进了房间，邱冬娜眼圈红红的，为了掩饰情绪而急匆匆地收拾着行李。

顾飞不紧不慢地给她拧开水瓶倒水："你前爹干的这些破事，一点没超出这个人的预期啊，自私加渣，怕给他女儿增加心理负担，赶紧把你这个大麻烦解决了，也是人之常情，算是父母爱子女能为其杀人越货那种吧。"

邱冬娜忙碌的手停了下来，低声求饶："你就别再说我了。"

顾飞没听见，继续用自己的方式宽慰她："你之前不是想得挺明白的吗？不是为了尹平川才救、不受道德绑架，而是你的内心要求你必须这么做。之前计划得千好万好，现在对方把真实嘴脸全露出来了，你就受不了？这可不像你。"

邱冬娜放下手里的东西，大哭起来："我知道，我什么都懂我才难受啊，他哪怕是有一点点超出我的预期，我都不能这么难受。我图什么啊，就算是个陌生人被我救了，是不是也得真心跟我说一句谢谢。"

顾飞看着邱冬娜哭，手足无措："你别哭，你别哭啊，我是想安慰你，那样的人不值得，你怎么还哭上了。"

邱冬娜继续大哭："他现在就拿我当饥荒年代的馊饭，捏着鼻子吃下去，活了他的命，还得埋怨我。吃完拍拍屁股走了，碗都嫌脏地摔个粉碎。"

顾飞四处找纸巾没找到，凑到邱冬娜面前安慰："你怎么能是馊饭呢？彼之砒霜吾之蜜糖，你是满汉全席，别说饥荒年代了，平时都吃不上。"

邱冬娜还是哭个不停，顾飞嘴上带了命令："冬娜！邱小犟！别哭了。"

邱冬娜强忍着眼泪，低下头抽泣。顾飞用僵硬的姿势果断地抱住了她。

邱冬娜把头埋在顾飞胸前，没有说话，过了好一会儿才抬起头，瓮声瓮气地说："我好多了。"

邱冬娜想挣开，顾飞却搂着她："别动，再抱一会儿。"顾飞抱着邱冬娜，感觉到无尽的心动。

送邱冬娜回家后，顾飞心里的小鹿还在乱撞个不停。他想了想，没回家，开车到了烧烤店，怔怔地坐在那儿看电视。王事成看到顾飞这副样子，停了手里的活儿，拿了两罐啤酒坐在了顾飞对面："说说吧，怎么回事。"

顾飞发问："王哥，你觉得我怎么样？对姑娘来说。"

"好哇，盘靓条顺一表人才，赚得多自己当老板。"

顾飞不信，让他客观点。王事成让他别磨叽，直说到底怎么回事。

顾飞拿过啤酒罐，一口气灌下去，壮完胆终于开了口："咱俩，弄不好就乱了辈分了，我喜欢邱冬娜。你什么意见。"

"我能有什么意见,你得问她什么意见,你喜欢人家,人家对你有意思吗?"

"她应该也有点感觉吧,不能对我,就是下级对上级的意思吧。我今天差点就说了,但是想想气氛不对。"顾飞叹了口气,"她那个千刀万剐都不冤枉的浑蛋爹,干的都是什么浑蛋事,小犟刚救了他女儿的命,他就又是给钱又是假客气地要划清界限,我们转头回酒店收拾行李,房都给退了。那意思就是说,咱们两清了,以后你也别来烦我们。"

王事成气得一下子把啤酒罐摔桌子上:"他还算个人吗?!"

"我看着小犟哭,心疼啊,可那种气氛,我怎么说啊?你爸爸是浑蛋,我喜欢你,你考虑考虑咱们的事?没法说啊。"

王事成点点头:"不能说,不能乘人之危。"

王事成又转身去抱了不少啤酒,两人夜里一醉方休。

另一边,邱冬娜躺在家里的床上,想到今天的拥抱,也心跳不止。邱晓霞还以为她是手术出了什么问题,吓得不行,邱冬娜赶忙撒娇说自己没事,就是太久没见她想她了。

顾飞和王事成喝醉了酒,说起尹平川的事,越想越气,都觉得不能这么算了。哥俩一合计,弄来两套人偶服,带上装备打车直奔苏州。顾飞查出了尹平川家小区的位置,到停车场里找到尹平川的车,用涂鸦喷雾给他从头到尾画了个花团锦簇。两人边喷边狂笑不止,如同一场狂欢。终于,巡逻保安吹着口哨赶来,两人扔下东西,赶紧跑了。

报复一通之后,两人终于解了气,只恨明天不能亲眼看到尹平川的表情。

邱冬娜在家休养几天后,感觉自己恢复得差不多了,就回事务所销了假,顾飞一脸担心,但又不能拦着。邱冬娜在大家迎接英雄般的仪式里回归工位,有些不好意思,但还是很开心。

邱冬娜这些日子除了上班,最关心的就是程帆扬的身体,她时刻盯着程帆扬的一举一动,鞍前马后地给她搬东西、提包、切水果,还自作主张地把她的咖啡换成水。程帆扬虽然无奈,但也没有制止。

倒是李楚宁看不惯邱冬娜这副样子,她已经跟着陈总做了很久的华兴实的项目,以为邱冬娜现在也想插一脚,忍不住提醒她:

"华兴实这个项目,程总虽然要作为合伙人最终签字,但本质上还是陈总的项目,我们忙了这么久,最终分红的时候,不可能有你什么事,你懂的吧?拍马屁也没用。"

邱冬娜满脸不在乎:"当然不是为了拿这个分红拍马屁,我是由衷地感谢公司,在我捐献骨髓、助人为乐时,没让英雄流血又流泪,准了我假,给了奖金和锦旗,我不该为日理万机操劳的帆扬总,做点力所能及的事情吗?"

李楚宁瞠目结舌,干巴巴地拍了几下巴掌:"邱冬娜啊邱冬娜,认识你这么久,你这股子不要脸的劲头还一直这么让人上头。"

邱冬娜转身继续工作。李楚宁也面向电脑,却冷不丁抛出一句:"你明天见到小白,会尴尬吗?"

邱冬娜怔愣一下,这才想起白石初在华兴实。李楚宁提醒邱冬娜,小白不想让别人知道他和程帆扬的关系,让她别说漏了。邱冬娜点点头,一下子变得心事重重起来。

此时的小白正在自家客厅里打游戏,白友新西服革履从外面进来,一看就是刚工作完一脸疲惫,换鞋的时候发现自己另一只拖鞋找不到了。白友新叫不来保姆,白石初只好暂停游戏站起来,给他拿了双一次性拖鞋:

"别叫了,阿姨去程帆扬那里工作了。"

白友新换上拖鞋不再说话，浑身透出浓重的烟味，他垂头丧气地坐到沙发上。白石初跟他保持一定距离，重新开始了游戏，借打游戏掩饰父子俩的尴尬，继续跟白友新聊天。

"我们也不需要阿姨，你饿了我给你叫外卖。咱爷俩先这么过着，哪天你再找一个年轻漂亮的，我给她腾地方。"

"白石初你浑蛋，有这么跟你老子说话的吗？"

"我是真心话，替你不值。你看你这段时间把自己糟蹋成什么样了，每天办公室忙到半夜，回家满身烟味，那矿都谈下来开工了，你最近有这么忙吗？你之前不抽烟……"

白友新站起来打断对话："我洗澡去，你也早点睡，别天天打游戏。"

"我在这打游戏就是特意等你的，那种女人，离就离吧，我伺候你不成吗？你也没必要找各种理由拖着不给她签离婚协议。"见白友新不说话，白石初继续，"我不想眼睁睁看着你被她这么骗了，她为什么要离婚？难道真的就是为了个孩子？她外边有人了，她自己说的。"

白友新如遭雷劈，转过来瞪白石初："你说什么？！"

邱冬娜下班回到家，习惯性地打开直播软件，有一搭没一搭地说着。这时，她的粉丝"过不来的人人人人"突然发来一条弹幕：

"你很勇敢，捐款的事情搞定了。"

邱冬娜怔住了，如遭雷劈："什么捐款？勇敢什么？你认识我？你不会是……"

过不来的人人人人，也就是顾飞，又发来一条弹幕：对，我是。

说完之后顾飞就开始不停地给邱冬娜刷礼物，玫瑰火箭飞个不停。

邱冬娜惊讶无比，语无伦次："你是老大，那我直播了这么久，岂不是一直在裸奔？你不是不看直播？！"

其他几个零星的观众看着这一幕，都明白发生了什么，开始在弹幕里起哄，说这是大型滴血认亲现场。邱冬娜意识到自己的失态被网友围观了，赶紧切断直播。

邱冬娜正要给顾飞打电话，"白石初"的电话却突然打了进来，邱冬娜意外地接听，小白的声音也很意外：

"老大是飞哥，他也在看你直播？"

邱冬娜绝望了："你不会也在看我直播吧！"

白石初："对啊，#FFFFFF 就是我啊，我以为你知道只是假装没看到我。"

"我怎么会知道那是你！"

白石初也很莫名其妙道："#FFFFFF 是一个色号，对应的就是白色啊。"

邱冬娜快哭了，无语地挂了电话，自己这裸奔裸得也太彻底了！

邱冬娜和小白说话的当口，顾飞一直在给她打电话，但始终占线，顾飞以为她生气了，赶紧发微信道歉：

"生气了？别气，我这不是主动招了嘛。你直播做得挺好。之前在成都开着直播陪我一起工作的事，我现在想起来还很感动。"

顾飞发完之后越想越不对，飞速拿过手机，撤回了消息。

两人一晚上没联系，各自心里都很紧张。第二天一早上班，邱冬娜一路鬼鬼祟祟的，生怕跟顾飞打照面，坐回自己的办公桌才吁了一口气。

苏卓希拿着东西进会议室顺便招呼邱冬娜开会，邱冬娜拿了电脑进会议室，经过顾飞办公室前特意猫着腰，怕被他看到。然而她刚进会议室，顾飞就跟了进来，佯装正经地要邱冬娜过来一下。

邱冬娜正尴尬着不想去，幸好这时前台传来了一些嘈杂声，顾飞被吸引了过去。

只见白友新怒气冲冲地对着前台说："预约？我见她还需要预约吗？"

顾飞看白友新来势汹汹的样子就知道不妙，但他也不好硬拦，只能跟在白友新身后。

程帆扬正在给苏卓希她们布置工作："那等一下你们跟我一起去华兴实现场办公室，陈总同意出具无保留意见报告，我……"

程帆扬的话音未落，顾飞推开了会议室的门，他身后站着怒气冲冲的白友新。

顾飞尴尬地咳了两声："那个，老白来了，你们要么先聊，小苏，你们先出来吧。"

苏卓希和邱冬娜见势不妙，赶紧往外走。程帆扬也跟着一起往外走："有什么事，回家再说，我现在要工作。"

白友新拦住程帆扬的去路："回家？我连你搬到哪里都不知道，回哪个家？"

白友新直接掏出一沓照片甩在程帆扬面前的会议桌上，照片上全是陈劲锋和程帆扬在各种工作场合的暧昧照片。几人都怔住了。这时外面有其他同事开始探头探脑，顾飞果断关上了会议室的门，落下了百叶窗，会议室里其他三人尴尬地看着程帆扬和白友新剑拔弩张的气氛。

程帆扬难以置信："你这什么意思？偷拍跟踪我？要当众质问我？"

白友新怒吼："就是如图所示的意思，我一直以为你要离婚是我的错，我亏待了你、欠了你的，拖着不签离婚协议，希望还有转机，程帆扬，你跟我说实话，我这顶绿帽子到底戴了多久了？！"

白友新情绪激动上前要抓程帆扬的手，邱冬娜挺身而出一下子挡在程帆扬和白友新之间，白友新的手直接重重地打在邱冬娜身上。

顾飞皱眉上前拦住:"老白,你冷静点,干吗啊,真想动手啊?"

白友新误打到邱冬娜,有些不好意思,邱冬娜趁机缓和气氛。

"不疼不疼,一切估计都是误会。"邱冬娜指着照片,"这些都是工作照,也没什么,就这张,啊呀,那天我也在所里加班呢,要有什么,总不能当着我的面。"

白友新和程帆扬几乎同时让她闭嘴,顾飞拉开了邱冬娜。

程帆扬倔强又失望地盯着白友新:"你是特意挑个人多的时候来羞辱我吗?我们之间,已经到这个地步了吗?"

白友新从兜里掏出离婚协议:"我只是想在签协议之前,亲口听你承认,别让我像个傻子似的蒙在鼓里。程帆扬,你到底是不是因为出轨离婚的?"

程帆扬浑身紧绷,说不出来话。邱冬娜还想上前,被顾飞伸腿拦住。

程帆扬呼出一口气,泄力了一般:"你签了就行,原因不重要。"

程帆扬往外走,白友新不依不饶地拉住她。

"都这个时候了,我还配不上一句实话吗?你去看妇产科是什么情况?孩子是谁的?为什么不跟我说?"

除了邱冬娜知情,顾飞和苏卓希脸上都十分惊讶。

程帆扬痛苦无比,几乎在求饶:"你一定要当着这么多人的面,把我剥光了羞辱吗?离婚吧,求你了。"

白友新也失望至极:"你连骗都不想骗骗我吗?他能给你孩子和新生活,你准备拍拍屁股离我而去了对吗?"

程帆扬想走,白友新拽着她,程帆扬终于忍无可忍,反手给了白友新一个巴掌,然后在众人的目光中开了会议室的门,几乎是逃一般回了自己的办公室。白友新还想追上去,顾飞上前拦住他,压低声音警告他:

"过分了老白,我这里不允许你这么闹,你再纠缠下去,我要报警了。"

白友新快速地签好了离婚协议,塞在顾飞的怀里:"一式三份,我的那份我留下,剩下两份,转交给她。随时恭候她办手续。"

白友新失态地离开。顾飞低声威胁办公室里剩下的苏卓希和邱冬娜,谁说出去谁就走人,两人赶紧瑟瑟点头。

顾飞从会议室出来,已经换上了假模假式的笑容,还招呼邱冬娜去送白总。办公室里所有人都好奇地探头探脑,顾飞像说给所有人听一样,故意打开手机,边装作给白友新发微信边往外走:

"老白,抱歉抱歉,今天实在不凑巧,事太多了,帆扬我扣下加班了,改日赔罪。"

众人这才半信半疑又回到工作状态。

邱冬娜已经走出离事务所很远了,还在尽心尽力地扮演着追白友新、"送"他的桥段。连嘴里都尽职尽责地嘀咕着:"白总慢走啊,白总路上注意安全啊,白总……"

邱冬娜说着转身要回事务所,差点撞上她身后的顾飞,吓了一跳,顾飞直奔主题地问:"程帆扬的事情你知道?"

邱冬娜心虚解释:"我怎么会知道呢,帆扬总那个性格你也了解的,从来都是公私分明,离婚怀孕这种事,她会跟你说也不会跟我这个新来的说啊,我又不是她什么人,她之前还看我不顺眼,是后来……"

顾飞打断她:"你在解释什么?你这个状态就说明你知道,为什么不告诉我?"

邱冬娜意识到自己被顾飞看透了,想了想,反问道:"为什么,一定要跟你说?"

顾飞恼火:"你当然要告诉我,这么重大的事情,你应该第一时间跟我说！程帆扬和白友新离婚不离婚我不在乎，但是她和陈劲锋到底怎么回事？他们如果真搞办公室恋情，所里会不会受影响，我都得清楚啊！你之前不是什么事都先跟我说的吗！"

邱冬娜反驳："事务所没有规定我有义务把某个合伙人的私事汇报给另一个合伙人，就算有，我也该向帆扬总汇报也不是向您汇报啊。之前是您的助理，我肯定事无巨细向您汇报。现在我是帆扬总的下属。"

顾飞一下子被问住了，意识到自己又下意识把邱冬娜当了自己人："你现在是在跟我划清界限了？邱冬娜，你很好！真行，故意气我是不是！你就非得让我说出那句，我希望你像我把你当自己人一样，把我也当成自己人，什么都第一时间跟我说，才行吗？"

邱冬娜有点不明白顾飞此时的公私不分的态度："老大，你这个要求不太讲理吧，你能让我来非凡我是非常非常感激你的，我好好努力工作就是对你最大的报恩，但不能……"

顾飞已经快被邱冬娜气死了，他盯着喋喋不休的邱冬娜，竟然直接以一吻堵住了她的嘴！邱冬娜一下子愣住了，但她并没有拒绝顾飞，而是任由对方拥抱了自己，她的手从一开始的无处安放，到最后，坚定又缓慢地拥抱了对方。

吻毕，顾飞用手指蹭了蹭邱冬娜的嘴："我就是不讲理了。"

邱冬娜害羞尴尬到胡言乱语："你才是真的公私不分啊。"

顾飞用力抱了抱邱冬娜，后退一步郑重其事："虽然这个时机不是最好的，但我忍不了了，那这应该算最合适的时机吧。你对于我，一开始就是不同的，只是之前，我在以前的事情里陷得太深，总觉得自己不配，没资格。现在，我想问你，你愿不愿意做我的女朋友。"

邱冬娜没有第一时间回答，只是看着顾飞笑。顾飞怕对方不答应，忙着找补："我不是特别差吧，我的一切你都了解，你的一切，我也都了解,当然,你可以说你不愿意,是我顾飞癞蛤蟆想吃天鹅肉了,那就当这一切都没发生,你怕尴尬,我可以长期出差。但我觉得,你对我应该也不是完全没感觉。"

邱冬娜想了想,也认真地答道:"我对你,确实很在意,在意到,你有时候不回我微信,突然消失,我会胡思乱想,担心你是不是出了什么事,以后是不是再也见不到你了。在意到,我想成为时时刻刻被你看见的人,从一个小透明,成为跟你并肩站立的人。在意到,我很多时候分不清这种在意究竟是本能还是因为你。"

顾飞雀跃:"所以,你也喜欢我,对吗?"

邱冬娜点头:"我喜欢你,喜欢了很久,每次你叫我小犟,虽然很难听,但我都会心跳加速。可是……"

"还有什么可是啊?"

"可是现在,对于我来说,还不是那个合适的时机。"邱冬娜认真地解释,"我想成为'邱冬娜'而不是'顾飞的女朋友',我想成为独当一面的执业会计师,而不是身上永远打着顾飞烙印的某某。你能明白吗?"

顾飞松了一口气,释怀地上前摸了摸邱冬娜的头:"就这啊,你吓死我了,我以为你要拒绝我,都做好了你一拒绝我马上去北京开分所避免尴尬的打算了。我明白,别人都不明白我也得明白。我偷着喜欢你还不行吗?你指东我不打西,你杀人我给你递刀,你要给我判个地下恋徒刑,我绝对服从判决不上诉,但你总得给我个刑期吧?"

邱冬娜笑了:"谈恋爱呢,你到底要找女朋友还是找给你捧哏的,气氛全变了。"

"找女朋友。她要是愿意,找老婆找老伴儿都是优先考虑。我等你准备好,反正我已经等了这么久了,也不在乎多等个三年五载。"

"不用太久,等我成为执业注会,离开非凡,我就来跟你再表一次白。这样公平吗?"

顾飞不解:"离开非凡?为什么?"

"刚才你还说帆扬总和陈总办公室恋情影响工作,你跟我就不影响啊?我肯定是舍不得走,但我留下以后跟同事怎么相处啊,我这也是为你考虑。"

顾飞笑了:"啧,行啊,还没当老板娘就操起了老板娘的心。告诉你啊,想留,我一万个欢迎,你要走,我可不给你找工作。"

邱冬娜白了顾飞一眼:"再给我几年时间,我未必不会成为你、超越你啊。另外,说好啊,工作就是工作,帆扬总的事情,甭想从我这套话。"

顾飞假装认真:"好的,后浪同学,我时刻等着被你拍死在沙滩上,行了吧。"

邱冬娜说着就要先回所里,却被顾飞拽住邱冬娜,说她口红花了。邱冬娜以为顾飞要帮她整理,站定等着,没想到顾飞又亲了她一口,这才放开。

顾飞得意地说:"行了,这下全蹭没了。"

邱冬娜红着脸离开,一整个下午,她总是下意识瞄顾飞的办公室,然后偷笑。

夜里,办公室里只剩下顾飞和邱冬娜,顾飞轻轻敲了敲程帆扬的办公室门:

"都走了,你可以出来了。你的私事,你想怎么处理都行,我对你的为人很清楚,你不会让私事影响工作,今天是老白冲动了。我就一句话,我站你这边,你有什么用得着我的随时说话。他签的东西,我给你塞进来了。"

顾飞把离婚协议从底下塞了进去，里面还是没有任何动静。

"帆扬，你记着，我无条件信任你，就像你无条件信任我一样。"顾飞说完这句话转身离开。

办公室里，灯黑着，程帆扬坐在黑暗中端着一杯酒，习惯性地摇晃着，并不喝，死死盯着门缝里被缓缓塞进来的离婚协议。

顾飞送邱冬娜回家，邱冬娜还在想着程帆扬的事儿。

"老大……你联系过陈劲锋吗？总觉得这事感觉怪怪的，今天虽然让你压下去了，但是所里也都猜个七七八八了，帆扬总把自己锁办公室一天没露面，陈劲锋在华兴实，不能一点不知道吧，他也不露面……"

顾飞叹了口气："从头到尾除了老白的揣测，我从来不信陈劲锋能和程帆扬有什么，程帆扬怎么可能看上陈劲锋，你怎么好像认定了程帆扬跟陈劲锋有事儿一样。"

邱冬娜支吾着否认。

顾飞追问："程帆扬真怀孕了？"

邱冬娜不说话，默认了。顾飞眉头紧锁，但很快就想通了。

"她跟老白的事情，老白会解决的，老白这人也是的，居然怀疑到陈劲锋头上，程帆扬那个脾气，肯定不会跟他解释什么。怀疑我也不该怀疑陈劲锋啊。"顾飞突然意识到自己说错话，赶紧解释，"你可别多想，我跟程帆扬是纯洁到地球只剩下我们俩，人类就灭绝的那种战斗友谊。"

邱冬娜还是紧闭着嘴，怕顾飞再从她的话里找到破绽，不肯说话。

顾飞试探着问道："周末约会吧。"

"可能要加班……"

顾飞捶了一下方向盘："这真是自己给自己挖坑，加加加！老老实实给事务所赚钱！"

邱冬娜看顾飞这副暴躁的样子，忍不住笑了："要不，我探探帆扬总的口风？"

顾飞焦急地要她快问，邱冬娜掏出手机给程帆扬发微信请周末的假。

邱冬娜到家后，邱晓霞有些幸灾乐祸地告诉他，尹平川的车被人给画花了，还打电话来问是不是她干的。邱冬娜这才想起有天在办公室看到顾飞脖子上有块小小的油漆，她甜蜜地笑了笑，告诉邱晓霞可能是复仇天使帮的忙。

这时程帆扬给邱冬娜发来短信，说两人之间的保密协定依旧有效，刚好被邱晓霞看见了。邱冬娜怕她胡思乱想，赶紧把实情告诉了她。邱晓霞听说程帆扬怀孕了，还不知道孩子爸爸是谁，先是八卦了一番，随后翻箱倒柜地找起了补品，要邱冬娜给她带过去。

邱冬娜有点蒙："啊？我？有这个必要吗？"

邱晓霞已经找出一个没拆包的礼盒，塞给邱冬娜："有，她这样是不行的，她得补。她每天工作忙，人又瘦，还闹离婚，身边连个亲妈都没有，谁管她啊，女人怀着孕，最难受就是前几个月和最后一个月，你既然签了保密了，你知情，你去，她抵触还能小点。而且，万一她想不开寻了短见怎么办！"

邱冬娜大惊："不能吧，那可是大名鼎鼎的程帆扬。"

"她只要是个人，就会有脆弱想不开的时候，总之，你去看看，别管她是个领导还是个随从，这种时候，只有女人才心疼女人。"

邱冬娜点点头。邱晓霞翻出了之前别人送的黑枸杞，觉得还不够，干脆坐下来列起单子，要邱冬娜去超市买。

邱冬娜拿着单子出门来到超市，开始一样一样地找单子上的红糖等等。这时,白石初的电话打了进来,问她今天办公室里的闹剧,邱冬娜发觉他的语气十分雀跃,心里顿时有点不愉快。

邱冬娜:"小白,我怎么感觉你在幸灾乐祸?"

电话那边,白石初正把自己和父亲、母亲的合影摆在曾经放过程帆扬和白友新合影的地方。

"我不该高兴吗?一个等着我妈死,占了她位置的小三,在我爸喝醉后亲口承认跟别人睡了的女人,今天这种下场,已经算是很友善了……我当然听见了,她可能没想到我在吧,毕竟,我在这个家里跟夹着尾巴的狗一样,她拿我当空气。"

邱冬娜愣住了:"你为什么要跟我说这些……"

"不是做朋友吗?跟朋友说这些不正常吗?你别被她的表面蒙蔽了,她就是立一个高智商、凡事拎得清的人设而已,其实呢?哪件事不是自私自利极有心计?"

邱冬娜不解:"可,如果她亲口跟白叔叔承认过,那白叔叔又怎么会忍到现在?"

白石初耸耸肩:"当时我爸喝醉了啊。"

邱冬娜有点难以相信:"所以……那些照片,是你找人拍的?"

白石初沉默了。

邱冬娜追问着:"小白,你在听吗?你找人偷拍了照片?那些照片明明什么也说明不了,好多照片都是借位的角度问题。"

白石初干脆摊牌:"是。但我不觉得找人拍她,是什么见不得人的事,她当时是怎么对我妈的,我还给她罢了。我永远也忘不了,那边医生一张张给我妈下病危通知,这边她以分手相逼,逼着我爸娶她。请你不要因为这些对我有看法,你如果是我,你也会这么做的。"

白石初有些神伤地放下电话,用手轻轻抚摸照片上的母亲。而邱冬娜站在货架间，很迷惘。

邱冬娜买齐了东西，又回到办公室，到程帆扬办公室门口敲门。

"帆扬总，你该吃东西了。"见程帆扬不说话，邱冬娜故意拿出一个洗干净的苹果，咔嚓咔嚓地啃了起来，引诱着程帆扬，"你一天没吃东西了，真的不饿吗？"

办公室里的程帆扬听着清脆的吃苹果的声音，下意识地咽了一下口水，还是没说话。这时一张纸条从门外塞了进来，程帆扬好奇凑过去看，上面写"人是铁饭是钢，你不吃，小朋友也要吃"。程帆扬苦笑了一下，收起纸条，团成一团扔了。

邱冬娜故意把苹果嚼得特别大声，看程帆扬还是没反应，打开了一盒刚买的饭，放在门缝里，用纸往里吹风。

"程总，你再不出来，我要破门而入了。"

邱冬娜说完真的有点担心，趴在地上往门缝里看情况。这时门在她面前被打开了，程帆扬平静地出现在邱冬娜面前。

程帆扬居高临下地问："你干吗呢？"

邱冬娜尴尬地抬起头，迅速爬起来，整理好衣服把放在一旁的两大包吃的递过去："担心你饿晕在里面，都是给你准备的，红糖枸杞土鸡蛋，水果粗粮维生素。"

程帆扬笑了笑："谢谢，不必了。"

程帆扬说着就往外走，邱冬娜拎起东西一路追过去，像狗皮膏药一样坐进了副驾驶的位置。

程帆扬有些无奈："我说了不用担心我。"

邱冬娜没皮没脸："不用管我，我就蹭个车，送送你，你就当副驾驶位置放了两袋面，我保证全程一句话不烦你。"

程帆扬看着邱冬娜，严肃地说："我不会去自杀的。"

邱冬娜被戳破了心思:"嗨,我知道,哪能呢,你可是经历过大风大浪的帆扬总,不过,我还是把你送到家比较放心。"

程帆扬无奈开车,带着邱冬娜进了公寓,保姆已经给她炖好了燕窝在等着。公寓里灯火通明,生活用品、吃食一应俱全,跟邱冬娜想象中消极颓废的样子完全不一样。

程帆扬问:"还觉得我要寻死觅活吗?"

邱冬娜忙不迭地摇头:"你也太神速了,前段日子还在看房子,这段日子家都安起来了。"

程帆扬盛了两碗燕窝,递了邱冬娜一碗,自己慢慢地喝另一碗。邱冬娜边喝边小心翼翼打量程帆扬:"帆扬总,明天去华兴实现场吗?"

程帆扬让她不用担心自己和陈劲锋,工作就是工作。陈劲锋也不能跟个鸵鸟一样把头埋在沙子里,假装什么也没发生。何况离婚是她自己的事,跟陈劲锋没有关系。

邱冬娜有感而发:"话是这么说,可是单亲妈妈,很难的……生孩子的时候,少了一个人关心你。养他的时候,责任义务全是你的。他只会哭闹的时候,只要妈妈,你要照顾他。他可能会反复生病,你要带着他一次次往医院跑,比你自己生病还要折磨人。你可能没有时间化妆、打理自己,你没有时间和精力去处理工作,甚至被剥夺了恋爱的权利。你只能做一个妈妈了,不但其他人这样要求你,你的内心也会这样不断地要求自己。你不再是程帆扬了,你是某某的妈妈。"

程帆扬看着邱冬娜,知道她说的是自己跟母亲,目光带了点怜爱:"但她也会收获双倍的爱不是吗?会有那么一小人儿,全身心地依赖、信任妈妈,不讲道理也不容置疑。哪怕我是个糟糕的妈妈,他也会爱我,对吗?"

邱冬娜眼圈有点红了,她忙低下头:"是的,会很爱,非常爱。"

程帆扬感动地微笑："那就足够了，冬娜，谢谢你。"

邱冬娜先转移话题："谢我干吗啊，我给你准备那些红糖土鸡蛋，太傻了……"

程帆扬打断她："我会认真吃完的，为了小孩。"

邱冬娜和程帆扬交换一个眼神，彼此都从对方眼中看到了笃定。

华兴实的项目，陈劲锋已经出具了无保留项目意见，程帆扬在最终签字前，带着邱冬娜和苏卓希来华兴实复核。然而她一来就发现，账上有一笔4.2亿调增收入的调整，影响重大，但陈劲锋却跑到矿上去了，怎么都打不通。华兴实现场只留了一个李楚宁跟程帆扬对接，几人都是一脸蒙。

邱冬娜和李楚宁看程帆扬的脸色已经极其难看，赶紧一起出去找陈劲锋，但哪哪儿都联系不上。李楚宁忍不住跟邱冬娜打听：

"所里传言程帆扬和陈劲锋的事，是不是真的，今天这个气氛，我怎么感觉那么不对。"

邱冬娜急忙否认，她怕李楚宁再追问，逃也似的跑了。

顾飞理了个新发型，买了一整套潮流服装，正准备约邱冬娜吃晚饭，邱冬娜却说自己要加班。顾飞气不打一处来，恨不得当场宣布事务所关门大吉。

眼看约会泡汤，顾飞换回了平常的衣服，来华兴实给邱冬娜送饭，刚到楼下却看到白石初和邱冬娜一起进了电梯。顾飞一愣，竟然下意识避开了他们的视线，随后又骂自己躲什么。

电梯里，白石初要等邱冬娜一起下班，邱冬娜赶紧婉拒，说自己要加班，白石初却直接戳穿她，说李楚宁她们都走了。

白石初想了想，问道："娜娜，你是不是又恋爱了？"

邱冬娜忙不迭地否认："没有，哪有啊，我工作这么忙，每天除了所里就是项目部,认识的人还没做过的项目多,我做过的项目就够少的了……"

白石初:"这倒也是,所以是你们所的人?"

邱冬娜意识到自己又话多了,不说话了。

"这是好事,既然是朋友,没必要跟我隐瞒,"白石初落寞地笑了笑,"原来你真的喜欢上什么人,和跟我在一起,是不一样的。"

白石初出了电梯,邱冬娜有些懊恼地自言自语:"你跟他承认了又能怎么样?现在可好,本来没什么的,弄得像见不得人一样。"

邱冬娜拎着外卖走进程帆扬的办公室,却发现没人。她坐下等程帆扬,这时顾飞的电话打了进来,语气不容置疑:

"你下来。我在楼下,接你下班。"

邱冬娜有些意外,但笑了:"我还没结束呢。"

顾飞语气不悦:"什么没结束,苏卓希和李楚宁都走了,怎么就你没结束。"

邱冬娜惦记着程帆扬的晚饭,不肯走,但顾飞没好气地说自己只能停五分钟,让她马上下来,邱冬娜只能把盒饭放到了程帆扬的桌上,用微信给她留了言,这才下去。

邱冬娜走到楼梯间,却听见程帆扬在里面打电话,大概是在跟陈劲锋说话,语气十分不悦。

"刘经理说,是你要求他对华兴实的账外收入出具审计调整,调整主营业务收入和应收账款……那些出库单、入库单,以及管理层会议纪要都没有外部支持性文件,相关合同、询证函、缴税材料一个都没有,应收账款期后也没有回款……你说说明什么?你别找借口……我现在是跟你谈工作,我们的私事不要提了。"

程帆扬看到邱冬娜,挂断电话,邱冬娜告诉她自己把外卖放桌上了,正要下班。程帆扬点点头，让她走。但邱冬娜很担心：

"帆扬总，是有什么问题吗？"

程帆扬如实回答："我还不能确定。"说完她甩下邱冬娜，一个人快速离开楼梯间。

邱冬娜迅速跑到楼下，只见几个保安围着顾飞的车，已经快要吵起来了。邱冬娜赶紧边道歉边上了车。顾飞生着闷气，一言不发地开车。

邱冬娜不明白顾飞这生的是哪门子的气，于是问道："你怎么突然来了？"

顾飞带着气回答："我不能来吗？"

"不是，但你这么大张旗鼓，万一被同事们看见。"

"那我就得跟做贼一样吗！"

邱冬娜疑惑："你怎么了？"

顾飞意识到自己在吃邱冬娜不明白的飞醋，没好气指指后座："送你的！"

邱冬娜看向后座，才发现后面放着一大盒带干冰的冰激凌和一束水果花。她欣喜地拿过礼物，开心不已。

邱冬娜拆开蛋糕吃："这算是惊喜吗？我很喜欢。"

顾飞语气酸溜溜的："之前没收过冰激凌和花吗？"

邱冬娜吃着冰激凌，含糊地答道："没收过你送的。"

顾飞终于忍不住了，爆发出来："现在都有点化了，本来应该你第一次下楼就给你的。哦，不止你，还有小白。"

邱冬娜疑惑："你早看到我了？那你为什么不叫我？"

"怎么叫？当着小白的面说来接你，给你这些冰激凌、水果、花？不够做作的。你又准备怎么跟他解释？说这是公司福利？哪个公司男老板给女下属送这些？"顾飞没好气，机关枪似的突突了一大通。

297

邱冬娜终于明白顾飞是在吃醋："你不会是，在吃醋吧？"

顾飞不置可否。

邱冬娜笑了，主动发出邀约："我们约会吧，这周末。"

顾飞说自己去北京出差，邱冬娜就说自己去找他。顾飞的心情顿时变得很好，"勉为其难"地答应了。邱冬娜从水果花上拆下一颗草莓，喂给顾飞，顾飞直接咬了邱冬娜的手，邱冬娜一下子呆住了，害羞地缩回手。

第二十三章　动荡拆伙

定下周末的北京约会后，邱冬娜的心情变得无比雀跃，她晚上在家里一件件地往行李箱里放漂亮衣裙、鞋子，再核对化妆包里的化妆品。邱晓霞狐疑地打量着她，终于忍不住开口了：

"你到底是去出差啊还是去走模特去。"

邱冬娜含糊道："去出差不得穿得洋气点嘛，不能给公司丢人。"

邱冬娜合上箱子准备离开，邱晓霞却叫住她，嫌弃地摸摸她的衣服："穿这么薄去北京？露个腿，冻不死你。我给你找条秋裤。"

邱晓霞转身进邱冬娜的房间去找秋裤，邱冬娜急了，忙说北方有暖气，邱晓霞被她忽悠住了，邱冬娜转身逃出家门。她走了之后晓霞才想起来，这才十月，哪儿来的暖气！

顾飞和邱冬娜到了北京，两人初次约会，手脚都不知道往哪儿搁，邱冬娜忐忑又期待地问现在去哪，顾飞说，去所有谈恋爱的人都会去的地方。邱冬娜笑了，两人拉住手，一起漫步在街上，如同街头所有的情侣一般。

压完马路，顾飞又带着邱冬娜来到了动物园，邱冬娜看着各个窗口攒动的人头，有些无奈："别人谈恋爱，都来动物园吗？"

顾飞却很兴奋，张望指示牌在找路："逛公园、遛马路不都是走嘛，动物园有什么不好，风景好动物也好。我给你准备了一个惊喜。找到了，在那边。"

顾飞找到了方向，拉着邱冬娜快步往他确认的方向走，邱冬娜满脸期待地跟着他走了过去。

顾飞蒙着邱冬娜的眼睛，停在了展区前，顾飞伸手在旁边介绍牌上迅速贴了东西。邱冬娜很是期待，她使劲嗅了嗅，却发现自己所处的地方，味道似乎有点怪。顾飞贼笑着，放下手。

邱冬娜睁开眼一看，面前竟然是一个野驴场！她看着面前一群驴，蒙了。

"这是……"

顾飞笑着说："我以你的名字认养了一头动物，作为我们感情的见证，你可以在饲养员的指导下，摸它，跟它合影。"

邱冬娜有不祥的预感："认养的什么动物？"

顾飞随手指着一头驴，大喊："那个就是你！小犟！"

邱冬娜还是没明白，顾飞拉邱冬娜到旁边看动物介绍牌。上面贴了展出动物的照片和介绍。某一头驴照片后面写着介绍——"今日展出动物，昵称：邱冬娜／小犟，蒙古野驴，外形似骡，体形介于家驴和家马之间……"

邱冬娜难以置信："你用我的名字，认养命名了一头蒙古野驴，作为我们感情的见证？"

顾飞拍掌："对啊！是不是很特别，很与众不同，小犟，啧啧，太符合你的性格。"

邱冬娜盯着顾飞，一下子哭了出来："你怎么能这样呢你！"

顾飞没料到邱冬娜这么大反应："你怎么哭了呢？"

邱冬娜哭着嚷嚷："太难听了，太丢人了，你怎么能把我的名字给一头驴。"

顾飞意识到自己玩笑开大了，手忙脚乱撕下自己刚在介绍牌上贴的"邱冬娜、小羋"字样的贴纸，露出里面真实的介绍"昵称：黄黄爱吃草 蒙古野驴……"他慌张地解释着："逗你的，开个玩笑，你看，真的不是你，我怎么会用你的名字干这种事情呢！"

邱冬娜生气转身离开，顾飞苦着脸跟在身后赔不是：

"我真的错了，我就是想逗逗你，放之前你肯定不生气的。"

邱冬娜鼻子还红红的："之前你是我老板，我不敢。现在你是我男朋友，你小学生吗？玩那种喜欢哪个女孩就揪人家辫子的伎俩。"

顾飞想了想："好像，是有点。别生气了，我真有惊喜给你，你这么一直气，我怎么给你看真的惊喜。"

"你先让我看看，我再决定要不要原谅你。"

顾飞掏出手机，打开一个直播页面，画面上是非洲某动物园黑足猫的展区，灵活又优雅的黑足猫在活动。邱冬娜盯着画面，不知道顾飞想干吗。忽然，顾飞指着画面上一只飞跑过去的黑足猫，兴奋道："是它，是这只。最漂亮的一只。"

邱冬娜不解其意："黑足猫嘛，我认识，小而强大，拥有最萌外表的优秀猎手。"

"这才是你，我用的你名字认养了一只黑足猫，它叫 little brave，可爱吗？"

邱冬娜愣了一下，旋即笑了："小羋哪是什么 little brave，你这个翻译太烂了。"

顾飞认真坚持："在我心里，你就是。这间动物园在非洲，以后，我会带你亲自去看它。可以不生气了吗？"

邱冬娜点点头，顾飞看着邱冬娜，眼里有光，顾飞的脸凑近了邱冬娜，深深吻了上去。

出了动物园，两人又一起去看电影，但显然都兴趣不大。顾飞拍了拍自己的肩膀，示意邱冬娜靠过来，两人调整了一个舒服的姿势倚靠在一起，干脆地睡了过去。这时邱冬娜的手机却震动起来，是苏卓希发来的消息，她和邱冬娜都被程帆扬踢出了华兴实的项目。

邱冬娜有点蒙，电影散场之后她告诉顾飞这事，顾飞倒是觉得很正常："程帆扬带着你们大张旗鼓地去那边，跟审计陈劲锋一样，本来就挺奇怪的。"

邱冬娜想起那天程帆扬在楼梯间里和陈劲锋的电话，有些迟疑，但顾飞问起来的时候，邱冬娜没有多说，她觉得程帆扬一定是有自己的安排。

顾飞伸了个懒腰："唉，平时忙惯了，一闲就想睡觉。那，我们回酒店？"

邱冬娜点了点头。

另一边，上海一家会所里，程帆扬按照陈劲锋发来的地址走到了一间幽僻的包间。陈劲锋的面前摆着一台电脑，存储卡插在卡槽里。

程帆扬开口问："为什么不能在公司会议室聊，非要在这里聊？"

陈劲锋态度诚恳："华兴实那边催得紧，他们要融资，我已经跟他们沟通过，会出具无保留意见报告，之前，项目的情况也是你实时跟进的，只差你一个签字，没必要拖这么久。"

"我要看的相关账外收入的合同呢？询证函呢？缴税材料呢？现在也没看到，涉及至少4.2亿的调增收入。我怎么签？如果是你让刘经理对这些账外收入出具审计调整,他有办法拒绝你吗?没有。"

陈劲锋已经开始哀求:"你为什么不信任我呢?你一直很信任我的,你和顾飞挑了我做合伙人,我们就是一个团队了,你为什么不能像信任顾飞那样信任我呢?"

程帆扬摇摇头:"我没有不信任任何人,我只看证据。你这么迫切地让我签字,我不能签。"

陈劲锋很烦躁,他勉强挤出一个讨好笑脸:"我们不也有过愉快回忆,你何必翻脸不认呢?帆扬,我是真的喜欢你的。你跟老白的事情解决了,我……"

程帆扬生气地打断陈劲锋:"我的事情与你无关,那一晚,我喝多了,这与工作无关!你到底怎么回事?"

陈劲锋狠下心:"既然你这么绝情,也不能怪我了,你是喝多了,我那天可是情之所至,我还留了纪念呢。"他说着打开手机相册,把手机推到程帆扬面前。

程帆扬看到手机上的照片,脸色马上变了:竟然是程帆扬躺在床上,衣冠不整的照片!

程帆扬难以置信:"你这是威胁我了?"

她当即摸出手机就要报警,却被陈劲锋按住了手:"咱俩这事,本来可以天知地知你知我知,但你报了警,我就只能按下发送键,那么整个互联网,你的亲朋好友都会知道。你不签字,华兴实大不了不发债。你看我不顺眼,我换个地方继续干也是一样的,但你个人的损失……是你逼我的,我没有办法。"

陈劲锋掏出一个装审计报告的文件夹,递上了程帆扬送他的那支金笔。程帆扬的脸上看不出喜怒,她挣脱了陈劲峰按住的那只拿手机的手,两人的目光死死对峙着。

顾飞和邱冬娜已经回到了酒店，两人站在房间里，十分尴尬。顾飞像招呼客人一样说："坐，坐啊。"

邱冬娜只坐了沙发的一角，紧张地环视房间："合伙人出差是这个标准啊。"

"嗯，住得太差有损所里形象，其实我睡哪都行，怎么睡都行……你要不要喝点什么？"顾飞慌忙站起来去开冰箱，把里面的饮料全都掏出来，"这有汽水、果汁、啤酒……还有不少小零食，要不吃点什么吧。"

邱冬娜忽然笑了："我们怎么跟做贼一样啊。"

顾飞走过去，跟邱冬娜并排坐："我太久没有过这种感觉了，我不知道我的表白对你来说会不会太突兀，也不知道这个节奏是不是对的，我很怕做错一点什么，你就跑了。"

"跑到哪里去？"

顾飞想了想："我不知道，我很怕失去这种感觉，这种心理揣着一只扑动翅膀的鸽子的感觉，有时会痒，有时会疼。"

邱冬娜好奇："那是什么感觉。"

顾飞看着邱冬娜，说："活着的感觉。"顾飞吻上了她，轻轻把邱冬娜放倒在沙发上，他的身体紧紧贴着邱冬娜的身体，气氛一时暧昧到了极点。然而这时，邱冬娜的手机突然在她口袋里震动起来。

顾飞嫌弃地掏出了邱冬娜的手机，放在一边想要继续，邱冬娜却看到了手机上显示的"妈妈"，赶紧推开顾飞，尴尬地起身接起电话，电话那头却传来了邱晓霞的怒吼：

"你在哪呢？！"

邱冬娜茫然："北京出差呢。"

邱晓霞咆哮："跟顾飞出差呢？！"

303

邱冬娜紧张地看向顾飞，不知道怎么漏了馅儿。

原来晓霞晚上到事成烧烤店帮忙，王事成不小心说漏了嘴，晓霞这才知道邱冬娜已经跟顾飞进展到这地步，还被拐带到北京去了！联想到邱冬娜出门前那副欢欣雀跃、收拾衣服的样子，晓霞更感觉到强烈地被蒙在鼓里。她恨不得当场买机票飞过去把邱冬娜给提溜回来，但机票又实在太贵，所以只能给邱冬娜下死命令，让她明天一早必须回来，邱冬娜连声答应了。

邱晓霞却还在连声训人，邱冬娜小声对着电话让邱晓霞给自己留点面子，邱晓霞听了更气了："你二十好几的人，我还得看着你，我有面子吗？！不拦着你谈恋爱，你要约会就正大光明地跟我说，偷跑出去算什么！你可别走妈妈的老路，刚恋爱就跟他跑到外地去，我怕你吃亏！"

顾飞凑过来："阿姨，是我叫她来的，肯定保证她安全……"

邱晓霞又怒又好笑："阿姨？你这口改得倒是快。怎么，给以后打基础啊？！顾飞，你太不懂事了，怎么就敢拉着邱冬娜跑到北京去。"

顾飞笑着："是是是，都是我的错，我这不想着她下礼拜出差了，我又在北京，不知道什么时候才能再见着，而且她也没来过北京，想带她在北京逛逛。本来是应该来之前，去看看你，跟你把事情说一下。都是我的错，别骂我们小犟。"

邱晓霞："你少挑拨离间，里外里我是棒打鸳鸯的王母娘娘呗。"

邱冬娜尴尬疯了，装卡："喂……什么……不见……信号不……我……"

邱冬娜干脆利落挂断视频通话，给邱晓霞发语音："妈，机场信号不好，我回头到上海机场再联系你吧……"

邱冬娜惶恐地挂断了电话，房间里的暧昧气氛全没了，邱冬娜垂头丧气地说:"我妈她……"

顾飞宽慰她:"理解,她担心你。没想到你会为了我偷跑出来。"

邱冬娜无奈:"你别得便宜卖乖,我难死了,回家不定怎么数落我呢。"

顾飞幸灾乐祸:"那是你们的事,我呢,好好在北京给未来丈母娘买两件礼物,回去负荆请罪。"

邱冬娜惊了:"丈母娘?她哪句话同意你了?"

顾飞却胸有成竹:"你没听出来啊?她是反对你偷跑出来,但是不反对我追你啊。唉,总算有点欣慰的事儿,外面不被你认可,但你妈妈不反对,我也算有个名分了。"

邱冬娜无语地叹了口气,回自己房间睡觉。幸好下周要去杭州出差,暂时不用面对邱晓霞。

邱冬娜第二天早上起来后,跟顾飞分别,直接飞去了杭州,而顾飞则继续留在北京出差。

邱冬娜和苏卓希碰了头,苏卓希告诉她,程帆扬已经在华兴实的项目上签了字,据说是华兴实急着融资20亿。

苏卓希低声跟邱冬娜八卦:"听说陈总搞定了帆扬总。"

邱冬娜:"搞定?"

苏卓希神神秘秘:"俩人之间肯定有点事儿,不然以帆扬总那么严谨的性格,怎么可能光速签字。"

邱冬娜似懂非懂地点点头,不愿意跟着说程帆扬的坏话。

另一边,顾飞在酒店大堂里,竟然收到了程帆扬的合伙人解除协议!他又惊又气,不知道发生了什么,他不停地拨打程帆扬的电话,却始终无人接听。顾飞抛下北京的所有工作,乘坐飞机回到了上海,一下飞机就直奔了程帆扬的公寓。

顾飞的大脸显示在了程帆扬家的监控屏幕上，阿姨本想说程帆扬不在，但程帆扬却让她把顾飞放进来。

顾飞进门，大刺刺地把行李箱直接塞给阿姨，鞋也不换，直接走到程帆扬对面坐下：

"你是疯了还是电脑手机出故障了？你那个要跟我解除合伙人协议的邮件什么意思？"

程帆扬语气平静："邮件里说得明明白白的，字面意思。按照我们当初的约定，我给你应得的利润，你离开非凡。"

顾飞恼火不已："程帆扬，我怎么你了，干得好好的，你说拆伙就拆伙？"

程帆扬避开他的眼神："当初建立非凡的时候，协议就是这么签的，我不觉得有什么问题。"

顾飞拿过程帆扬手里的书，不让她再看："你别跟我兜圈子，在外面出着差，你在上海招呼都不打一个，一封邮件让我卷铺盖走人？至少给我一个原因！"

程帆扬想了想："我们不适合合伙，这你应该清楚，你从不按规则办事，我最看重规则，分手是迟早的事情。"

顾飞盯着程帆扬，想从她脸上看出答案一般："程帆扬，我们当初决定合作，我就是现在这样，甚至还要激进，你别告诉我，你昨天睡醒一觉突然反应过来我是什么人了吧？"

"你如果觉得自己工作方式没问题，相信离开非凡也可以做得很好。"

顾飞已经暴躁了："你是程帆扬吗？还是什么病毒程序入侵了你的系统，真正的程帆扬，如果真想拆伙，那我至少要因为低级错误，导致三个不同的项目给事务所造成巨大损失，她会跟我示警，在我执迷不悟脑子被驴踢了一样还要继续那么干下去,她会提出拆伙,然后我们会有一个比离婚不遑多让的漫长分割期,直到事务所连苍蝇蟑螂都分干净。"

程帆扬看着顾飞:"这确实是理想状态,但我并没有被什么病毒入侵,现在这种分割不好吗,快刀斩乱麻。"

顾飞强迫自己冷静下来:"那你这么匆忙地发那么一封邮件,我只能理解为,你想告诉我什么。你有什么不能跟我说的?到底是工作上的事,还是家里的事,你有什么麻烦,都可以跟我说,我帮你解决。"

程帆扬张了张嘴,看着顾飞期待的眼神,沉吟:"顾飞,你相信我吗?"

"程帆扬,你相信我吗?从你把我从天台上拉下来那天开始,我就没怀疑过你。"顾飞死死看着程帆扬,"你不想说?还是不能说?"

程帆扬答道:"不能说,你只知道我需要拆伙,就是对我最大的帮助。"

顾飞沉默良久,再度开口:"这是你想要的方式吗?"

程帆扬点点头:"是的。我请求你,也请你不要再追问了。"

顾飞大概明白了程帆扬的意图,他为了确定自己下一步的动作,试探道:"好,我不问,我相信你。但你知道后面会发生什么?以你对我的了解,你当然知道后面会发生什么吧?这也是你期待的吗?"

程帆扬看似云淡风轻:"对,我非常了解你,我知道,我们一旦真的拆伙,我们会争夺,从客户到员工,包括非凡这块招牌,留下的那个未必能留住非凡,离开的也未必是真正离开。"

顾飞带着威胁的语气:"我会不遗余力带走所有能带走的,我不再是你的合伙人,而是枪口对准你的敌人。你还是坚持要拆伙吗?"

程帆扬站起来,和顾飞面对面:"是的,哪怕你用光所有子弹,

307

把我打得遍体鳞伤。我，恳请你，这次也相信我。"

顾飞沉默，思考："对你计划的事，你有几成把握？"

"大于五成，赢面大。"

顾飞一直盯着程帆杨，良久点点头："懂了。好，那我，不遗余力。"

邱冬娜的手机不停地响着，是顾飞的来电，她一路从杭州的项目办公室小跑出来，冲进楼梯间接听顾飞的电话。

"喂，老大，怎么了？不是说好了工作期间不通电话的吗？"

顾飞的语速很快："我要离开非凡，你得跟我走。"

邱冬娜蒙了："啊？你离开非凡？怎么可能。发生了什么？"

"这是我和程帆扬共同的决定，我们要拆伙。"

邱冬娜还没反应过来："什么？这……太突然了，我，我去问问程总。"

顾飞被她逗笑了："你想什么呢？拆伙，分家懂不懂，不用去问她了，已经决定了，你谁也别问了，别走漏了风声。你等我电话，我最近会很忙。"

顾飞说完，不等邱冬娜继续问，挂断了电话，邱冬娜不知所措。

与此同时，非凡事务所里气氛也十分诡异，杨芸芸等一大部分人的手机微信同时响起，他们低头看完手机后，都一头雾水地看向顾飞的办公室。因为手机上都是来自顾飞的同一条消息：

"今晚9点有空见一面吗？"

事务所里人心浮动，忙着互相试探和询问，整个事务所里弥漫着诡异的气氛。而陈劲锋却毫无察觉，沉浸在自己的春风得意中。

陈劲锋从前台接过快递员送来的鲜花，大步流星地送到程帆扬的办公室，程帆扬却头也不抬地扔掉了。

杭州的项目很快就结束了，邱冬娜回到事务所里，很快就察觉到办公室里诡异的氛围,大家都凑在一起三三两两地压低声音讲话,她不管是打招呼还是问工作问题,都没人有心思回应。

邱冬娜再也坐不住了,匆匆地跑出门去,给顾飞打电话,却一直是占线。

而此时的顾飞已经疲惫到了极点,他正一边往机场开,一边打电话:

"咱推心置腹地说,她能这样对我,有可能未来就会这样对你,天天打鸟让鹰啄了眼睛,我瞎,我认了,但我栽过的跟头,你还想再栽一遍吗?陈劲锋凭什么坐那个位置,他能力是不错,但他不牺牲奉献点什么,程帆扬就能这么快同意吗?你好好想想,你跟着这样的人,你能给她点什么?还是跟药渣一样,让人利用完了,就扔。我一个小时以后飞成都,你要同意,直接机场见。"

顾飞放下电话,手机除了邱冬娜的未接来电,还有一堆微信语音。

顾飞揉了揉鼻梁,强打精神,听邱冬娜的语音:

"所里好像都乱了,你跟程帆扬拆伙的事情,虽然没公布,但大家似乎也都知道了,各自选边站,像父母离婚一样。我不敢问帆扬总,到底怎么回事?"

顾飞回复邱冬娜说明天再聊,今天他要飞趟成都,去实开总公司。回完之后,他又打开跟程帆扬的微信对话页面,给程帆扬发微信:我火力全开了,感受如何?刺不刺激?

很快程帆扬回复道:"你老了,手段温柔了不少。"

顾飞笑笑,自言自语:"老了是吧,程帆扬,你这是嫌我演得还不够真诚?!成,让你见识见识我的真正实力。实开不用你让,我自己来取。"

顾飞到了机场后,不一会儿,一辆出租车停在他面前,钱泽西和苏卓希一起从车上下来了。顾飞上前拥抱钱泽西,又拍了拍苏卓希的肩膀：

"老钱，我就知道你肯定能来。别的我也不多说，显得假，但我顾飞承诺的事情一定会兑现，我也没那么多乱七八糟的要求，以后各凭本事说话。吴远呢？"

钱泽西答道："我们商量了，他先留在所里，不然太明显。"

苏卓希有点忐忑地追问："顾总，这到底怎么回事，怎么突然你就要走了？"

顾飞脸上的表情十分镇定，假装出一切尽在掌握的样子："不突然，筹谋好久了，怎么说呢，我跟程帆扬工作风格差异太大，迟早要分，陈劲锋算是个催化剂吧，我早觉得这俩人不对劲，现在一看，这是要开夫妻店，那肯定不行。我年前就筹备自己建新所的事了，程帆扬要留我，我没同意。"

苏卓希点点头："那成都实开那边……"

顾飞胸有成竹："也是为了保证你们的利益最大化，实开这个客户我是要定了，那边的老总，还有财务那边的王树，都是我老朋友，你们前边的工作不能白干，拿到项目奖金，再来我这里，位置给你们留着，咱们这次去，就是跟客户沟通一下接下来的工作变化。"

苏卓希和钱泽西都点点头，跟顾飞一起往里走。

顾飞安抚好这两人后，又装作去点咖啡的样子，跟张旭东打电话："森林资本那边应该没什么问题，你先稳住他们，就说我们新所已经筹备得差不多了。我说什么也得把程帆扬的项目都弄过来……实开那边，我聊聊看……还能怎么办，跟实开那边说的是，主要团队都会跟我走。跟苏卓希钱泽西他们说的是，实开那边的人都是我的老关系。两头哄，两头骗，能行就行了，不行，也损失不了什么……我现在去成都……森林资本那边要来新所坐坐？行吧，我估计是想实地考察一下。不用拒绝，办公场地我想办法弄好，你尽量把时间约得晚一点，他们一来，保证让他们看到一个像样的事务所。"

顾飞放下电话，正好钱泽西看向他，顾飞立马调整出一个微笑，表示自己还在等咖啡。

非凡事务所的变动也传到了白友新父子俩的耳朵里，白友新心事重重，几次想跟白石初说话，白石初都假装没看见。

白友新终于开口："最近，华兴实有不少人事变化？跟程帆扬她们审计的项目有关？"

白石初耸耸肩："人事变化是有，对于华兴实这样的大公司来说，很正常吧。程帆扬他们在华兴实做审计你也一直知道啊，就融资嘛。"

白友新忧心忡忡："我听到一点风言风语……你说，我是不是得提醒她一下。"

"都打听到你这了，应该不止一点风言风语吧。她跟陈劲锋那事儿对不对？两个人表面上公事公办，但说什么的都有，说非凡内部真正说了算的是陈劲锋。"白石初直接戳穿白友新，"爸，她这样对你，你怎么还惦记着帮她啊。离婚协议她都能一个标点一个标点地抠，审计这种专业的事情，她跟陈劲锋没准床上就把业务讨论完了。"

白友新被激怒，让他闭嘴，父子俩对望，气氛十分尴尬。

非凡事务所里，同事们都已经走光了，邱冬娜终于下定决心站起来，敲响了程帆扬办公室的门。

"帆扬总，我是冬娜，我能进来吗？"见里面人不答，她又继续说，"其他人都走了，我一直等你到现在。"

程帆扬终于出了声，让她进来。邱冬娜走进办公室，打开灯，却看到房间里一片凌乱，地上、桌上、乱七八糟地铺满了各种跟华兴实矿业有关的资料。邱冬娜脚上正踩到一页纸，她俯身要捡，程帆扬却说不用,都是垃圾。

邱冬娜犹豫着正要开口,程帆扬却先说:"你听到的传闻,都是真的,我和顾飞会拆伙,最近就会公布。"

邱冬娜有点不想相信:"这就是你的最终选择了吗?这样对顾飞……顾总,很不公平。"

程帆扬略带微笑看着邱冬娜:"你这是,在维护他?"

邱冬娜解释道:"我没有维护任何人,只是,为什么突然会这样,这不像你。帆扬总,你没遇到什么难处吗?"

程帆扬认真地想了想:"难处啊……从决定跟顾飞一起建立这家事务所,就每时每刻都有难处,每次解决这些问题,都像闯关做题,我曾经非常享受这种感觉。可现在,怎么办呢?"

邱冬娜会错意了:"我觉得有什么事儿都可以沟通。我们都不会袖手旁观的。"

程帆扬欣赏地看着邱冬娜:"我真是没看错你。"

邱冬娜以为自己挨夸了,有些意外,程帆扬却转变了话题:"你啊,确实没什么边界感,现在看来,跟你签保密协议是非常正确的选择。"

邱冬娜被噎得梗在当场,道完歉,正要离开,程帆扬却叫住她。程帆扬起身,打开自己上锁的文件柜,露出里面的各种少女漫画。

"你看漫画吗?这些你带回去看吧。"

邱冬娜不知如何接茬:"这?我带这些,我……"

程帆扬随意掏出一本,略带惋惜地翻了翻:"好多都绝版了。"

邱冬娜错愕,但还是顺着程帆扬的意思,用纸箱把她的漫画都给搬了回家。

邱冬娜已经一个多星期没见到顾飞了,顾飞终于给她发消息,要带她去看新事务所。

邱冬娜赶紧跑到公司楼下，顾飞正靠在车边等她。邱冬娜发现顾飞已经长出了胡茬，整个人显得很憔悴，车里也全是喝空的红牛罐子和咖啡杯。

邱冬娜心疼地打量着顾飞："你瘦了好多。"

顾飞发动车子，一脸疲惫："是啊，我最近忙了多少事，两个礼拜干了别人至少半年才能完成的工作。"

顾飞车子开得很猛，邱冬娜拉紧了副驾驶的扶手。这时，后车对不按规矩乱开的顾飞狂按喇叭，顾飞灌下一大口咖啡，把杯子草草塞进杯座，按下窗户朝外吼："你有本事你飞过来！"

邱冬娜看着这样的顾飞，十分担心他的状态。

顾飞一路飙车来到了新事务所，说是事务所，其实就是个工业风的大开间，里面落满了灰尘和垃圾。

顾飞给邱冬娜介绍："这里，就是我的新事务所。下礼拜森林资本的人要跟我在新事务所开会，我花了三天时间敲定了这里，没时间装修了，准备打扫打扫，把名牌什么的都换上，直接进办公设备。之前是旧厂房改造的咖啡馆，后来倒闭了。"

邱冬娜四下看看，很怀疑："这里，真的能办公吗？"

顾飞拉过一把椅子，满不在乎地用手擦了擦，让邱冬娜坐下："怎么不能，那边备餐的地方，就当茶水间，下午工人来布置。储物室放档案，经理室给财务，几个隐秘点的小包厢就当会议室。其他地方，大家开放办公，反正大部分时候都在出差……"

顾飞说话间，不停给自己灌着红牛，喝空一罐，晃了晃扔掉，从兜里又掏出一罐打开。邱冬娜担心地看着顾飞，顾飞却满不在意地要她挑一个办公位置。

顾飞走到一处采光不错的地方："我准备坐这，就那张桌子，直接搬过来做我的办公桌,我对面任何一个地方你随便挑,我抬眼就能看到你。"

邱冬娜担忧地站起来:"你多久没睡觉了?"

顾飞愣了一下,想了想:"上次睡觉是在去成都的飞机上。"

邱冬娜拿过顾飞手里的红牛,四下看了看,选中一张沙发,拿出纸巾擦拭:"别喝了,你该睡一会儿。"

顾飞叹了口气:"我哪有时间睡觉啊,下午送货的要来,保洁、电工……都要来,我得盯着。"

邱冬娜拉着顾飞把他按在沙发里,把刚才顾飞给自己搬的椅子拖过来给顾飞垫脚:"你睡吧,我在呢,有事我会叫你。"

顾飞看着邱冬娜,最终点了点头,歪在沙发里闭上了眼睛,迷迷糊糊之间,他听到邱冬娜告诉送货员办公电脑的摆放位置,指挥电工维修、搬运工交接,跟保洁布置任务,顾飞顿时心安了,沉沉睡了过去。

顾飞醒来的时候,房间已经打扫干净,颇有一些办公场所的样子。他坐在沙发上看着房间里的变化,满眼都是不知今夕何夕的迷茫。

邱冬娜拎着刚买的水回来,递给顾飞一瓶,自己拧开一瓶坐在顾飞旁边,从兜里掏出一张明细表汇报:

"台式电脑 30 台、打印机 2 台都送来装好了,网络调试完成了,保洁自荐了要来给你的新办公室做长期保洁,我留了联系方式,如果需要你可以面试。"

顾飞揉了揉脸,让自己清醒一点:"你什么时候过来工作?"

邱冬娜一下子没反应过来:"我……"

"别告诉你还在犹豫。现在也别跟我说什么因为想独立,想成为跟我并肩站立的人,所以暂时要撇清关系了。我真的……很需要帮助。"

邱冬娜坚定地看着顾飞:"我会来的,即便其他人都不来帮你,即便我只能帮你一点忙,我也会来的。等我交接完手头的工作,我就跟帆扬总说。"

顾飞笑了,点点头,满意地摸摸邱冬娜的头发,看看表:"走吧,时间差不多了。"

邱冬娜疑惑:"去哪?"

顾飞笑了:"吃饭,见见你未来的同事。"

顾飞开车带邱冬娜来到餐厅楼下,但邱冬娜不愿意跟他一起,以"老板娘"的身份出现在同事们面前,她要了包间号,让顾飞先上去。顾飞尊重邱冬娜的意思,先向电梯走去。

邱冬娜修整了一会儿,这才鼓起勇气来到包间门口,她调整出一个笑容,推开了包厢的门,里面的场景让她有些意外,只见李楚宁、杨芸芸、苏卓希、钱泽西、吴远、张旭东等事务所里一大半的熟面孔都在里面,围着主座上的顾飞谈笑风生。

苏卓希先发现了邱冬娜:"哎呀,小邱也来了,太好了太好了,顾总是把非凡的精兵强将都拉来了。"

李楚宁给邱冬娜腾出一个位置,邱冬娜有点难以置信地看着顾飞,顾飞微微向她点了点头。

顾飞见大家都落座了,开始说正事:"这次非凡的变动,虽然还没有公布,但我想大家也都知道是怎么回事。其实离开非凡,你们去哪里肯定都是被争夺的精英,但既然大家能信任我,愿意陪我一起另起炉灶共创新辉煌,我也不会辜负大家的信任,我给你们的承诺,会一一兑现。"

钱泽西端起酒杯:"为了共创辉煌!"

众人纷纷举杯,碰杯。

邱冬娜还处于游离状态,她轻声说了句:"我去下洗手间。"

邱冬娜说完离席，苏卓希、李楚宁也跟着她一起出门去了洗手间。

三人在洗手间一起补妆，苏卓希试探地问："小邱，你不会怪我吧？"

邱冬娜疑惑："怪你？"

"你来的时间短，挪地方这种事，我跟老钱和吴远也不好直接跟你说，不知道你什么想法，现在你来了，就最好了，以后还是老搭档。"苏卓希诉说着又看向李楚宁，"没想到你们今年刚进非凡的小姑娘，都挺有眼光的，人啊，除了要有本事，还要会站队。你一进来就跟着陈劲锋的，他那人，是不是有点那样？"

李楚宁笑了笑："跟着陈总估计钱不会少拿，但学不到什么东西。所以我还是想过来。"

"他的本事你也用不上啊，你这个身家不需要搞定女老板。"苏卓希说着又笑着问邱冬娜，"刚才一进门吓到了吧？我来得早，看到非凡的这些熟面孔一个个往里进，我都很意外。"

邱冬娜点点头："是没想到，大家都这么支持顾总……"

苏卓希有些得意："顾总有本事啊，八成你以后还是跟着我们项目组，做实开的审计。"

邱冬娜意外："实开？那不是帆扬总的客户吗？"

"明年应该就是顾飞的客户了，帆扬总的这些客户，顾飞估计没摸到九成，也搞定了八成。这人，真是不服不行，有手腕有魄力有脑子。等顾飞一离开非凡，给程帆扬的就是一个空壳子。"苏卓希努努嘴示意外面，"那一屋子人精，哪个是真为了公平正义啊，都是跟着有肉吃的大佬走。程帆扬还当她自己把顾飞踢了，我看啊，顾飞就给她留了非凡这个名，留了个办公室，根本就是她被扫地出门了。"

邱冬娜问苏卓希她们都准备什么时候辞职，苏卓希说等拿到实开的奖金再走，还叮嘱邱冬娜机灵点，不要让程帆扬看出来什么。

李楚宁耸耸肩:"我无所谓,明天后天,反正哪天走都行。对于我那些叔叔伯伯,跟哪个所合作都是一样的,顾总这里挺好的,我会把他们都带到顾总这里。至于华兴实的项目奖金,给我就拿着,不给,我也不在乎。"

邱冬娜有些犹豫:"这样对帆扬总,不太好吧。"

苏卓希语气唏嘘:"我挺喜欢帆扬总的,但工作就是工作,大家都是要养家糊口吃饭的,顾总带走了所有客户、项目,我自认没那个能力,像当年顾总跟程帆扬一起创业那样,平地起高楼。"

苏卓希和李楚宁先出去了,邱冬娜一个人留在原地,还是有点没回过味来。

夜里,酒宴散了场,顾飞叫了个代驾,和邱冬娜坐在后排。顾飞笑得不可自抑,邱冬娜在一旁看着他,有点无奈:"有那么好笑吗?"

顾飞点头:"有。我猜了无数种你推门进来,看到原班人马的表情,还是没想到你会这么意外。"

邱冬娜哼了一声:"上一秒还在跟我卖惨,说自己不容易,我还挺心疼的,下一秒一看,你不但不惨,还很得意嘛。你们这样对程帆扬,好吗?"

顾飞想了想:"小犟,有些事,请你相信我,也相信程帆扬。相信她要跟我拆伙,相信她现在做的每一个决定。"

邱冬娜会错意,以为顾飞是在倒打一耙,讽刺程帆扬。

"我没有。你啊,光看见贼吃肉没看见贼挨打,我最近为了摆平客户、办新事务所的各种事……觉没顾上睡,饭也没吃几顿。我不是卖惨,我是真惨。"顾飞使劲捏着自己的嘴角,"我这也不是笑,我这是终于吃了顿安生饭,嘴角抑制不住的弧度。"

邱冬娜有点心疼:"你可以跟我说的,这些天,你在干什么、遇到了什么困难,你什么都不跟我提……"

顾飞平静下来,解释道:"今晚之前,我确实也不知道我可以把事情完成到这个程度,不是故意瞒着你,而是,真的不知道该怎么办。我每天晚上给你打电话前,都是我最崩溃的时候,可听到你的声音,我又觉得没那么难了。就像有了可以回去的地方,反而不会害怕向前了。"

顾飞靠在了邱冬娜的肩膀上,邱冬娜心疼地抱住了他。

顾飞到家后,给程帆扬打了个电话,虽然在笑,但语气落寞:"今天很热闹,像我们庆祝非凡开业那天,可惜你不在。"

程帆扬微笑着答道:"最近辛苦你了。"

程帆扬仍然不肯告诉顾飞原因,她挂断了电话,坐进了陈劲锋的车里,问陈劲锋找自己有什么事。

陈劲锋显得很慌张:"为什么不接电话。你搞什么,这种时候你怎么能让顾飞走呢?事务所这么大变动,会让人怀疑的。"

程帆扬语气波澜不惊:"他留在这里,你当他会放过你我吗?况且,我跟他的合作本来就不是非常合适,他走是迟早的,现在就是最好的时机。"

陈劲锋担忧:"他背着你在做什么手脚,你也一点不知道?!他联系了多少事务所的人,要带走谁,你都不阻止一下?!现在所里人心浮动。程帆扬,我警告你,你别背着我搞小手段。"

程帆扬摇摇头:"我不想节外生枝,要走的,就让他们走,留着也人心浮动,节外生枝。人可以再招。"

陈劲锋被程帆扬说服了,但还在挣扎:"你要相信我,那件事,只要你配合,天衣无缝。"

程帆扬挤出一个僵硬的笑容:"事已至此,无论从什么角度说,我都当然只能相信你,但顾飞那人,你又不是不知道。"

陈劲锋想了想,彻底被说服:"也是,谁是他的自己人他两肋插刀,你打他两拳他都先心疼你手。一旦与他为敌,他就是个定时炸弹,疯起来自己都炸,跟你同归于尽。他走就走吧,带走的人也无所谓了,有华兴实这棵大树,咱们也饿不死。对了,他那办公室,我要了。"

程帆扬微笑着点点头,下了车。陈劲锋连告别也没说,直接开车离去。陈劲锋的车开走后,程帆扬卸下力一般,舒了一口气。她松开紧握的拳头,手心已经被自己掐出了泛白的指甲痕。

自从事务所变动以来,邱冬娜就成了非凡办公室里唯一一个还在认真工作的人。自打那天在饭桌上见到确定要离职的人之后,邱冬娜再看到他们跟程帆扬谈笑风生,就觉得十分别扭、难受。邱冬娜眼看着程帆扬被蒙在鼓里,觉得她好可怜,这种愧疚让邱冬娜已经快装不下去了。

旁人都在盘算着怎么在离职前拿到最多的钱、休到最多的假,李楚宁心里却还有些别的事。她在华兴实项目待了这么久,很清楚这次审计是有问题的,她留心收集了很多材料,却又不知道能交给谁。想来想去,她约了白石初见面,白石初一听她手里有程帆扬的把柄,二话不说就出来了。

白石初的车停在僻静的角落,李楚宁直接上车坐进副驾驶、戴上墨镜,把遮光板也调下来遮挡自己。

"你胆子真大,开着车就敢来非凡,不怕程帆扬看见?"

白石初无所谓:"她不认识这车,我刚换的。东西呢?"

李楚宁看着白石初,再一次确认:"我凭什么信你?你爸和她已经要离婚了,你为什么还这么大动力。"

"你是为了自保,我呢,是为了主动出击,你留着那些东西也没用,不如给我。而且,我知道你看不过这种事儿,你自己又懒得再掺和,还不如交给我。"白石初笑了笑,"如果你是我,你也会这么做的。她等着我妈死,鸠占鹊巢,我出了国,她就逼着我爸生孩子,想把我彻底撵出家门。之前我太傻了,觉得自己躲了就没事了,结果对方得寸进尺。如果我不回来,我爸还不知道要被她骗多久。"

李楚宁怔住了:"我还以为你是为爱回来的,现在看来,也未必。"

白石初冷哼了一声:"饭得一口口吃。我什么都跟你说了,你可以相信我了吧,虽然我目的不如你高尚,但只有我,能实现你的正义理想。"

李楚宁点点头,从兜里掏出一个薄薄的信封交给白石初。白石初打开看了看,里面是一些翻拍出来的电脑屏幕上的金属冶炼产品出库单、入库单。白石初看得一头雾水,不敢相信凭借这些就能整垮程帆扬。

李楚宁不屑:"你看不懂当然不知道有什么用了,我们出具的审计调整,调整了华兴实主营业务收入和应收账款,而这些虚假的出库单和入库单、管理层会议纪要,是作为佐证出现的,只是,这些佐证是凭空出现的,没有任何外部支持性文件。"

白石初疑惑:"虚假的?我能不能这么理解,华兴实靠卖这些单子上的矿产盈利,从纸面上看,确实赚钱了,但实际上,这些矿产根本不存在。你们审计本来该审计出这些问题,但陈劲锋和程帆扬居然签字,证明了这些盈利是真实的。"

李楚宁点点头:"对,你可以这么粗略地理解。"

白石初疑惑:"我不是质疑你,这么关键的东西,陈劲锋怎么会让你接触到?"

李楚宁鄙夷地笑了笑:"他当然不会让我接触到,但我只要怀疑,就会调查。"

李楚宁准备下车，临走前叮嘱白石初："我没见过你。"

白石初点点头，李楚宁不再多说，直接下车离开。

第二十四章　合力突围

邱冬娜已经打好了辞职信，几次想要给程帆扬，但看到程帆扬一天比一天憔悴的样子，她感觉自己这个时候去交辞职信，好像落井下石一样，怎么也开不了这个口。而且这些日子所里已经基本瘫痪了，敏丽在疯狂地招人，邱冬娜想留下再帮几天忙。

然而这时，她却突然收到了实开项目的一大笔奖金，但现在明明还不到发奖金的时候。邱晓霞推测说，这应该是程帆扬想留下她们的手段，邱冬娜总觉得不是。

邱冬娜鼓起勇气，来找程帆扬问奖金的事，程帆扬却递给她一个信封，里面有几封打印好的推荐信和几张名片。

"这是给你的推荐信，以及一些在大所工作的朋友的联系方式，你去找他们说我推荐的，他们一定会对你感兴趣的。"程帆扬笑了笑，"但我估计你用不上这些东西，你也准备去顾飞那里对吧？"

邱冬娜一时不知该如何作答："我……"

"不用不好意思，老钱他们当初都是我带来的，一直跟着我，走时也没有任何牵挂，我们是共事的关系，不是亲戚朋友的关系，没什么不好意思开口的。你要是想休假，我也可以先让你缓两天。"

邱冬娜想了想："最近所里兵荒马乱的，我可以留下来再顶一段日子。"

程帆扬疑惑："项目奖金不是已经发你了吗？你还有什么难言之

321

隐不好跟我开口的？"

邱冬娜更疑惑："帆扬总，你这是赶我走了？人都走了你怎么办啊？这是你的选择，但我还是不懂，为什么？"

程帆扬看着认真的邱冬娜，有一丝动容，但很快恢复了平静："人都是不断权衡着利弊做选择的，我不过是两害相权取其轻。邱冬娜，我之前对你的判断，狭隘了，你会是一个优秀注会，希望未来，我们山水有相逢。"

邱冬娜还想再说什么，程帆扬却已经拨通了电话，通知敏丽帮邱冬娜办离职手续，邱冬娜只好拿着程帆扬给的东西出去了。她仔细回想着程帆扬果断决绝的态度，总感觉她不像是跟顾飞切割，倒像是料理后事。

跟非凡一片兵荒马乱的状态完全相反，顾飞的新事务所倒是欣欣向荣。他此时正领着新客户参观，客户赞许地打量着这里的环境：

"听说你把整个非凡搬过来了？"

顾飞笑着卖关子："你进去看看，认认人不就知道了。谢谢你给我们送的花篮啊，太破费了。"

顾飞带着客户参观了一路，最后在新收拾出来的会议室里落座。

客户称赞道："我之前还纳闷你跟程帆扬合作得好好的，怎么说翻脸就翻脸，谁能想到是这种事儿啊。实名举报，华兴实的贺总看来是把他手底下的人逼急了。"

顾飞一愣，他完全没听过这事儿，但很快他表情就恢复了正常，敷衍地应答着。

客户继续说："听说那人从毕业进华兴实就跟着贺总了，被贺总和陈劲锋那么搞事吓得辞职了，估计是后来想想，还是怕出事自己担责，直接拿证据举报了。顾飞啊，你这一招划清界限，真是迅速。哎，我听说陈劲锋被抓了,是不是真的?"

顾飞强压着震惊,咳了两声,故作神秘:"他,反正,是失联了。旭东啊,你先带客人去会议室吧,我嗓子不舒服,我去找点药吃。抱歉啊,最近太忙了,咳好久了。"

客户跟张旭东走了之后,顾飞飞速起身离开,找到一个角落里的储物室,心惊肉跳地给朋友打电话确认消息:

"陈劲锋被抓了?你们知道吗……我怎么会都知道,我早被踹出事务所了……别说这些有的没的,把你听说的全告诉我,别管真假……嗯,嗯,审计造假了?陈劲锋跟贺总监沆瀣一气,出具证明文件失实,以我对程帆扬的了解,她不可能看不出来,也绝不可能在那样的报告上签字的……你是说,陈劲锋现在已经被抓了,程帆扬估计也悬了?"

顾飞挂断电话,愣住了。

另一边,邱冬娜回到非凡事务所,却看到事务所里剩的所有人都聚集在大办公室,或坐或站,没有人说话,每个人脸上都写着迷惘。邱冬娜忙问这是怎么了,敏丽抬头告诉她,程帆扬被警察带走了,邱冬娜一惊。

鲁一鸣补充道:"陈总好像几天前就被抓了,所以这几天才一直联系不上。"

邱冬娜这下彻底惊了:"什么?!"

邱冬娜迷茫地回到座位上坐下,震惊得一个字也说不出来。这时,她接到了警察局的电话,是经侦通知她明天上午九点到警察局,配合有关程帆扬的案件调查。

第二天,顾飞在警察局外,边等邱冬娜边跟律师打电话,语气十分愠怒:

"汪律师?我是顾飞。嗯嗯……什么?你是说,她之前就找过你

323

咨询了?……她当然没跟我说,别提了,我快被她气死了……我百分之百信她,她让我配合她拆伙,说自有安排,有周密计划,别的什么也不肯多说。我跟她,你也知道的,我哪知道她这次……我当然知道她有她的计划,但她胆子也太大了……"

邱冬娜从远处走过来,脸上心事重重。顾飞挂断电话,朝邱冬娜走过去。

邱冬娜仿佛遭受了巨大冲击还没缓过神一样,迷惘地坐进车里。

顾飞问:"警察怎么说?"

"没怎么说,就问了我一些华兴实的事情。"邱冬娜怎么都想不通,"为什么会这样?帆扬总她到底在想什么?"

顾飞沉思:"应该和华兴实那几十个亿的融资有关系,但她到底在想什么,我也不知道,她干什么都有她的道理,而我要做的,只是毫无保留地相信她、配合她。这是我们之间一直以来的默契。"

邱冬娜惊了:"配合她?什么意思?配合她被抓?默契?拆伙的事儿,你们沟通过?"

顾飞还在思考刚才跟律师的通话,下意识地点点头,"嗯"了一声。

邱冬娜难以置信:"所以,你把所里的人、客户、项目……能带走的都带走,她是知道的?现在她被抓了,怀着孕被监视居住,你全身而退了?而她为什么这么做,你连问都没问清楚?!"

顾飞这才意识到邱冬娜在质问自己,赶忙为自己辩白:"我怎么没问过,她不肯说,一定有她的道理,我作为合伙人,以我对她的了解,我需要的是全力配合她,对于她不想说的,我不会打破砂锅问到底,这是起码的尊重。"

邱冬娜急了:"这么简单的事连我都能看出来,你不会看不出来的!如果只是华兴实融资的事情,她根本没必要违规签字,她为什么要这么做！"

顾飞想了想："她要保护非凡，有形的无形的资产，客户、同事、事务所的商誉，我只能这么揣测她的行为。"

邱冬娜怒了："她是个孕妇！你不能一句'以我对她的了解'就让她一个人全牺牲了！这事一定有内情！她和陈劲锋之间，不可能是那种关系！"

顾飞耐心解释："我跟你说过了，程帆扬这么做一定有她的计划，我们除了配合，还是配合她，她不想牵扯其他人，一定有她的难言之隐，我们得尊重……"

"尊重什么啊？一个得了绝症的人，不想连累家里人，决定去自杀，这种我们也要尊重吗！如果真是她为了我们所有人牺牲了，你还在这里谈尊重，不可笑吗？"邱冬娜想了想，继续说，"程帆扬怀孕，我比你们知道得都早。我去给尹爱媛捐干细胞的时候碰到帆扬总了，她去医院看急诊，以为自己流产了。那时候我就知道她怀孕了。而且，她不知道这个孩子是老白的还是陈劲锋的。"

顾飞惊了："你知道这么多，你为什么不告诉我呢！"

邱冬娜有些无奈："她当天就跟我签了保密协议，我不能说。现在能说是因为她为了让我走，把协议给解除了。"

顾飞点点头："这倒是符合她的作风。"

邱冬娜心里难受："她连这种事，都准备一个人扛，你怎么不明白呢？她习惯了独自承担后果，所以，在她最需要帮助的时候，她已经不会呼救了。"

"这是用你的思路去揣测程帆扬，你要相信你的老板，说句不好听的，你只能看十米，她连一百米外的沙子长什么样都看清了。这事不用再讨论了，你马上到我那报道，不要辜负程帆扬对你的安排，其他的,我和律师会跟进的。"

邱冬娜想了想,斩钉截铁地拒绝了:"我不去。我不会给自私找借口的,这种时候,我绝对不会抛下她!"

邱冬娜愤怒地看向窗外,不再看顾飞。

顾飞把邱冬娜送到了事成烧烤店里,邱冬娜满心都是程帆扬的事,蔫头耷脑地在店里有一搭没一搭地帮着忙。邱晓霞和王事成看到她这个样子,都以为她和顾飞闹矛盾了,邱冬娜却逃避着说不是。邱晓霞又以为是警察为难她了,结果也不是。

邱晓霞四下张望了一下,确定没人后,压低声音说:"你真没跟着搞那些个坏事儿吧,程帆扬给你发的奖金,咱不该拿的就退回去。"

邱冬娜无奈:"妈,那是另外一个项目的奖金,出事儿这个项目,我就去了半天,就被踢出来了,跟我一毛钱关系都没有。真说起来,我还是受害者呢,工作第一年,先是被辞退,现在好好的事务所因为这么个事,散架了。"

邱晓霞抚着心口:"那就好那就好。那你还拉着个脸干吗啊?又不是程帆扬进去你就真失业了,你不早准备去顾飞那了吗?"

邱冬娜说自己不准备去顾飞那儿了,邱晓霞疑惑,邱冬娜解释道:

"程帆扬这件事,我始终认为,肯定有内情,她好像一个知道船要沉的人,先把其他人都送到救生艇上,自己留下了。你要让我说,这事儿就是程帆扬疯了,顾飞决定陪着她疯,还口口声声信任她,要支持她的决定,为她好。这怎么能是为她好呢?这两个人都疯了!"

邱晓霞不解:"妈不明白。你是觉得程帆扬给你发了那么多钱,现在她进去,你不落忍,可你留在所里也没啥用啊?"

邱冬娜犹豫道:"我不知道有没有用,但我得试一试,我对她的印象,从不喜欢、害怕,到慢慢地被她改变,欣赏她,并且很多时候会有种我们是朋友的感觉，现在她突然出了这种事，我会担心她，非常担心。"

邱晓霞想了想："你这么一说，我也觉得情况不对。你们那些官司啊，案件啊，我是一点不明白，我只知道一点，她怀孕了。"

邱冬娜不解这两者有什么关系，邱晓霞继续说："你没做过母亲，你不能理解那种心情。一个女人一旦要当妈了，一旦想要留下这个孩子，她会拼尽全力去保护他，刀山火海在所不惜。这种情况下，你说她为什么会以身试法让自己坐牢呢？"

邱冬娜被邱晓霞点拨，醍醐灌顶。她赶紧找到程帆扬的律师，求他帮忙安排探视，律师却为难地表示程帆扬现在在她自己的公寓里监视居住，没法见面。邱冬娜为了说服律师，告诉他自己和程帆扬之间签过一份保密协议，程帆扬和陈劲锋的事情，自己都知道。律师将信将疑，帮她争取到了一个电话连线的机会。

邱冬娜终于拨通了程帆扬的电话，刚开口就差点哭了。她问程帆扬过得好不好，程帆扬笑着答说自己吃得饱睡得香。邱冬娜不想听她安慰自己，直接问：

"你和陈劲锋的事儿，不是别人想的那样对不对，为什么不肯跟律师说实话呢？律师说的是错的，对不对？你不可能酒后跟陈劲锋睡了，然后因为这事儿给他签字。"

"不重要。因为……说与不说，并没有什么分别。我跟陈劲锋，只有那一晚，但那一晚到底发生了什么，我自己也并不清楚……"程帆扬陷入回忆，"那晚我跟老白吵架了，心情很糟糕，陈劲锋拉着我去喝酒，我就去了，喝了不知道多少杯。后来，我也不知道是怎么回的酒店房间，早上，我被手机闹钟吵醒，醒来就发现陈劲锋光着身子躺在我旁边，那种感觉，我现在都记得，像是……被一张冰冷的蛇皮蒙在了皮肤上。后来，陈劲锋的态度让我非常不喜欢，他说是追求，我却觉得是骚扰,以及,轻浮。之前我一直吃不准陈劲锋的态度,直到,他拿出那些不堪入目的照片……我才明白他是早就设好了套,灌我酒、偷拍我的照片,都是为了逼我在审计报告上签字。他说,我如果不签,明天全世界的人都会看到这些照片。而且,我怀疑他很早就开始收华兴实的钱,他下不了贼船了。"

邱冬娜听完,难过地用双手搓脸:"他怎么可以这么做!怎么能这么无耻!你不能就这样任他摆布了啊!"

程帆扬自嘲地笑笑:"我,我当时,害怕、羞耻、愤怒,不知道哪种感觉更强烈一些。我只想这件事赶紧过去,本来,跟陈劲锋度过那一晚,又发现自己怀孕,我很慌了。好不容易想通孩子是无辜的,我不能为了陈劲锋的50%可能,失去这个有50%可能是我跟老白的孩子,所以,我选择了跟老白离婚,任何结果,我自己承担。可陈劲锋不依不饶地又拿出了那些照片,我才知道噩梦并没有醒。我如果不签,老白,非凡的所有人,包括始终不肯接受我的白石初,甚至我没出世的孩子,每个人都会在互联网上看到我那样的照片,我接受不了。"

邱冬娜哭了:"但你明明就是受害者!你应该报警,让陈劲锋受惩罚。"

程帆扬继续说:"陈劲锋的手当时就按在发送键上,我不签,他会马上把照片发出去。那时,不会有人在乎的,人们只会在乎我的身材是不是好,他们甚至会追问那些不堪的细节。我只会下半辈子活在别人异样的眼光中。陈劲锋能受到什么惩罚呢?行政拘留吗?我没有办法证明我不是自愿行为,所以他最大可能是什么后果也没有。我绝不会这么轻易放过他。至于华兴实,如果那时候我拒绝签字,只有两个结果,我举报他们,我的照片会被曝光。我委曲求全,跟华兴实解约,他们一定会找到愿意配合的人完成融资,那时候,受影响的就是千千万万的人。我绝对不允许这两件事发生在我身上。"

邱冬娜惊了,她这才彻底明白了程帆扬的脑回路:"所以,你就选了这种最激烈的鱼死网破方式?舍得一身剐,敢把皇帝拉下马?自己的职业生涯不要了,也要这么惩罚对方?你都可以这么硬拼,为什么不直接拿着照片向警方举报他!如果是我的话,绝对不会让他好过!"

程帆扬下意识摸着肚子:"你很勇敢,如果我生了一个女儿,我会在她小时候就告诉她,要勇敢,不要害怕,无论她做什么事情我都会支持她,即便被拍了裸照,也没有什么好羞耻的,女人的身体很美,应该感到耻辱的是偷拍的人、观看的人。但是,我没有这样的妈妈。我从小被塑造成了现在的我,我不能接受这样的事。"

邱冬娜想了想:"帆扬总,虽然我不会选择跟你一样的解决方式,但我愿意理解你的选择,人跟人,本来就是不同的。"

程帆扬苦笑:"这是利益最大化的方式,陈劲锋会受到应有的惩罚,我的照片不会被人看到,那些因虚假报告出资的金融机构不会受骗受损,非凡换了个名字,事务所保住了,我也可以安心待产了。如果说非要有什么损失,可能是老白对我的误解吧,我给他打过电话,他再也没有接过……其实,我只是想跟他说声对不起。"

邱冬娜问:"帆扬总,这些事情你告诉警方了吗,我会帮你的。"

"跟你说了这些,我心里轻松多了,别再想我的事情了,你好好地去顾飞那里继续工作,我能做的,已经都完成了,现在,那些照片永远不会被人看见了,陈劲锋和贺总监他们,也不可能去欺骗其他人了。这件事就这样结束吧,我很好,非常好。"

邱冬娜挂断了电话,哭着走出来,她拎着两大袋洋葱,来到了顾飞家。

顾飞打开门，十分惊讶："你怎么了？"

邱冬娜哽咽着："让人欺负了。"

顾飞怒了："谁敢欺负你？"

邱冬娜走进门，把洋葱放在桌上："陈劲锋！他把我对于未来的想象毁了。我一直都想成为程帆扬那样的人，可就连她也要遭受这种羞辱。"

邱冬娜边切洋葱边把今天听到的所有事情告诉了顾飞，顾飞听着，既愤怒又震撼，他没想到程帆扬会这么激进，疯狂，稍有不慎，满盘皆输。但顾飞冷静下来后，仔细想了想，邱冬娜所说的这些，跟现在的案子并没有直接关系，经侦也没有找到那些照片，更重要的是，程帆扬确实收了陈劲锋的钱，程帆扬是铁了心要自毁，来让陈劲锋被绳之以法。

邱冬娜从非凡事务所离开的时候，拆下了顾飞办公室门口的名牌。她把名牌递给顾飞，顾飞颇为动容，这是当时事务所刚装修好的时候，他和程帆扬一起亲手装上的。顾飞看着名牌，下定决心，一定救出程帆扬。

另一边，事成烧烤店里，邱晓霞在串串儿备菜，她大声地长吁短叹，想引起王事成的注意。王事成干脆放下手里正在烤的串，径直走过来。

王事成往邱晓霞面前一坐："说！别憋着！"

邱晓霞愤恨道："男人没一个好东西。"

王事成抱怨："我招你了？我这好好地干活儿呢，怎么就不是好东西了？"

邱晓霞愤恨不平："冬娜的老板，一个女人，怀着孕，老公要跟她离婚。那个陈总跟人家那样了，还要威胁她。合伙人顾飞，干脆不管她了。"

王事成不解："这又干你什么事儿了？"

"怎么不干我事儿，都是女人，都当妈，她多难啊，一想这事儿我都快心梗了，一口气堵在这，吞不下吐不出的，太憋屈了。"邱晓霞把手里东西一扔，"我不能这么看着，咱得帮帮她！"

王事成觉得有些不切实际："咋帮？是你懂她的官司还是我懂？我上外面吆喝一声，有个审计的事儿谁懂？我包这一屋子客人包括外边排队的，都没有懂的。"

邱晓霞有些生气："你就不好奇？那孩子到底是谁的？如果是她老公的，她老公得管她吧？"

王事成试探："那如果是那个陈总的呢？"

邱晓霞一拍大腿："我看那不可能，就那么一次，你当怀个孕跟喝口水那么简单啊？又不是演电视剧！"

王事成一脸困惑："我记得你之前不是这么说的，你说孩子肯定是陈劲锋的。"

"我说过吗？我能这么说吗？我那是之前不了解情况，以为程帆扬明明跟陈劲锋好着呢，当着别人的面还装正经。但你看看现在这些事儿，陈劲锋那就是个人渣，程帆扬多好一个人啊，知道自己要被抓了，先把我们冬娜的奖金发了。老天爷不能这么糟蹋程帆扬，孩子肯定是她老公的。"邱晓霞越说自己越坚定。

王事成有些不解："不过这孩子是谁的，有那么重要吗？"

邱晓霞激动地点头："当然重要了。孩子是她老公的，她老公不得管她吗？不管她也得管孩子吧，她现在这么个自身难保的情况，还能指望谁。你说有没有啥法子，能神不知鬼不觉地给孩子他爸是谁验了，电视上不都那么演吗？一个头发一口吐沫就验了。"

王事成和邱晓霞凑在一起嘀嘀咕咕，决定要把这事儿给办成。

邱晓霞说干就干，第二天一早，她和王事成一起，揣着两瓶空气清新剂,来到了白友新的白金矿业里。王事成三言两语就跟大厅里的保安套上了近乎,说自己是来推销空气清新剂的老乡,两人顺利混到了楼上。趁着王事成给保安递烟的工夫,邱晓霞溜进了白友新的办公室,喷了一通清洁剂后,顺手把垃圾袋给换了。保安以为她是随手帮忙帮惯了的,就没多管。

邱冬娜正在事成烧烤店里整理各种信息,希望能找出证明程帆扬无辜的证据,但一整天都一无所获。这时,王事成和邱晓霞拎着一大包垃圾,得意扬扬地走回烧烤店。王事成把垃圾袋直接倒在了地上,里面全是些办公室垃圾和烟头。

邱冬娜正不解,邱晓霞从垃圾里捡起一个烟头,得意地对邱冬娜说:"这个烟头,是不是就能验程帆扬的孩子是不是她老公的了!"

邱冬娜正瞠目结舌,王事成又从里面挑出一根头发:"不够?这还有头发。"

邱冬娜无语了,不得不给他俩泼冷水:"妈,你怎么证明这个烟头就是白友新抽过的,他办公室就不能来个客人吗?还有这根头发,也可能是你们进去收烟头的时候掉的。总不能把这些烟头、头发都拿去测DNA吧。而且孩子呢?你们怎么说服程帆扬让胎儿取样?"

邱晓霞被问愣了,邱冬娜有些烦躁地继续说:"眼下能帮上的是找出陈劲锋胁迫程帆扬的证据,程帆扬肚子里的孩子是谁的她都要生下来。真不知道你怎么想的,都这时候了,还想着八卦别人隐私,净帮倒忙。"

"八卦她隐私?我一大早跟你王叔跑出去掏垃圾就是为了八卦别人隐私?邱冬娜,你也太小瞧你妈了!你根本不懂当妈的心理,她程帆扬嘴上说着不在乎,但哪个人那么浑,真不在乎肚子里的孩子是谁的。"邱晓霞被激怒了,"这事她自己能开口吗?去让陈人渣验孩子,还是让前夫去？她那么要脸的人，只能打碎牙往肚子里咽。我今天就把话撂这，这孩子，百分百是她老公的。他凭啥不去看，凭啥对她不管不顾的！"

邱晓霞说着说着真把自己气着了，坐在一边喘粗气，王事成赶紧倒水来让她消消气，给邱晓霞帮腔：

"你妈说得没错，现在程帆扬正是需要帮助的时候，咱们这些外人都上了，能不能让她那个前夫去看看她。她最放不下的不还是他嘛，唉，这种时候了，他不能落井下石啊。"

"行了，我帮了倒忙了，以后也不给你添乱了，"邱晓霞看向邱冬娜，无比认真地说，"程帆扬这事儿，咱们得管！"

邱冬娜无奈："管啊，这不正想办法呢。"

邱晓霞再强调："案子帮不上，她生孩子也要帮，生孩子帮不上，将来小孩生出来也得帮。"

邱冬娜语气缓和不少："我明白的，她一个人带孩子，太难了。"

邱晓霞却不想再接她的茬，拿起扫把开始打扫扔一地的垃圾。

白友新自打知道程帆扬在不实报告上签字现在被监控居住后，心里既难以置信，又为她着急。这天他正要出门去看她，却被白石初叫住。

"爸，你去哪？"

白友新支支吾吾："我，我去趟公司。"

"今天周末。"

白友新叹口气："她出那么大事，怎么我也要去看看。我跟她，虽然签了协议，但离婚证还没来得及领，警方应该能让我见她一面吧。"

白石初嗤笑："她为了陈劲锋，能违心在不实报告上签字，你去见她，有必要吗？"

白友新焦躁不已："这就是我想见她的原因，我想知道她为什么

333

这么做，这根本不是我认识的程帆扬。"

白石初继续打击他："她决定选陈劲锋的时候，就是你认识的程帆扬了吗？"

白友新被戳到伤疤，烦躁地脱下外套，进房间了。

这时白石初的手机响了，是邱冬娜打来约他见面的，白石初有些意外，但还是很高兴地赴约了。没想到到了约定的咖啡厅，邱冬娜一开口，竟然是求他劝白友新去看程帆扬的，白石初顿时无语。

"程帆扬真就这么擅长洗脑吗？先有我爸，再有你，事实都已经递到你们脸上了，你们一个个地闭上眼睛就是不愿意相信？这么难理解吗？她跟陈劲锋睡了，怀孕了，然后两人想搞一笔钱双宿双飞，所以华兴实的项目里，他们和华兴实贺总监那帮人同流合污，被人举报了，这不简单吗？"

邱冬娜听着听着，有点反应过来了："你怎么会知道这些呢？我都不知道得这么清楚。"

白石初也没想着隐瞒："因为举报的证据是我找来的，合适的举报人也是我联系的。我是很认真地做这件事，完成它需要经费，我把车都换了。"

邱冬娜惊了："你为什么要这么做？"

"我为什么不这么做，我看到了犯罪行为，我一个守法公民看不下去，在其他守法公民的帮助下，惩奸除恶。"

邱冬娜急切地解释："你知不知道程帆扬是被胁迫的？她被陈劲锋拍了照，而且，这个孩子，很可能是你的弟弟妹妹。她不想你爸爸难受，才提的离婚。"

"邱冬娜，你别圣母了。我只知道她在那样的审计报告上签了字，没人拿枪指着她。什么弟弟妹妹，我没有。"白石初越说越激动，"对与错，法律自然会定夺，我需要做的只是把她交给法律。你也不要再为她说话了，我不会让我爸见她的，别让我后悔自己曾经喜欢过你。"

白石初说完愤怒地从咖啡厅走出来，邱冬娜也跟了出来，在他身后大喊：

"白石初，你给我站住！你后悔，我还后悔呢！后悔当初自己心软，被你一步步牵着鼻子走，我总以为我伤害了你，想弥补，结果越做越错。"

白石初停下看着邱冬娜："这就是你想说的？我等了你整整三年，从爱上你的那天开始就在等你。结果你跟我说这个？"

邱冬娜干脆把自己藏了很久的心里话全说出了："我就好受吗？我们根本不合适，我为了适合你，变成了另外一个人，我跟你说了我的感受，你肯放手吗？在你眼里，一直都只有你自己那点可怜可悲的感受吧！我们其他人根本就不是人！程帆扬什么时候针对过你，她是不是恶毒后妈你自己心里没数吗？就因为你妈死了，你心里编了个故事，你自己有个悲情版本，不按你的来，你还不同意，你做了编剧、演员，现在你还想当导演，你难道不知道，就算没有她，你妈得的那个病也是绝症！"

白石初冷漠："邱冬娜，你少跟我提我妈。"

"好，不提你妈，那说说你爸，你现在感觉很棒吧！他终于跟你一起成为受害者了，你们父子俩怎么那么惨啊？全世界悲剧加起来都没你俩惨。什么叫你不会让你爸见她的？你爸是自己没有手脚，还是你又卖惨让你爸不能见她？"

白石初不想再说了："这是我们家的事。"

邱冬娜走到他面前："白石初，我看你就是活得太好了！你周围所有人都在保护你，你身上自带一种'我好可怜'的光环，每个靠近你的人，都要照顾你的感受，你可怜又可悲的自尊心！以至于，任何事情哪怕有一点点不遂你意,你就要跳起来大声喊受伤。但你真的受伤了吗?你人生唯一的不幸就是妈妈因病去世,可这不幸,不是任何人造成的。你为什么一定要周围所有人抱着这个本该早早放下的不幸,陪着你一起背尸前行呢!"

白石初为自己辩解:"你不是我,你根本不了解……"

邱冬娜冷笑:"对,我不是你,我活得特别好,父母双全,家庭富裕,从小幸福到大,根本不知道烦恼是什么!你要继续扮演你的受害者,也请你放过别人,至少放过你可怜的爸爸。"

邱冬娜气呼呼地转身离开,留下白石初在原地哑口无言。

邱冬娜把小白举报的事情告诉了顾飞,两人都很疑惑,陈劲锋和程帆扬这样严谨的人,怎么可能让小白掌握了关键证据。顾飞有一个大胆的猜测,证据可能是程帆扬故意放出去的,但为什么放给了小白,他还没能想通。

另一边,邱晓霞也没闲着,她打听到了程帆扬那天晚上住的酒店,然后通过自己在能一认识的保洁老姐妹们,联系上了那家酒店当晚值班的保洁。晓霞下血本在KTV开了个包间,请那位保洁唱歌,把她哄高兴了之后,很快把话给套了出来。

据这位保洁说,那天早上五点多,她看到陈劲锋进了程帆扬的房间,但不到20分钟就出来了,后来程帆扬退房的时候,她把除了鞋之外所有的内外衣服都扔在了房间垃圾桶里,从酒店卖品部买了一套浴袍走的。就因为她这么特殊,保洁才记到了现在。

邱晓霞跟邱冬娜同步这个情报,母女俩都认为他们什么都没发生,20分钟时间,陈劲锋要把裤子、鞋子、领带、衬衣、外套全部脱一遍再穿一遍,还要拍照,剩下的时间怎么说都不够吧……

邱冬娜坐在便利店里给顾飞打电话,把这个时间轴原话转告了他,虽然描述起来有些尴尬，但还是勉强说完了。顾飞觉得有道理，但是事到如今，两个人到底有没有发生什么，已经不重要了。而邱冬娜却不这么想，她觉得至少应该要白友新知道这件事。

顾飞震惊的声音从电话那边传来："你，白友新儿子的前女友，他前妻的下属，去跟他说他老婆是怎么清白的，再把陈劲锋脱袜子穿裤子那套道理讲一遍？！我要是老白，我掐死你的心都有了。"

邱冬娜挠头："那怎么办啊……"

顾飞想了想，说这事还是交给他来处理。邱冬娜挂了电话，李楚宁从外面走进来。

邱冬娜递给李楚宁一杯咖啡，开门见山地问："证据是你给小白的吧？"

李楚宁假装没听懂："什么证据，我不明白。"

邱冬娜不跟他绕弯子："想来想去，也只有你了，小白不懂专业，又是华兴实的新人，他不可能接触或者找到证据交给梦南，梦南作为财务，被迫辞职都拿不到的东西，为什么他会有。"

李楚宁笑了笑："那我怎么知道，他爸原来不就是华兴实的吗，没准有什么人提供了什么。"

"那，那人为什么要把东西给一个无关紧要的实习生？直接给梦南，或者给被抓的贺总威胁一下，要点钱，不是更合理吗？之前你还特意提醒过我，不要说漏了小白和程帆扬的关系，想来，你们俩也是认识的。我把自己放在你的位置想了一下，就明白了。"邱冬娜继续分析着，"你一直跟着陈劲锋在工作，以你的专业能力，你不可能什么也没发现，同时，以我对你的了解，你也不是为了保住一份工作就做亏心事的人，你家那么有钱，你是喜欢这份工作才干的。"

李楚宁听完一怔，旋即笑了："也不知道是该哭还是该笑了，没想到我最讨厌的人居然最了解我。对,我看到了一些东西,怕自己被牵连,留了证据。至于小白拿了这些东西去举报,我认为他也是做了应该做的事情,我问心无愧。"

邱冬娜问到底是什么证据,李楚宁解释:

"陈劲锋和贺总商量的过程我不清楚,但华兴实绝对不具备融资条件。我拿到了贺总指使财务部的人员制作的虚假出库单、入库单以及管理层会议纪要等用来佐证收入的证据。而陈劲锋根据这些材料,命令刘经理出具了审计调整。这些证据就摆在程帆扬桌上。"

邱冬娜疑惑:"就摆在那?"

李楚宁点点头,回忆起当天的情况。那天正是邱冬娜撤出项目后的那个周五,程帆扬晚上让李楚宁回去加班,李楚宁先到了,程帆扬迟到了。而那些资料就放在程帆扬的办公桌上,就像整理好了给李楚宁看一样。李楚宁看完万分惊讶,她掏出手机,把这些资料一页页拍了下来。

邱冬娜听完,陷入沉思,更加肯定了自己的猜测,这些资料其实就是程帆扬自己放出来的。

送走李楚宁后,邱冬娜为了验证她的话,通过王事成的关系找到了华兴实的保安室,调出了那天的走廊监控,和李楚宁说的基本吻合,邱冬娜心里更笃定了。

此时,顾飞正在跟白友新喝酒,他告诉白友新,程帆扬和陈劲锋根本没什么,她是被陈劲锋给坑了。

白友新苦笑:"不用安慰我,婚离了,不该签的字她也签了,听说还收了陈劲锋一大笔钱,他俩到底有没有什么,也不重要了,她什么都不肯跟我说,早就把我放弃了。"

"我作为她的合伙人,还不是一无所知。但我相信她,你也应该相信她。"顾飞想起邱冬娜说的话,"程帆扬这件事上,有人点醒了我。她习惯了独自承担后果,所以,在她最需要帮助的时候,她已经不会呼救了。"

白友新一杯又一杯地灌自己酒,什么话也不说,很快就烂醉如泥。顾飞话已经带到了,没空跟他瞎耽搁,于是打电话要白石初来接他爹。

白石初匆匆赶到时,看到的是白友新像摊烂泥一样守着一堆空酒瓶躺在桌子底下,西服皮鞋全都脏了,酒保无奈地看着他。白石初赶紧连拖带拽地扶起白友新,离开酒吧。

白石初扶着他到车边,白友新却还嚷嚷着一起喝酒,白石初只好从后备厢里取出一瓶矿泉水递给他。

白友新灌下一大口,嘟囔着:"这酒怎么没味啊。"

白石初无语:"清酒。"

"清酒,你知道谁最爱喝清酒吗?程帆扬最爱喝清酒。其实她一开始不喝酒的,跟了我之后,我看着她从喝梅酒,到清酒,最后开始喝威士忌,越喝越多,不喝睡不着,我能不知道为什么吗?她心里苦啊。"白友新看着白石初,"我都知道了。"

白石初顿时有些心虚,白友新却继续说:"不怪你,本来你能拿到那些证据,也是程帆扬授意的。"

白石初惊讶:"这不可能。"

"你不了解她,或者,你心里一直有一个想象中的坏人,她无论做什么,你都会往你设定的标准里套。石初,我从来没有对不起你,我一直在因为你伤害程帆扬,我跟你妈离婚就是因为感情不和,我为了你忍了好多年,连口热饭都没地方吃,那个时候我认识程帆扬,我追求人家,我觉得我怎么也不能放弃她,我跟你妈终于办了离婚,我才追的她。后来你妈病了,我又拖着她,让她等着我。"白友新像是酒醒了一般,"我就不是人,不是东西。最后把你妈送走了,我终于能娶她了。我知道她一直想要一个自己的孩子,两年前,她怀过孕,但因为你那时候情绪不稳定,我就劝她,再等等,让她把孩子打了。"

"你们有过一个孩子?"白石初从惊讶变为冷笑,"因为我打了?"

白友新摇摇头:"不对,唉,我不能让你背这个黑锅,你只是我的借口,是我自私了,我有孩子了,也有喜欢的老婆和自己的事业,我对于再要一个孩子的事,本身兴趣不大。但我明明就知道她特别喜欢小孩,我该怎么跟她说?我对不起她,我没脸见她。不提,不提也罢,你好好的,我对不起你,也对不起你妈,你伤心埋怨起我来,跟你妈一模一样,我一看就难受,我谁都对不起,我是个罪人,我该死。"

白石初脸上带了埋怨:"什么叫也对不起我?在你们眼中,我就是那种只会抱怨、扮演受害者的人吗?"

白友新认真地看着儿子:"你长大了,我希望你活得开心点,别像我,最在乎的那些东西,一个都保不住。"

白友新踉跄着往路上跑,要去看程帆扬,白石初连忙拦住他,把他扶上车,送他过去。

程帆扬正在家里研究胎教书,突然门铃响了,白友新的脸出现在小屏幕上,程帆扬既意外又惊喜。白友新让她开门,程帆扬却说自己开不了。

白友新语气伤心:"我们还没领离婚证呢,我还是你老公,为什么不能见你。"

程帆扬有些尴尬地解释:"要跟警方申请……"

白友新怔了一下,旋即笑起来:"不是你不想见我就行,帆扬,不要跟我离婚,我太难受了,你的孩子,不管是谁的孩子,是咱俩婚姻存续期间的孩子,就是我的孩子,是我白友新的孩子。你不能带着我的孩子跟我离婚,你有什么不能跟我说呢?我是你丈夫啊,你一直期待找到那个不管你是风光的还是难堪的,毫无保留爱你的人,为什么不肯试着相信我会是那个人呢?就算你把天捅个洞,我也给你接着不就完了。"

程帆扬看着视频画面里的白友新,终于抑制不住情绪哭了起来:"老白,我好想你。"

白友新要程帆扬拉开窗帘看自己。程帆扬擦干净眼泪,依言照做,她拉开窗帘,看到白友新就站在楼下,向自己招手。

"别哭,我在呢。"白友新从兜里掏出自己的离婚协议,对程帆扬挥舞着,"这玩意,我不认!我的这份,我撕了!"

白友新把离婚协议撕个粉碎,直接抛撒向空中,程帆扬看着傻乎乎的白友新,又笑了起来。

白友新走后,程帆扬终于卸下心防,她通过警察请来了自己的律师,把所有事和盘托出。她之所以收钱,是为了让陈劲锋彻底相信自己,从而拿回了那些照片。程帆扬已经把照片彻底销毁了,她不能允许那些照片被任何人看见,包括警察,所以经侦并没有发现程帆扬被陈劲锋威胁的证据。做完这一切后,她把华兴实造假的证据放到了自己办公桌上,然后打电话要李楚宁来加班,她料定按照李楚宁的性格,不可能视而不见。

一切都按照程帆扬规定的方向发展,终于到了今天的地步。她用自毁的方式保住了自己,也尽到了自己的职责,没有让任何一个投资者被蒙骗。

顾飞和邱冬娜知道了程帆扬的所作所为之后,都感慨不已。

邱冬娜恍然大悟:"怪不得她不跟警方提这些事,证据被她亲手毁个干净。"

341

顾飞想了想："未必。就像我们做审计、做尽调，一笔钱，会凭空消失吗？不会，再高明的手段，也只能隐匿痕迹，可这些隐匿的痕迹，总会被更高明的猎手找到。"

邱冬娜从顾飞的话中听懂了他的决心，两人一合计，人多力量大，于是他们回到了事成烧烤店，拉上邱晓霞、王事成、癫痫、胖丁四个人一起，在邱冬娜的主持下，召开了帮助程帆扬的"作战计划会"。

四人一听要作战，各个热血沸腾的，但一听不是打架，而是找证据，顿时泄了气。邱冬娜为了让他们搞清楚程帆扬事件的来龙去脉，支起了个白板，把各种人物关系、时间轴都画了出来。说了半天后，四人终于听懂了，原来他们现在就是要找到陈劲锋威胁程帆扬的证据，以证明程帆扬是被迫签的字。

邱晓霞听完却有些疑惑："这陈劲锋说起来也是老板，他好好的老板不当，非要偷鸡摸狗，这说不通啊。你说对方给他再大好处，他冒的风险可是坐牢啊，而且他比你们两个岁数还都小点，又没成家，没孩子啥的，大好的前程等着他呢，犯得着吗？再说程帆扬跟他根本就没啥事儿。你说，陈劲锋这人是不是脑子被驴踢了，牛不喝水强按头，拼命用这么下作的法子把一个明显不配合的程帆扬拉下马，也要赚这个刀口舔血的钱。"

邱冬娜想了想："他从一开始就收贺总的小恩小惠，后来胃口大了，拿得多了，被贺总监那边威胁，也是很正常的。"

邱晓霞摇摇头："问题不在这，问题在他缺这些钱吗？"

王事成看看胖丁又看看癫痫，点头支持："霞妹说的没错，我们这帮兄弟，除了好吃懒做赚不到钱的，就是逼得没办法才进去的，但凡有点脑子愿意好好过日子的人，在里面蹲的，真的少。"

邱冬娜和顾飞被四人给问住了，之前他们确实一直忽略了这一点。

邱晓霞笃定陈劲锋一定是出了什么事,才会这么干的。几人商量了一番,开始分头行动起来。

邱冬娜在事务所里一张张地过陈劲锋这些日子以来的各种票据,从中探寻他的可疑之处;王事成装成新来的快递员,跟经常跑陈劲锋家的快递员搭话、套问情况;顾飞则跟着陈劲锋爸妈,观察他们的行踪。

晚上,几人回到烧烤店,碰头交流。

王事成拿出自己破烂的记事本,汇报道:"我这边有点信息,陈劲锋被抓后,他爸爸每周五来帮他打扫房间、收快递。他的房子是租的,还没到期。"

邱冬娜对着一张贴满了发票的纸,分析:"从陈劲锋被抓前半个月还没来得及报销的发票分析,他的行动轨迹没什么特别的,每天开车到非凡或者华兴实,产生停车票,三顿饭就是外卖、去饭店、咖啡馆的发票。不过,有几张大额的医院发票,我根据上面的药品名称搜了一下,是治疗胃癌和食道癌的靶向药。"

胖丁疑惑:"啊?他得病了?"

顾飞摇摇头:"可能是他爸妈。陈劲锋很少提父母,我记得有一次团建的时候说过,好像是住在奉贤那个小区里。他之前留在非凡的紧急联络人的电话号码是他爸的,我偷偷开车去他父母那小区看了,他爸经常拉着他妈去医院。"

邱晓霞双手一拍:"我说什么来着!这人绝对有事儿,你看,这么一说,全解释通了,爹妈得癌了,他肯定需要钱,才这么干。"

"这倒也不是没可能,"邱冬娜转向顾飞,"那他爸妈,是不是知道点什么?"

顾飞也不清楚,但警察都没问出来。

"这个表现,也太反常了,"邱冬娜嘀咕着,看向邱晓霞,"如

343

果是我被抓了,你第一时间得喊冤吧?把能找的人都找一遍对吧?"

邱晓霞答道:"那可不?"

邱冬娜点点头,继续分析:"可现在,要不是我们刻意调查,压根不知道他父母也在上海。儿子都被抓了,还能想着每个礼拜五去出租房打扫卫生。这种状态,是不是太平静了。总觉得他们知道点什么,要么觉得儿子捞不出来,要么太自信儿子肯定会没事儿。"

顾飞哂笑:"就算知道,他们也不会说,难道他们会调转枪口对准自己儿子吗?"

邱晓霞想了想:"但咱们可以查。"

顾飞不大理解:"怎么查?总不能警察问不出来,我们去问他就说吧。"

邱晓霞卖关子:"劳动人民有劳动人民的法子。"

第二天,劳动人民邱晓霞穿上志愿者的马甲,带着登记簿敲响了陈劲锋家的房门。一个看起来很普通的老年男人——陈劲锋父亲——开了门,问她找谁。

邱冬娜看了看登记簿:"陈劲锋家是吧?你预约的'社区与居民心连心,免费保姆试用一个月'的活动,排到你家了,明天我们派人上门。"

陈父要关门拒绝:"不用了。"

邱晓霞忙拽住门:"别啊,虽说我们这是跟家政培训中心联合搞的,对没有家政经验要通过这次免费实习拿合格证的阿姨的一次考核,但是我们的阿姨都是很优秀的,派到业主家来服务的绝对都是佼佼者。这一个月对于她们来说是考试,你们业主获得了服务,给她们当一次考官,双赢的事。"

陈父犹豫:"陈劲锋不在,我是他爸爸,他最近出长差了。"

344

邱晓霞热情地笑着:"那你考也一样啊,到时候配合我们把打分表填了就行了。"

陈父打量着邱晓霞,看她一副老实本分又能干的样子,放了心,但儿子的房间他一直照看着,很干净,倒是他自己家需要打扫了。陈父想了想,把邱晓霞领到了自己的家,邱晓霞热情地跟着他走了。

陈父把邱晓霞领到了自己和老伴儿住的地方,这是一间小户型,装修还算比较新,但屋子里的摆件和装饰都很节省和老套,遥控器还缠着塑料布,桌上也铺着厚厚的防刮塑料。

邱晓霞和陈母并排坐在沙发上,陈母每隔几分钟就要问一次邱晓霞叫什么,说了多少遍也记不住。

陈父从厨房端出一杯白水递给邱晓霞,解释道:"我爱人身体不好,阿尔兹海默症。"

邱晓霞接过水:"嗯嗯,居委的志愿者跟我说了,你家这个情况,破格让我跨区来你家服务、实习、考核。大哥,你忙你的,我照顾大姐,抹布在哪呢?我先给你打扫打扫卫生。"

陈父回到厨房:"都在厨房里呢,你用什么自己拿,我出去倒垃圾买菜。"

邱晓霞答应着,将手中的水一饮而尽,一副要起身干活儿的样子。这时陈父拿着几袋垃圾从厨房出来,垃圾袋口似乎露出了几根电源线,邱晓霞看见了,但并没有多想,开始打扫客厅。

陈劲锋走后,邱晓霞一边打扫一边跟陈母套话,想问出有关陈劲锋的线索,但陈母前言不搭后语,什么也问不出来。邱晓霞只好放弃,正好这时陈父也回来了。

邱晓霞跟陈父聊天,陈父向她诉起苦来。原来他们老夫妻俩都没有工作,陈妈两年前得了老年痴呆,去年又查出了食道癌,为了治这个病已经花出去一百多万了。邱晓霞唏嘘不已,陈劲锋虽然可恨,但他爸妈也实在可怜。

陈父吃完午饭之后出门遛弯了,邱晓霞尽力把屋子打扫了一通,没有什么发现,她已经快要放弃了。这时,陈母突然站起身,晃晃悠悠走到墙角,对着墙说起话来:

"小锋,能听见吗?"

邱晓霞无奈:"大姐,你对着墙喊什么小锋啊。来来来,回来坐下吧。"

陈母还是执意对着墙喊话:"小锋,看见我了吗?说话。"

邱晓霞上前去拉陈母坐下:"又忘了?小锋出差了,不在家。"

"出差了也能说话,他手机上能看见。"陈母挣脱邱晓霞,还是对着墙喊,"小锋?你说话啊?"

邱晓霞被陈母的话点醒来,很多儿女都会在年老的爸妈住的地方装摄像头,以保证随时确认他们的安全。晓霞定睛观察,发现墙面上果然有曾经布置过电源线和摄像头的印记!而且应该是刚拆下来,因为墙上的白印还是崭新的。

邱晓霞指着白印问陈母:"大姐,这儿有个摄像头,对不对?"

陈母一脸蒙:"啊?"

邱晓霞继续说:"这儿,这儿能跟小锋讲话对不对?"

陈母点点头,看着白印:"对啊,小锋,妈妈跟你打招呼,你怎么不回呢?"

邱晓霞追问:"大姐,摄像头呢?"

陈母糊里糊涂:"对啊,摄像头呢?小锋总在里面跟我打招呼,小锋给装的,怕我在家摔倒。"

邱晓霞把陈母扶坐在沙发上:"你别急啊,我帮你找找摄像头。"

邱晓霞开始在客厅翻找,忽然,电光石火一般,她脑海中闪现出陈父早上出去倒垃圾的场景,垃圾袋外面露出来的那一截电源线,或许就是摄像头的电源线!

邱晓霞急匆匆地往垃圾房走,边走边跟邱冬娜打电话:

"那肯定是有个摄像头,我可是在你王叔手底下做过培训的……错不了,我那时跟王事成还较劲呢,那门培训我满分……好好一个摄像头,防止陈劲锋他老娘出意外的,为啥陈劲锋他爸给拆了扔了,过得这么省的一家子,扔一个那么贵的东西……我知道,不能排除坏了的可能,但总得找找看……"

邱晓霞正说着话,已经看见转弯处的垃圾房,一辆干垃圾清运车停在那,正在清运垃圾,邱晓霞傻了。她撒丫子跑上去想拦着,车却在她眼前开走了。

邱冬娜知道情况后,赶紧叫上顾飞,两人开车朝垃圾场疾驰而去,邱晓霞和王事成、胖丁也在同时往垃圾场赶。

五人到了之后都傻了眼,目所能及之处是堆成山的垃圾,以及一模一样的干垃圾清运车。

这时邱晓霞看到远处一辆垃圾车停靠到垃圾山旁,车斗已经高高摇起,她指着车大喊:"在那!就那个车!"

众人赶紧飞速跑向那辆垃圾车,邱冬娜边跑边喊:"别倒!别倒!我东西在里面。"

顾飞率先一个箭步跳上垃圾车驾驶室,大喊着:"师傅!别倒!"然而还是晚了一步,师傅虽然被这几人吓了一跳,但是按键已经按下去了,一车垃圾就在众人眼前被倾泻在垃圾山了上。

五人绝望地看着漫山遍野的垃圾,邱冬娜却已经撸起袖子爬上垃圾山的最顶端。

顾飞震惊地看着她:"你干吗啊?"

邱冬娜把外套脱下来,做围巾蒙住自己的脸,开始翻:"找!我不信翻不出来!"

王事成、胖丁、邱晓霞受到鼓舞,二话不说就加入了她,顾飞也爬上垃圾山开始翻找。

邱冬娜忍着恶臭,聚精会神,弓着腰一丝不苟地翻找着。

顾飞看到邱冬娜的样子,突然想起了两人初见时的场景。那时他去财大讲座,他对台下的人说:

"我叫顾飞,受朋友之托来给大家上课,首先,我想先问问你们,将来想干什么?成为一个什么样的人?"

台下,一个愣头青似的小姑娘站了起来,她说:"我想成为一个勇敢的人,无论顺境与逆境,都能体面地活下去,可是,这与我们学什么专业,将来干什么工作,有关系吗?"

顾飞和小犟对视,认真地回答她:"有关系,无论你干什么,都要先明白,你想做一个什么样的人。"

两个多小时过去,邱冬娜终于从垃圾山的顶端兴奋地站了起来,她高高举着摄像头,大喊:"找到了!"那一瞬间,顾飞好像看到了《自由引导人民》里那位举起法兰西旗帜的少女。

众人回到烧烤店,也顾不上把身上一身脏兮兮的臭衣服换掉,赶紧开始弄摄像头。王事成熟练地从摄像头里找出了储存卡,摄像头中的画面终于出现在了电脑上。顾飞紧张地翻找着,邱冬娜目不转睛地看着屏幕,终于,他们找出了想要的东西。

画面上,陈劲锋在客厅里焦虑地走来走去,他在跟华兴实的贺总打电话:

"不要再催了,我在想办法了……你当我不想快点搞定程帆扬吗,可她软硬不吃……你现在是拿钱来威胁我了?我不是那个意思我这事……别，别，我保证你不用担心程帆扬，你就把钱给我准备好就行。我破釜沉舟了……我用了点手段，她这种人最要脸了，我已经想办法把她办了……不是你想的那种办，但我拍了不少照片，各种姿势都有……实在不行，我还有后手，这个报告，非凡不出，其他地方我也能想办法出了，就是没有非凡这么方便就是了……钱，至少先给我一半。"

陈劲锋挂断电话，又拨通程帆扬的电话："帆扬总，是我。……别急着挂我电话啊。今晚见面我希望你考虑清楚了，别让我再白跑一趟了，你可别忘了，我给你拍的那些艺术照，我每天都要反复欣赏好几遍的……"

顾飞和邱冬娜拿起摄像头直奔派出所，把证据交给了警察。两人从派出所里出来时，都是一脸的放松。邱冬娜除了希望能帮到程帆扬之外，还惦记着能不能给陈劲锋加上一个猥亵罪。

尾 声

这桩事算是解决了,他们能做的都已经做了,下面只等法院的判决。顾飞问邱冬娜什么时候来自己的新事务所,邱冬娜却说不来了。

顾飞意外:"不来了?"

"经历了这么多,愈发放不下非凡了,听律师的意思,帆扬总也不会放弃非凡的。"邱冬娜仰头看着顾飞笑,"这个所,是你创立的,在你手里发过光,现在它暗淡了,我会等到它再次辉煌的那天,那时候,我怎么也可以混一个力挽狂澜、拯救非凡的英雄头衔吧,我现在走了,业界就没有我的传奇了啊。这个问题,是不是该我问你,什么时候回来?"

邱冬娜边说边踢踏着脚上已经半坏的拖鞋,她的脚一下子从鞋里冲了出来。顾飞笑了笑,直接抱起邱冬娜,把她放到了车里。

法院判决结果很快就出来了,陈劲锋犯提供虚假证明文件罪、非公人员受贿罪,判处有期徒刑8年;程帆扬判处有期徒刑三年,缓刑五年。

程帆扬从公寓搬出来,回到她和白友新的家,在老白的照顾下安心养胎。而白石初经历了这么多之后,终于放下了过往,他给邱冬娜打了个电话告别,独自启程去非洲了,到那边帮白友新盯着矿,真正给家里帮忙。

邱冬娜留在了非凡,虽然老面孔几乎只剩她一个了,公司也没有什么新业务,但她还是每天认认真真上班。幸好,非凡的老员工们知

道程帆扬的遭遇后，有不少人都想回来帮忙，毕竟很多人自打大学毕业就来了这儿，感情很深。

顾飞看到这情况后，干脆把一半的人调回了非凡，另一半人留在自己这里，所以顾飞与其说是自立门户，不如说是开了个非凡事务所分所。顾飞一个人管着两个所，忙得焦头烂额，留在非凡的邱冬娜和李楚宁也在混乱的情况中迅速成长起来，成了独当一面的高级审计助理。

程帆扬生了一个女儿，白友新再也没心思出去上班了，整天在家守着老婆孩子。程帆扬休养好身体后，回到非凡做了一个普通员工，她的会计师执照在出事的时候就被吊销了，要五年后才能重考。但程帆扬并不在乎职位，能够守住她和顾飞一手创立的非凡，她已经很满足了。

一年半的时间很快过去，这天，尹平川送尹爱媛到大学来报道，这时的尹爱媛已经康复了，她兴奋地打量着全新的大学校园，尹平川一边帮她忙上忙下地收拾东西，一边絮絮叨叨地叮嘱着。

尹爱媛还是想见邱冬娜一面，尹平川迟疑一下，答道："那些都是我们大人的事儿，你小孩别管，人情是我们欠的，我们还，你只管快快乐乐、健健康康地生活，不要有任何心理负担。"

尹爱媛有些不解："我们家为了给我治病，是不是花光了所有的钱，你们给姐姐的 30 万，是你的所有积蓄吧？她这么误会你们，你为什么不跟她说实话呢？"

尹平川笑着看看女儿，摸了摸她的头："媛媛啊，你知道不知道，有时候误解和厌恶反而会让人放轻松。我这一生对不起她们娘俩，没有像给她换尿布一样亲手抚养过她，对她终究不算个真正的父亲。我想，反而我对她'坏人'做到底，就是我能为她做的最好的事了。"

尹爱媛点点头，不再问了。虽然尹爱媛没能如愿见到邱冬娜，但她知道有另一种方式可以和邱冬娜相见。她来到图书馆，摸索着寻找，终于，她看到一排书架上，"邱冬娜图书角"赫然在目。尹爱媛开心地跟"邱冬娜图书角"合影自拍。尹爱媛把这张照片分享到朋友圈，配文"谢谢你来过"。

另一边，非凡事务所里，邱冬娜正面带微笑地拒绝一位客户：

"林总，你看，你们要从沪勤所换成我们非凡，又不能很好地说明更换会计师事务所的原因，这个委托，我们不能接。"

坐在她对面的财务总监已经开始冒汗了，赶紧说："嗯，邱总，你的态度我明白了，我们再商议一下。"

客户出去后，邱冬娜松了一口气，卸下了架子。顾飞从后面的小办公室出来，笑得前俯后仰。

邱冬娜被顾飞笑得有点发毛："你笑什么啊？我表现得不专业吗？"

顾飞忙否认："不是不是，是太专业了，他们估计想不到，是个刚从初级审计助理升职上来的小朋友把他们给拒了。"

邱冬娜得意："我问的问题可不初级，而且我跟其他会计师能一样吗？你们都去了分所，非凡那会儿可就我一个老面孔在支持啊。况且，他们是主动找的我，想委托非凡，虽然我拒了，但怎么也算是我的客户吧。"

顾飞看着邱冬娜："哎呀，小犟成长很快啊，我很欣慰。不过，你是不是忘了什么事儿了？"

邱冬娜心虚，不看顾飞的眼睛，掏出口红佯装补妆："什么事？"

其实邱冬娜知道他说的是什么，顾飞当初表白的时候，邱冬娜信誓旦旦地说过，等她成为执业注会，她就来跟顾飞再表一次白。现在到了该兑现承诺的时候了。

邱冬娜以为顾飞会不依不饶，没想到顾飞只是笑笑，没有多说。

邱冬娜觉得自己确实不该赖账了，于是一本正经地筹划了起来。

晚上，邱冬娜撺掇着顾飞一起逛超市，顾飞随手挑着东西，邱冬娜在旁边伺机而动。眼看顾飞要伸手拿可乐，邱冬娜连忙从包里掏出一罐印有"我喜欢你"的可乐，放在货架上，喜滋滋地等着顾飞发现，然而这时顾飞来了一个客户电话，他转身去接，根本没看到那罐可乐。邱冬娜只能一脸无奈地眼睁睁看着一对小情侣拿走了她准备的可乐。

邱冬娜没有泄气，晚上吃饭时，她又跟服务员提前商量好，在果盘中间的苹果上刻上一排小字："这次，轮到我跟你表白，我喜欢你。"顾飞从洗手间回来落座，邱冬娜笑眯眯地等着他露出惊喜的表情，然而顾飞抓起苹果直接咬了一大口，把带字的那面给吃了，还问邱冬娜怎么不吃，邱冬娜瞠目结舌。

邱冬娜越挫越勇，晚上两人回到家，邱冬娜故意在手机收音机上调出了一个音乐频道，跟顾飞一起听。主持人的声音从手机里传来：

"这个台风天，在家里沙发上一起听听歌，也很浪漫，下面是一首很好听的歌曲……"

这时，窗外突然电闪雷鸣，狂风呼啸，顾飞赶紧跳起来去关窗，主持人后面的话全淹没在雷雨声中，只有邱冬娜听见了。

"……是小犟点给老大的，她想告诉他，喜欢他很久，但每一天都像第一天那样怦然心动。"

顾飞再回来时，电台已经开始放音乐了，邱冬娜垂头丧气地倒在沙发上，顾飞还有点疑惑她怎么了。

第二天，邱冬娜忍不住在便利店里边喝咖啡边跟李楚宁抱怨："简直是令人发指，我就想把这个表白设计得浪漫一点，反衬一下对方表白的，怎么说，平平无奇。结果就跟被诅咒了一样，我的生活就不能是个偶像剧吗！现在可好，他飞了，去云南了，我们下次见面估计是一个月后。"

李楚宁笑了:"你软了啊,全场塌掉了,设计个屁嘞,哪有那么难,你送他去机场的时候直接亲上去就好了呀,还要什么设计,邱冬娜,你天不怕地不怕,搞恋爱扭捏得要死。"

邱冬娜点点头:"可能吧。"

这时两人的手机同时响起,她们各自低头一看,是临时会议的通知,两人赶紧回到事务所。

邱冬娜推开会议室的门,大家在里面站得整整齐齐,都在笑着等她和李楚宁。邱冬娜有些意外:"不是开会……"

苏卓希在邱冬娜话音刚落时开了香槟:"恭喜娜娜和楚宁成为执业注会!"

众人都鼓起掌来,邱冬娜和李楚宁微笑着跟众人道谢。

另一边,邱晓霞正指挥着王事成和癞痢在挂横幅"热烈庆祝本店女儿邱冬娜成为执业会计师"。

邱晓霞不满:"挂高一点,让这条街都能看见才行。"

王事成无奈地笑:"这还不够高啊,都快挂房顶上了,得从飞机上往下看了!"

这时有街坊路过,恭喜王事成,王事成一脸自豪地邀请他们过来吃串,本周全部8折。邱晓霞看着王事成得意的样子,忍不住笑了。王事成挂好横幅,下来牵住了邱晓霞的手,两人的手上此时已经带上了一样的结婚戒指。

邱冬娜开心地从事务所出来,邱晓霞打电话要她快点回来一起吃烤串庆祝,邱冬娜正准备答应着,突然看到顾飞的车缓缓开来,车顶上捆着一张双人床垫,邱冬娜看呆了。

邱冬娜疑惑:"你不是去云南了?"

顾飞笑着说:"虚晃一枪,怎么样,惊喜吧!"

邱冬娜看着车顶上巨大的双人床垫:"这是什么啊?"

顾飞下了车:"咱俩的床垫啊。"

"床垫?跟我有什么关系?"邱冬娜更疑惑了。

"你看,我就知道你会这么说,忘了?什么时候成为执业注会,什么时候咱俩的事也该定了。你的每次表白,我都收到了。"顾飞笑着,"只是我这人比较传统,有些该男人主动的事,我不能让你抢先了。"

顾飞说着,单膝跪在了邱冬娜面前,呈上一个大盒子:"邱冬娜,我正式地请你考虑一下跟我结婚。"

顾飞在邱冬娜面前打开了盒子,里面除了戒盒还有一份购房合同。

"房子我已经看好了,我买写你名,你跟我一起买写你名,还是你买写你名,我怎么都行,只要你高兴。"

邱冬娜故意:"我要是不同意呢?"

顾飞耍无赖:"那床垫也不能退了,你拉回家去,我就在新房子里睡一辈子沙发吧。你不跟我结婚,我也没心思再跟其他人恋爱了,我就孤独终老吧。"

邱冬娜笑了:"没见过求婚还卖惨的,又不是参加综艺。你看看你选的这个地方,还拉这么大一床垫。"

邱冬娜向顾飞伸出了手,示意他帮自己戴戒指。顾飞激动地给邱冬娜戴戒指,迅速站起来亲了一下邱冬娜,然后揽住她向不远处的一个摄像头挥手、比心。

顾飞得意道:"我选这个地方最好了,这里有个高清摄像头,以后婚礼上,就放这段录像。"

邱冬娜哭笑不得,但还是任由顾飞把她抱起来,在摄像头下转了一圈,两人的身影落在摄像头画面中,时间仿佛在此刻静止。

邱冬娜和邱晓霞的故事到此就告一段落了,但生活家们的故事永远不会停止。

或许,我们没有资本、没有美貌、没有地位,甚至不够聪明,是芸芸众生中最最普通的那一个,将来也无法成为企业家、艺术家、科学家,但不用担心,只要我们努力生活着,用心对待生命中的每一天,就可以成为一个生活家,让平凡的日子,盛放出一树繁花。

(全文完)

图书在版编目（CIP）数据

生活家 / 李可著.
—武汉：长江出版社，2021.5
ISBN 978-7-5492-7673-8

Ⅰ.①生… Ⅱ.①李… Ⅲ.①长篇小说-中国-当代
Ⅳ.① I247.5

中国版本图书馆 CIP 数据核字（2021）第 081420 号

生活家 / 李可 著

出　　版	长江出版社
	（武汉市解放大道 1863 号 邮政编码：430010）
选题策划	天河世纪
市场发行	长江出版社发行部
网　　址	http://www.cjpress.com.cn
责任编辑	李　恒
印　　刷	三河市腾飞印务有限公司
版　　次	2021 年 5 月第 1 版
印　　次	2021 年 6 月第 1 次印刷
开　　本	880mm×1230mm　1/32
印　　张	11.5
字　　数	280 千字
书　　号	ISBN 978-7-5492-7673-8
定　　价	49.80 元

版权所有，盗版必究（举报电话：027-82926804）
（如发现印装质量问题，请寄本社调换，电话：027-82926804）